랑랑예식장

랑랑예식장

김이은 장편소설

고즈넉
이엔티!

목차

1장

· · · · · · ·

임종덕과 김미숙
랑랑예식장이 계속되어야 하는 이유

임종덕의 죽음을 알게 되었을 때

미숙 씨는 손에 전기충격기를 들고 골목을 어슬렁거리고 있었다.

매일 밤 동네를 활보하는 그녀는 자기가 보기에 아무리 사소한 일일지라도 건전한 사회 질서를 어지럽히는 놈을 마주칠라치면, 나라 팔아먹은 매국노라도 되는 양 규정해서는 경찰이 총을 겨누듯 전기충격기를 들이대곤 했다.

옛말에도 있지 않은가, 바늘 도둑이 소도둑 된다고. 개미구멍이 둑을 무너뜨린다고. 첫 단추를 잘못 끼우면 끝까지 어긋난다고, 등등.

그게 다 쓸데없는 오지랖인 것 같아도 못된 싹은 초기에 싹둑 잘라버려야 한다는 데 누가 토를 달겠는가. 적어도 내가 사는 동네만큼은 그런 일이 없어야지, 암. 원래 눈이 오면 제 집

앞은 자기가 쓸어 치워야 하는 게 당연하지 않나.

지저분하고 불필요한 것들을 쓸어내고 정화해 동네를 깨끗하게 만드는 일이므로 미숙 씨 생각에 이건 마찬가지 카테고리 안에 들어 있는 일이었다. 그게 미숙 씨가 매일 동네를 순찰하는 까닭이었다.

미숙 씨는 오늘도 운동부 코치 같은 차림새였다. 호루라기만 목에 걸면 영락없었다. 숏컷에, 아디다스 바람막이 점퍼, 스케쳐스 러닝화를 신고 오늘은 건수 없나, 맹렬한 눈빛으로 사방을 두리번거렸다. 고등학교 학생주임 같달까, 미숙 씨는 뒷짐까지 지고 몸을 조금씩 흔들면서 느긋하게 걸었다.

'옳거니!'

드디어 눈앞에 여러 명이 한꺼번에 걸려들었다. 골목 끝 가로등 아래였다. 담배 연기를 뿜어대는 소위 비행 청소년 무리.

먹잇감을 발견한 매처럼 미숙 씨의 입꼬리가 슬며시 올라갔다. 아이들은 무슨 대단한 일이라도 하는 듯 담배를 삐딱하게 물고는 연신 건들거렸다.

미숙 씨는 손에 쥔 전기충격기를 가방 속에 살짝 밀어 넣으며 슬며시 다가갔다.

"거기, 너희들."

미숙 씨 목소리가 낮게 깔렸다. 여러 명을 상대해야 하니 냅다 소리를 질러야 할 것 같지만, 그건 미숙 씨가 보기에 어리석은 짓이다. 조직의 보스가 경망스럽게 데시벨 높여 소리 지르는 걸 본 적 있나. 무리의 우두머리를 자처한다면 최대한 목소리를 깔아 묵직하면서도 압도적인 카리스마가 뿜어져 나와야지.

왜냐하면, 그래야 기선제압이 되는 것이다!

옛말에도 있다. 지피지기면 백전백승이라고. 적을 알아야지. 수컷들이란, 특히 덜 자란 어설픈 수컷들은 더더욱 기선제압에 꼼짝 못 하는 법이다.

팔뚝에 문신 새기고, 한 달은 안 감아 떡진 건지, 개가 종일 핥아 침 범벅인 건지 분간 안 가는 머리에다 잔뜩 뭘 처바르고 서는, 알아들을 수 없는 말로 저희들끼리 낄낄대면서 길바닥에서 뒹구는 족속. 관광지에서 대여섯 마리씩 무리 지어 다니며 사람들을 괴롭히는 원숭이떼 같았다. 물론 그건 엄연히 미숙 씨의 개인적 판단이었다.

아이들이 동시에 고개를 돌렸다.

"젠장, 전기마녀다."

"전기마녀?"

"밤마다 이 동네에 출몰하는 전기마녀귀신 몰라?"

아이들이 다 들리게 속닥거렸다.

"전기충격기 들고 다니면서 오지랖 떤다는 그 아줌마?"

"그래. 저번에 들었는데 말이야, 이 일대 조폭들끼리 싸움이 붙었단다. 저 아줌마가 전기충격기 들고 나타나서는 경찰이 오기도 전에 싹 다 정리했다잖냐."

"저 아줌마가 무슨 마동석이냐? 조폭들을 단번에 정리하게?"

말 같지도 않은 소리 말라며 아이들이 빈정거렸다. 의심스런 표정으로 미숙 씨를 째려보기도 했다. 아무리 소문이 맵싸하다지만 저런 나이 먹은 아줌마 하나를 상대 못 할까. 그리고 우리가 쪽수가 몇인데.

아이들은 십대 특유의 근거 없고 과도한 자신감을 풍선처럼 부풀려서는, 턱주가리를 바짝 쳐들고 실실 쪼갰다.

"저거 안 보여?"

미숙 씨가 손가락을 들어 가로등을 가리켰다. 거기 한중간에 표지판이 붙어 있는 부분을 정확히. 마치 총을 들어 표적을 조준하듯 신중하게.

'금연구역'

선명한 글씨로 표지판이 붙어 있었다.

"아줌마가 무슨 상관인데?"

미숙 씨가 내 이럴 줄 알았지, 하는 표정으로 눈을 가늘게 뜨고는 손가락 총을 만들어 정확히 담배를 조준했다.

"너, 지금 입에 문 그 담배, 네 돈 주고 안 샀지. 동네 애들 삥뜯은 거 아냐?"

미숙 씨가 예리한 눈매로 다그쳤다.

"저 아줌마 자기가 경찰이라도 되는 줄 아나 봐?"

아이들 중 한 녀석이 비웃으며 지껄였다. 침을 뱉고는 어깨를 으쓱했다. 이쪽 세계에서는 일단 그게 기선제압이라는 듯.

일종의 매뉴얼이랄까, 다른 한 아이가 괜히 목 운동을 하면서 갑자기 손가락 관절이 뻐근하다는 듯 주먹을 쥐었다 폈다 했다.

들은 소문에 뒤가 좀 켕기기는 했지만, 그래봐야 굼뜨고 말만 많은 아줌마 아닌가. 속으로 쪼그라드는 스스로를 다독이듯 속엣말을 하면서. 그러곤 이렇게 하면 충분히 위협적으로 보이겠지, 생각하면서 최대한 눈자위를 부라렸다.

콧소리를 흥, 하더니 미숙 씨가 가방에서 전기충격기를 꺼내 천천히 제대로 쥐었다.

잠깐 정적이 흘렀다. 이 정도로는 물러나지 않을 아줌마라는 걸 확인한 아이들이 주춤했다. 서로 사인을 주고받았지만 그다음에는 딱히 뭘 해야 할지 모르겠다는 듯 어설프게 눈빛만 주고받을 뿐이었다.

"그거 당장 꺼라!"

미숙 씨가 거슬린다는 투로 목소리를 깔아 말했다. 아이들은 버텼다. 듣보잡 아줌마 하나를 두고 물러서면 자기들이 중요하다고 여기는 '그 바닥'에 누가 멤버로 끼워주려 들겠는가. 여병추(여기병신추가) 소문은 기가 막히게 빨라 기가급 속도로 퍼지게 마련이었다.

그런 소문이 퍼지는 순간 녀석들은 이 동네를 영영 떠야 할지 모를 일이었다.

"아줌마, 그거 장난감이… 죠?"

한 아이가 차마 마지노선까지 넘을 수는 없었는지 마지막 어미에 존댓말을 붙였다.

미숙 씨가 어깨를 으쓱거리며 말했다.

"장난감인지 네가 먼저 시험해볼래?"

전기충격기를 손끝으로 빙글빙글 돌렸다. 마치 권총 방아쇠 구멍에 손가락을 넣어 총을 돌리듯이. 그러다 갑자기 전기충격기를 켜자 지지직, 소리와 함께 파란 불빛이 번쩍였다.

"어… 진짜네."

전기충격기에 눈을 박아둔 아이들이 서로 눈치를 보기 시작했다. 여세를 몰아 미숙 씨가 순식간에 다가들더니 담배를 획 잡아채서는 바닥에 내던졌다. 오십대 초반의 나이가 무색하게 재빨랐다.

"집으로 가라. 안 가면 이 전기충격기가 네 친구가 될 테니까."

지지직, 전기충격기에서 다시 새파란 불꽃이 일었다. 아이들이 주춤, 하고는 슬슬 뒷걸음질 쳤다.

"너!"

미숙 씨가 그중 한 아이를 지목했다.

"네가 박형식이냐? 넌 남아. 할 얘기가 있으니까."

아이들이 형식을 쏘아보았다.

"너… 전기마녀랑 아삼육이었냐? 개쩌네."

그중 한 녀석이 대놓고 형식을 힐난했다. 언젠가 봤던 조폭 영화에서 가장 인상 깊게 들었던 '아삼육'이란 단어에 강조를 두어 발음했다.

그러자 다른 아이가 작게 물었다.

"아삼육이 뭔데?"

자기는 알고 다른 아이들은 모른다는 점에서 우쭐해진 아이가 가르치듯 알려줬다.

"배창시가 잘 맞아 둘이 한패라는 뜻이다, 이 무식한 새끼야."

이로써 오늘의 참패는 모두 박형식의 탓이 된 셈이었다. 박형식이 아줌마를 끌어들인 게 분명하니까 말이다.

"알았으면 급식충 니들은 꺼져. 니들 말로 빤스런 하라구. 첨엔 니들 말이 무슨 외계어 같았지만 자꾸 듣다보니 이제 나도 그쯤 별거 아니거든."

미숙 씨가 어깨를 으쓱했다.

"자낳괴(자본주의가 낳은 괴물) 같은 새끼. 저런 아줌마랑 붙어먹고. 너 이 새끼, 다시는 연락하지 마라."

아이들이 형식의 뒤통수를 한 대 갈기고는 냅다 뛰어 도망쳤다.

"넌 남으라고!"

함께 도망가려던 형식의 뒷덜미를 미숙 씨가 재빨리 잡아챘다.

미숙 씨 손에 형식의 후드티가 당겨졌다. 마치 살껍질이라도 되듯 후드티가 주욱 늘어나면서 형식이 어, 어, 하는 추임새와 함께 미숙 씨 쪽으로 기울어졌다.

"아줌마 누구세요? 나 아세요?"

형식이 이러지도 저러지도 못한 채 구시렁거렸다.

고개는 자꾸 사라진 친구들 쪽으로 돌아갔다. 방금 자기가 속했던 커뮤니티에서 축출된 황당한 상황이 벌어졌다. 아무리 그래도 나이 많은 아줌마에게 대거리하는 건 자제해야 하지 않나, 하는 심정으로 최대한 참는 말투였다.

"나? 전기마녀."

미숙 씨가 형식의 손가락에서 담배를 잡아채 밟아 껐다.

"아줌마 이 동네 꼰대예요?"

그래도 내가 하극상을 벌일 만큼 나쁜 놈은 아니잖아, 속으로 생각하며 형식은 최대한 자제하려 했다. 그러나 낯선 아줌마 발밑에서 으깨지는 담배를 보자 저도 모르게 그런 말이 툭 튀어나왔다.

"그래, 나 꼰대다. 너 꼰대가 뭔지 알긴 하냐?"

"뭐라고요?"

"나더러 하도 꼰대라 그러기에 내가 공부 좀 했지. 들어봐."

미숙 씨가 45도 위쪽을 쳐다보면서 애써 기억을 되살려 말했다.

"꼰대란 자기 과신, 과거 미화, 오지랖, 무시, 갑질, 참견, 간섭, 잔소리 등의 안 좋은 특징들이란 특징들을 다 가진 말이더구만."

형식이 기가 막혀 혀를 찼다. 분명히 자기는 모욕스럽게 말했는데 이 아줌마는 칭찬이라도 들은 듯 대답하지 않나.

판단이 잘 서지 않는 가운데 그의 머릿속에 드는 단 한 가지 생각은 이거였다. 미친 아줌마다!

형식은 잡힌 뒷덜미를 빼내 도망치려 했다. 그걸 미숙 씨가 딱 막아섰다.

"기다려봐."

미숙 씨가 귀찮다는 기색을 또렷하게 드러내며 호주머니를 뒤적였다. 동전 두어 개와 지폐 몇 장, 립밤과 물티슈, 사탕 한 개, 이런 것들이 줄줄이 딸려 나왔다.

"여기 어디다 뒀는데, 이게 어딜 갔지?"

미숙 씨가 구시렁거렸다.

"뭐 하시는 거예요?"

"가만있어봐. 지금 찾고 있잖아."

되레 버럭, 미숙 씨가 화를 냈다.

"아줌마 누군데 자꾸 나한테 화를 내는 건데요?"

형식도 낼 수 있는 최대한의 데시벨로 소리를 높였다.

"나도 너 같은 여드름 딱지 고딩이랑 이 밤에 싸우고 싶은 생각 없으니까 그대로 딱 기다려."

그러더니 이번엔 메고 있던 에코백을 뒤적였다. 오른팔을 쑥 집어넣어 마치 무언가 추첨 바구니에서 뽑기라도 하듯 휘휘 젓다가 손에 잡히는 대로 꺼내들었다.

"자, 이거다. 오다 주웠어. 난 필요 없으니까 너 가지든가."

작고 네모로 접힌 종이 한 장이었다.

"내가 아는 진짜 꼰대가 그러는데, 착한 기운은 뻗어나가고 옮는다고 그랬어. 망할 놈의 영감탱이."

미숙 씨 말투가 거침없었다.

"영감탱이요?"

"내 급소지. 너희 말로 하면 꼰대 중의 상꼰대. 생판 남의 일에 뭐 그리 참견이 많은지, 원. 나를 그렇게 귀찮게 하네."

미숙 씨가 연신 툴툴거렸다. 형식이 건네받은 걸 보았다. 그리고 눈이 동그래져서는 미숙 씨를 얼른 쳐다보았다.

"아줌마, 진짜 누구세요?"

세상은 불공평하다

"세상은 불공평하다."

형식의 엄마가 입에 달고 사는 말이었다.

"넌 꼭 공부 열심히 해. 안 그럼 나처럼 여름엔 덥고 겨울엔 추운 시장바닥에서 종일 일하게 되는 거야."

엄마는 양재동 외곽의 재래시장에서 반찬가게 종업원으로 일했다. 겨울이면 오래 입어 소매 끝이 번들거리는 엄마의 낡은 패딩에서는 언제나 반찬 냄새가 새어나왔다. 형식은 그토록 온 힘을 다해 살아가는 엄마를 볼 때면 어쩐지 매서운 회초리를 맞는 듯 심장이 시리고 뻣뻣해졌다.

형식은 강남의 고등학교에 다니는 2학년 학생이다. 남들은 강남에서 학교를 다닌다면 형식이 제대로 사는 집 아들인 줄 안다.

학교에서는 친구가 없었다. 아이들이 일부러 왕따시킨 건 아니지만 그 애들이 입고 다니는 노스페이스며 데쌍트며 스투시며, 그런 브랜드 옷들 사이에 시장표 무지 추리닝을 입고 끼어들기가 싫어 스스로 피한 거였다.

어차피 시장에서 일할 거면 수도권 외곽이나 지방으로 이사 가자고 졸랐지만, 엄마는 말도 못 꺼내게 했다.

"요즘은 개천에서 용 안 난다는 말, 너도 알지? 좋은 대학 가고 좋은 데 취직하고 남들처럼 살려면 여기 강남땅에 있어야 해. 여기서 경쟁하고 이겨야 살아남을 수 있는 거야. 너, 내가 시장에서 일하니까 거기는 다 비슷한 처지인 줄 알지? 우리 반찬가게 사장님? 엄청 부자야. 여기 토박이라 강남 개발되면서 완전 돈방석에 앉았다고. 전국 부동산이 급락해도 여기는 오로지 한길로 간다. 쭉 오름세지. 내 꿈이 뭔 줄 아니? 그 반찬가게 인수하는 거야. 여기 시장바닥에서 터 잡고 끝까지 버틸 거다. 그러니 너도 이겨내야 해. 강남에서 고3 일 년 동안 돈이 5천이 든다는데 내가 뼈 빠지는 한이 있어도 그거 어떡해서든 해줄 거야. 넌 아무 생각 말고 공부만 열심히 하면 돼. 알았지?"

엄마는 반찬가게 종업원으로 십수 년을 일하면서 뼈마디가 굵었다. 긴 세월이 무심하고도 야멸차게 흘러갔다. 엄마는 지금도 아들 하나 공부시키겠다고 매일 새벽별 보고 나간다. 묵묵히 지나온 그 세월에 주름졌고 아들은 나날이 자랐다.

그 압박감에 형식은 온종일 책상에 머리 박고 살았지만 아무리 이를 악물고 공부해도 성적이 중하위권에서 벗어나지 못했다. 공부에 취미도 소질도 없다는 걸 내가 가장 잘 아는데….

형식은 차마 엄마에게 그런 말을 하지 못했다.

그러다 학교에서 체험학습으로 가본 스포츠 클라이밍장에서 자신의 소질을 발견했다.

"너 이름이 뭐야? 혹시 이거 정식으로 해보지 않을래?"

체험학습이 끝나고 강사가 형식을 따로 불러 물었다.

"너는 스포츠 클라이밍에 적합한 신체 능력을 갖고 있어. 손가락, 팔, 코어 근육이 강하고 유연해. 체중 대비 근력이 강해 몸 전체를 가볍게 움직일 수 있지. 균형감도 탁월하고. 경로를 분석하고 효율적인 동작을 선택하는 능력도 타고났어. 정말 놀라워. 불필요한 힘을 낭비하지 않고 체중 이동과 발 위치를 효과적으로 사용할 줄 알다니. 넌 내가 본 애들 중 최고로 훌륭한 자질을 갖고 있어."

안 그래도 암벽 등반을 마치고 나자 알 수 없는 벅찬 감동과 자신감이 솟던 참이었다. 남들보다 잘할 수 있겠다는 확신은 평생 처음이었다. 몇 날 며칠을 고민하고 모아두었던 용돈을 털어 클라이밍장에 십여 회 더 다녀온 뒤, 엄마에게 그 얘기를 조심스럽게 꺼냈다.

그랬더니 엄마가 울었다. 형식이 놀라 스포츠 클라이밍 대회에서 좋은 성적을 내면 체육특기자 전형으로 대학 갈 수 있다는 정보를 단숨에 쏟아냈다. 그러자 엄마가 더욱 울었다.

"어중간하게 운동하다 그만둔 애들이 어떻게 되는지 넌 모르지? 어디 취직도 못 해. 내가 일하는 시장 근처 비싼 식당에 발레 주차하는 사람이 있는데 덩치로 봐서 운동부 출신이 분명해. 넌 그냥 공부만 하면 된다니까. 엄마는 돈이 없어서 공부 못 했지만 너는 그런 서러움 안 겪고 남들처럼 평범하게 살게 해주겠다고….”

말이 안 통했다. 자격지심에 절어 스스로 동굴을 파고 들어간 자식을 엄마는 왜 보지 못할까. 평생 처음으로 자신감에 살아있는 기분을 느꼈는데…. 엄마는 그걸 몰라줬다.

아무리 열심히 공부한다 해도 지방대학에나 갈 수 있을까. 대학 등록금은 오죽 비싼가. 그렇게 엄마 뼛골 빼먹고 대학 졸업하면, 과연 취업 전선에서 승리할 수 있을까…. 취준생으로 몇 년 굴러먹다 편의점 알바를 전전하면서 인생 시궁창에 처박히는 건 시간 문제 아닐까.

형식은 클라이밍장에서 로프를 고정하고 첫 홀드를 잡았을 때의 저릿한 느낌을 잊을 수 없었다.

‘벽을 오른다는 것!’

온몸의 힘을 한곳으로 모아, 스스로 길을 찾아가며, 계속 미끄러지면서도 포기하지 않고, 마침내 그 높은 벽을 다 올랐을 때의 성취감.

암벽 등반을 계속할수록 타고난 소질을 분명하게 느낄 수 있었다. 자려고 누우면 올림픽 무대에 나가 암벽을 향해 첫발을 내딛는 모습을 꿈꾸었다. 그곳이 자기가 가야 할 유일한 길임을 확신할 수 있었다. 하지만 엄마를 설득하지 못했는데 대체 무슨 돈으로 연습을 하고, 대회에 출전할 수 있나….

절망에 빠진 형식은 동네에 몰려다니는 껄렁한 아이들과 어울리기 시작했다. 결국 자기 인생은 이렇게 시궁창에 빠지고 말 거라고 단념했다. 모든 걸 포기하려는 심정이었다.

"물에 빠진 사람 건져놨더니 보따리 내놓으란다지만, 미리 말해두는데 난 보따리 줄 거 없으니 물에 빠지지 마라."

미숙 씨가 형식에게 으름장을 놓았다.

"나보고 뭘 더 어떻게 해달라고 하지 말라고."

종이만 붙들고 어쩌지 못하고 선 형식에게 미숙 씨가 단단히 말했다.

"아줌마 대체 누군데…."

형식은 말을 잇지 못한 채 종이만 내려다보았다. 그것은 장학증서였다. 스포츠 클라이밍을 할 때 필요한 모든 경비를 후원한다는 내용이었다. 수강증과 대회 참가 비용과 모든 장비 일체를. 심지어 기한은 무기한.

한마디로 스포츠 클라이밍에 필요한 모든 것이 망라되어 있었다.

"너… 울지 마. 딱 질색이야. 울 거면 지금 말해. 나 도망갈 거니까."

형식의 입술 실룩이는 표정을 보고는 미숙 씨가 까칠하게 말했다. 심지어 슬슬 뒷걸음질 쳤다. 진심으로 질색하는 게 훤히 보였다.

"안 울어요. 근데 아줌마 왜 제게 이런 걸 주는 건데요?"

형식이 오지랖 만렙인 아줌마를 보면서 애써 눈물을 삼키고 물었다.

방금 형식은 온통 검정색으로 칠해진 것만 같은 세상에 갑자기 환한 색깔의 전구들에 빛이 팟, 들어온 듯 눈이 환해졌다.

세상은 뒤통수를 때리는 거대한 망치라고 생각했는데, 예상치 못했던 곳에서 나아갈 길을 발견한 것이다.

"돈은 도구일 뿐이지, 그걸 목숨처럼 붙들고 살면 언젠가 도구에 맞아 죽는다고 그 영감탱이가 그랬어."

"그게 대체 무슨 말인데요."

형식이 물었다. 그 물음은 들은 척도 않고 미숙 씨가 바쁘다는 듯 제 말을 이어나갔다.

"한 가지 더! 내 엄마는 내가 고딩 때 돌아가셨거든? 내 최애 음식이 뭔 줄 아냐? 된장을 살짝 발라 구운 쥐포. 희한한 조합이지? 요즘은 다들 마요네즈에 찍어 먹더라만. 엄마가 옛날에 그렇게 해서 연탄불에 구워주셨어. 그래야 더 구수하다면서. 가난했던 우리 집에서 일 년에 두어 번 먹을 수 있는 귀한 간식이었지. 지금 난 집 안에 몇 박스씩 쥐포를 쌓아두고 먹어. 그런데 아무리 된장을 발라 구워도 그 맛이 안 나. 그게 얼마나 짜증 나는지 너는 모를 거다."

"엄마요?"

"그래, 엄마. 나도 엄마를 무척 미워했거든. 아무튼 니네 엄마가 만든 파김치 끝내주더라."

결국 형식의 두 눈에 눈물이 맺혔다.

"눈물은 딱 질색이라니까. 야, 나 이제 간다. 영감탱이가 시킨 거 다 했으니까."

그러다 말고 미숙 씨가 잊고 있었다는 듯 들고 있던 쇼핑백을 내밀었다.

"다시 또 말해두는데 이건 내 돈 주고 샀다."

겉면에 해화당이라는 유명 빵집 체인의 로고가 찍힌 쇼핑백 안에는 맛있어 보이는 빵들이 가득 들어 있었다.

"여기 빵 우리 엄마가 엄청 좋아하는데…"

미숙 씨가 그 말에 함박 웃었다.

"사람들이 아마 다 좋아할걸? 가서 엄마랑 꼭 같이 먹어."

미숙 씨가 빠이, 하다 말고 다시 돌아섰다.

"아, 맞다. 이 말도 해주랬는데."

"무슨…."

"박형식! 우리가 해줄 수 있는 건 여기까지야. 이제 네 인생 길 네가 찾아야 해."

미숙 씨는 형식에게 노래를 들려주었다. 그것도 상꼰대인 영감탱이가 시킨 일이라고 했다. '흰수염고래'라는 노래였다.

작은 연못에서 시작된 길

바다로 갈 수 있음 좋겠네
어쩌면 그 험한 길에 지칠지 몰라
걸어도 걸어도 더딘 발걸음에
너 가는 길이 너무 지치고 힘들 때
말을 해줘 숨기지 마 넌 혼자가 아니야
우리도 언젠가 흰수염고래처럼 헤엄쳐
두려움 없이 이 넓은 세상 살아갈 수 있길….

미숙 씨는 결국 엉엉 울고 있는 형식을 뒤로하고 가로등이 깜박거리는 개울가로 걸었다.

"아, 진짜. 우는 건 딱 질색이라니까."

까칠하게 말하곤 경보라도 하듯 빠르게 걸어 멀어졌다.

어느새 붉어진 눈을 형식에게뿐만 아니라 스스로에게도 들키고 싶지 않다는 듯 꾹 감았다. 다시 눈을 뜨자, 넓은 개울 너머로 새로 들어선 신도시의 야경이 화려하게 펼쳐졌다.

그래서 이쪽이 더 어두워 보였다. 그러다 보니 으슥한 데를 찾는 자들이 심심찮게 밤마다 이 동네에 출몰하는 거였다.

이 동네에서만 이십여 년을 살아온 미숙 씨는 바로 건너편에 신도시가 들어선 뒤 이쪽의 범죄율이 상승한 사실을 두고 그 아이러니에 인상을 쓰곤 했다.

그러다 개울가에 불법 주차된 차량 여러 대를 발견했다.

그중 한 대를 노려보고 미숙 씨는 가방에서 다시 전기충격기를 꺼내 손에 움켜쥐었다.

깜깜한 밤이었고, 차 안에는 두 사람의 그림자가 흐리게 비치고 있었다. 그걸 보자 미숙 씨 내면에서 무언가 불쑥, 올라왔다. 어떤 상황인지 대충 감이 왔다.

미숙 씨는 한숨을 내쉬며 차로 다가가 툭툭 차 유리를 두드렸다.

"누구야!"

차 안에서 남자의 신경질적인 목소리가 튀어나왔다.

미숙 씨가 손가락을 까딱거려 창문 내려라, 신호를 보냈다. 몇 초의 정적이 흘렀다. 내리지 않겠다는 뜻이었다.

검게 코팅된 창문 안쪽으로 눈을 바짝 들이대고 보니, 안의 남자가 손을 들어 연신 까딱거렸다. 귀찮으니 그냥 가라는 뜻이었다.

어림도 없지! 미숙 씨는 다리를 약간 벌려 짱짱하게 버티고 서서는 창문을 다시 두드렸다.

남자가 억지로 차창을 조금 열더니 그녀를 흘끗 바라봤다.

"뭡니까?"

"여기 주차구역 아닌데요?"

미숙 씨가 꾹꾹 눌러 간신히 참는다는 표를 내며 낮은 어조로 말했다.

"뭐라고요?"

"불법주차 하셨다고요."

갑자기 미숙 씨가 홱, 고개를 꺾어 차 안을 들여다보았다. 분명 조수석에 앉은 여자의 작은 흐느낌이 새어나오고 있었다. 미숙 씨 내면에서 불쑥 올라온 것이 더욱 커지고 뜨거워졌다.

"당신 뭐야? 경찰이라도 돼?"

남자가 몸을 기울여 조수석 쪽을 가리며 항의했다.

"왜 다들 오늘 경찰 타령이지? 그리고 너! 왜 반말이야?"

미숙 씨가 버럭 고함을 질렀다.

"그래, 나 경찰 아니다. 그러면 아무 데나 주차하고, 싫다는 여자 맘대로 해도 되냐?"

그러면서 재빨리 한 뼘쯤 열린 창문으로 팔을 쑥 집어넣어서는 운전석 왼쪽에 잠금장치를 푸는 버튼을 눌렀다. 이미 여러 번 해본 듯, 한 치의 낭비도 없는 동작이었다.

탁, 잠금장치가 풀리자마자 조수석 문이 열리더니 딱 봐도 딸뻘쯤 된 여자가 뛰쳐나가 반대 방향으로 뛰기 시작했다. 옷매무새가 엉망인 여자가 울면서 어둠 속으로 사라졌다.

"뭐야? 당신이 뭔데 남 일에 참견이야! 불법주차라고? 여기 다들 이렇게 주차하잖아."

미숙 씨는 여자가 완전히 보이지 않을 때까지 지켜보고 나서 씩 웃었다.

"그건 원칙의 문제지. 사람들이 자기 좋은 곳에 아무렇게나 다 주차하면 어떻게 되겠어?"

"뭐라고? 이 아줌마가 뭔데 난리야."

남자가 차 문을 열고 내리려 했다. 그걸 미숙 씨가 재빨리 쾅 닫고는 전기충격기를 들이밀었다. 지지직, 시퍼런 전기 불꽃이 번개처럼 번뜩거렸다.

"다들 그렇게 하니까 나도 너한테 전기충격기를 쓸 수 있겠네?"

남자는 미숙 씨의 불꽃이 튀는 눈을 보고 한순간 움찔했다. 동시에 왼손을 불쑥 창밖으로 내밀어 전기충격기를 빼앗으려는 무모한 시도를 했다.

미숙 씨가 이런 머저리를 봤나, 하는 표정으로 휙 팔을 들어 올려 피했다. 미숙 씨 얼굴은 오랫동안 단련된 군인처럼 단호했다.

"당장 이 문 열어. 안 열어?"

미숙 씨가 차 문을 마구 흔들어댔다.

급박해진 상황에 남자는 빠르게 판단했다. 다 파투 났으니 뭘 해야 할지는 뻔했다. 똥이 무서워서 피하냐, 더러워서 피하지.

"재수가 없으려니까, 퉤."

남자는 창문 밖으로 침을 탁 뱉곤 바로 차를 출발시켜 꽁무니를 내뺐다.

"재수는 내가 없지, 이놈아. 퉤."

미숙 씨도 땅바닥에 침을 탁, 뱉고는 돌아섰다.

그때 주머니 속에서 전화기가 진동했다. 천지 사방 어둔 밤에 미숙 씨에게 전화가 걸려올 일은 도통 없었다. 뭐지? 좋지 않은 예감처럼 정수리가 쭈뼛 섰다.

"뭐라고? 뭐가 어쨌다고?"

전화를 받은 미숙 씨가 그 자리에 박힌 듯 꼼짝 못 했다.

갑자기 마른하늘에 날벼락 치는 거라도 본 것처럼 허옇게 넋이 나간 얼굴로 덜덜 떨었다. 엄청난 무력감이 단숨에 그녀를 휩싸고 옥죄었다. 미숙 씨는 두려움과 공포 속으로 내던져진 것만 같았다.

전화기에 대고 무시무시하게 소리를 질렀다. 대체 뭐가 어떻게 됐다는 말이냐며 따져 물었다. 있을 수 없는 일이라며 고통에 찬 비명을 질렀다.

"영감이 죽었…다니….""

질서정연하던 미숙 씨의 세계가 순식간에 무너져 내렸다. 그 속에서 그녀는 아무것도 이해할 수 없었다. 무너져 내리는 세계의 벽이 점점 더 조여들었다. 그것은 미숙 씨의 세계를 순식간에 쪼그라들게 만들어서는 감옥처럼 그 안에 가두었다.

미숙 씨는 어둠의 한 점을 노려보았다. 방금 믿었던 세계의 멸망을 목도한 사람처럼 망연자실해져서는 어둠에 묻힌 채 서 있었다. 아무것도 하지 못하고 서 있기만 했다. 전체의 생을 찢어발기는 거짓말을 들은 사람처럼 무슨 일이 벌어진 건가, 실감하지 못해 몸을 떨었다.

안 그러면 당장 주저앉을 것만 같아 주차된 차를 손으로 짚고 간신히 버텼다. 불 꺼진 자동차의 뒷유리를 노려보았다. 얼마나 그렇게 서 있었을까. 마침내 미숙 씨의 눈에서 눈물이 흐르기 시작했다. 짚고 선 자동차 뒷유리에 이렇게 적혀 있었다.

'위급상황 시 아이를 먼저 구해주세요. 여자아이 A형이에요.'

미숙 씨는 이상하게 요즘 들어 차에 종종 붙어 있는 그런 글귀를 보면 울컥하면서 남몰래 눈물을 흘리곤 했다. 사고가 났을 때 자신들의 목숨이 위태롭다 해도 무조건 아이를 먼저 구해달라는 그 진심이 눈물겨웠다.

밤바람이 쌀쌀했다. 어둠이 짙게 내려앉은 개울가에서 흐릿한 물안개가 피어올랐다.

마지막으로 영감을 만났을 때

임종덕은 단팥빵을 한가득 베어 물고 맛있게 씹어 먹었다.

"영감은 그거 안 질려? 이십 년 넘도록 왜 맨날 단팥빵이래? 해화당에 맛난 빵들 차고 넘치는구만."

미숙 씨가 투덜대자 임종덕이 유쾌하게 웃으면서 말했다.

"왜? 신식 빵들 잔뜩 싸들고 와서 해화당 주인인 거 나한테 자랑하게?"

임종덕이 남은 단팥빵을 한입에 몰아넣고는 우물거렸다. 골 깊은 주름이 진 얼굴로, 기분 좋은 미소를 지었다. 그 얼굴 근육에 새겨진 주름길은 그가 걸어온 반듯한 생의 지도였던 듯, 부드럽고 몰랑한 느낌이었다.

"자랑 좀 하면 안 되나?"

"네가 해화당 주인이면 주인이지, 엄연히 여기서는 내가 주인이거든?"

임종덕이 놀리는 투로 말했다. 미숙 씨는 기가 차서 새삼스럽게 낡은 사무실을 둘러보았다.

여기는 바로 랑랑예식장. 임종덕은 랑랑예식장의 주인이었다.

랑랑예식장은 변두리에 위치한 낡고 유행 지난 돔 지붕 건물이었는데, 어려운 사람들을 위해 무료결혼식을 올려주는 곳으로 알려져 있었다. 가난하던 과거의 미숙 씨도 여기서 결혼식을 했다.

그게 다가 아니었다.

미숙 씨가 처음으로 해화당이라는 이름을 걸고 골목길 끝에 작은 빵집을 열었을 때, 임종덕이 빚보증을 서주었다. 빚보증 잘못 섰다가 패가망신하는 사람들이 수두룩하던 시절이었다. 그가 없었다면 지금의 미숙 씨는 아마도 없었을 테지.

사무실은 사무실이라기보다는 옛날식 다방 같은 분위기에 가까웠다. 한쪽 구석에는 보글보글 끓는 보리차 주전자가 얹힌 연탄난로가 따뜻하고, 유행 지난 잔꽃무늬 천이 씌워진 소파는 옛날 영화에서나 볼 수 있는 종류였으며, 낡은 마룻바닥은 걸을 때마다 삐걱거렸다.

임종덕이 사무실 구석의 작고 낡은 냉장고로 가 반찬통 하나를 꺼내왔다.

"이거 한번 먹어봐."

임종덕이 미숙 씨에게 나무젓가락을 쪼개 건넸다.

"웬 파김친데?"

"단팥빵에 얹어 먹으면 은근히 맛있어."

임종덕이 빵과 파김치를 한 번에 씹으며 말했다.

"이번엔 누군데?"

단박에 미숙 씨가 임종덕의 속내를 알아채고 물었다.

"박형식이라고, 고등학생인데 부모가 여기서 결혼했어. 아빠가 일찍 죽고 홀엄마가 반찬가게에서 일하면서 어려운 살림에 제 꿈을 지원 못 해주니까…. 너 돈 많잖아."

"아니, 영감은 무슨 결혼식 에이에스를 이십 년씩이나 하고 그래? 걔 부모가 여기서 결혼한 게 언제인데 아직도 그 집구석 사정을 들여다보고 있느냐고."

미숙 씨가 볼멘소리로 불평을 했다.

"마침 니네 동네니까 너 야간 순찰할 때 한 번씩 들여다봐주면 좋잖아."

임종덕은 유쾌하게 웃었다. 그는 언제나 얼굴에 미소를 품고 있었다.

"나도 이제 나이가 오십줄이라고요. 그런 고딩들 뒤꽁무니 따라다닐 때는 아니라고!"

미숙 씨가 짐짓 뾰로통한 얼굴로 말했다.

그가 랑랑예식장에서 결혼한 사람들의 애프터서비스를 미숙 씨에게 처음 부탁한 게 벌써 십수 년 전일이었다. 어느 날 임종덕은 전후 설명도 없이 해화당 앞에 알지도 못하는 사람이 붕어빵 노점을 할 수 있게 해주라고 했다. 말하자면 동종업종인데 아무렇지도 않게 그녀의 빵집 앞에서 붕어빵을 팔게 한 것이다.

그게 랑랑예식장에서 무료결혼한 사람 에이에스 해주는 건 줄 알고 미숙 씨는 툴툴거리면서도 그렇게 해주었고, 심지어 해화당 전 직원들의 간식 타임에 미숙 씨가 직접 붕어빵을 한 아름 사다주곤 했었다.

"그랬어도 설마 그 후로 줄줄이 내가 그 일을 하게 될 줄은 몰랐지."

미숙 씨 말에 임종덕은 흐뭇하게 추억을 더듬는 표정으로 고개를 주억거렸다.

"하다 하다 3년 전 팬데믹 때는 영감이 나더러 웬 건물을 사라고 그랬잖아. 아무짝에도 쓸모없는 다 쓰러져가는 그 이 층짜리 건물."

영감이 기억난다는 듯 눈을 크게 뜨고 환하게 미숙 씨를 보았다. 때는 바야흐로 전 지구적인 악성 전염병이 돌아 서로의 안부가 어느 때보다 중요했던 시기였다.

"빨리 와. 급한 일 생겼어."

영감은 전화를 걸어 다짜고짜 미숙 씨를 불러댔다. 이유 없이 가슴이 철렁해 앞뒤 가릴 여유도 없이 달려갔다.

"뭔데, 무슨 일이야? 어디 좀 봐."

미숙 씨는 예식장을 박차고 들어서자마자 영감의 이마부터 짚었다. 워낙 급하게 서두르느라 마스크를 안 썼다는 것도 알아채지 못했다. 품절 대란이 일 정도로 사람들이 마스크 없이는 바깥출입을 아예 않던 시기였다.

"열 나? 그런 거야? 말해봐. 아니다. 일단 일어나. 나랑 병원부터 가게."

미숙 씨는 거의 울먹이고 있었다. TV에서는 전염병으로 죽은 사람들이 넘쳐나 화장장과 장례식장에 미처 수용하지 못한 시신들이 길거리에 널려 있는 뉴욕 화면이 나오고 있었다. 미숙 씨 눈에서 눈물이 찔끔 흘렀다. 한 번 눈물샘이 열리자 마구 흘러내렸다.

"너 왜 우냐? 나 안 아픈데?"

임종덕이 의아하다는 듯 눈물 짜는 미숙 씨를 보았다.

"안 아파? 열 안 나? 진짜야?"

그렇다니까, 하며 고개를 끄덕이는 임종덕을 미숙 씨가 눈물 얼룩진 눈으로 보았다. 그러고는 제 이마와 영감의 이마를 번갈아 짚어보았다.

"그러게. 열은 없는 것 같은데."

고개를 갸웃거렸다. 그렇다면 대체 급한 일이란 게 뭐길래 자기를 똥줄 타는 기분으로 달려오게 만드냔 말이다.

"여기 사인해."

임종덕이 웬 서류를 내밀었다.

"이게 뭔데?"

"건물 매매계약서."

미숙 씨가 하도 어이가 없어 임종덕을 노려보았다.

그때가 다시금 떠올라 미숙 씨가 떨떠름한 표정을 지었다.

"내가 얼마나 기가 막혔는지. 그 건물 사서 일 층에 세든 분식집 임대료를 받지 말라니. 그러니까 나더러 분식집 임대료를 받지 않게 하려고 그 건물 사라는 거였잖아."

팬데믹으로 수많은 자영업자들이 영업을 못 하고 망해가던 때였다.

"차라리 분식집 주인한테 그 건물을 사주면 나도 골치 아프지 않고 더 좋았잖아?"

"그건 안 되지."

임종덕이 정색했다.

"복권 당첨되고 나서 오히려 인생이 더 불행해진 경우 많이 봤잖니."

"그러니까… 그 사람들 혹시나 불행해질까 봐 나를 그렇게 골탕 먹이고 온갖 잡일을 시켰다고?"

그 이후 해화당 회식 메뉴가 붕어빵에서 떡볶이로 바뀌었다.

"네 덕분에 그 분식집 주인이 떨어져 살던 가족과 다시 합쳐 오순도순 살고 있잖니. 너는 그걸 보고 행복하지 않았어?"

"행복은 무슨….'

말은 그렇게 하면서도 미숙 씨는 말을 흐리며 슬쩍 웃었다.

보람을 느낀 건 속으로 어쩔 수 없이 인정할 수밖에 없었다. 처음에 영감이 그런 일을 시켰을 때는 그저 의무감 말고는 없었다.

그러나 해가 거듭되고 그런 일들이 쌓여갈수록 이상하게 미숙 씨는 자기 돈과 시간을 들여가며 남들을 돕고, 랑랑예식장에서 결혼한 사람들의 에이에스를 하는 일이 즐겁다는 걸 깨달았다.

애초에 랑랑예식장에서 무료결혼을 올린 이들은 대부분 형편이 어려운 사람들이었다. 미숙 씨도 임종덕을 돕기 시작하면서 결혼한 그들이 어떻게 살아가는지 자연스레 궁금해지기 시작했다. 언젠가 그에게 왜 이 일을 계속하는지 물어본 적이 있었다.

"행복하니까."

그때의 미숙 씨는 쉽사리 이해되지 않았다. 변두리 다 쓰러져가는 예식장 하나 붙들고 살면서 무료 예식만 해주고, 그것도 모자라 에이에스까지 해줘가며 정작 영감은 빚더미에 앉았는데 행복하다니.

미숙 씨는 이제 그만 예식장 접고 여행이나 다니며 여생 즐기라고 줄기차게 충고했다. 그때마다 그가 하는 말은 한결같았다. 랑랑예식장이 필요한 사람들이 아직 많다고.

"네가 하도 예식장 집어쳐라 그래서 예식장을 유지해야 하는 이유를 노트에 적어봤어. 그런데 글쎄 노트 한 권을 채울 만큼 많은 이야기가 적히더라고. 그중 가장 많이 사용한 낱말이 뭔 줄 아니?"

뭐라 할 줄 짐작이 되어 미숙 씨는 대답하지 않았다.

"행복이야, 미숙아. 우린 자신만을 위해 태어난 게 아니야."

임종덕이 말을 이었다.

"그런데 나는 이제 늙었어."

임종덕이 넌지시 미숙 씨를 보았다. 마치 늙은 아비가 장성한 딸을 바라보듯 뿌듯한 감정이 그 눈빛에 새겨져 있었다.

"만약에 내게 무슨 일이 생기면 랑랑예식장은 네가 맡아주라."

무슨 일이 생기다니, 대체 무슨 일이 생긴다는 말인가. 미숙 씨는 투정 부리는 어린 딸처럼 임종덕에게 화를 냈다. 겉으로는 늘상 고집불통 영감탱이라고 타박했지만, 마음속으로는 아버지처럼 여겼다.

"영감이 계속하면 되잖아. 내가 계속 영감 조수 노릇할게. 대신 예식장 접으라는 말 안 할게."

"내 나이가 이미 팔십이야. 너밖에 없어."

"망할 놈의 영감탱이, 아주 딸 같은 년한테 협박을. 어디 한번 죽기만 해봐. 내가 가만 안 둘 거야. 영감탱이 벽에다 똥칠할 때까지 살아. 내가 그 수발 다 들 거야. 알겠어? 안 그럼 내가 가만 안 있을 거야. 진짜야…."

유서

'아침식사, 직장 그리고 결혼식에는 지각하지 마라.'

살아생전 임종덕에게 종교와도 같던 절대적 지론이었다.

미숙 씨는 랑랑예식장 사무실 벽에 걸린 표어를 뚫어져라 보았다. 언젠가 저게 대체 무슨 뜻이냐고 물어본 적이 있었다. 한여름날 수박 한 덩이 사 가지고 간 영감의 생일날이었다.

"내 생각에 사람이 살아가는 데 가장 중요한 것 세 가지를 꼽으라면 바로 아침식사와 직장과 결혼이거든."

임종덕은 그것도 모르냐며 혀를 쯧쯧 차면서도 친근하게 설명했다.

"아침식사에 순조롭고 활기찬 하루가 달렸지. 직장에는 한 달의 벌이가 매달렸고. 그리고 결혼식에는 한 사람의 평생이 매달려 있지 않니."

최소한 그 세 가지에 지각하지 않는다면 사람은 평균 정도로는 살 수 있게 되는 법이라고 영감은 말했었다.

"너무 빠르거나 너무 느리거나. 또는 너무 세거나 너무 약하거나. 이게 바로 인생을 망치는 두 가지 지름길이야. 모든 일에는 딱 맞는 적당한 순간이 있게 마련이고, 그 순간을 놓치면 영원히 생을 망치게 될 수도 있어."

유식한 말로 하자면 임종덕의 가치관은 중용이랄까. 더 쉽게는, 그저 중간만 가면 적어도 인생 실패할 일은 없다는 안전주의자랄까. 심지어 그는 결혼을 신청하러 온 사람들에게 꼭 그

표어를 소리 내 읽도록 시켰다.

"속으로 읽은 것은 쉽게 마음에 새겨지지 않고 지나가버릴 공산이 크거든. 소리 내 읽게 되면 제 목소리를 제 귀로 듣게 되고, 그렇게 제 안으로 흘러 들어간 음성이 자기도 모르게 가슴속에 명패처럼 새겨지게 되어 있어."

혹간 결혼식에 두 사람 중 한쪽이 안 나타나기도 해서 저 표어를 써붙였다고 했다.

"그런데 말이야… 왜 그렇게까지 남을 돕는 데 영감 인생을 다 쓰는 건데?"

그러면 영감은 의미가 잘 해석되지 않는 묘한 미소를 지으면서 이렇게 말하는 거였다.

"언젠가 때가 되면 너도 다 알게 될 거야."

미숙 씨는 도통 이해할 수 없는 영감의 말을 그때는 그저 한 귀로 듣고 한 귀로 흘려보냈다.

미숙 씨는 작게 소리 내어 그 표어를 다시 읽어보았다.

"…지각하지 마라."

말끝에 울먹거림이 섞여있었다.

난 결정적인 순간에 늦고야 말았다. 만약, 내가 제시간에 왔더라면… 아니, 영감의 말대로 내가 이 예식장을 맡았더라면 영감은 죽지 않았을까.

만약 내가 영감 옆에 딱 붙어 있었더라면….

왜 그 생각을 못 했을까. 가족이 없던 영감과 부모가 없던 나 아니었나. 양딸이 되어 가족으로 묶어놓을 생각을 왜 못 했을까. 스스로 원망스러웠다.

임종덕의 죽음을 알리는 전화를 받은 미숙 씨는 그 길로 랑랑예식장으로 달려갔다. 예식장 밖으로 몸을 던져 스스로 생을 마감했다니, 대체 그게 무슨 말인가.

난장판이었다.

온갖 종잇조각들과 사무실 집기들이 나동그라져 있고, 깨질 수 있는 것들은 바닥에 떨어져 깨져 있었다. 마치 생의 모든 시간에 배신당해 처절한 분노에 휩싸인 누군가가 무언가를 필사적으로 찾은 듯한 흔적처럼 보였다.

열려 있는 창문으로 차가운 밤바람이 불어닥쳤다. 미숙 씨는 바람을 정면으로 맞으며 사방으로 흩어진 스스로의 절망과 슬픔을 보았다. 흡사 높은 곳에서 추락한 듯, 견디지 못한 심장의 둑이 무너져내린 듯, 슬픔으로 마음이 얼어붙었다.

이미 경찰들이 와서 일차 수습을 끝내고 돌아간 뒤였다. 어느새 와 있던 변호사가 서류 한 장을 내밀었다. 자신의 사후 모든 일은 랑랑예식장의 공식 후원회인 낭랑회와 회장 김미숙에게 일임한다는 내용이었다.

"영감은?"

미숙 씨의 음성은 슬프다기보다 화가 난 사람 같았다.

"병원으로 모셨습니다."

변호사가 대답했다. 그리고 두 번째 서류를 미숙 씨에게 건넸다.

유서였다.

그건 분명 영감의 필체가 맞았다.

미숙 씨는 유서에 적힌 내용을 꼼꼼하게 두 번에 걸쳐 읽어보았다.

평생 랑랑예식장을 운영하면서 쌓여온 빚에 허덕이고 있었다는 신변 비관의 내용이었다. 수십 년에 걸쳐 오직 사회에 대한 봉사만이 주어진 의무라고 여겨 한시도 소홀한 적 없지만 누구도 그 수고로움을 알아주지 않고 더 이상 쌓인 빚을 감당하기 어려워 불가피하게 이런 선택을 할 수밖에 없노라고.

미숙 씨는 대번에 고개를 저었다. 미숙 씨가 아는 한, 임종덕은 예쁘다는 말을 자연스럽게 일상용어로 사용하는 거의 유일한 남자였다.

그는 작은 강아지나 개망초나 나팔꽃 같은 들꽃이나 쫄쫄 흐르는 개울물 같은 걸 보면 예외 없이 예쁘다, 예쁘다, 하며 미소 지었다. 남의 돌봄과 관심이 있어야 생을 유지할 수 있거나 혹은 누구에게도 해를 끼칠 가능성이 없는 모든 것들에 대해 예쁘다고 말했다. 영감은 그런 사람이었다.

'이건 영감이 쓴 게 아니다!'

영감의 필체가 분명하므로 영감이 쓴 게 맞겠지만, 영감의 뜻이 아니라는 것은 누구보다 미숙 씨가 잘 알았다.

언론에는 무료예식장을 운영해오던 임종덕 사장이 쌓인 빚더미에 신변을 비관, 스스로 목숨을 거뒀다는 기사가 단신으로 올랐다. 미숙 씨는 영감의 장례를 치르자마자 예식장 사무실로 돌아왔다.

사무실 안의 모든 서류와 자료를 살펴보았다. 그중에는 케케묵은 영감의 노트도 있었다. 하도 예식장 집어치우라고 타박해서 예식장을 유지해야 하는 이유에 대해 적어보았다는 바로 그 노트였다. 그중 가장 많이 사용한 낱말이 '행복'이었다는 그 노트.

미숙 씨는 영감의 차가운 손을 마주 잡는 기분으로 읽어나갔다. 거기에 사람들의 사연이 빼곡했다. 무료결혼식을 올렸던 사람들의 이름과 날짜, 사연들이 들어 있었다. 미숙 씨가 결혼했던 날도 기록되어 있었다.

그날 임종덕은 아버지처럼 미숙 씨의 손을 맞잡고 식장으로 들어갔다. 그리고 그녀의 손을 남편에게 건네준 뒤, 단상으로 올라가 이번에는 주례 노릇을 했다. 주례사는 짧았다.

"대충 살아. 그러면 돼. 대충 서로 말대꾸만 하지 마. 그러면 적어도 불행해지지는 않을 테니까."

그러면서 그가 웃었다. 그날, 행복했다고 노트에 적혀 있었다.

미숙 씨는 마치 선언과도 같은 그 '행복'이라는 낱말을 보면서 갑자기 울보 어린애가 된 것 같았다. 상실의 시간이었다. 제대로 설명하기 힘든 감정이 어깨를 두들겨 들썩이게 만들었다. 눈에 닭똥 같은 눈물이 금세 고였다가 너무 무거워 바닥으로 툭 떨어지고 나면 금세 또다시 닭똥이 눈에 생겨났다.

　모든 사람들의 사연 밑에 모든 결혼식 날의 끝에 임종덕은, 행복했다고 적어놓고 있었다. 흡사 자신의 행복을 위해 사람들을 결혼시키기라도 했다는 것처럼.

　노트의 맨 마지막 장을 열었다.

　미숙 씨는 어떤 사연도 적히지 않은 텅 빈 노트 한가운데 덩그러니 쓰여진 문장을 노려보았다.

　'그는 머지않아 나를 찾아올 것이다. 만약 내가 죽은 뒤에라도.'

　덜컹, 소리와 함께 미숙 씨가 앉아 있던 의자가 뒤로 넘어갔다. 갑자기 튕겨지듯 일어났기 때문이었다. 사무실은 여전히 들쑤셔 놓은 모습 그대로였다. 언뜻 보면 임종덕이 절망에서 비롯된 실의의 감정으로 물건들을 뒤집어엎은 것으로 보였지만, 자세히 살펴보면 누군가 무엇을 급하게 찾기 위해 뒤진 모양새로 볼 수도 있었다.

　소문은 금세 돌았다. 사람들은 임종덕의 죽음을 두고 꾹꾹 눌러 참았던 울분이 급작스레 튀어나왔기 때문이라고들 했다. 안 그런 척했지만, 속으로는 아무도 안 알아주고 나날이 빚만 늘어가는 상황을 감당하기 어려웠을 거라고. 그래서 폭발한 나머지 예식장을 쑥대밭으로 만들고 스스로 목숨을 끊은 거라고 섣불리 짐작했다.

　만약, 만에 하나 천에 하나, 영감이 스스로 목숨을 거둔 게 맞다 하더라도 이런 방식은 아닐 것이다.

그런데 만약 그게 아니라면, 다른 가능성은 무엇일까.

누군가 영감을 찾아올 것이라는 말이 대체 무슨 뜻일까.

무언가 원하는 것이 있으니 찾아온다는 것일 테지.

영감은 그 문장을 급하게 거친 필체로 적었다. 반가운 '손님'
은 아니라는 뜻일 게다. 빚쟁이일까? 아니면?

미숙 씨는 문득 무슨 생각이 들었는지 변호사에게 건네받은
시계수리점 열쇠를 챙겨 그곳으로 뛰어갔다.

랑랑예식장을 무료로 운영하기 위해 임종덕이 평생 일하던
어둠침침한 공간이었다. 역시나. 거기도 난장판이었다.

미숙 씨는 콧구멍만 한 시계수리점에 앉아 밤을 꼬박 새웠다.

임종덕의 노트에 적힌 마지막 문장이 자기가 가야 할 방향을
가리키고 있었다. 그 길을 향해 나아가려면 무엇을 해야 할지
생각했다.

이윽고 눈물 맺힌 눈가를 훔쳐내고 슬픔을 거두었다. 천천히
등허리를 펴고 미숙 씨는 마침내 단호한 손짓으로 핸드폰을 열
었다. 그리고 낭랑회 회원들에게 전화를 돌리기 시작했다. 새
아침이 먼 데서부터 천천히 다가오고 있었다.

낭랑회

미숙 씨가 랑랑예식장 사무실에 앉아 손님들 맞을 준비를 했
다. 보기 드물게 격식을 갖춘 정장 차림이었다.

누군가 사무실 문을 열고 들어오면서 반갑게 인사를 건넸다.

"오, 김미숙! 그렇게 차려입으니 멀쩡한 사람 같네."

남쪽 지방에 거점을 둔 한 은행의 은행장인 박주식이었다.

미숙 씨보다는 연배가 예닐곱 살 위였다. 어려울 때 랑랑예식장에서 결혼한 뒤 다니던 은행에서 승승장구해 은행장까지 오른 입지전적인 인물이었다.

그의 눈에 미숙 씨 가슴에 달린 브로치가 제일 먼저 들어왔다. 삼각형 방패 같은 모양새인데, 반원 형태의 태양이 지평선 위로 떠오르고 있는 형상이었다. 그 아래쪽으로 매화꽃이 장식되어 있었고 작게 루비 빛깔로 이렇게 적혀 있었다.

'Bebin Anew'

미숙 씨가 박주식의 시선을 알아차렸다.

"새롭게 시작한다는 뜻. 최고 작가에게 의뢰해서 만들었어. 랑랑예식장과 낭랑회의 공식 문장이 될 거야."

"이제야 낭랑회 회장 티가 나네. 아무럼, 해화당 주인 정도면 이 정도는 돼야지. 품격 있어. 인정!"

늘상 운동복 차림이었고 장례식 때는 상복 차림이던 걸 봐온 터라 박주식은 여동생 놀리듯 엄지를 추켜세웠다.

"나야 언제나 티피오를 중시하거든."

미숙 씨가 짐짓 낭랑회 회장의 권위를 의식하듯 대답했다.

박주식이 자리를 잡고 앉자, 뒤이어 누군가 요란하게 통화를 하면서 들어섰다. 피의자라든가 알리바이라든가 영장이라든가 하는 단어들이 들려왔다.

"하여간 저 녀석은 혼자 나쁜 놈들 다 잡아들이는 척 티를 낸다니까."

박주식의 장난스러운 타박에 통화를 끝낸 부장검사 이기호가 손사래를 치며 자리에 앉았다. 곧이어 또 사람들이 들어왔다. 익숙한 듯 편안하게 각자 자리에 앉았다.

"갑자기 회의 소집한대서 좀 놀라기는 했지."

유품정리사인 강종희가 조심스레 말을 꺼냈다.

강종희는 누구보다 죽음 이후를 잘 다룬다. 그녀는 '정리는 끝이 아니다. 새로운 시작이다'라는 표어를 사무실 벽에 붙여놓고 매일 낭독한다. 그러한 모토로 그녀는 죽음을 정리하는 과정에서 언제나 새로운 시작을 체감한다.

그것은 그녀가 삶을 대하는 태도로 정착되었다. 임종덕에게 한 수 배운 게 바로 그거였다.

"영감님도 없으니 이제 그만 예식장 문 닫으려니 했는데."

사설탐정 현봉식이 소리 없이 들어서면서 거들었다.

현봉식은 경찰 출신으로 뇌물수수 사건에 휘말려 퇴직해 사설탐정 사무실을 차렸다. 이후로 계속 내리막이었다. 다 쓰러져가는 사무실은 깨진 유리창을 바꿀 돈이 없어 청테이프로 얼기설기 막아둘 정도였다. 그의 사무실에서 가장 멀쩡한 건 벽에 붙어 있는 액자였다.

사무실을 오픈하면서 붙여놓은 그 액자 속에는 현봉식이 신봉하는 명언들이 나열되어 있었다.

'정의는 강한 자의 특권이 아니라 약한 자의 권리다. 존 러스킨'

'작은 단서도 무시하지 마라. 그 안에 진실이 숨어 있다. 셜록 홈즈'

'사실은 가장 강한 증거다. 알베르 카뮈'

거창하게 붙여놓은 명언들과 사뭇 다르게 요즘 현봉식은 바람난 중년 부부 뒤꽁무니나 쫓아다니며 호구하는 신세였다.

모두들 임종덕의 영향으로 표어도 붙여놓고 그러는 거였다.

"예식장은 문 닫지 않을 거예요."

낭랑회 회장 미숙 씨의 말은 선언처럼 단단했다.

미숙 씨는 새삼스럽게 직접 부른 회원들 면면을 둘러보았다. 임종덕의 생의 증명들. 영감이 세상에 남긴 선명하고 밝은 의지의 흔적들.

그는 사십여 년에 걸쳐 무료결혼식을 올려주고 나서도 미숙 씨처럼 여러 사람을 은밀하게 도왔다. 그들 중 미숙 씨처럼 성공한 경우가 많이 있었다. 그녀는 중견 기업으로 성장한 빵집 해화당의 주인이 되었고, 누군가는 전국 꽃집 체인의 주인으로, 또 누군가는 가난한 고시생일 때 낭랑예식장의 도움으로 결혼한 뒤 포기하지 않고 늦은 나이에 사시에 합격해 검사가 되었다.

또 다른 이는 국가정보원 소속이었고, 다른 누구는 무술 유단자로 큰 규모의 체육관을 운영하고 있었다. 파일럿도 있었고, 중증외상센터의 의사도 낭랑회 회원이었다.

이들이 한데 뭉친 것이다. 이들이 각자 자기 역할을 맡아주면 세상 어디에 불가능한 일이 존재할까. 미숙 씨는 새삼 뿌듯한 기분이 되어 그들을 흐뭇하게 둘러보았다. 그중 한동호가 미숙 씨를 예리하게 관찰했다.

한동호는 '크라브 마가' 국제연맹한국지부장이었는데, 크라브 마가는 모사드로 유명한 이스라엘에서 만든 전투 무술이었다. 모사드라면 CIA, MI6, KGB와 함께 세계에서 가장 강력한 정보기관 중 하나로 평가받고 있었다. 해외 정보 수집 및 비밀 작전 수행, 암살, 공작 활동, 스파이 운영으로 악명 높은 정보기관. 특히 크라브 마가는 강한 타격, 빠른 전투 전개, 높은 부상 위험을 특징으로 삼고 있었다.

과연 무술인답게 한동호의 눈빛은 날카로웠다.

"문 닫지 않을 거라니?"

한동호는 미숙 씨가 분명 감추는 게 있단 걸 짐작하며 물었다. 오늘 모임도 통상적인 랑랑예식장 후원회로서의 회의가 아닐 것이다. 분명 다른 무언가 있다!

한동호의 눈빛을 알아차린 미숙 씨가 작게 고개를 끄덕였다.

"랑랑예식장은 계속 운영될 겁니다. 그것도 최대한 요란한 방식으로요."

'요란한 방식'이라니? 회원들은 표정으로 물음표를 던졌다.

"맞아요, 온 세상이 다 알도록 시끄럽고 떠들썩하게 랑랑예식장은 다시 시작될 거예요. 여러분 모두의 도움이 절대적으로 필요합니다."

미숙 씨가 노트를 꺼냈다. 제대로 닫혀 있는지 출입문도 다시 확인했다.

다들 미숙 씨의 결연한 눈빛과 노트에 적힌 문장을 번갈아 보았다.

'그는 머지않아 나를 찾아올 것이다. 만약 내가 죽은 뒤에라도.'

모두가 서로를 쳐다보며 입을 벌렸다. 안 그래도 영감의 죽음에 석연치 않은 점이 많다며, 다들 이대로 그냥 넘어가지 않겠다며 핏대를 세웠었다. 부장검사 이기호와 사설탐정 현봉식, 국정원 요원까지 나서 수사해야 한다고 주장했다. 유품정리사 강종희는 유품을 정리하면서 마지막 남긴 모습이 영감이 평생을 살아온 가치관에 부합하지 않는 사실에 주목했다. 의심할 만한 이유가 다분하다는 것이다.

"여러분이 할 일은 이거예요. 나와 함께 요란을 떠는 것."

모인 사람들 모두 말없이 고개를 끄덕였다. 함께하겠다는 굳건한 의지였다.

미숙 씨는 그들의 진지한 얼굴들을 보고서야 비로소 랑랑예식장 재개장을 확정했다. 그 과정에서 용기를 발휘하고, 새로운 것을 배우고, 예상치 못한 난관에 부닥치며, 수많은 사람들을 만나게 될 것이다. 그 길 끝에 과연 무엇을, 아니 누구를 맞닥뜨리게 될까.

그랜드오픈은 화려했다

랑랑예식장의 그랜드오픈을 알리는 광고가 매체를 가리지 않고 대대적으로 펼쳐졌다.

TV, 신문 같은 전통적 매체부터 유튜브, 게임, 인스타나 페이스북 같은 트랜디한 매체와 전국 각 지역 광고까지 모두 섭렵했다.

새로운 랑랑예식장은 예전 랑랑예식장과 딱 붙어 있었다. 옛 건물을 그대로 둔 채 바로 옆 부지를 사들여 새 건물을 올린 것이다. 전체 십 층 규모의 신축 건물은 오성급 호텔의 웨딩홀보다 훨씬 더 화려하고 고급스러웠다.

오픈식을 겸한 랑랑예식장의 첫 번째 결혼식은 세간의 관심을 한 몸에 받고 있는 탑배우 커플이었다.

저 배우들이 이제 막 오픈한 예식장에서 결혼을 한다고?

사람들은 다소 미심쩍은 눈길을 보냈다. 탑배우 커플은 결혼 기자회견에서 어떻게 랑랑예식장을 선택하게 되었느냐는 기자의 질문에 이렇게 말했다.

"뭐랄까, 마치 레드카펫을 밟는 순간 터지는 플래시 세례처럼 랑랑예식장에서의 멋진 결혼 장면이 머리에 떠올랐어요. 보세요, 정말 멋지지 않나요? 어디 내놔도 빠지지 않을 만큼 고급스럽고 약간 성스러운 느낌마저 든다고 해야 할까? 랑랑예식장은 럭셔리 브랜드 쇼윈도에 걸린 맞춤 정장의 실루엣처럼 완벽한 선택이었죠. 게다 어려운 사람들을 위한 결혼식을 저희가 후원하는 셈이니까. 세상에서 받은 큰 사랑, 조금이나마 이렇게 보답하고 싶어요."

엔딩 크레딧이 올라갈 때 객석에서 터져 나오는 기립박수를 받기라도 한 듯, 탑배우는 더할 나위 없이 만족한 표정이었다. 그 화려한 미소가 전국 방송을 탔다. 랑랑예식장의 오픈 이벤트는 대성공이었다.

그 바람에 미숙 씨는 연일 밀려드는 예약 문의와 예식장 운영에 관련된 업무 처리로 내내 바빴다. 미숙 씨뿐 아니라 직원들도 격무에 시달렸다. 연봉을 올려주지 않으면 파업이라도 하겠다는 기세로, 미숙 씨와 함께 해화당 빵과 그 앞 분식집에서 사온 떡볶이를 나눠 먹으며 짐짓 정색을 했다.

며칠을 날밤으로 새운 직원들의 눈은 붉게 충혈돼 금방이라도 튀어나와 미숙 씨를 덮칠 것만 같았다. 직원들에게 미숙 씨는 나중 일은 나 몰라라, 하고 무조건 일만 크게 벌여놓고 나자빠지는 철부지쯤으로 보였다. 그중에서도 팀장인 한미태가 대놓고 거칠게 들이댔다.

"하여튼 뭘 해도 적당히가 없지. 시대에 안 맞는다며 예식장을 새로 짓는 것만 봐도 그래. 그냥 고층 건물에 오성급 호텔 뺨치게 지어버리잖아?"

그게 뭐, 하는 표정으로 미숙 씨가 턱을 들어 올리며 거들먹거리는 표정을 짓자, 미태가 더 턱을 치켜들며 종알거렸다.

"워어낙 그랜드하게 오픈을 해버리는 바람에 말이야, 이거 봐요! 완전 산이잖아? 3차까지 거른 것들만 가져왔는데도 눈앞을 다 가려. 어떡하실 거냐고요?"

'워어낙'이라고 부러 말을 늘여가며 미태가 눈앞에 잔뜩 쌓인 서류 더미들을 손가락으로 탁탁 쳤다. 이게 다 미숙 씨 책임이라는 걸 강조한 것이다.

그랬지만 어디부터 어디가 진심이고 장난인지 구분하긴 어려웠다. 미숙 씨를 탓한다기보다는 격무에 지친 직원들 심정을 대변해 조금 과장되게 표현하는 거랄까. 그것도 어디까지나 신뢰와 애정이 바탕에 깔린 것이라 회의는 밝은 분위기였다.

"무슨 결혼을 하는 데 이건 복권 당첨돼야 하는 수준이잖아? 경쟁률이 어마어마해요."

나이는 한참 어리지만 미태는 미숙 씨 앞에서 접어주는 법이 없었다. 미숙 씨가 봐도 쌓인 서류가 산더미라 쩝, 혀를 차는 수밖에.

눈앞에 쌓인 것들은 새로 연 랑랑예식장에 무료결혼을 신청하는 사연들이었다.

랑랑예식장의 결혼 비용은 오성급 호텔 웨딩홀 비용 못지않게 비쌌다. 그러나 매주 이곳에서는 무료결혼이 동시에 진행된다.

예식장에서 사연을 받아 선정되며, 그게 무료라는 사실은 외부에 밝히지 않는다. 그것이 임종덕 시절부터 랑랑예식장의 운영 방침이었다.

노블리스 오블리주를 중요하게 생각하는 상류층은 짐작보다 훨씬 많았다. 자신들이 내는 비용에 무료결혼식을 위한 비용까지 포함된다는 걸 알게 된 사람들이 줄지어 랑랑예식장에서 결혼하고 싶어 했다. 부모들 또한 그것이 복덕을 짓는 일이라며 흔쾌히 값비싼 비용을 지불했다.

"아무리 그래도 말이야…."

꼬랑지를 내리는 어감으로 말끝을 흐리며 미숙 씨가 말을 끌었다.

"뭐요?"

미태가 며칠 밤을 새워 일한 탓에 실핏줄 터진 눈으로 게슴츠레 미숙 씨를 노려봤다. 마치 피곤해죽겠는데 성가시게 구는 엄마를 보는 눈빛이었다.

"내가 너보다 스무 살이 더 많은데…."

사실 미태는 미숙 씨와 예전부터 알던 사이라 그녀를 더욱 편하게 대했다. 미태는 바로 박형식의 경우처럼 낭랑회에서 후원한 장학생이었던 것이다.

처음에는 깍듯하게 대하던 미태였는데, 시간이 흐르고 서서히 미숙 씨 실체를 파악하게 되면서부터 언젠가 둘의 서열이 종종 바뀌곤 했다. 그래봤자 엄마와 딸의 옥신각신 같은 거였다.

"그런데 진짜 신기하지 않아?"

미숙 씨가 미태의 살벌한 눈빛에 얼른 서류를 집어 들어 일에 몰두하는 표를 냈다.

"지구에 팔십억 명이 산다면 사는 모습도 팔십억 개일 거야. 지구라는 거대한 무대 위에서 수십 억 개의 서로 다른 이야기가 동시에 펼쳐진다는 사실이 경이로워."

사연들을 볼 때마다 요즘 매번 미숙 씨가 읊어대는 대사였다.

그도 그럴 것이 들어오는 사연이 그야말로 다종다양했다. 어려운 형편 때문에 결혼식을 하지 못하고 살고 있는 부부나 이제 막 결혼을 앞둔 이들의 사연이 가장 많았지만, 희한한 사례들도 많았다.

게다가 어떻게 랑랑예식장이 소문을 탔는지 외국에서도 심심찮게 사연이 들어왔다(요 대목에서 미태가 미숙 씨를 다시 살짝 째려봤다).

대부분 랑랑예식장에서 수용 불가능한 해외 토픽 감의 케이스였는데, 그중 몇 가지만 추려보자면 다음과 같았다.

첫째, 가상의 캐릭터와 결혼하겠다는 사람들. 드러내놓고 주위에 밝힐 수는 없지만 캐릭터와 결혼을 원하는 사람들이 많다는 뜻이겠지. 일본의 한 남성이 '하츠네 미쿠'라는 가상 아이돌과 결혼식을 올리고, 그녀와 대화할 수 있는 홀로그램 기기와 함께 생활한다고 밝힌 것처럼 말이다.

둘째, 자기 자신과 결혼하겠다는 사람들. 셀프매리지(Self-marriage) 또는 솔로가미(Sologamy)라 불리는 것이다. 자신을 사랑하고 존중하겠다는 의미로 혼자서 결혼식을 올리는 방식인데, 이들은 결혼식을 올리고 혼자 신혼여행도 다녀온다.

셋째, 물건이나 사물과 결혼하겠다며 자기가 베고 자는 베개 사진을 보내와 신부라며 결혼식을 올리고 함께 살고 싶다고 사연을 보내왔다.

그 외에도 동물과 결혼하겠다는 사람이 있었고, 이미 죽은 유명인과 영혼결혼식을 원하는 사람도 있었는가 하면, 양가 부모가 철천지원수라며 로미오와 줄리엣인 자기들은 랑랑예식장이 아니면 결혼식 올릴 데가 없다고 읍소한 사람도 있었다.

한편 외국인 세 명이 다자 결혼을 하겠다는 사연도 도착했다. 국제결혼이나 재혼 사례는 평범한 축에 속했다. 동성 결혼을 하겠다며 결혼식을 신청한 경우도 많았는데, 엄연히 지금 이 사회에서는 합법으로 인정받지 못하기 때문에 외국에 있는 예식장을 연계해주었다.

랑랑예식장 벽에는 그렇게 연결해준 사람들이 외국으로 가 결혼하면서 보내준 사진들이 죽 걸려 있었다. 자신들이 사랑하는 사람과 결혼했다는 것으로 그들은 평생에 다시 없을 선물을 받은 듯 기뻐했다.

"그러니까요, 전에는 잘 생각지 못했던 삶의 방식이 많아요. 그렇게 보면 세상은 거대한 직물인 것 같아. 수십억 개의 실이 각기 다른 색과 결로 엮여 있는. 어쩌면 그래서 세상은 다채롭고 환하게 잘 구성된 완전체인지도 몰라요."

미태가 가뿐하게 동의했다.

랑랑예식장 운영방침

사람들의 사연과 이야기는 쉬지 않고 들어왔다.

읽다 보면 슬프고 화나고 고통스럽기도 하고 반면에 웃기기도 하고 어이없기도 했다. 그들의 이야기 속에는 사람이 느낄 수 있는 모든 종류의 감정들이 망라되어 있는 것 같았다.

"예식장 주인이 아니라 이야기 수집가가 된 기분이라니까."

미숙 씨가 덤덤하게 말했다. 그 말처럼 사람들 사연은 그들 생에 있어 비밀의 문이었다. 주변의 누구에게도, 심지어 부모나 가장 친한 친구에게도 하지 못한 말들이 예식장으로 쉼 없이 흘러들어왔다. 그들의 온 생이 매일같이 엄청난 양으로 밀려드는 것이다.

미숙 씨는 그들의 생을 읽으며 때로 웃고, 때로 울고, 때로 한숨지었다. 그들의 엄마였다가 친구였다가 결혼을 원하는 상대자였다가 혹은 그들 자신이 되는 기분이었다.

"외로울 틈이 없었겠어…."

미숙 씨가 혼잣말처럼 중얼거렸다. 예식장을 자기에게 떠넘기고 영영 가버린 영감탱이를 두고 하는 말이었다.

살아생전 매일같이 이런 사연들을 읽었을 영감의 모습이 떠올랐다. 사연과 함께 울고 웃었을 영감은 그들의 생을 함께 살아낸 기분이었을지도 몰랐다.

"그래도 이 사람들 모두가 랑랑예식장에서 결혼할 수는 없으니까 최대한 공정하고 엄격한 기준으로 사연을 선별해야죠."

어느새 팀장의 본분으로 돌아온 미태가 사무적으로 말했다.

"미숙 씨, 알죠? 어려운 사람들이라고 모두 우리가 다 도와줄 수는 없다는 거."

미태는 미숙 씨를 대표님이 아니라 미숙 씨라고 불렀다. 대답하라는 뜻으로 더욱 다가가며 눈을 마주 보았다.

"알겠다니까. 알아. 당연히 그래야지, 암. 엄연히 랑랑예식장의 운영방침이 있는데."

사실 모든 직원들이 미숙 씨를 미숙 씨라고 불렀다. 미숙 씨 또한 모든 직원들의 이름 끝에 '씨'자를 붙여 불렀다(이것도 뭐든 적당히를 못하는 미숙 씨가, 직원들 간에 평등한 분위기여야 일의 효율도 오르고 만족도가 높아진다는 글로벌 기업의 사례를 들고 와서는 미숙 씨가 먼저 그러자고 한 거였다).

랑랑예식장의 운영방침은 다음과 같았다.

1. 영감이 랑랑예식장을 건립한 가치관을 고스란히 이어받는다.
2. 영감이 원하던 대로 어려운 이들의 사연을 받아 무료결혼식을 올려준다.
3. 영감이 그랬듯, 힘닿는 데까지 그들을 돕는다.
4. 영감이 그랬듯, 힘닿는 데까지 그들을 에이에스한다.

미숙 씨는 벽에 붙어 있는 운영방침을 노려보듯 올려다보았다. 온통 영감이 주어인 까닭은 운영방침을 미숙 씨가 직접 썼기 때문이다. 전임 주인이라거나 예식장 설립자라거나 혹은 임종덕이라거나 하는 식으로 다 써보았는데 맘에 들지 않았다. 결국 미숙 씨는 모두 지우고 그 자리에 '영감'이라고 써넣었다. 그제야 딱 맞아떨어지는 운영방침이 된 것 같았다.

영감탱이를 영감이라고 하지, 그럼 뭐라고 하나. 사람들이 '영감'은 좀 그렇지 않냐며 이의를 제기했을 때 미숙 씨는 한마디로 잘랐다. 곁에서 미태도 한마디 보탰다.

"방향키 잡은 대장이 판을 깔면 모든 선원들은 한마음으로 따라야 하는 법이죠. 세종대왕님께서 한글 만들 때 양반들이 오죽 반대를 했어요? 결국 봐. 우리 지금 한글 아니면 케이컬쳐 자존감이 훅 떨어지는 거라구."

이런 면이 바로 미태가 미숙 씨의 오른팔이자 가장 든든한 의지인 까닭이다.

랑랑예식장의 운영방침은 다음과 같은 항목이 추가됐다.

5. 사연들 중에 억울한 사연을 골라 가린다.
6. 그 억울함을 해소시켜 최고의 결혼식을 올릴 수 있도록 한다.

영감이 그들을 돕는 데 일생을 바쳤다면, 미숙 씨의 랑랑예식장은 한 발 더 나아가기로 했다.

물밀듯이 몰아닥치는 사연들 중에서 억울함이 포함된 케이스를 가려낼 것이다. 그들의 억울한 사연을 풀어주는 데까지 나아가는 것. 빼앗겼다면 되찾아오고, 받지 못했다면 받아내고, 속였다면 그걸 바로 잡아야지.

미숙 씨는 그것이 임종덕의 가치관을 계승, 발전시킨 버전이라고 믿었다. 왜냐하면 십수 년이 넘도록 그가 시켜 사람들을 들여다보고 도우면서 그들의 억울함을 함께 보고 느꼈기 때문이다.

"억울하다는 게 뭔지 알아?"

미숙 씨가 벽에 붙은 운영방침을 손으로 쓸어보며 말했다. 마치 죽은 영감의 뺨이라도 쓰다듬듯 온기가 밴 손길이었다.

"믿었던 세계가 모조리 무너져버리는 거야. 허술하고 약하고 거센 바람이 몰아닥치면 흔들리게 마련이지만, 그래도 버틸 수 있지만, 믿었던 세계가 무너지면 나를 감싸고 있던 울타리가 짓밟히는 거야."

그에 맞게 예식장의 조직 체계는 다른 예식장과는 차원이 달랐다.

법 때문에 억울한 사람들을 위한 법무팀, 돈 때문에 억울한 사람들을 해결하기 위한 재무팀이 구성되었을 뿐 아니라, 나쁜 놈들의 협박에 시달리면 무술팀이 나선다.

각각 팀장은 부장검사 이기호, 은행장 박주식이 맡았고, 무술팀 팀장은 크라브 마가 국제연맹한국지부장인 한동호가 맡았다. 누군가 무력으로 위협한다면 예외 없이 무술팀에게 응징을 당할 것이다. 그리고 모든 사연들을 검토하고 채택하는 실사팀의 팀장이 미태였다.

그렇게 어떤 정치적인 고려도 하지 않고 불의를 보면 망설임 없이 뛰어들 수 있는 인물들로 구성되었다.

숨겨진 목적

랑랑예식장을 재오픈한 까닭은 그게 다가 아니었다.

미숙 씨는 홀로 사무실에서 벽을 올려다보고 있었다.

랑랑예식장의 운영방침이 걸려 있고 그 옆에 한 가지가 더 있었다. 바로 랑랑예식장 초대 설립자의 초상화였다. 미숙 씨가 그리워하는 영감의 모습이 거기 있었다.

살아생전 늘 짓던 미소가 여전히 그림 속에서 생생했다. 미숙 씨가 툭하면 예식장에 오는 것도 그림 때문이었다. 고민이 있을 때마다 예식장에 와서 영감을 보았다. 그럼 길이 환해졌다. 물론 절대 맘에 들진 않았다. 그림을 보는 내내 망할 놈의 영감탱이라고 투덜거렸다. 그리고 결국 그 마음의 길을 따라갔다.

"그래, 어디 한 번 답을 줘봐."

그렇게 그림 앞에서 혼잣말을 했다.

기도하듯. 우주의 어느 지점을 향해 올려다보며 물어보듯.

영감이 죽고 아무리 애를 써도 미소 짓는 영감의 얼굴이 쉽게 떠오르지 않을 때, 미숙 씨는 영감을 죽인 범인을 지구 끝까지 쫓아야겠다는 충동이 치밀어 올랐다.

미숙 씨는 자신에게 그런 적대적이고 고집스런 충동이 존재하는지 전에는 미처 몰랐다. 하지만 한 번 그런 충동이 일자 순식간에 그녀를 압도했다.

어려서 엄마가 죽고 사고무탁 고아로 살아오면서 진작부터 세상이 우호적이거나 그리 호락호락하지 않다는 걸 잘 알았지만, 그렇다고 그다지 악감정을 가지고 있지도 않았다. 그런데 영감이 죽고 보니 세상이 다 싫어졌다. 세상의 엉덩이를 걷어차고 싶어졌다.

영감은 분명 타살이다!

자살로 위장했지만, 유서는 가짜가 분명했다. 미숙 씨에게 임종덕은 아버지와 같았다. 그러므로 반드시 놈을 찾아야 한다. 모든 걸 걸고서라도.

미숙 씨는 놈이 언젠가 예식장에 다시 모습을 드러낼 거라고 확신했다. 분명 그에 대한 단서가 들어올 거다. 자기가 죽은 뒤에라도 반드시 올 거라고 하지 않았나. 랑랑예식장의 그랜드오픈은 그러니까 일종의 다음과 같은 메시지였다.

'자, 여기야. 여기서 네 놈을 기다리고 있어. 그러니 어서 와. 네 놈을 꼭 찾아내 응징하고야 말겠어.'

미숙 씨는 회의하던 도중 그림을 한 번 더 올려다보면서 속으로만 생각했다. 랑랑예식장 재오픈의 숨겨진 목적은 낭랑회 일부 멤버들과 실사팀 팀장 미태만 알고 있는 극비였다.

"미숙 씨? 회의 도중에 무슨 딴생각을 하는 겁니까?"

미태가 미숙 씨를 얼른 불렀다. 미숙 씨 명치에 막 다시 살해범에 대한 불같은 충동이 일어나 손이 벌벌 떨리기 직전이었다. 그걸 알아차린 미태가 서둘러 그녀를 환기시킨 거였다.

"딴생각이라니. 내가 지금 얼마나 억울한 사람들 사연 때문에 슬픈지 알지도 못하면서…."

천연덕스럽게 말하는 미숙 씨를 보고 다른 직원들이 쿡, 웃었다.

"그러니까요, 억울한 사람들이 이렇게나 많은데 우리가 좀 더 집중해야겠죠?"

사연을 보내는 사람들은 모르겠지만, 랑랑예식장은 사실상 민원접수창구가 되는 셈이었다. 엄정하고 공정하게 사연을 가려 그들의 억울함을 풀어주는 데 전력을 다할 것이다. 그것이 랑랑예식장이 태초부터 가진 소명이었으니까.

미숙 씨가 의젓함을 보여주려고 허리를 곧게 세우고는 들고 있던 서류에 눈을 주었다.

"자, 그럼 또 어떤 사연인지 한번 들여다볼까? 윤나리라…. 이름이 참 예쁘네."

미숙 씨가 들고 있던 윤나리의 사연을 읽어가기 시작했다. 읽어가면서 저절로 이런 소리가 흘러나왔다.

"저런…. 아이고…. 이제 막 피어난 청춘이…. 안타까워 어쩌나…."

2장

. . . .

윤나리와 정진수
결혼이라는 새로운 출발

윤나리의 꿈은 패션 디자이너였다

나리는 평범하게 나고 자랐다. 엄마 덕분이었다.

나리의 엄마는 결혼 전에 인 서울 중위권 대학 미대에 입학해 화가의 꿈을 키웠었다.

2학년 때부터 집안 형편이 나빠졌다. 미대 공부를 계속하려면 스스로 학비와 생활비와 미술용품 구매비 모두를 벌어야 하는 상황이었다. 미술은 돈이 많이 드는 일이었다.

나리의 엄마는 현실적으로 따져보았다. 그림 그리는 걸 좋아하고 또 가장 잘하는 일이라 생각하지만, 누구보다 잘할 수 있는가, 하는 건 별개의 문제였다. 스스로 냉철하게 판단한다는 건 잔인한 일이었지만 앞에 놓인 현실을 헤쳐나가야 하는 상황에서 어쩔 수 없었다.

다른 직업과 비교해보면 화가는 성공한 몇을 제외하고는 대부분 임금과 복리후생이 낮은 직종이었다. 프리랜서에 속하므로 고용안정의 수준이 매우 낮고, 근무 시간은 길고 불규칙하며, 근무 환경도 그다지 좋지 않아 정신적, 육체적 스트레스가 심한 직업이다. 흔히 말하듯, 작가의 삶에 대한 환상을 품고 화가에 도전했다가 평생 배곯으며 실패할 확률이 큰 것이다.

결국 깊은 고민 끝에 학교를 그만두기로 마음먹었다. 당장 돈을 벌어야 하는 상황이기도 했다.

작은 무역 회사의 사무직으로 취직했고, 그곳에서 남편을 만나 결혼했다. 나리를 낳은 후 회사를 그만두었다. 그때는 일반 사무직 여직원이 임신과 출산을 하게 되면 퇴사하는 것이 관례이자 불문율이던 시절이었다.

남편의 월급으로 살림을 살고, 나리를 육아하면서 빠듯하지만 평범하게 살았다. 그러다 나리가 여섯 살 때 IMF 금융 위기 사태가 몰아닥쳤고, 남편이 다니던 회사가 망했다.

손재주가 좋았던 엄마는 가끔 액세서리를 만들어 지인들에게 선물하곤 했는데, 그때마다 이건 상품으로 만들어 팔아야 한다며, 칭찬을 많이 들었다. 남편이 재취업에 애를 먹고 매일의 생활이 불안정해지자, 엄마는 나리를 집 근처 어린이집에 맡겨두고 남대문 시장에서 난전으로 액세서리 장사를 시작했다.

그렇게 소박하게 시작한 장사가 나리가 고등학생이 되었을 때는 남대문 시장 안에서 어엿하게 액세서리 가게로 성업을 일구었다.

"정말이야? 엄마가 정말 길거리에서 좌판 깔아놓고 귀걸이며 목걸이며 만들어서 팔았다고?"

나리는 자신이 어릴 적, 추운 겨울날 길거리에서 꽁꽁 언 손으로 액세서리를 만들어 팔았을 엄마를 연민 가득한 눈으로 바라보았다.

"그랬지. 사람들이 내가 만든 액세서리를 좋아해 주니 얼마나 감사했는데. 그 덕분에 우리 딸 옷 사 입히고 밥 먹이고 이만큼 잘 키울 수 있었으니까. 그땐 정말 더운 줄도 추운 줄도 몰랐어. 하루 장사가 끝나고 또 다음날 생활할 수 있는 돈이 주머니에 들어온 걸 확인하면 그걸로 너무 행복했거든."

나리는 엄마와 함께 자신의 진로에 대해 이야기를 나누던 중이었다. 나리는 패션 디자이너가 되는 게 꿈이었다.

중학교 때까지 나리는 아담한 키에 통통한 팔다리, 동그란 얼굴이 귀여운 아이였다. 디자인은 포기하고 엉덩이 둘레에 맞춰 산 바지의 하단을 댕강 잘라 입던 나리에게 외모는 콤플렉스였다. 그 때문인지 부끄러움이 많은 성격이 되었고, 자기를 드러내는 데도 자신이 없었다. 거의 주목받아 본 적도 없었다.

어느 날인가, 평범한 청바지에 안 입는 블라우스에서 떼어낸 리본을 붙여 리폼한 것을 입고 나간 적이 있었다. 갑자기 아이들이 모여들더니 청바지가 너무 예쁘다며 어디서 샀냐며 관심을 보였다. 나리에게 호감을 드러내는 아이들까지 있었다.

그 이후 비슷한 일을 여러 번 겪자, 나리는 패션 디자이너가 되고 싶다는 꿈을 키우게 되었다. 고등학생이 되면서 키도 훌쩍 자라 평균치가 되고 팔다리도 가늘어져 외모 콤플렉스는 사라졌지만, 패션에 대한 관심은 그대로였다. 나리는 패션 디자이너로서 자신의 가치관이나 색깔을 담아 세상에 보여주고 싶었다.

대학 진로를 고민하며 그런 이야기를 하자 엄마가 제 과거의 고단했던 시절을 들려준 것이다.

엄마가 길거리에서 장사를 했다는 건 그때 처음 들었다. 처음부터 시장 안에서 지금처럼 자리 잡은 게 아니었구나. 그런 생각이 드니 새삼스럽게 엄마가 얼마나 고생해서 자신을 키웠을지 짐작되었다.

"네 이름이 왜 나리인 줄 알아?"

문득 엄마가 물었다. 나리는 고개를 저었다. 한글 이름 짓는 게 유행이었고 나리라는 음성이 예뻐서 그리 지은 줄로만 생각했다.

"나리는 우리말로 냇물이라는 뜻이거든? 큰 강물이나 바닷물이 아니라 동네에 흐르는 조용하고 맑은 물. 우리 딸이 그런 냇물처럼 조용하고 자연스럽고 부드럽게, 물 흐르듯 평범하게 살길 바라는 마음이야."

패션 디자이너라는 직업이 안정적이지 않으며, 현실적으로 성공할 확률이 낮으니 신중하게 결정해야 한다는 말을 엄마는 그렇게 하고 있었다.

"나는 화가라는 직업을 포기했지만 그림 그리는 일을 포기한 건 아니야. 너도 알겠지만 엄마는 지금도 집에서 그림을 그리잖니. 난 그림을 그릴 때 가장 행복해. 되레 그때 전업화가가 되었다면 어땠을까. 가난에 허덕이다 스스로를 원망하며 좌절했을지도 모르지. 좋아하는 일을 꼭 직업으로 삼아야 하는 건 아닌 것 같아. 지금 내 꿈이 뭔지 아니?"

나리는 현재의 엄마에게 꿈이 있다는 사실에 속으로 놀랐다. 보통 엄마들은 꿈같은 거 더 이상 없지 않나?

"나는 네가 너의 길을 찾아 자리를 잡게 되면 은퇴할 거야. 가평에 땅도 사 뒀어. 거기다 전원주택 짓고 살면서 내가 좋아하는 그림 실컷 그리면서 살 거야. 평생 시장에서 장사하면서 성실하게 산 덕분에 이렇게 꿈을 꿀 수 있게 된 거지."

엄마는 발그레 행복한 표정을 지어 보였다.

그때 나리가 느낀 건 이율배반이었다. 평생 식구들 먹여 살리고 자기를 키우느라 고생만 한 엄마가 이렇게나 행복해 보일 수 있다는 사실이 기뻤던 동시에 엄마라는 위치에서 분리되어 살아갈 꿈을 가슴속에 품고 있다는 점에서 조금은 거리감을 느낀 것이다.

보통 독립이라면 다 큰 자식들이 원하고 꿈꾸는 것 아닌가. 그런데 엄마는 다 늙어가는 나이에 독립해 그림 그리며 살겠다는 꿈을 간직한 채 현실을 살고 있었다니.

나리는 확 정신이 들었다. 그건 불과 몇 년 뒤면 자신을 먹여

주고 재워주고 공부시켜주던 엄마가 자기를 남겨두고 훌쩍 떠날 거라는 갑작스런 선언이기도 했다. 그 후에는 오롯이 스스로의 인생을 감당해야 한다는 뜻 아닌가.

엄마는 패션 디자이너라는 직업과 그 세계에 대해 먼저 자세히 알아보라고 했다. 그리고 거기서 성공할 자신이 있는지까지도 판단해보라며 따뜻한 말로 조언해주었다. 그래서 자세히 알아보았다. 그 결과를 한마디로 정리하면 이랬다.

'열정 페이, 청년 착취.'

성공 사례는 하늘의 별 따기라고, 그 업계 종사자들이 이구동성으로 말하고 있었다.

당시 고등학생이던 나리가 찾아본 바에 의하면 신진 패션 디자이너의 구직 조건은 이랬다. 월급 130만 원. 식대 없음. 밤 10시까지 근무. 아무리 현재로부터 십 년이나 지난 과거라 해도 너무 적은 금액이었다.

패션업계 열정 페이 문제는 어제오늘의 일이 아니었다. 온 국민이 다 아는 한 유명 디자이너는 과거에 최저시급도 안 되는 적은 급여를 직원들에게 지급한 사실이 드러났다. 당시 그 디자인실의 급여는 견습 18만 원, 인턴 40만 원, 정직원 120만 원으로 모두 야근수당을 포함한 급여였다.

그렇게까지 부당한 대우를 받는 줄은 미처 몰랐다. 나리는 한 디자이너가 블로그에 올린 글을 보고 가슴이 아팠다.

'단거리 선수처럼 숨 가쁘게 달린다. 내일이 없는 것처럼 밤을 새워 일하고 방전되기를 반복한다. 평가와 반응에 휘둘리고 폭식하며 일상이 늘 불안정하고 성격은 신경질적으로 변했다…. 라벨갈이와 무단도용을 밥 먹듯 하면서도 부끄러워하지 않을 수 있는 뻔뻔함을 장착해야 한다. 철학은 없어도 허세는 있어야 하고, 더 잘해야 한다는 강박에 오늘도 불면으로 밤을 지샌다….'

심장이 뛰는 일을 하는 게 겉보기처럼 언제나 장밋빛인 건 아니었다. 그건 분명했다. 좋아하는 일을 하는 것이 반드시 최선은 아니라는 생각마저 들었다.

만약 패션 디자이너에 도전했다가 실패하면 어찌 될까. 이미 나이는 이십 대 후반쯤 될 것이고, 할 줄 아는 거라곤 종이 위에 옷 그림 그릴 수 있다는 것 말곤 아무것도 없게 되면?

오랜 고민 끝에 나리는 사범대에 진학했다. 무엇보다 흐르는 냇물처럼 조용하고 자연스럽게 살라고 지어준 이름 '나리'가 인생 지표와도 같은 역할을 했다. 세상에 도드라진 몇몇 성공한 패션 디자이너가 여전히 동경의 대상이었지만, 세상은 시행착오를 허락하지 않는다.

사범대에 진학하고 나서도 임용고시에 합격하고 교사가 되기 위해 나리는 누구보다 더 열심히 공부했다. 그러나 교사 생활은 나리가 생각하던 것과는 달라도 너무 달랐다.

학부모에게 처음으로 욕설을 들은 게 처음으로 부임한 고등학교에 출근한 지 석 달도 안 됐을 때였다. 복도를 지나는데 한 아이가 목에 전자담배를 걸고 있었다. 나리는 조건반사적으로 학생을 불러 세웠다.

"학교 안에서 담배를 소지하는 행위는 엄연히 교칙에 위배되는 거야. 교사로서 정당하게 이 담배는 압수할게, 신승태 학생."

전자담배를 빼앗긴 학생이 노골적으로 불만을 터트렸다. '에이, 재수 없어!' 그러고는 바로 학교에서 나가버렸다.

그날 밤늦은 시각에 전화 한 통이 걸려 왔다. 처음 보는 번호여서 무시할까 하다 혹여 급한 일일까 싶어 전화를 받았다.

"윤나리 선생님?"

다짜고짜 나리에게 그렇게 물었다.

"네, 누구시죠?"

"선생이라고 마음대로 우리 애 재산을 빼앗는 건 월권 아닌가?"

상대는 제 소개도 없이 단도직입적으로 나리를 몰아세웠다.

"누구신지부터 말씀을 하시고…."

상대가 나리의 말을 중간에 자르고 다짜고짜 윽박질렀다.

"나? 승태 엄마. 낮에 우리 애 전자담배 빼앗은 게 당신이잖아! 지금 우리 애가 연초를 끊고 있는 중이라 그거 내가 승태 목에 걸어준 거야. 그런데 당신이 무슨 권리로 그걸 빼앗지? 그건 엄연히 재산권 침해라는 걸 모르나?"

"교내 담배 소지 금지라는 교칙을 근거로 정당하게 압수했을 뿐입니다."

나리는 차분한 음성으로 일의 경위를 설명했다. 그러나 승태 엄마는 막무가내였다.

"내가 변호사야. 당신보다 법과 규칙을 모를 것 같아? 지금 나한테까지 훈계질하는 거야? 오늘은 이 정도 경고에서 끝나지만 다시 한번 같은 일 생겨봐. 그 알량한 교사 노릇 당장 못하게 해줄 테니 그리 알아."

승태 엄마는 제 할 말만 하곤 일방적으로 전화를 끊었다.

그뿐만이 아니었다. 술, 담배, 절도, 싸움 등 온갖 문제로 툭 하면 경찰서에 불려가야 했고, 밤늦은 시간엔 차가 없어 할증료를 내가며 택시로 오가야 했는데, 모든 비용은 월급에서 사비로 지불해야 했다.

수업 내용이 입시와 관련 없는 범위면 학생들은 노골적으로 수업을 듣지 않았다. 안전교육이나 학교폭력예방교육, 지진이나 화재예방교육 시에는 끝끝내 교실에서 나오지 않는 학생들을 설득하느라 진땀을 뺐다.

아무리 좋은 말로 다 같이 살아가는 사회에서 꼭 필요한 것이라 회유해도 학생들은 간단히 교사의 말을 무시했다.

교사가 적성에 맞는 일인지 심각하게 고민하게 된 건 코로나19 사태가 터진 초기였다. 확진자가 발생하면 마치 더럽고 치명적인 병원균을 퍼트리는 원흉처럼 몰아세우던 분위기가 심각했을 때였다.

학교에 확진자가 발생했는데, 그 부모가 학교로 쳐들어와서는 담임이 누구냐며 소란을 피웠다. 그 반 담임이 바로 나리였다.

"당신이 우리 애 담임이야? 선생이면 애를 감싸주고 보호해 줘야 하는 거 아니야? 어떻게 우리 애 확진 받은 걸 학교에 퍼트려 왕따 당하게 할 수가 있냐 말이야."

처음에는 무슨 말인지 나리는 알지 못했다. 경위를 파악해보니 감염 방지를 위해 각 학급에서 급식을 하던 때였는데, 그 학생이 밥을 먹으면서 심하게 기침을 한 모양이었다. 그걸 보고 아이들이 자기들끼리 놀리고 그걸 단톡방에 올렸던 거였다.

"당신이 책임져. 그깟 애들 통제도 못 하는 게 무슨 선생이야, 씨발."

나리 면전에 대고 분명하게 발음했다. '씨발'이라고.

그 일로 교내 교권보호위원회가 열렸다. 처음에 학교에서는 나리를 회유하려 들었다. 가뜩이나 시국도 어수선하고 전염병이 창궐해 다들 예민한 때 이런 일로 시끄러워지면 학교로서는 낭패가 아니겠냐며, 학부모에게 사과하라고 종용한 것이다.

나리는 거부했다. 결국 나리가 맡은 반을 변경하는 걸로 결정이 났고, 학부모에게 정식으로 사과를 요청했다. 그랬더니 그 부모가 학교로 나리를 다시 찾아왔다. 합의금이라며 삼십만 원을 동전으로 가져와 나리의 눈앞에 쏟아부었다.

동전이 바닥으로 추락하는 파열음을 들으며 나리는 손이 벌벌 떨렸다. 그 후 한동안 우울증에 시달렸고 극심한 스트레스로 인해 불면증을 앓았다. 교사 생활을 그만둬야 할지 진지하게 고민하기도 했다.

그러나 나리는 결국 계속 교사로 일하기로 마음먹었다. 이유는 단 하나, 진짜 학생들 때문이었다. 불합리한 일에 화가 난 상태로 교실에 들어가도 아이들의 귀엽고 십 대다운 발랄한 모습을 보면 웃게 되고 어느새 마음이 풀렸다.

아이들 성장에 조금이라도 도움이 된다는 사실이 굉장히 보람 있었고, 사실 좋은 학부모가 압도적으로 더 많았다. 빈말로라도 '선생님 덕분에 아이가 나아졌다. 감사하다.' 이런 말을 해 주면 행복해졌다.

나리는 앞으로 학생들에게 뭐 하나라도 보탬이 되는 전문성 있는 교사이면서, 선한 영향력을 줄 수 있는 사람이 되고 싶었다. 그렇게 우여곡절을 겪으며 교사 생활에 적응해 나가던 때, 나리는 진수를 만나 연인이 되었다.

정진수는 카레이서다

출발대에 일렬로 선 머신, 출발을 알리는 깃발, 엄청난 폭발음과 환호성, 귀를 울리고 심장을 파고드는 요란한 굉음, 시속 300킬로미터의 치열한 스피드 경쟁!

몸에 딱 달라붙는 짧은 드레스에 하이힐을 신고 최신 유행의 메이크업을 한 레이싱 모델이 쉼 없이 뿜어내는 설레는 미소 그리고 단 한 명의 승자가 되어 트로피를 들어 올리고 온 세상을 향해 쏟아붓는 우승 샴페인!

보통 사람들이 알고 있는 카레이서의 세계다.

그래서 평범한 사람들의 세상과는 동떨어져 있다고 생각한다. 누가 카레이서가 되겠다면 겉으로는 멋지다며 추켜세우지만 속으로는 비웃을지 모른다. 비현실적이고 뜬구름 잡는 것처럼 허황되어 보여서. 일확천금의 요행을 바라고 무모한 투자를 했다가 쫄딱 망하는 부류로 취급하기 일쑤다.

그러나 진수는 그런 겉멋에 휘둘리는 남자가 아니다. 진수는 한국인으로서 F1 그랑프리에 출전하는 최고의 선수가 되는 게 목표였다.

F1은 세계 최고의 카레이싱 대회로 세계에서 단 이십여 명만이 F1 드라이버가 될 수 있다. 모든 카레이서의 최종 목표가 바로 F1 드라이버가 되는 것이다. 그러나 현재 한국에서는 F1 드라이버는 고사하고 자기 돈 안 들이고 프로선수로 뛰는 카레이서조차 몇 안 되는 게 현실이다. 진수는 그 몇 안 되는 선수 중 하나였다. 그는 현재 국내 최대 자동차 회사인 현우 그룹의 프로팀에 소속되어 활동하고 있었다.

카레이싱은 어려운 직업이다. 실제로 경주 때 F1 자동차는 실내 온도가 최대 60도까지 올라가고, 사고를 대비해 방화복까지 입는다. 코너링 시에는 중력의 5배에 달하는 무게를 견뎌야 하는데, 일반인은 3.5배면 이미 기절한다. 한번 경기를 하고 나면 체중이 3kg가량 빠질 정도로 극한직업인 것이다.

이긴 자만이 승자가 되는 냉혹한 세계. 끝없는 자신과의 싸움. 그리고 세상이 가진 편견에도 견뎌야 하는 운명이지만, 진수는 단 한 번도 포기할 생각을 한 적이 없었다.

진수는 자신의 직업에 대해 자부심을 가지고 있었으며, 좋은 카레이서가 되리라는 점을 의심해보지 않았다.

그런데 고비가 왔다. 나리와 사랑에 빠지면서부터.

진수가 카레이서라는 사실을 알게 되었을 때 나리는 너무 놀란 표정을 지었다. 진수가 자동차 회사인 현우 그룹의 모터스포츠팀 관리직쯤으로 생각했던 탓이다.

진수와 헤어지고 집으로 돌아와 밤새 생각했다. 희한하게도 나리가 진수에게 느낀 첫 번째 감정은 질투였다.

꿈과 현실이 일치하면 좋겠지만, 꿈을 실현하는 게 반드시 직업으로 삼는 방법만 있는 건 아니지 않나. 그렇게 스스로를 위로하며 자신은 패션 디자이너를 포기하고 교사를 택했는데, 진수는 연인이 생긴 뒤에도 자기 꿈을 포기할 생각이 없어 보였다.

혹여 진수가 이기적인 성격인 건 아닐까, 의심스러웠다. 진수는 나리와 결혼에 대해 진지하게 생각하고 있다고 말했고, 그 결심이 선 뒤에야 자신이 카레이서라는 사실을 밝혔던 것이다.

시행착오를 용납하지 않는 현실에서 카레이서란 직업은 무모해 보이고 비현실적이며 미래가 터무니없이 불안한 직업 같왔다. 대체 몇 살까지 카레이서로 활동할 수 있겠는가. 나이 마흔쯤에 은퇴한다면, 그다음에는 무슨 일을 해서 아이를 키우고 집을 장만할 수 있을까. 그보다 경기 중에 사고라도 나면….

그런 불행이 나를 비켜 가리라고 누가 장담할까. 시속 300킬로미터가 넘는 속도에서 일어나는 사고로 살아남는 게 어떻게 가능해. 나리는 순식간에 두려움과 공포에 휩싸여 몸을 떨었다.

꼬박 뜬눈으로 밤을 새며 고민한 끝에 나리는 진수에게 전화를 걸어 말했다.

"진수 씨…. 나는 평범한 삶을 살고 싶어. 조금씩 모아서 좀 더 괜찮은 차를 사고 정해진 요일에 재활용 분리수거를 하고 정월 대보름엔 호두를 까먹으면서 사는 삶 말이야. 롤러코스터 위에 인생을 올려두고 화살표 반대 방향으로 질주할 수는 없어."

나리는 과녁의 정중앙, 일 센티미터도 안 되는 그곳만 공략하겠다는 진수의 꿈을 받아들일 수 없다고 했다. 꿈을 직업으로 갖겠다는 것은 자신뿐 아니라 함께 인생을 살아가야 할 사람까지 위험에 빠트릴 수 있는 일이라고 말이다.

나리의 말이 조목조목 옳지 않은 데가 없다고, 진수도 깊이 동의했다. 나리가 주변 사람들의 쓸데없는 입방아에 오를지도 모를 일이라는 점도 이해했다.

얼마 뒤 갑자기 엄마한테서 전화가 왔다.

"나리야, 안 바쁘면 오늘 집으로 와. 잣 땄어. 가져가."

엄마는 일방적으로 통보하곤 전화를 끊었다.

엄마는 나리가 교사로 자리를 잡자 정말 은퇴하고 가평의 전원주택으로 내려갔다. 작은 마당에 잣나무가 있었는데, 거기서 잣이 제법 나왔다. 오늘 집에 가면 잣두부며 잣국수며 온갖 잣 음식들을 모두 먹겠지. 나리는 서둘러 가평으로 출발했다.

안 그래도 진수에게 이별을 통보한 뒤라 며칠 내내 심장이 부서질 듯 아팠다. 평범한 삶을 살고 싶다는 이유로 연인에게 결별을 선언한 스스로가 초라하게 여겨졌다. 엄마의 음식을 먹고 다시 힘을 내야지. 그 힘으로 다시 하루를 살 수 있겠지.

엄마는 어딘지 들뜬 목소리였다. 사실 가평으로 내려간 뒤 엄마의 목소리는 데시벨이 전체적으로 좀 높아졌다. 정말 꿈꾼 대로 집 안에 개인 화실을 만들었다. 그리고 그 지역 한 그림대회에서 입상하기도 했다.

거기서 그치지 않았다. 동네 아이들과 은퇴한 시니어들을 모아 그림을 가르치며 바쁘게 살고 있었다. 엄마의 두 번째 생은 행복하고 근사해 보였다.

엄마가 가평으로 내려가면서 나리는 다니는 학교 근처의 한 신축 빌라에 전세를 얻어 들어갔다. 엄마가 많이 보태주었고, 그때까지 나리가 모은 돈 대부분도 전세 보증금으로 들어갔다.

가평에 도착해 문을 열고 들어섰을 때, 나리는 깜짝 놀랐다. 진수가 거기서 잣두부 접시를 나르고 있지 않은가.

"왔어? 어서 들어와. 이제 다 차렸으니까 함께 먹자."

마치 진수가 가족이고 나리가 손님인 듯 엄마는 심상한 투로 말하며 상차림을 손보고 있었다. 그런 분위기라 이미 우리는 헤어진 사이라고 엄마에게 말하기가 어려웠다. 진수가 무슨 생각으로 가평까지 온 건지도 알 수 없었다. 일단 나리는 내색하지 않고 들어갔다.

진수는 엄마와 손발이 착착 맞아 농담을 주거니 받거니 하며 맛있게 음식을 먹어치웠다.

식탁을 정리한 다음 진수는 족히 스무 장은 되어 보이는 서류 하나를 내밀었다.

"제 포트폴리오입니다. 검토 부탁드립니다."

싹싹한 말투로 진수가 말하자 엄마도 뭔지 궁금하다는 얼굴로 서류를 들어 꼼꼼하게 읽어보았다. 엄마가 페이지를 넘길 때마다 진수는 최선을 다해 열성적으로 설명했다.

그것은 진수가 작성한 인생 계획표였다. 일종의 기획서이기도 했다. 카레이서라는 직업이 보기와 달리 그리 위험한 것이 아니며 보통 사람들이 교통사고를 당할 확률보다 훨씬 낮다고 역설했다. 자신이 절대 겉멋에 빠져 무모한 열정으로 덤비는 어린애가 아니라는 걸 증명하듯, 자신의 목표와 함께 절대 나리에게 현실의 모든 문제를 짐 지우지 않을 것을 조목조목 기획서를 짚어가며 강조했다.

엄마의 반응이 이상했다. 나리의 예상과 달랐다. 엄마는 오호, 하며 여러 번 눈을 반짝였는데, 듣기에 따라 탄식 같기도 했다. 그러다 기획서의 후반부로 진행될수록 엄마의 오호, 하는 감탄사가 잦았다.

엄마가 그러면 안 되는 거 아닌가! 말도 안 되는 소리라며 내 딸을 그런 위험한 직업을 가진 놈과 결혼시킬 수 없다며 단호하게 반대해야 맞는 것 아닌가 말이다.

엄마가 기획서 마지막 장을 펼쳐서 맨 마지막 문장을 소리 내어 읽었다.

"분리수거는 정해진 날에 내가 꼭 할게, 평생. 그리고 정월대보름날 호두는 꼭 내가 까줄게."

읽으면서 엄마가 웃었다.

"나리가 호두를 좋아하긴 하네만."

나리도 저도 모르게 함께 쿡, 웃었다. 속으로는 왠지 모르게 먹먹했다. 엄마가 환한 빛을 내는 무언가를 보는 듯한 표정으로 나리와 진수를 번갈아 보았다.

엄마는 확실히 진수에게 감명받은 것 같았다.

"사실 미래의 답을 알고 있는 사람이 없으니… 뭐가 정답인지 나라고 알겠니. 그래도 끝내 답을 찾으려는 뚝심만큼은 인정해줘야지. 또 아니? 언젠가 F1 경기장에 가서 진수의 경기를 응원하는 날이 오게 될지."

거기에 가지 못하더라도 진수 정도 실력과 레벨이라면 적어도 너를 고생시키지는 않겠어, 엄마가 나리에게 귓속말을 했다. 그리고 네가 교사 공무원이니 둘이 밥 굶진 않으니까, 하면서 말이다.

뭐지? 분명 딸에게는 현실적이고 안정적인 길을 택하라고 누누이 조언하지 않았었나. 여기 내려와 살더니 엄마가 달라졌음에 틀림없다. 나리는 또 한 번 배신감을 느꼈다.

언젠가 서울에서 오래 살다가 신도시로 아파트를 분양받아 이사 간 동료 교사의 말이 문득 생각났다. 거기서 받은 문화적 충격이라며 이런 말을 했다.

"엘리베이터를 탔는데 글쎄 사람들이 고개를 꾸벅 숙이면서 안녕하세요, 하고 인사를 하더라? 심지어 아이들은 두 손 모으고 배꼽인사를 하더라고. 세상 밝은 목소리로 안녕하세요, 하고."

그게 가장 충격적이었다고 했다. 서울의 아파트에서 수십 년을 살았지만 단 한 번도 엘리베이터 안에서 처음 보는 사람들과 인사를 주고받은 적 없다면서.

말하자면 엄마의 이 낯선 반응도 마찬가지 맥락인 건 아닐까. 사람이 좀 여유 있는 마음가짐으로 생활하다 보면 저절로 이해심과 공감능력이 마구 쑥쑥 자라나는 것마냥.

확실히 가평 공기가 서울과 다른 게 맞았다. 심지어 나리마저도 진수의 확신과 진심과 노력에 애써 닫으려 각오했던 마음의 문이 다시 조금씩 열리는 것만 같았다.

나리는 신선한 공기를 심장에 담뿍 담아 천천히 심호흡했다. 단단한 현실은 주어지는 것이 아닐지도 모른다는 생각이 들었다. 그렇게 천천히 만들어가는 것일지도.

인생은 계획대로 흘러가지 않는다

그로부터 일 년여의 시간이 지났을 무렵이었다. 진수는 영암에서 그해 시즌의 마지막 경기를 마쳤다. 경기 결과는 준우승이었다.

경기 전에 비해 2킬로그램이나 체중이 빠져 핼쑥한 얼굴이었다. 진수는 샴페인을 터뜨리고 우승컵을 들어 올리며 기쁨을 만끽하고 있는 우승자를 멀리서 바라보았다.

나리는 학교에 급한 일이 생겨 영암에 오지 못했다.

"걱정 마. 우승 못 했다고 밥 굶을까 봐? 우리한텐 교사라는 철밥통이 있거든요? 여차하면 까짓것 정진수 하나 내가 먹여 살리면 되지."

나리는 전화로 유쾌하게 진수를 위로했다.

"어서 오기나 해. 준우승 기념 샴페인 터트려놓고 기다리는 중이니까."

말끝에는 둘만 알아듣는 신호로 묘한 콧소리가 섞여 있었다.

진수는 나리의 존재만으로 심장이 뜨끈해졌다. 그에겐 이제 카레이서만이 꿈의 전부가 아니었다. 나리를 만난 뒤로 사람도 평생의 꿈이 될 수 있다는 걸 알았다.

늦은 밤, 서울로 돌아오는 고속도로가 막혀 국도로 빠져 달렸다. 가로등이 없는 국도는 어두웠다. 진수는 우승하지 못한 원인을 분석하고 새로운 전략이 필요하다는 생각에 빠져 있었다. 나리에게 건넨 기획서를 실현시키기 위해 내년에는 반드시 우승해 해외 리그로 진출하겠다는 각오도 다졌다.

어둠 속에서 맞은편 차선에서 달리던 차량이 중앙선을 넘어 반대편으로 돌진했다. 순식간이었다. 아무도 예측할 수 없었던 사고였다. 순간적으로 핸들을 최대한 꺾었다. 그러나 거세게 부딪쳐 오는 육중한 트럭의 몸체를 피할 수는 없었다.

세상이 멈췄다. 세상이란 시계가 부서져 바늘이 꺾이고 굳어 버렸다. 꿈과 사랑으로 꾸며놓은 진수의 세계가 무너졌다. 단 한순간에 모든 것이 박살났다.

차체가 뒤집어져 공중에서 굴러 바닥으로 추락하던 그 순간 진수는 단 하나만 떠올렸다. 나리가 오지 않아 천만다행이라고.

최고의 카레이서가 경기장 밖에서 교통사고를 당하다니….

믿을 수 없었다. 서울로 이송되어 온 진수는 나리가 병원에 도착했을 때 막 응급수술을 끝낸 뒤였다.

"다행히 목숨에 지장은 없습니다. 그러나 척추와 신경의 손상을 피할 수는 없습니다."

의사는 자신이 수술한 환자가 카레이서인 줄 알았다. 그리고 자신의 말이 카레이서로는 사망선고라는 것도. 인간적으로 몹시 안타까웠지만, 의사로서 최대한 사실대로 전달할 수밖에 없었고, 그래서 심적 부담이 역력한 목소리였다.

"다시 걸을 수 있을지 여부는 장담할 수 없습니다. 그러나 최선을 다할 겁니다."

의사는 위로를 담아 사실을 전달했다. 그렇더라도 나리는 위로받지 못했다. 경찰 말로는 운전 전문가였기에 그만한 거라고 했다. 일반인이었다면 현장에서 즉사했을 거라면서. 그 말 또한 전혀 위로가 되지 못했다.

인생이 이런 식으로 흘러갈 줄은 몰랐다. 진수는 엉뚱하게도 음주운전 차량에 사고를 당했다. 카레이서라는 직업이 생각처럼 위험한 게 아니라며, 일반 사람이 교통사고를 당할 확률보다 사고율이 훨씬 낮다고 안심시키던 모습이 떠올랐다. 나리는 어둔 구석에서 혼자 오래 울었다.

진수가 타는 경기용 차량 옆구리에는 진수의 이름과 혈액형이 적혀 있다. 그걸 보았을 때 나리는 저절로 눈물이 나왔다. 사고가 났을 때 생명의 마지막 심폐소생과도 같은 글씨들. 그걸 보고 진수와 헤어지겠다고 마음먹었던 거였다. 진수가 사고를 당하고 무슨 일이 생기면 나리는 감당할 자신이 없었다.

앞으로 몇 달이 될지 모르는 병원 생활은 아무것도 아니었다. 어쩌면 영영 반신불수로 자리에서 일어나지 못할 그를 보는 일이 너무도 고통스러웠다.

진수가 누워 있는 병원에 들렀다가 집에 돌아와서는 밤새 울기 일쑤였다. 척추가 부러져 쓰러지면서 진수는 무슨 생각을 했을까. 아마도 죽음을 떠올렸겠지. 외로웠을까.

사고 당시 진수가 겪었을 외로움과 두려움과 그리고 살고 싶다는 간절함이 뼈를 깎듯 새겨졌다.

사람들이 조심스럽게 진수와 헤어지라 종용했다. 심지어 나리 친구들 중에 입이 거친 한 친구는 신랄하고 노골적이었다. 안타깝지만 어쩌겠니, 하지만 앞으로 그 남자가 너한테 빨대 꽂고 평생 네 등골 빼먹을 거란 게 확실하잖아, 하며 떠나라고 압박했다. 오히려 결혼하기 전이니 다행이라면서.

나리를 지키려는 선한 의도들이 칼날이 되어 나리를 찔렀다.

모든 노력을 기울여 나리를 붙잡았던 바로 그 진수조차 자기를 떠나라고 말했다.

나리 너는 행복하게 살아야 한다며 이별을 통보해왔다.

나리는 울었다. 이제 나는 어쩌면 좋을까.

사고를 당한 진수보다 스스로를 걱정하는 모습에 화가 났다. 진수가 겪었을, 앞으로 겪을, 공포와 두려움과 고통보다 자기 것이 훨씬 더 크게 느껴져 절망스러웠다. 어찌해야 할까.

모두가 헤어지라는데… 심지어 진수도 헤어지자는데….

마치 나노입자처럼 작은 병원체가 가슴속에 기생하면서 온 몸뚱이를 돌아가며 찔러대기라도 하듯 돌아가며 아팠다. 악마의 목소리가 결국 망가진 인생 말고는 남는 게 없을 거라고 쉼 없이 귓속을 파고들었다.

그렇게 인생의 모든 감정들이 한꺼번에 쏟아진 건 그때가 처음이었다. 슬픔과 분노, 허탈함과 억울함이 한꺼번에 덮쳤다. 그리고 짙은 연민과 진수에 대한 사랑이 나리를 묵직하게 감쌌다. 내가 이런데 진수는 지금 어떤 심정일까. 그 생각만으로 깊은 물속으로 빠져드는 것 같았다.

누구 하나 손 뻗어주지 않을 것만 같은 검은 물속…. 오직 단한 사람, 진수만이 앞뒤 안 가리고 뛰어들었다. 꿈속에서 나리는 그렇게 진수의 손을 잡고 어두운 물속에서 빠져나왔다. 차가운 한기에 온몸을 바들바들 떨면서 나리가 깨달은 것은 하나였다.

가슴이 시리도록 이 남자를 사랑하고 있다는 것!

나리 자신도 몰랐지만 한 사람을 깊이 사랑하느라 한층 성숙해진 얼굴이 되었다는 것.

발등에 떨어진 고통과 두려움에 먹히지 말자. 나는 누구보다자신을 잘 안다. 앞으로 일 년 뒤 그리고 십 년 뒤에, 어떤 선택을 했을 때 스스로에게 더 당당할지 따져보는 거다.

그러자 눈물을 차츰 그치게 되었다. 조금씩 안개가 걷히고선명한 실루엣이 드러나는 것 같았다.

사람은 누구나 넘어진다

문제는 얼마나 빨리 일어나는가다.

진수 생각은 그랬다. 어떤 종류의 것이든 그 사고가 나를 말해주진 않는다. 그러나 그에 대한 대응은 나를 말해줄 수 있다고 말이다.

십 년이 넘는 시간 동안 매일 서킷을 돌았다. 그래서 얻은 가장 큰 자산이라면, 주저하지 않고 일어나는 바로 그것! 회복력이라고 말할 수 있었다.

만약 경기 중에 사고가 난다 해도 카레이서는 본능적일 만큼 빨리 일어나 다시 자동차를 운전해 경기를 완주해야 한다. 그것이 프로다. 그것이 회복력이다. 한 치의 주저함 없이 다시 일어나 서킷을 돌아 완주하는 것!

진수는 낙담과 절망에 빠진 채 남은 긴 인생의 시간을 지옥으로 만들지 않겠다고 마음먹었다. 그것은 카레이서로 경기장에 오를 때마다 수도 없이 겪었던 크고 작은 수많은 사고들로부터 배운 인생의 교훈이었다.

언제가 되었든 나는 다시 걸을 것이다. 일 년이 걸리든 십 년이 걸리든 포기하지 않을 것이다. 힘든 재활훈련, 막막한 현실, 뿌연 미래도 나의 의지를 꺾지는 못할 것이다. 다시 카레이싱을 못한다 해도 그것이 인생을 포기해야 하는 정당한 사유는 아닐 것이다. 하지만 나리는….

나리는 다르다. 언제가 될지 모르는 날들을 기다려달라고 할 수 있을까. 카레이서라는 불안한 현실을 지금껏 기다리고 응원해준 그녀에게 그 혹독한 시간의 짐을 다시 지울 수는 없다.

그래서 진수는 헤어지자고 했다. 나리가 울며 돌아간 그날도 진수는 늦도록 재활훈련에 매달렸다. 진수는 울지 않았다. 울고 싶은 마음이 치밀어 오를수록 더욱 훈련의 강도를 높였다. 그게 진수가 살아온 생의 방식이었다.

"더 이상 오지 말라니까…."

재활운동을 마치고 병실로 돌아왔을 때 나리는 진수의 병상 앞에 앉아 있었다. 진수는 나리의 등에 대고 그렇게 말했는데, 솔직히 속으로는 눈물 나게 반가웠다.

"운동은 잘했어?"

나리가 일어나 미소로 진수를 맞았다. 마치 아무 일도 없던 연인인 듯 나리의 말투는 심상하고 듣기에 따라 유쾌한 것도 같았다.

"나리야…."

진수의 말을 나리가 부드럽게 끊었다.

"나부터 말할게."

나리는 우선 진수가 편안하게 침대에 올라가 기대앉을 수 있도록 도왔다. 그리고 커피를 내밀었다. 진수가 좋아하는 브랜드의 커피를 테이크아웃 해온 거였다. 병실에 따뜻하고 향긋한 커피 향이 가득했다.

진수는 왠지 모르게 긴장했다. 살면서 그렇게 심장이 떨렸던 적이 없었다. 무엇일지 몰랐지만, 중대 선언을 하리라는 직감이 들었다.

"내가 어떤 사람인지 알지?"

다짜고짜 나리는 그렇게 물었다. 진수는 그저 나리를 보는 게 좋았다.

"내 자랑 같아서 하는 말인데…."

나리가 미소 지으며 말했다. 그러니까 더 좋았다. 속도 없이.

"나는 단단한 사람이야. 현실을 붙들 줄 알고 미래를 생각할 줄 알아. 내가 감당할 수 있는 것만 감당하고 냉정하게 따지고 계산할 줄 알아."

진수는 알 듯 모를 듯해서 작게 고개를 끄덕였다. 겉으로 표정을 감추고 아무 티도 내지 않으려고 애를 썼다.

"진수 씨도 알다시피 학교생활이 힘들 때도 많아. 하지만 그래도 포기하지 않는 건 학생들 때문이야. 전에 근무하던 학교에 박형식이라는 학생이 있었어. 내가 담임이라 형식이와 몇 번 진로 상담을 했어. 형식이는 스포츠 클라이밍을 하길 원했지만 어머니는 형식이가 공부를 잘하길 원하셨지."

나리가 말을 이어갈 동안 진수는 나리에게서 눈을 떼지 못했다. 이렇게 허락받은 시간이 얼마나 소중한지 몰랐다. 보고 있는 것만으로도 그저 이리 좋은데…. 참았던 눈물이 흐를 것만 같아 진수는 눈에 힘을 딱 주었다.

그날 나리는 교사로서 자기 얘기를 길게 했다. 특히 박형식이라는 학생 얘기를 많이 했다. 형식은 자신의 꿈과 엄마의 반대와 어려운 집안 형편이라는 현실 사이에서 고민이 많았던 탓에 한때 나쁜 아이들과 어울려 다니기도 했다.

방황하는 형식이 안타까워 나리가 진심을 다해 많은 이야기를 나눴다고. 그런데 형식에게 독지가가 나타나 꿈을 포기하지 않을 수 있었다고. 지금은 스포츠 클라이밍 국가대표가 된 형식이 무척이나 자랑스러우며, 아직도 가끔 나리를 찾아와 그때 함께 눈물 흘리며 꿈과 현실을 고민해준 선생님에게 감사하다는 얘기를 한다면서 말이다.

"나는 형식이가 자랑스러워. 자신의 꿈을 포기하지 않고 끝내 이뤄낸 그 아이를 보면서 위로 받아. 또 인생이란 어디서 어떤 다른 문이 열릴지 모른다는 생각도 들어."

나리가 진수에게 꽤 여러 장이 묶인 서류를 내밀었다.

"읽어봐."

의아한 표정으로 진수가 서류를 받아들었다. 놀랍게도 첫 장은 지난달 나리의 급여명세서였다.

"이걸 왜⋯."

진수가 말하다 말고 깜짝 놀란 표정을 지었는데 저도 모르게 눈물이 흘러내렸다. 온갖 종류의 호르몬들이 몸속에서 폭죽 터지듯 한꺼번에 솟구치는 것 같았다. 가슴속에서 여러 감정들이 극대화되어 파닥였다. 사랑과 그리움과 재회와 헤어지지 않을 결심과 미래와 희망과 그리고 나리⋯. 그 감정들은 아마도 평생 진수가 잊지 못할 순간을 만들어주고 있었다.

"진수 씨 치료와 재활비용은 보험 처리되니까 큰 문제는 없어. 만약 진수 씨가 영영 하체 마비라면 휠체어 타고 집 안에만 있어야겠지. 하지만 나는 진수 씨를 믿어. 진수 씨의 밝은 성격과 의지라면 집 안에서 스스로 할 일을 할 수 있을 거라는 걸 의심하지 않아. 교사 월급이 많진 않지만 그렇다고 우리가 먹고살 수 없을 정도는 아니니까."

나리가 진수에게 건넨 서류는 파워포인트로 격식을 갖춰 작성한 인생계획서였다. 진수가 포트폴리오를 만들어 나리와 부모를 설득했듯 나리도 그렇게 현실적이고 냉철한 방식으로 자신을 설득하고 있는 거였다.

"먼저 집을 옮기자. 내가 살고 있는 빌라 전세금에 진수 씨 전세 아파트까지 빼서 합치고 대출 조금 끼면 외곽의 작은 아파트는 살 수 있을 거야. 진수 씨 요양과 재활에 적합한 집을 구하기로 하자. 마침 내가 사는 빌라 계약 기한도 찼고."

"나리야, 하지만⋯."

다시 한 번 나리가 진수의 말을 부드럽게 막았다.

"한 가지 더."

나리의 표정은 부드러우면서도 어느 때보다 단단해 보였다.

"태어날 아이는 한동안 가평 엄마에게 부탁하자. 염치없지만 그 부분은 내가 엄마를 잘 설득할게. 교사 월급으로 세 식구 호강은 못 하겠지만 오순도순 살면 돼."

진수의 입이 저절로 딱 벌어졌다. 나리가 가방에서 소중하게 꺼내 건넨 것을 보고서. 그건 예쁜 핑크빛 두 줄의 선이 그어진 스틱이었다.

"그러니까 우리⋯ 결혼해."

그것이 바로 나리가 더욱 단단해진 까닭이기도 했다. 이제 곧 엄마가 되어야 하니까.

진수는 아무 말도 못 하고 눈물만 흘렸다. 진수에게 그날 인생의 또 다른 문이 열린 것이었다.

뭐라 말할 수 없는 감정이 두 사람에게 동시에 밀려들었다. 자부심과 뿌듯함, 마침내 대단한 걸 극복해낸 자들만이 느낄 수 있는 안도감 같은 거였다.

"단 조건이 있어."

두 사람이 손을 맞잡고 함께 눈물 흘리다 차츰 잦아들었을 때 나리가 웃으면서 말했다.

"앵순이 말인데."

진수가 키우는 앵무새 이름이 앵순이었다. 집에서 진수를 독차지하던 앵순이가 나리를 질투해서 꼭 나리 머리 위에 똥을 싸고 바보똥꾸라고 욕을 하곤 했다.

"내게 바보똥꾸라고 하면 나도 이렇게 말할 거야. 넌 똥멍충이 쫑알이야."

햇살이 두 사람 주위에 오래 머물렀다. 환한 빛이 세상을 하얗게 지우더니 서로의 사랑 안에서 오직 두 사람만을 남겨두었다.

맞닿은 온기가 함정이었다니

나리의 끈질긴 설득에 진수도 동의했다.

마침 진수에게도 긍정적인 변화가 생기던 참이었다. 원체 타고난 성격이 밝기도 했지만 거친 카레이싱 세계에서 십 년 넘게 버텨온 진수는 누구보다 의지가 강했다. 사고 이후에도 진수는 단 한 번도 자신의 인생을 포기하거나 절망하지 않았다.

진수는 자신의 극복기를 영상으로 찍어 유튜브에 올리기 시작했다. 절망적인 상황에서도 언제나 밝게 웃으며 재활운동에 매진하는 진수에게 수많은 사람들의 응원과 댓글이 쏟아졌다.

특히 진수처럼 불의의 사고로 절망하고, 고통스러운 나머지 삶을 포기하고 싶었다던 사람들이 그의 영상을 보고 힘을 냈다. 그런 댓글엔 진수도 어쩔 수 없이 눈물지었다.

'힘내주시길 부탁'한다며 진심으로 건네는 격려와 악수에 가슴이 먹먹해졌다. 심지어 진수는 자신이 반드시 이 역경을 이겨내 사람들에게 희망을 주어야 한다는 사명감마저 생기는 것 같았다.

구독자가 늘면서 점차 수입이 생겼다. 이후 진수는 장애를 가진 사람이 헤쳐 나가야 하는 일상들을 올려 많은 관심과 공감을 받았다. 수입도 점차 늘자 유튜버로 활동할 수 있겠다는 확신이 생겼다. 단 한 번도 카레이서가 아닌 스스로를 생각해 본 적 없었는데, 나리 말처럼 전혀 다른 곳에서 인생의 또 다른 문이 열린 것이다.

재활 진행도 순조로웠다. 의사는 조심스럽지만 낙관했다. 이대로라면 휠체어에서 벗어날 수 있는 기적이 올지도 모른다며.

그날도 나리는 좋은 부모가 뭔지는 몰라도 적어도 아이가 좋아하는 부모가 되자며 진수를 한껏 다독이고 나서야 병원에서 나왔다. 집으로 향하는 길에 자주 가는 재래시장에 들렀다. 입덧 때문인지 평소 좋아하지 않던 비린 고등어가 그렇게 당겼다. 그래서 병원에 들렀다 올 때마다 근처 재래시장의 한 생선 가게에 들렀다.

노부부가 운영하는 작고 낡은 가게였는데, 늦은 밤 시간에 주로 오는 나리에게 주인 할머니가 그날 남은 고등어를 떨이로 싸게 주곤 했다.

"할머니, 안녕하세요?"

나리는 푸근한 인상의 주인 할머니에게 밝고 친근하게 인사를 건넸다.

"또 왔네? 신랑은 많이 좋아졌고?"

"네, 조금씩 좋아지고 있어요. 오늘은 휠체어에서 일어나 섰어요. 일 분도 안 되는 짧은 시간이지만요."

"저런! 경사구만. 이제 금세 자리 털고 일어나겠어."

할머니는 제 일처럼 기뻐하며 나리의 손을 꼭 잡아주었다.

"할머니, 저 왔어요."

나리 등 뒤에서 또 누가 할머니를 불렀다.

"내 손녀, 양정은. 시간 날 때마다 꼭 이렇게 와서 가게 일을 도와줘. 생선에 칼질도 마다하지 않는 아이야."

정은이 할머니 손에 들린 고등어를 받아 낡고 오래된 나무 도마로 가져갔다.

"아, 그 언니시구나. 할머니가 예쁜 언니가 마음도 예뻐서 아이도 예쁠 거라고 그랬는데."

그러면서 정은이 환하게 웃었다.

"고마워요, 정은 씨. 딱 정은 씨만큼만 예쁘면 좋겠네."

생선을 토막 내고 있는 정은의 능숙하고 야무진 손길을 보면
서 함박 웃으며 덕담해주었다.

집으로 돌아오는 길에 나리는 내내 집주인에게 전화를 걸었
다. 집주인이 도통 전화를 받지 않았다. 전세 계약 기간 만료가
다가오는데 이상한 일이었다. 벌써 일주일째 연락이 안 되는
상태였다.

다음 날 답답한 마음에 전세 계약을 했던 부동산에 연락해보
았다. 없는 번호라는 안내 음성만 반복해 들렸다. 동네에서 멀
지 않아 직접 찾아가 보니 부동산은 온데간데없고 어느새 그
자리에 카페가 들어와 있었다.

나리는 사방으로 알아볼 수 있는 방법은 모조리 동원해 알아
보았다. 그리고 결국 전세사기에 당했다는 걸 알아차렸다!

전세사기를 친 집주인은 중년의 부부였다. 2년 전에 빌라 건
물의 모든 세대를 통째로 전세 내놓고, 그 보증금과 빌라 담보
대출 받은 돈으로 또다시 다른 빌라를 사들였다. 그걸 또 전세
놓는 알까기 식으로, 빌라 수십 채를 사들여 사기를 친 것이다.

잠적한 집주인은 어디서도 찾을 수 없었다. 엄마가 가평으로
가면서 보태준 돈에 나리가 이제껏 열심히 일해 모은 돈과 대
출받은 돈까지 모조리 날릴 상황이었다. 빌라는 이미 깡통 전

세 상태라 경매에 넘긴다 해도 전세보증금을 돌려받을 수 없는 지경이었다.

단단하게 버티던 나리가 결국 무너졌다.

꼿꼿하게 걷는 수많은 사람들 사이에서 혼자만이 함정에 빠진 듯, 폐 속에 온통 검은 모래가 들어차기라도 한 듯, 숨을 쉴 수 없었다. 알 수 없는 누군가에게 뺨을 여러 대 맞은 듯 멍했다. 세상이 무섭고 막막해졌다. 하늘이 무너진다는 게 무슨 말인지 몸뚱이로 느껴졌다. 뱃속에 생명이 자라는 줄 알면서도 음식을 삼키지 못했고, 목구멍으로 물도 넘어가지 않았다.

수업 중에도 이따금 먼 데를 보았고 저도 모르게 분노와 증오의 감정이 신경줄을 타고 널뛰었다. 그러다 아차, 싶어 아랫배를 내려다보면서 심호흡을 한 뒤 좋은 생각을 하려고 애썼다.

온 세상이 그딴 사기나 당하는 멍청이라고 손가락질하는 것 같았다. 그렇게 서러울 수가 없었다. 세상에는 사기당한 사람을 깔보는 태도가 엄연하게 있는 것 같았다.

사기꾼이 사악한 의도를 품고 양심이라곤 눈곱만큼도 없는 못된 인간처럼 굴었다면 절대 그런 사람의 말을 믿을 리 없었겠지. 그러나 그들은 어떠했는가. 사람 좋아 보이는 모든 특성들을 갖추고 있었다.

빌라 전세 계약을 할 때 집주인 부부는 친절하고 유쾌하고 이해심과 배려가 넘쳤다. 그들은 나리를 둘러싼 세상이 선의로 가득 차 있다고 믿고 싶은 욕구를 충족시켰다. 나리 입장을 이해하고 공감하며 적극 지지해주었던 것이다. 그들이 공들여 교묘하게 만들어낸 상황인 줄도 모르고.

"우리가 처음 사회생활 시작했을 때 생각나네."

나리의 직업을 묻고 교사라고 하자 부부는 이렇게 말했다.

"선생님이시니 잘 봐주세요. 혹시 알아요? 우리 애가 선생님 학생이 될지요."

가벼운 농담이 덕담에 가까웠다.

"요즘 이상한 사람들이 교사를 무시하고 교권을 침해하고 그러는데 정말 나쁜 사람들이에요. 요즘 애들 다루기가 좀 어려워요? 우리 애들 잘되라고 혼신의 힘을 다해주시는 선생님들한테 욕하고 따지는 사람 많다잖아. 우리 땐 선생님이면 엄청 존경하고 선생님 말 한마디로 인생 진로 결정하고 그랬는데…."

그들은 나리의 손을 가만히 잡아주었다.

"이해해주시니 정말 힘이 납니다."

손과 손이 맞닿은 온기 때문일까. 울컥하는 기분이었다.

"힘내요, 우리처럼 응원하는 사람들이 더 많다는 걸 꼭 기억하고. 동생 같아서 마음이 쓰여서 그래요. 이 집에서 사는 동안 좋은 일만 가득하세요. 결혼해 아기 낳아서도 쭉 살면 좋겠네."

집주인 부부는 눈물이 그렁그렁한 나리의 어깨를 토닥이며 그렇게 말했었다. 애초부터 전세사기를 계획하고 있었으리라곤 상상조차 못 했다.

왜 이런 고난이 자꾸만 닥쳐오는 걸까….

그저 평범하게 삶을 꾸려온 두 사람이었다. 나리와 결혼을 꿈꾸던 잠깐의 행복 끝에 진수는 교통사고라는 덫에 걸려 한 순간에 추락했다. 그러나 진수는 포기하지 않고 재활에 매진했다. 그리고 둘에게는 새로 태어날 축복 같은 새 생명이 기다리고 있다.

다시 평범한 몸으로 돌아갈 수 없다고 해도 나리와 함께 아이를 바르게 기르며 보통 사람처럼 늙어가기를 원한 것뿐이었는데, 난데없이 전세사기라니….

만약 인생에 행복의 총량이 있다면, 만약 인생에 희망의 무게가 정해져 있다면, 우리는 이미 그것을 모두 소진해버린 것은 아닐까. 그래서 자꾸만 불행이 몰아닥치는 걸까. 이해할 수 없는 세상의 이치가 원망스러웠다.

그러나 진수는 그대로 절망에 빠져 낙담할 사람이 아니었다. 세상이 독사처럼 뒤꿈치를 물어 쓰러트린대도 그 자리에서 다시금 일어나는 것이 바로 정진수였다. 하룻밤을 꼬박 앓고 난 뒤, 진수는 다시 스스로의 마음을 일으켰다. 카레이서 정진수의 특별한 특기, 바로 회복력으로.

아침 햇살이 병실 창틈 사이로 빼꼼, 얼굴을 드러냈을 때였다. 그 달큰한 온기의 색깔은 희망에 대한 약속처럼 느껴졌다.

만약 희망에 색깔이 있다면 그것은 생강청 같은 아침 햇살의 황금빛이 도는 색깔이겠지.

진수는 절망과 죽음이 가득한 병원에 어김없이 찾아드는 아침 일출을 바라보며 다짐했다.

최첨단의 현대의학과 저명한 의사가 동시에 진수더러 평생 휠체어를 타는 신세가 될 거라 했지만 진수는 포기하지 않았다. 진수가 할 수 있는 최선을 다했다. 의사의 권장량보다 두 배, 아니 몇 배나 더 재활운동에 매달렸다.

숨통이 꽉 조여 숨쉬기가 너무 어렵고 아직 남은 근육들을 최대한 쥐어짜 근육통으로 밤잠을 설칠 만큼 운동하고 또 운동했다. 그리고 지금, 진수는 지지대를 붙잡고 휠체어에서 일어날 수 있다. 아주 잠깐이지만.

진수는 허공을 노려보며 중얼거렸다. 하늘은 스스로 돕는 자를 돕는다!

진수가 적극적으로 나서기 시작했다.

낙담해 무너져 내린 나리를 도로 일으켜 세워야 했다. 신접살림은 진수의 전세 아파트에서 시작하면 된다. 사기당한 전세금은 차차 해결책을 찾으면 된다. 전국적으로 빌라 전세 사기가 기승을 부리고 있어 경찰과 정부도 함께 나서기 시작했다. 피해자들에 대한 지원과 구제방법도 추진 중이라는 소식이 들려왔다.

심한 감정기복은 태교에도 좋지 않다. 임신 중이라 호르몬 불균형으로 나리의 우울감은 더욱 높아졌고, 신경과민 증세도 동반되었다. 자신이 버팀목이 되어주어야 했다. 나리가 그랬던 것처럼.

무언가 특단의 조치가 필요하다고 진수는 판단했다. 나리에게 이제 진수와 아기가 있다는 사실을, 무엇보다 혼자가 아니라 가족이라는, 엄연한 진실을 마음 깊이 받아들이게 하려면 어떡하면 좋을까.

진수는 혹시나 하는 심정으로 랑랑예식장에 사연을 신청했다.

어려움에 처한 사람들의 사연을 받아 무료결혼식을 올려주는 것으로 알려진 랑랑예식장이 문을 닫았다가 최근에 다시 새로 열었다.

랑랑예식장에 대한 이미지는 사랑과 행복과 품격의 상징이 되어 있었다. 그런 곳에서 당당하고 환하게 결혼식을 올릴 수 있다면 좋겠지. 다 떠나 그곳에서의 예식 비용만 따져도 오성급 호텔 수준이라고 했던가. 지금 진수와 나리로서는 꿈도 꾸지 못할 일이었다.

그 랑랑예식장에 나리 몰래 사연을 보냈다. 만약 채택된다면 그건 희망과 행복의 총량에 대한 파이가 늘어난 것이라며, 진수는 둘의 이야기를 자세히 적어 보냈다.

드디어 결혼식 날

크리스마스였다. 나리는 심장이 콩닥거리는 걸 감추지 못했다. 내가 이런 곳에서 결혼식을 올릴 수 있다니. 고급스러운 랑랑예식장은 눈이 휘둥그레질 지경이었다.

나리는 어린애처럼 들떠 있었다. 게다가 크리스마스지 않나.

전세사기를 당하고 보증금을 몽땅 떼일 위기에 처했을 때만
해도 절망에 빠져 헤어 나오지 못했다. 세상을 원망하고 모든
사람들이 두려워 깊은 우울증이 찾아왔다.

하지만 나리에겐 진수가 있었다. 진수는 나리를 안아주었다.
무엇보다 그의 유튜브 영상이 많은 사람들에게 호응을 얻고,
거기서 안정적인 수입이 생기기 시작했다.

나리의 고정된 급여와 진수의 나날이 늘어가는 유튜브 수익
이라면, 몇 년 성실히 일한 뒤에는 손해를 어느 정도 메꿀 수
있겠지. 진수 말처럼 당장은 그의 전세 아파트에서 신혼생활을
시작하면 된다. 그러면 차츰 생활은 더 안정될 것이다. 이만해
도 충분하다 여겼는데… 랑랑예식장에서 결혼이라니!

"결혼 축하한다, 내 딸."

고운 한복 차림의 엄마가 신부대기실에서 나리를 안아주었
다. 엄마도 감개가 무량했다.

"시냇물처럼 조용히 흘러가며 살라고 나리라고 이름지었는
데 그러지 못하는 건 아닌가 얼마나 걱정했는지…."

엄마의 바람대로 나리는 딱 평균치만큼 욕망하고 헤쳐 나가
면서 평범하게 살아오는 듯했다. 그런데 딸의 길지 않은 인생
에 이렇게나 기복이 되풀이될 줄은 미처 몰랐다.

회전목마인 줄 알고 올라탔는데 알고 보니 롤러코스터였으

니 얼마나 무서웠을까. 엄마는 그렇게 딸이 안쓰러웠다. 알고 보면 자기도 청룡열차와도 같은 생을 살아왔으면서 그저 딸이 올라탄 급행, 등락열차가 가슴 아렸다.

"엄마도 사는 게 이랬어?"

결혼식 날, 딸과 엄마는 자기보다 서로의 생을 보듬어주었다. 집안 형편 때문에 미대를 그만두고 IMF 사태로 아빠 회사가 망하고 찬 겨울날 난전에서 헤어핀 같은 걸 만들어 팔아 나를 키운 엄마.

"지나면 다 이야기가 되지."

지난한 삶을 거쳐온 엄마의 덤덤한 말 한마디에 가슴 속에서 울컥 눈물이 솟았다. 나리는 애써 울음을 참았다. 왠지 울어버리면 안 될 것 같았다. 그래야 엄마와 나리 인생 모두 당당해지고 최선을 다한 슬기로운 삶이 될 것 같았다.

엄마도 그랬다. 엄마는 딸이 자랑스러웠다. 스스로 삶의 속도와 무게를 감당하고 이겨내는 딸이 더없이 미더웠다.

더구나 이제 딸은 혼자가 아니니까. 엄마는 진수를 믿었다. 그의 의지와 노력을 보고 안도했다.

앞으로도 생은 난관을 마련해두었겠지만 두 사람의 합심으로 충분히 가늠할 수 있을 것이다.

게다가 이렇게 유쾌한 방식으로 함께하는 인생의 첫걸음을 걷게 되다니. 새삼 엄마는 나리와 진수가 고마웠다.

"내 딸 오늘 너무 예쁘다. 예전 내가 결혼식 올렸던 날보단 좀 못하지만. 엄마 그날, 엄청 예뻤거든."

"그럴 리가. 내가 엄마 결혼사진 다 봤는데 왜 이러셔. 내가 좀 더 예쁜 거 알거든?"

나리가 엄마의 농담을 맞받아쳤다. 전세사기 당했을 때만 해도 세상에서 버려진 기분이었는데 오늘은 내가 바로 주인공이니까.

"그게 다 내가 널 예쁘게 낳아서 그렇지. 어떻게 넌 드레스 속에 아기를 품고 있는 것까지 날 닮았니?"

엄마가 나리의 배를 보면서 말했다.

"내가 엄마 닮은 게 맞나 봐, 그치?"

나리가 배를 쓰다듬으며 웃었다. 엄마, 나 여기 있어, 하듯 아기가 발로 찼다. 경이롭고 활달하게 꿈틀거리는 생명의 기척. 나리는 아기에게 속엣말을 건넸다.

네 덕분에 나는 하루에 서른 번씩 오줌을 싸. 일부러 임신한 티가 나는 옷을 골라 입고 지하철에 타서는 누가 자리를 양보할 만큼 도덕적이고 유약한 마음을 가졌을까, 가자미눈을 뜨고 스파이처럼 매일 사람들을 살펴. 앉았다 일어나면 허리가 끊어지는 것처럼 아파. 그래도 엄마는 너를 너무 사랑해. 우린 잘 지낼 거야….

나리는 슬쩍 엄마를 바라보았다. 엄마도 그랬을 거니까.

나리는 웨딩드레스 겉면으로 드러나 둥글게 솟은 배를 부드럽게 쓰다듬었다. 처음엔 풍성한 디자인을 골라 잔뜩 부른 배가 밖으로 드러나지 않도록 할까 생각했었다.

여러 벌의 드레스를 피팅하고 나서 나리는 부러 슬림한 디자인을 택했다. 배를 가리지 않는 디자인의 웨딩드레스를 골랐다는 사실로 나리는 괜스레 스스로에 대한 자부심과 자랑스러움, 뿌듯함을 느꼈다.

휠체어에 탄 신랑과 배불뚝이 신부라….

나리는 속으로 조금 웃었다. 어쩐지 통쾌한 기분이었다. 세상의 허를 찌른 기분이랄까. 세상이 아무리 나를 흠집 내고 주저앉히려고 해도 절대 굴복하지 않는 용기를 품은 기분이었다.

아, 나는 지금 행복하구나!

전세금을 되찾지는 못했지만, 더 이상 불행에 휘둘리지 않을 것이다.

"곧 예식 시작합니다. 어머님께서는 자리에 착석해주시기 바랍니다."

진행요원이 와서 채근하자 엄마는 그제야 식장으로 들어갔다.

곧이어 신부 입장.

뭐라 할 수 없이 떨렸다. 온 세상이 자기만 바라보고 있는 것 같았다. 혹여 긴장한 걸음에 넘어지지는 않을까 온통 그것만 신경 쓰였다. 이윽고 결혼행진곡이 울려 퍼졌다.

'아가야, 이제 아빠한테 가자.'

뱃속 아가에게 말을 건네며 바그너의 차분한 피아노 음에 맞춰 마치 걸음마를 처음 배운 아이처럼 세상을 향해 첫발을 떼었다.

'와아!'

나이 어린 감탄사가 폭죽처럼 식장에 솟아올랐다. 깜짝 놀란 나리가 둘러보니 나리 반 학생들이 몰려와 환호성을 지르고 있었다.

나리는 함박웃음을 지으며 학생들과 눈을 맞추고 인사를 나눴다. 그리고 앞으로 걸어가는데….

결국 눈물이 터졌다. 사실 아까부터 참았던 눈물이었다. 저 앞에서 나리를 기다리고 있는 진수를 보고서였다. 나리와 함께 인생길을 걸어가려고 먼저 와 기다리고 서 있는 그를 보고서. 대체 왜 눈물이 터졌느냐고. 진수가 서… 있었으니까.

당연히 휠체어에 앉아 있을 줄 알았던 진수가 결혼식장 단상 위에 휠체어 없이 두 발로 서 있었던 것이다.

나쁜 놈! 나리가 눈빛으로 진수에게 욕을 했다. 진수가 알아들은 듯 멋쩍은 표정을 지었다.

"나 하나 놀래키자고 병원 사람들이며 엄마며 다 한통속이 되어서 속였다고?"

드디어 진수 옆에 나란히 선 나리에게 진수가 귀에 대고 속삭였다.

"결혼 선물이야."

물론 몇 시간씩 서 있거나 걷는 것은 불가능했다. 그러나 진수는 오늘 당당하게 두 발로 버티고 세상 위에 서서 새 신부 나리를 맞기 위해 그동안 이를 악물고 재활운동에 매달렸다.

그렇게 나리와 진수의 결혼식은 아름답게 완성되었다.

그리고 랑랑예식장의 대표인 미숙 씨가 뒤쪽에서 이들을 지켜보고 있었다. 마치 혼주라도 되는 듯 곱게 한복을 차려입은 모양새였다.

메리 크리스마스

"결혼 축하해요."

미숙 씨가 먼저 축하 인사를 건넸다. 미숙 씨와 막 결혼한 신혼부부가 따로 만난 자리였다.

진수는 결혼 준비로 이미 여러 차례 미숙 씨와 만났지만 나리는 처음이었다. 막 폐백을 끝낸 터라 신혼부부 역시 한복 차림이었다.

진수는 다시 휠체어에 앉아 있었다. 그로서는 가능한 최선을 다한 하루였다.

미숙 씨에게 감사 인사를 하고 싶다는 나리의 요청으로 그녀와 만났다. 나리가 조금 놀란 눈으로 미숙 씨의 한복 차림을 보았다. 눈빛으로 묻고 있는 걸 미숙 씨가 알아차리고 대답해주었다.

"혼주도 아니면서 웬 한복인가 싶겠지만 이건 내가 두 사람의 결혼을 진심으로 축하하는 의미예요. 한복의 색상과 문양에는 길상(吉祥)과 축복의 의미가 담겨 있거든요."

나리가 작게 고개를 끄덕이며 미소로 화답했다.

"정말 감사합니다. 뭐라 말씀드려야 할지…. 사실 결혼을 하는 게 맞는 건지도 확신이 서지 않았어요. 무엇보다 세상이 싫어져 자꾸 나쁜 생각만 하게 되었거든요. 그런 때…. 이렇게 아무 조건 없이 따뜻한 손을 내밀어주시니…."

이미 자기들 사연을 알고 있을 미숙 씨에게 나리가 울먹이는 목소리로 말했다.

"나리 씨는 자기가 얼마나 용감하고 씩씩한지 잘 모르나 보네. 어쨌든 이제 다시 출발하는 거니까 언제나 행복만 가득하길 진심으로 바랄게요. 내 인사는 이걸로 끝. 내가 꼰대 소릴 많이 들어봐서 아는데 나이 먹은 사람 얘기는 무조건 짧은 게 좋아."

그러고는 미숙 씨가 미리 준비한 것을 주었다.

"메리 크리스마스!"

미숙 씨가 건넨 것은 예쁘고 앙증맞은 아기 신발이었다.

"태어날 아기의 힘찬 첫걸음마를 미리 축복해요."

나리의 울음보가 또 터지고 말았다. 미숙 씨의 손을 덥석 잡고는 눈물을 흘렸다.

"이렇게 선물까지 미리 준비하시다니요. 어떡해야 제가 이 고마움을 갚을 수 있을까요?"

우는 와중에 나리의 말투가 엄청 격식 있어서 미숙 씨와 진수가 조금 웃었다.

"진짜 결혼 선물은 따로 있는데, 벌써 울면 안 되지."

미숙 씨가 신혼부부를 이끌며 앞장섰다.

"따라와요."

미숙 씨는 랑랑예식장 건물 맨 꼭대기 층으로 둘을 데리고 올라갔다. 엘리베이터에서 내리자 양쪽으로 열 수 있는 목재 소재의 미닫이 문이 나타났다.

그 문은 심플하면서도 어딘지 육중하고 품격 있었다. 심지어 굉장한 권위마저 느껴졌다. 어떤 이의도 제기할 수 없는 절대 심판을 결정짓는 심판장 같은 곳으로 들어서는 기분이었다. 신혼부부가 의아한 표정으로 미숙 씨를 돌아보았다.

"들어가 봐요."

미숙 씨 말에 이끌리듯 자연스럽게 진수가 타고 있는 휠체어를 밀었다. 사방 유리창으로 되어 있는 그 방은 겨울이었지만 환했고 따뜻했다.

"나리 씨, 결혼 진심으로 축하해요."

안에 있던 사람들이 알아보고 밝게 인사를 건넸다.

"아니, 모두들 어떻게 여기에…."

나리가 깜짝 놀라 입을 다물지 못했다. 그들은 나리와 함께 전세사기를 당했던 사람들이었다. 피해자들이 비상대책위원회를 구성하고 여러 번 함께 모여 대책을 논의했는데, 그때 알게 된 사람들이었다. 같은 고통을 겪은지라 알고 지낸 시간에 비해 훨씬 더 서로에 대한 연민이 짙은 사이였다.

"나리 씨 결혼식인데 당연히 와야지. 식장에 들어가려다가 혹시 우리 알아보고 나리 씨가 아픈 기억 떠올릴까 봐 여기서 따로 기다렸지. 여기 대표님 요청도 있었고."

각자 가슴속에 불덩이며 돌덩이며 한 덩이씩 얹힌 사람들이었다. 그들 모두 미숙 씨가 왜 자기들을 그 방에 모두 모이도록 한 건지 진짜 이유는 알지 못했다. 오늘 결혼식에 오기까지 숱한 고민과 망설임이 교차했던 사람들이었다. 전세금 털리고 극단적 선택마저 떠올린 사람도 있을 만큼 절망했으니 당연했다. 축복받아야 할 결혼식이 혹시 자기들 때문에 망치는 일이 있을까 봐 두렵기도 했고.

마침 반대편 쪽 보조 출입문이 열리고 몇 사람이 그 방으로 들어왔다.

나리와 진수가 미숙 씨에게 어떻게 된 영문인지 막 물어보려던 참이었다. 그런데 그 중 두 사람이 바로 전세사기를 치고 잠적했던 부부가 아닌가.

"악!"

비명이 먼저 터져 나왔다. 모두들 경악한 표정으로 앞다퉈 달려들었다.

사기범 커플은 바로 중앙으로 걸어와서는 모든 피해자가 보는 앞에서 대뜸 무릎을 꿇었다.

"잘못했습니다. 어떤 벌이든 달게 받겠습니다."

그리고 둘은 눈물을 흘렸다. 이게 대체 어찌된 일이지? 그때 사기범 뒤에 서 있던 한 여자가 앞으로 나섰다.

"안녕하십니까? 랑랑예식장의 총괄 매니저인 한미태라고 합니다."

미태는 먼저 자기소개를 한 뒤 일단 장내를 정돈했다. 그리고 일의 경위를 설명했다.

사기범 커플은 일찌감치 수십억 원이나 되는 돈을 챙겨 도망쳤다는 것. 여기저기 수소문 끝에 도망친 이들을 동남아 어느 구석에서 찾아냈다는 것. 한국과의 범죄인인도조약이 체결되지 않은 나라인 데다 위조여권이나 신분세탁이 상대적으로 쉬워 찾는 데 어려움이 많았다는 등등.

미태는 이 모든 일들을 랑랑예식장의 후원회인 낭랑회에서 주도해 진행했다는 사실은 말하지 않았다. 경찰도 있고, 검사도 있고, 심지어 인터폴에도 낭랑회 회원이 있기 때문에 가능한 일이었다.

모든 설명을 끝낸 다음 미태는 뒤쪽으로 와 미숙 씨 곁에 섰다. 이제는 온전히 피해자들의 시간이었다.

피해자들은 그 자리에 주저앉거나 엉엉 울거나 사기범에게 욕을 하거나 천장을 우러러보며 하느님, 감사합니다, 기도를 했다. 이미 각오한 듯 사기범 커플은 고개를 숙인 채 모든 비난의 화살을 맞고 있었다.

미숙 씨는 뒤쪽에서 두 손을 맞잡고 눈물 흘리는 나리와 진수를 보았다.

"나라면 과연 그 일들을 겪고 저들처럼 다시 일어설 수 있었을까? 너라면 어때?"

그들의 사연을 모두 아는 미숙 씨가 미태에게 물었다.

"쉽지 않죠. 확실히 대표님은 못 할 거예요. 저게 일단 누군가를 목숨처럼 사랑해야 가능한 일이니까요."

미태가 농담조로 말했다.

"말본새하곤. 내가 너보다 스무 살 많다. 엄마 같은 사람을 그리 놀리면 기분 좋냐?"

"엄마는 무슨. 나 없을 때 내가 맨날 말대꾸하고 싸가지 없다고 흉보고 다니는 게 누군데. 다 알거든요?"

"내가 언제? 누가 그래? 내가 얼마나 예의와 격식을 갖추고, 응? 나이스하고 말이야, 그리고 또 그 뭐냐…."

"국내외를 여기저기 헤매면서 힘들게 저들을 잡아온 건 나거든요? 첨엔 지리산에 숨었다는 제보 때문에 내가 말이야, 응? 지리산을 타고, 그다음엔 동남아 섬 구석에 숨었대서 그 동네 바닷속까지 이 잡듯 뒤지고 말이야."

진심 좀 성내듯 미태가 제대로 대들었다.

"알지, 알지. 고생 고생한 거 내가 다 알지. 너 근데 산이며 바다며 온갖 끝내주는 풍경을 배경으로 찍은 사진들 모조리 인스타에 올렸더라? 팔로워가 넘쳐요. 아주 이제 인플루언서가 되겠어?"

"아니, 그건 또 거기까지 갔는데 사진 한 장 안 남기는 건 서

운하니까….”

둘은 투닥거리는 게 일상이라 시종 서로를 놀려댔다.

“다 좋은데 딱 하나만 잊지 마.”

“뭐요?”

미태가 툴툴거리며 물었다.

“몸조심하는 거. 조심하고 또 조심해. 저깟 놈 안 잡아와도 돼. 너는 털끝만큼도 다치면 안 돼. 알았어?”

“하여튼 잔소리는….”

미숙 씨는 수고했다는 말과 함께 걱정하는 마음도 아끼지 않았다. 미태에게는 뭐든 아끼는 법이 없었다. 여기에 오면 미숙 씨가 미태의 엄마 같았다.

가끔은 미태가 엄마 같고 미숙 씨가 딸 같을 때도 있었다. 어느 쪽이 엄마 같고 어느 쪽이 딸 같은지 때때로 헷갈렸지만 중요한 건 이거였다. 둘 다 서로를 진심으로 아끼고 걱정한다는 것.

“그나저나 정말 저들의 용기와 의지는 대체 어디서 비롯된 걸까?”

미숙 씨가 새삼스럽다는 눈으로 나리와 진수를 보았다.

“자신의 생을 통째로 걸고 하는 선택의 무게를 저들은 고스란히 기쁘게 감당하잖아.”

‘아무래도 사랑… 이겠죠?’라고 말하려는데, 때마침 미태의 스마트폰에 알림음이 울렸다. 화면을 들여다보더니 미태의 말투가 급해졌다.

"이러고 있을 때가 아니네. 시간 없어요. 빨리 서둘러야 되겠어."

미태가 스마트폰 화면을 내밀자 미숙 씨도 잰걸음으로 뒤돌아 그 방에서 나왔다.

"나, 이 옷…."

미숙 씨가 한복을 내려다보자 미태가 미숙 씨 손을 잡아끌었다.

"가면서 차에서 갈아입어요. 시간 없어."

막 두 사람이 그 방에서 나올 때, 피해자들의 핸드폰에서는 연신 알림음이 울렸다.

띵동. 띵동.

각자 사기당했던 전세보증금이 입금되었다는 알림음이었다.

"불행 중 다행으로 돈을 거의 안 쓰고 가지고 있었더라고요."

나오면서 미태가 말했다.

창밖에서는 눈이 함박함박, 내리고 있었다. 화이트 크리스마스였다. 온 세상이 하얗고 포근하게 덮였다. 마치 순한 사랑처럼….

제대로 옷도 갈아입지 못한 미숙 씨는 미태와 함께 차에 올라탔다. 막 차가 출발하려는데 갑자기 차 안에서 미숙 씨가 뒤를 휙, 돌아보았다.

"왜요?"

미태가 놀란 눈으로 미숙 씨에게 물었다.

미숙 씨가 황급히 차에서 내려서는 이리저리 예식장 주변을 살펴보았다.

"왜 그러는데요?"

미숙 씨를 따라 차에서 내린 미태가 어쩐지 불안한 마음으로 물었다.

"분명 누군가 우리를 보고 있었어."

미숙 씨는 등골이 오싹한 기분을 느꼈다. 마치 누군가의 집요한 시선이 뒤통수에 와 닿기라도 한 듯, 뒷골이 당기는 기분이었다.

영감이 남긴 마지막 말이 떠올랐다.

'그는 머지않아 나를 찾아올 것이다. 만약 내가 죽은 뒤에라도.'

3장

......

이기준과 양정은
에이에스의 정석에 관한 한 예시

갑질은 병이다

"동작 그마아아안!"

안으로 들어서자마자 미숙 씨가 외쳤다.

확성기도 없는데 가게를 폭삭 무너트릴 것처럼 엄청난 데시벨이었다. 일제히 시선이 그녀에게로 돌아갔다. 깜짝 놀란 토끼 눈 수십 쌍이 한꺼번에 한 점으로 모여들었다.

미숙 씨가 양다리를 벌리고 우뚝 서니 왠지 조직 보스의 포스가 느껴졌다. 당당하고 거만한데, 누구보다 건강미가 넘치고 자신감이 뻗치며 가진 게 엄청 많은 사람 같아 보였다.

바로 뒤따른 미태가 식당 손님들에게 일일이 보상금을 내밀면서 양해를 구하고 내보냈다. 미태의 정중한 태도와 보상액을 본 손님들은 감사 인사까지 건네며 기꺼이 나가주었다. 미태는 같은 방식으로 홀에 남아 있던 직원들까지 모두 내보냈다.

그러고는 가게 문을 아예 잠갔다. 출입문엔 미리 챙겨온 'Closed' 팻말을 내걸었다.

그러는 사이에도 전화는 쉴 새 없이 울리고 '딩동, 주문' 하는 알람까지 연달아 울려댔다.

"크리스마스에 추어탕 못 먹어 죽은 귀신이 붙었나, 왜 그렇게들 시켜대?"

미숙 씨가 툴툴거렸다.

"여기, 요즘 핫하고 유명한 추어탕 집."

미태가 귓속말로 속삭였다.

"그래? 쩝….."

예식장에서 서둘러 오느라 밥도 못 먹었다. 텅 빈 배를 괜스레 툭툭 치며 미숙 씨가 입맛을 다셨다.

미태는 침착하면서도 몸에 밴 동작으로 순서에 맞게 전화선을 뽑고 컴퓨터를 끄고 포스기까지 셧다운시켰다. 모든 동작에 한 치 망설임이 없었고 매뉴얼처럼 순서도 정확했다.

"당신들 누구야? 지금 뭐 하는 짓이에요?"

바쁜 주방에 있느라 이제야 사태 파악을 하고 뛰쳐나온 '일촌추어탕' 집 사장 이기준. 183센티미터의 큰 키에 체중이 백 킬로그램에 육박하는 그는, 윤기 나는 피부에 각지고 두툼한 턱과 작은 눈 때문에 익살과 교활의 중간쯤 되는 분위기를 풍겼다.

기준이 놀라 튀어나온 눈으로 미숙 씨와 미태를 노려보았다.

둘이 눈빛으로 사인을 교환한 뒤 미태가 성큼 나서더니 이기준을 밀치고 주방으로 서슴없이 들어갔다.

주방 한쪽 구석에 양정은이 울고 있었다. 미태가 미숙 씨를 돌아보고 작게 고개를 끄덕였다.

"남의 주방엔 허락도 없이 왜 들어가는 건데? 난데없이 나타나 이게 무슨 난동이냐고."

기준이 바로 핸드폰을 꺼내들었다. 그걸 또 바로 미태가 낚아챘다.

"왜? 신고하게?"

"이리 내놔. 안 내놔?"

"너 이리 와봐."

미숙 씨가 손가락질로 기준을 불렀다.

"나?"

솔직히 미숙 씨 포스에 기준은 좀 쫄렸다. 웬 아줌마가 뜬금없이 들이닥쳐서는 자기보고 막말을 하는데 그 분위기를 설명하자면, 마동석이 동네 불법 오락실 들어가서 조무래기 깡패를 상대하는 포스랄까, 그런 느낌이 딱 풍겼기 때문이다.

그래서 이리 와보라며 손가락질하는 걸 보고도 바로 욕설이 튀어 나가지 못한 것이다.

주먹이 쥐어지는 대신 그 손가락질이 설마 나를 가리키는 것이냐는 뜻이 다분한 반문의 형태로 '나?'라는 되물음이 튀어나오고 말았다. 그래도 와중에 '저요?'라고 하지 않은 게 어쩌나

다행인지.

"그래, 너!"

기준은 기가 막혔다. 순간적으로 쫄기까지 했지만, 여긴 내 가게였다. 누가 와도 내 영역에서 밀리면 안 되는 거였다. 퍼뜩 정신이 들었다. 기준은 레이저 눈빛을 장전하고, 목구멍에 따발총을 단 다음, 마구 발사했다.

"어디서 반말이야? 당신 뭐야? 여기가 어디라고 난데없이 쳐들어와 행패를 부리면서, 뭐?"

내 가게고 내가 더 젊고 내가 힘이 더 좋다. 듣보잡 아줌마 하나를 상대 못 하는 쪼다는 아니란 말이다. 누군지 몰라도 아줌마, 사람 잘못 봤어. 기준이 속으로 중얼거렸다.

"뭘 잘했다고 지랄이야? 나중에 뭐가 되려고 그러냐?"

미숙 씨가 빽 소리 질렀다. 그러더니 냅다 기준의 뒤통수를 후려치는 게 아닌가.

미숙 씨에게 한 대 얻어맞은 기준은 생전 처음 보는 유형의 아줌마 앞에서 어쩔 줄 몰랐다.

흥! 기준의 따발총을 미숙 씨는 간단하게 코웃음 한 방으로 제압해버렸다.

"내가 너같이 덜 여문 수컷들 숱하게 봐서 아는데, 너 같은 놈은 풋내만 나지, 제대로 인간의 맛이 안 난단 말이지. 너 지금 속으로 엄청 당황한 거 다 티 나거든."

미숙 씨가 따발총은 잽도 안 되는 속사포를 들이밀며 이기준의 면상에 대고 쏘아댔다.

"너는 니가 쌔끈하게 갓 뽑은 페라리인 줄 알지? 그런데 넌 똥차야, 그것도 깜박이 고장 난 고물차. 어디로 가야 할지 방향도 못 잡으면 그게 차냐? 소달구지만도 못한 놈."

기준이 기가 막히고 말문이 막혔다. 입을 쩍 벌리고 아무 소리도 못 했다. 얼마 전, 그는 실제로 페라리를 뽑았던 것이다.

이런 말 들어본 적 있는가?

'붉은 페라리가 달릴 때 도로는 무대요, 보는 모든 이가 관객이다.'

페라리에 올라타 달려보니 과연 그 말이 사실이었다. 오로지 단 한 사람 '나'만이 주인공이고 승리자가 되었다. 삼십대 나이에 이만한 대박 가게 사장이라면, 분명 인생의 승자다!

이곳은 일촌추어탕.

잘나가는 추어 전문점이었다. 남도식으로 갈아서 만든 방식이 아니라 통으로 미꾸라지가 들어간 추어탕집이었다.

징그럽다는 이상한 이유로 요즘은 보통 갈아 만든 추어탕을 먹는데, 기준이 보기에 그건 추어탕의 본질을 모르고 하는 얘기다. 통으로 입안에 넣고 씹을 때의 고소함은 먹어보지 않고는 짐작도 할 수 없다.

일촌추어탕은 대기업들이 다닥다닥 붙어 있다고 할 정도로 회사들이 밀집한 업무 지구에 위치해 있었다. 지리적 이점에다 부모로부터 계승되어온 비법 레시피 덕분에 오랫동안 한자리에서 터줏대감 노릇을 해왔다.

시크릿 레시피는 기준의 부모가 개발한 것으로, 고추장과 된장을 섞어 풀어 끓인 장국 속에 미꾸라지를 통째로 쏟아붓고, 더해서 모두부를 통으로 넣는 거였다. 국이 끓고 거품이 솟아오르면 뜨거워 맹렬하게 꿈틀거리던 미꾸라지가 모두부 속으로 기어들어 간다. 살려고 뜨거운 국을 피해 일시적으로 온도가 낮은 두부 속으로 파고드는 것이다.

팔팔 끓는 솥에 밑양념한 우거지, 토란대, 느타리버섯을 넣고 다시 푹 끓인다. 미꾸라지가 파고 들어간 두부를 적당한 크기로 썰어 뚝배기에 담고 국물을 부은 다음, 홍고추, 풋고추, 마늘, 생강을 곱게 다져 고명으로 올리고 산초가루와 들깨가루를 뿌렸다. 매일 아침 담근 배추겉절이, 오이무침, 얼갈이 된장무침을 곁들여 꾸민 상차림이 일촌추어탕의 시그니처였다.

고추장과 된장은 직접 담근 것만 사용하는데, 거기에 또 비밀 레시피가 있고, 더해서 미꾸라지를 넣고 모두부를 넣는 타이밍 또한 기준의 부모가 오직 아들에게만 전승한 비법이었다.

상사에게 스트레스를 받게 마련인 인근 대기업 직원들이 날마다 쏟아져 나와 점심으로 뭘 먹을까 고민하다 추어탕의 짜부라진 미꾸라지를 보면서 꼭 자기 신세라며 한탄하다 그 맛에 푹 빠져버린다고 했다.

그렇게 키워온 가게를 부모는 아들에게 아낌없이 물려주었다. 어릴 적부터 부모의 모든 것이 곧 자기 것이라는 사실을 알고 있던 기준으로서는 당연한 절차였다. 학교 졸업 뒤 취업은 생각도 않고 가게를 물려받을 준비만 해왔다.

기준은 부모 돈으로 편하게 학교 다니면서 취업 걱정이라곤 쥐뿔만큼도 안 했다. 스펙을 쌓겠다고 밤새워 동동거리며 공부를 한다거나, 아르바이트를 한다거나, 불안한 미래로 버석거리는 일 따위는 일절 없었다.

학교 때부터 차를 몰고 다녔고 때마다 해외여행을 다녔다. 그리고 이탈리아 여행 당시 마라넬로 페라리 박물관에서 F1 전시관을 보고 페라리와 사랑에 빠졌다.

페라리의 상징인 붉은색은 단순한 색깔이 아니었다. '그것은 페라리의 붉은 심장'이라고 했다. 그 말에 기준은 가슴 깊이 감동 받았다. 내친김에 피오라노 셔킷 셔틀 투어로 공장과 트랙을 탐방하며 페라리와의 연애를 더 깊게 느낄 수 있었다.

그리고 그곳에서 페라리를 닮은 붉은 열정을 뿜어대는 이탈리아 여자와 사랑에 빠졌다. 장미라는 뜻을 가진 '로사리아'라는 이름의 그녀는 모델지망생으로 페라리의 로고 코르사처럼 붉고 열정적이었다.

기준은 페라리를 타면서 정신 못 차리고 돈을 펑펑 써가며 사랑에 빠져 있다가 부모가 돈을 끊는 바람에 기준의 붉은 심장 같던 사랑도 끝났다.

한국으로 돌아온 기준은 부모가 가게를 물려줄 날만 학수고

대하며 빈둥거렸다. 그리고 마침내 '일촌추어탕'의 사장이 되었다. 그리고 대대적으로 가게를 혁신하기로 마음먹었다.

기준은 일촌추어탕을 키워 프랜차이즈 사업체로 만들 계획을 세웠다. 그러자면 주먹구구식으로 가게를 운영하던 부모의 방식을 모조리 바꿔야 했다. 모든 것을 계량화하고 레시피 또한 표준화하며 시스템을 만들 필요가 있었다.

가게의 효율성과 현대성을 제고한다는 명목으로 주문 방식을 키오스크로 바꾸고, 그전에는 하지 않던 배달도 시작했다. 어차피 배달 사원을 따로 두는 게 아니라 유료 배달 시스템을 이용하는 것이므로 기준 입장에서는 안 할 이유가 없었다. 그리고 이모님들을 잘랐다.

기준의 부모가 가게를 운영했을 당시, 주방은 부모가, 홀은 오랜 경력직의 종업원들이 책임졌다. 손님들과 구수한 정담을 나누는 데 능숙한 이모님들 말이다.

기준의 시각에서 손님들과 시답잖은 농담을 주고받는 이모들은 솔직히 격이 떨어졌다. 저차원적 농담이나 하면서 친절하고 사근한 데라곤 도통 없는 게 불만이었다.

기준은 그 자리에 '일촌추어탕' 로고가 새겨진 유니폼을 맞춰 입은 최저시급 알바생으로 채웠다. 알바들은 손님과의 유대관계는 일절 없이 서빙만, 기준의 시각으로 볼 때 굉장히 효율적으로 수행했다. 당연히 좌석 회전율이 빨라지고 진상 손님은 줄어들었다.

그리고 프랜차이즈 사업등록과 투자자 유치를 위한 작업도 시작했다. 법인을 만들고 투자 설명회 준비도 하면서 장차 주식 시장에 상장하는 성공한 외식사업가가 될 날을 그리고 있었다.

엄마 자궁 밖으로 밀려나면서 억지로 눈뜬 그날 체면 없이 울어 버린 뒤로, 기준은 단 한 번도 울어본 적이 없었다. 세상 살이, 돈으로 안 되는 게 없었고, 충분히 쓰고 살아 결핍을 몰랐다.

미래가 정해져 있고 그게 지나치게 안정적이라 오히려 짜릿함을 추구하도록 만들었을까. 기준은 카레이서가 되는 게 꿈이었다. 어쩌면 페라리와 사랑에 빠진 것도 당연한 일이었다. F1에서 페라리 머신에 올라타 질주하는 자기 모습을 상상하는 게 그의 나르시시즘이었으니까.

부모는 기준이 외동이라는 이유로 결사반대했다. 결핍 없이 잘 자란 아이들이 흔히 그렇듯, 기준의 고집은 거셌다. 고집을 부리며 단식 투쟁을 했다. 단식 3일도 지나지 않아 부모는 계약서 비슷한 서류를 내밀었다. '약속이행확약서'라고 쓰여 있었다. 내용은 이랬다.

네가 33살이 되면 일촌추어탕 너 줄게. 우리는 그때 완전히 은퇴할 거야. 이미 은퇴 자금도 풍족하고 우리도 죽어라 열심히 살았으니까 이젠 놀고 싶다. 식당 가치는 너도 알 거야. 어마어마하지. 그거 돈 한 푼 안 받고 너 다 줄게. 우리는 은퇴하면 식당 일엔 일절 관여 안 할 거야. 아들, 네 거니까 네가 알아서 해. 네가 하고 싶다는 대로 프랜차이즈 해도 상관 않으마.

이 정도면 까짓 카레이서가 대수인가. 현실에서 페라리 열 대 몰면 되지. 아니다, 아예 모터스포츠 팀을 사버리면 되겠구나. 내가 왜 그 생각을 못 했지?

일촌추어탕으로 프랜차이즈 사업을 시작하면 어차피 대박 날 테니까, 주식시장에 상장한 뒤 돈방석에 올라앉아 성공한 기업가의 통 큰 투자로 열악한 국내 모터스포츠 활성화에 기여한다면, 이 얼마나 간지가 흐르는 인생인가!

이불 뒤집어쓰고 누웠던 자리를 박차고(이불 속에선 부모 몰래 먹었던 프링글스 칩 가루가 버석거렸다), 기준은 깔끔하게 단식을 접고 당장 가게 운영에 관한 준비를 시작했다.

원래 기준은 카레이서 정진수의 팬이었다. 그의 인터뷰를 보고 반한 게 계기였다. 좁은 국내 무대에 만족하지 않고 F1 서킷에 올라탈 때까지 꿈을 향한 열정이 식지 않을 거라던 선언 같은 말이 가슴에 와 닿았다. 인터뷰를 본 이후로 내심 응원하며 대리만족하는 기분으로 그의 모든 경기를 관람했다.

그런데 교통사고를 당했다. 카레이서가 교통사고로 하반신 마비라니! 뭐 이런 수준 낮은 농담이 다 있나 싶었다. 기준은 카레이서가 되지 않은 스스로를 칭찬하며 가슴을 쓸어내렸다. 천만다행이었다. 안전빵 놔두고 카레이서가 될 생각을 했다니!

기준은 과거의 기준을 향해 조소를 날렸다. 역시나 카레이싱 같은 건 그저 눈치코치 없던 철부지 때나 부릴 허세지. 사람이 나이 들어 삼십대쯤 되면 누구나 이런 대박 가게 하나쯤 가져봐야 되는 거 아니겠어? 이 얼마나 어른스러운 삶의 태도냐고. 대신 난 현실에서 페라리를 몰잖아. 오, 얼마나 간지 작렬인지. 인생이 이보다 더 산뜻할 수 있나?

그런데 가게의 구태를 혁신하고 프랜차이즈 사업을 위해 도약을 준비하는 중차대한 이때, 매출이 떨어지기 시작한 거였다.

뭐가 마음대로 되지 않는 게 처음이었다. 당연히 뭘 해도 박수갈채를 받을 줄로만 믿어온 인생이었다. 야심차게 시작한 첫 사업 시도가 불처럼 솟구치고 꽃처럼 피어오르고 태양처럼 눈부실 줄 알았다.

신경이 예민해지고 속이 부글거렸다. 손쉽게 성공을 예상했던 만큼이나 반대로 실패에 대한 불안도 증폭되었다. 그런 날들이 쌓여 가자 기준은 끓어 넘치기 직전의 물주전자처럼 뚜껑이 들썩거리고 있었다. 그 때문에 가장 지근거리의 손쉬운 상대인 알바에게 짜증을 부리기 시작했다.

주방에서 실수해도 알바를 나무랐고, 배달기사가 잘못해도 눈앞에 보이는 알바에게 짜증을 냈다. 알바가 어쩌다 실수하는 경우엔 죽도록 욕했다.

한번은 배달 손님이 오이무침을 한 접시 추가 주문했는데 너무 바쁜 나머지 실수로 안 보낸 일이 있었다. 알바가 고객에게 사과하고 제 돈으로 이천 원을 송금했는데도 별점 테러를 준 일로 기준이 죽일 듯 욕을 했다. 그러니까, 바로 그곳에서 일하던 알바 양정은에게 말이다.

그런데 오늘 또 일이 터졌다.

배달기사가 인근 아파트 203동에 가야 하는데 205동에 가져다준 것이다. 고객은 연락도 안 되고 음식도 오지 않는다며 매장으로 전화해 난리를 피웠다. 그랬더니 기준이 바로 정은의 뺨을 때린 것이다.

"또라이, 미친년, 너 땜에 내가 죽겠다. 너 땜에 장사 망하겠어. 넌 무슨 억하심정으로 하필 내 가게를 말아먹으려는 거냐?"

기준이 얼른 전화해 손이 발이 되도록 빌라고 윽박질렀다. 정은은 전화기를 붙들고 읍소하며 죄송하다고 연신 울먹이고 있었다. 얼굴마저 창백해져 어쩔 줄 몰라 하는 그때 미숙 씨가 들이닥쳤다.

"너! 배달기사가 잘못 배달한 걸 왜 엄한 알바를 잡는 건데?"
"그걸 당신이 어떻게…."

기준이 놀라 멍한 사슴 눈이 되었다.

"쯧쯧, 부모 덕분에 맨손으로 대박 가게 사장이 된 걸 가지고 지가 잘난 줄 알고 설치는 꼴이라니. 칼질도 못 하면서 요리사 타령하는 놈. 너네 부모는 치앙마이에 짱박혀서 네 놈이 이러고 있는 걸 알기나 하냐?"

미숙 씨가 대놓고 꾸짖었다.

잘 먹고 자라서 큰 키에 덩치도 큰 미숙아. 미숙 씨가 보기에 이기준은 딱 세상이 자기 위주로 돌아간다고 믿어 의심치 않는 미숙아이자 풋내기였다.

"그건 또 어떻게 알고…?"

부모가 치앙마이에 머물고 있다는 사실을 대체 저 아줌마가 어떻게 아는 것인가.

엊저녁에 치앙마이에 장기 체류 중인 부모에게 장문의 카톡이 왔다. 달리 할 일이 없어서 하루 종일 숫자를 센다고 했다. 떠오르는 태양을 가르며 날아가는 새의 숫자, 카페의 차양 밖으로 보이는 사람들의 숫자, 깔깔대는 아이들이 몇 번을 웃었는지. 부모는 그걸로 내기를 해서 저녁 설거지 당번을 결정한다고 했다.

기준의 작은 눈이 부들부들 떨렸다.

"지가 짜증난다고 힘없는 알바 괴롭히는 게 얼마나 찌질한 짓인지도 모르는 한심한 놈."

미숙 씨가, 그거 좀 틀어줘 봐, 하고 미태에게 고갯짓했다.

미태가 핸드폰 영상을 기준에게 들이밀었다. 거기에는 기준이 알바들에게 욕하고 손찌검하고 갑질한 영상들이 고스란히 찍혀 있었다.

"이게 대체… 어떻게…."

자기가 한 짓들을 영상으로 보자 기준은 쉽게 끝날 일이 아니란 걸 직감했다. 혹시 노동청 같은 데서 나온 건가? 고용 실태 조사나 노동 환경 리서치 뭐 그런 거? 하지만 그런 거라면 평일에 왔어야지. 오늘처럼 크리스마스인 법정 공휴일이 아니라.

게다 저 차림은 또 뭐지. 기준이 미숙 씨를 슬쩍 건너다보았다. 전형적인 벤치 패딩으로 보이는 롱패딩에, 안에는 꼴 같지 않게 후드 티셔츠를 받쳐 입고 아디다스 운동화를 신은 꼴이라니. 목에 호루라기만 걸치면 영락없는 운동부 코치 차림 아닌가.

게다 저 머리 꼴이란! 한땀 한땀 곱게 꼬아 수십 개의 실핀을 잔뜩 꽂아 정성스럽게 올린 저건… 한복 입을 때나 하는 헤어 아닌가.

기준의 시선을 알아챈 미숙 씨가 제 차림새를 내려다보면서 친절하게 설명을 곁들였다.

"난 이상하게 호통을 쳐야 할 타이밍엔 운동복이 좋더라구. 한 수 가르치는 기분이랄까. 머리는 신경 쓰지 마. 내가 원래 티피오에 워낙 신경 쓰는 타입인데 너 때문에 서둘러 오느라 미처 풀지도 못하고, 꼴이 내가 봐도 우습네."

공무원이 아니라면 뭐지? 전혀 짐작이 가지 않았다. 기준은 미숙 씨의 차림새를 속으로 조롱하면서 잔머리를 굴리다 일단 지랄을 해보기로 했다.

"당신 뭔데? 어디서 남의 가게에서 패악질이야? 당신들 깡패야? 뭐, 돈 달라고? 지금 이거 다 불법인 거 알아, 몰라! 불법

주거침입에, 영업방해에, 강짜에, 협박에! 당신들 내가 움직이면 어떻게 될 줄 알고. 엉? 뭐냐고, 당신!"

이기준은 마치 자신이 억울하게 당하고 있는 것처럼 보이도록 데시벨을 일부러 최대치로 높였다.

그때 기준은 가장 예상치 못한 대답을 듣고 말았다.

"나? 쟤 엄만데?"

나? 쟤 엄만데?

미숙 씨가 구석에 어쩔 줄 모르고 서 있는 정은을 가리켰다.

"엄… 마? 쟤 엄마라고?"

"그래! 나 쟤 엄마다."

"정말이야? 네 엄마 맞아? 너 엄마 없다며?"

예상치 못한 전개에 한 대 얻어맞은 듯 기준이 정은을 돌아보고 물었다. 갑자기 기세가 꺾인 모습이었다. '엄마'라는 낱말에는 그런 힘이 들어 있으니까.

정은이 이러지도 저러지도 못하고 긍정도 부정도 하지 않았다.

"머리에 피도 안 마른 자식이 말이야, 어따 대고 큰소리치고 지랄이야!"

미숙 씨가 있는 대로 욕을 하고는 손을 까딱거려 기준을 불렀다.

엄마라는 단어에 한 방 먹은 기준이 저도 모르게 어기적거리며 한 걸음 다가갔다.

"어떻게 할래? 내가 어떻게 할 것 같아?"

기준이 절레절레 고개를 저으며 갑자기 불쌍한 표정을 지었다.

"사과해."

기준이 죄송합니다, 하고 건성으로 말했다.

"아니, 나 말고 애 앞에서."

미숙 씨가 정은을 가리켰다.

"그건 좀… 아무래도 제가 나이도 있고, 또 여기 사장인데."

"싫으면 나랑 경찰서 가면 되고. 나는 이걸 인터넷에 올릴 거거든."

미숙 씨가 동영상을 들이대며 협박했다.

"싫지 않습니다!"

기준이 차렷 자세로 외치곤, 바로 정은에게 다가가 미안하다, 내가 잘못했다고 고개 숙였다.

"여기 사인해."

"이게 뭡니까?"

"이 가게 매매 계약서. 내가 오늘 이 가게 살 거야. 돈 줄 테니까 넌 그 돈 가지고 딴 데 알아봐."

"아…. 어머니 말씀은 잘 알겠는데요, 그래도 갑자기 들이닥쳐서 가게를 팔라고 하시면 어떡합니까? 제가 애한테 욕 몇 번 하고 오늘 뺨 한 번 때린 건 인정하겠습니다. 그리고 그에 대한 정신적 피해보상을 충분히 하겠습니다."

"왜? 꼽냐? 꼬우면 너도 가서 엄마 데려오든가."

"아무리 그렇더라도 저도 삼십이 넘었습니다. 우리 엄마도 안 그러는데 저한테 이래라저래라하는 건 좀…."

"네 엄마가 안 그래서 네 놈이 이 모양인가 보네. 그리고 네가 몰라서 그러는데, 내 일의 핵심이 바로 그거야. 이래라저래라하는 거."

"어쨌든 가게는 못 팝니다. 충분한 피해보상까지 약속했는데도 강짜를 부리시면 뭐, 어쩔 수 없지요. 한번 어느 쪽 잘못이 더 큰지 다퉈보든지요."

그러자 미숙 씨가 흥, 코웃음 쳤다.

"아얏!"

갑자기 미숙 씨가 기준의 귀를 낚아채듯 잡아당겼다. 그 귓구멍에 대고 한참이나 귓속말을 했다.

어떤 말인지 밖으로 들리지는 않았다. 기준은 처음에는 무슨 말도 안 되는 소리냐는 표정을 지었다. 하지만 차츰 얼굴이 새하얘졌다.

마치 이런 말을 들은 것처럼….

내가 헐렁한 놈들 나사 좀 조여 봐서 아는데 조일 때는 말이야, 다시는 풀리지 않도록 꽉 조여야 하는 법이거든. 무슨 말이냐면, 네가 공짜로 얻은 모든 것들 모조리 다 빼앗으면 어떻게 될까 궁금해서 말이야. 빈털터리 껍데기로 맨땅에 헤딩하게 해줄까 싶은데….

이기준은 진땀을 흘리는가 싶더니 손까지 벌벌 떨었다. 핏기가 가신 얼굴은 보기에도 딱했다. 정말 가진 모든 걸 한꺼번에 빼앗기고 거지꼴이 된 자신을 눈앞에서 목도한 사람 같았다.

"잘못했습니다. 어떤 벌이라도 달게 받겠습니다. 그러니까 제발…."

기준이 무릎을 꿇고 두 손을 모아 싹싹 빌었다.

왜 그랬냐

정은은 조부모가 재래시장에서 생선가게를 한다. 부모 없는 손녀를 조부모가 맡아 키운 지 벌써 십수 년째였다.

생선가게에서 나오는 수입은 언제나 빠듯했지만 세 식구 밥 굶지 않고 손녀딸 학교도 차질 없이 보내며 대체로 잘 버티고 살았다.

그러다 할아버지가 서너 해 전에 만성신부전에 걸렸다. 차츰 예후가 나빠져 작년부터는 신장 기능이 15퍼센트 이하로 떨어져 혈액투석을 시작했다. 혈액투석은 일주일에 3회, 한 번에 3시간에서 5시간씩 걸리는 일이었다.

그 때문에 생선가게 일을 더 이상 할 수 없었다. 안 그래도 힘에 겨운 생선가게 일을 할머니 혼자 감당하려니, 빠듯하게 꾸려가던 살림 형편이 자연히 더 쪼그라들었다.

그나마 다행인 건 매달 들어가는 치료비는 국가의료보험 덕분에 총 의료비 중 십 퍼센트만 내면 되었다. 그러나 그 십퍼센트도 정은과 정은 할머니에게는 적지 않은 돈이었다.

어떤 병이든 마찬가지지만 모든 병에는 다 많은 돈이 든다. 그 때문에 정은이 할머니의 만류에도 불구하고 학교를 휴학하고 일을 하는 거였다.

정은은 크면서 별로 조부모를 속 썩인 적이 없었다. 열심히 공부했고 무사히 좋은 대학에 진학했고, 졸업하고 나면 어떻게든 취직해 할머니 할아버지 잘 봉양하겠다고 마음먹고 있었다. 부모 없는 자신을 키워준 그들에게 당연한 보답이라 여겼다.

그런데 졸업은커녕 당장 버티는 일이 힘에 겨워 밤마다 삭신을 앓는 할머니를 보면서 혼자 편하게 학교나 다니고 있을 수만은 없었다.

그래서 알아본 일촌추어탕은 정은에게 탐나는 일자리였다. 알바 지원 당시 '우수 직원은 정직원으로 채용하며 향후 프랜차이즈 사업으로 확장 시 정식 매니저로 고용될 수 있는 특전이 있다'는 문구 때문이었다.

정은은 곰곰이 생각했다. 앞으로 졸업해 취업문을 뚫기란 하늘의 별 따기일 게 불 보듯 뻔했다. 만약 일촌추어탕에서 인정받아 정직원이 되고 또 그 경력으로 매니저까지 오를 수 있다면 외식업계에 뿌리내려도 좋을 것이다.

그렇게 들어간 일촌추어탕에서 사장 기준은 정은에게 업무 범위를 특정하지 않고 온갖 일을 다 시켰다.

"다 너를 위해서야. 경험이 쌓여야 매니저 노릇도 잘 할 거니까."

기준은 오히려 생색을 냈다. 정은은 그 말이 어느 정도 일리 있다고 고개를 끄덕였다. 업장의 매니저가 되겠다는 포부를 가슴에 품었으니 갖가지 일을 다 경험하는 게 마땅해 보였다.

그러다 이런 일이 생겼다. 정은이 기준에게 가불을 요청한 것이다. 생선가게 수입은 점점 줄고 병원비를 비롯한 생활비는 매달 적자가 조금씩 쌓여 카드 한도가 넘쳤을 때 정은은 기준에게 삼백만 원을 가불해줄 수 있겠냐고 정중히 요청했다.

기준이 돈 필요한 까닭을 물었다. 정은은 그래야 할 것 같아 가정 형편과 당장 삼백이 필요한 이유를 솔직하게 설명했다. 그런데 기준이 흔쾌히 그 거금을 내주는 것이 아닌가. 거기다 어려운 형편에 고생하네, 이건 보너스야, 하며 오십만 원을 더 얹어주었다.

"앞으로 열심히 일하라는 무언의 압력이라는 거 알지?"

어찌나 고마웠던지, 몇 번이나 고개를 숙였는지 몰랐다.

잡무로 인한 야근이 이어졌지만 초과근무 수당은 따로 요청하지 않았다. 어려울 때 돈 빌려준 고마움을 잊지 않고 열심히 일한 거였다. 그런데 그 얼마 뒤부터 기준은 정은을 괴롭히기 시작했다. 가게 매출이 떨어지기 시작한 시기와 맞물렸다. 가게에서 자기 기분에 거슬리는 일이 생기면 그 짜증을 정은에게 풀기 시작한 거였다.

한번은 매장 청소, 화장실 청소, 쓰레기 내놓기 같은 잡일을 늦은 시간까지 모두 마치고 다음 날 출근했는데, 느지막하게 출근한 사장이 요즘 매출이 떨어진다며 온갖 짜증을 부리더니 갑자기 미꾸라지 손질을 하라는 거였다.

엄연히 그건 주방 직원들의 업무영역이었다. 주방 직원 하나가 출근을 하지 않았는데 그 자리를 메꾸라는 거였다. 연일 계속되는 격무에 안 그래도 지쳤는데, 영업 준비만도 모자랄 시간에 재료 준비까지 시키는 건 아무래도 지나친 것 같았다.

"왜? 싫어? 그럼 뭐, 사장인 내가 하랴?"

기준이 산만 한 덩치로 코앞까지 얼굴을 들이밀었다.

"미꾸라지 만지라니까 징그러워? 소금통에 던져 넣으면 마구 꿈틀거리면서 내장에 든 것들을 토해내고 점막이 벗겨지는 게 살아있는 생명인데 얼마나 고통스러울까 싶냐? 사람 먹자고 그 잔인한 짓을 하는 건데 너는 못 하시겠다? 그래서 너 우리 집 추어탕 안 먹는 거냐?"

떨떠름한 정은의 얼굴을 보고 기준이 득달같이 몰아세우기 시작했다.

정은은 생선가게 집 손녀였다. 미꾸라지 손질이 무서운 게 아니었다. 사장의 말과 태도가 인격 모독적이라고 느꼈기 때문이다.

그때뿐만 아니라 이후에는 툭하면 화를 내고 짜증을 부렸다.

답답해서 온라인에 '사장 갑질'을 검색해봤다. 알바생들 중 무려 49퍼센트가 그냥 참는다고 했다.

'사회생활이 다 그런 거다, 거기만 그런 거 아니다, 원래 그렇게 일 배우는 거다, 그것도 못 버티면 안 된다, 원래 알바비 안

에 사장 짜증 받아주는 비용도 포함되어 있는 거다….'

정은은 참을 만큼 참았다. 잘못됐다는 걸 알면서도. 그즈음부터 악몽까지 꾸기 시작했다.

기준이 면전에 대고 욕을 할 때마다 정은은 침묵했다. 때로 기준은 아무 말 없이 비웃는 표정으로 빤히 정은을 아래위로 훑어보았다. 그것이 더욱 기분을 상하게 했다. 그러면 정은은 무력하게 바닥만 내려다보았다. 마음의 기둥이 흔들리고 인생에 대한 확신이 무너지는 기분이었다. 자신의 존재가 으깨져 바닥에 구르는 쓸모없는 쓰레기가 되는 것 같았다.

결국 정은은 그만두고 싶다고 했다. 빌린 돈은 최대한 빨리 갚겠다, 곧 다른 곳에 취직해 월급 받는 대로 즉시 입금하겠다고 했다. 그랬더니 돌아온 답은 이거였다.

"넌 그 돈 절대 못 갚아. 웬 줄 알아? 내가 안 받을 거거든. 재벌 집 놈들은 야구 빠따로 실컷 때린 다음에 맷값을 준다지? 넌 그냥 미리 위로금 받았다고 쳐라. 내 말 몇 마디 들어주는 대가로 삼백오십을 꽁으로 챙긴 거면 손해 보는 장사는 아니잖냐?"

돈 때문이었다. 돈 삼백오십. 그것 때문에 정은은 기준에게 꼼짝 못 한 채 갑질을 감내하고 있었다.

오늘도 기준은 배달기사가 잘못한 걸 두고 정은을 잡도리하면서, 말도 안 되는 폭언을 쏟아붓고 있던 참이었다. 그런데 갑자기 미숙 씨와 미태가 가게에 들이닥친 거였다.

정은은 뭐가 뭔지 상황 파악이 안 돼 당황한 나머지 그저 보고만 있었다. 대체 누구길래 갑자기 들이닥쳐서는 내 엄마라면서 사장을 혼내고 있는 걸까.

아무리 봐도 처음 보는 얼굴이었다.

알 수 없으면서도 곤경에 처한 자기를 구해주고 사장을 꾸짖는 미숙 씨를 말리지 않았다. 누군지 모르지만, 누군가 자기편을 들어주고 있다는 사실이 눈물겨웠기 때문이다.

문득 어릴 때 돌아가신 부모님 생각이 밀려들었다. 잠들 때 불러주던, 새들도 아가 양도 다들 잔다는 가사의 자장가라든지, 엄마가 즐겨 쓰던 화장품 냄새라든지, 아빠가 안아주던 따뜻한 품이라든지, 두 분이 실없는 농담을 주고받으며 자기들끼리 웃어대던 독특한 습관 같은 것들.

잊고 살았던 것들이 한꺼번에 파도처럼 덮쳐왔다. 그런 것들은 영영 잊혀지는 게 아닌 모양이었다.

부모님이 돌아가시고 정은은 많은 걸 잃었다. 그중 가장 고통스러운 건… 바로 온전한 나이를 영원히 잃어버렸다는 것이다.

정은은 착한 아이였다. 소리 지르지 않고 무리한 것을 요구하지 않으며 응석을 부리지도 않았다. 부모 없는 자식이라고 놀림당하면 그냥 이를 악물고 참았다. 모든 걸 참았다.

그것은 자기에 대한 지독한 오해라고 소리치고 싶었다. 떼쓰고 싶었고 고집을 부리고 싶었다. 값비싼 장난감을 사달라고 조르고 싶었고 입에 넣어주는 밥숟가락을 밀쳐내며 밥 먹기 싫다고 소리 지르고 싶었다. 감정조절을 잘하지 못하는 모습을 보이고 싶었고 쉽게 울음을 터트리고 싶었으며 반항하면서 세상과의 첫 씨름에서 우위를 점하고 싶었다.

짓궂은 아이들이 정은이 지나가면 생선 냄새가 난다고 코를 막았다. 그러면 정은은 해풍에 휘둘려 하루하루 말라가는 생선이 되는 것 같았다. 날이 갈수록 몸속 장기가 물기 없이 쪼그라드는 것 같았다. 자꾸만 몸뚱이에서 덜 마른 생선의 꿉꿉한 냄새가 나는 것 같았다.

아주 작은 소리에도 소스라쳐 놀라고 사람들이 혹시 깔볼까 봐 부당한 일에도 표 내지 못했다. 점점 겁 많고 주눅 든 아이가 되어갔다. 풀 죽은 잡초마냥 쪼그라들어 무엇도 궁금해할 힘이 없어져버렸다.

"왜 그랬냐?"

미숙 씨가 기준에게 호통을 치는 소리에 정은은 다시 정신이 들었다.

"왜 힘없고 약한 사람을 괴롭혔어? 거짓말로 남을 속인다거나 새에게 돌을 던진다거나 누구를 죽인다거나 남의 물건을 훔친다거나 하면 안 되는 걸 누구나 알지. 그런 건 만 5세 때 뗐어야지. 안 배웠어? 의무교육에 대학 교육까지 다 받았잖아. 난 대학 문턱에도 못 가봤지만 그 정도는 알아. 아무 생각 없이 던진 돌에 맞아 죽는 개구리 얘기 못 들어봤냐."

기가 죽은 기준이 입을 꾹 다물고 듣고 있었다.

"왜 그랬냐니까?"

미숙 씨가 순간적으로 데시벨을 확 높였다. 화들짝 놀라는 바람에 기준이 저도 모르게 딸꾹질을 했다. 겁먹어 얼어붙은 눈을 좌우로 굴렸다.

우물쭈물하던 기준이 간신히 입을 달싹거렸다.

"그래도 되는 줄 알았어요. 설마 누가 몰카로 그걸 다 촬영하고 있을 줄은 꿈에도 몰랐어요. 잡힐 줄 몰랐죠. 솔직히 나보다 못한 사람들 보며 속으로 은근히 깔보는 기분, 싫어할 사람이 어디 있어요. 딱한 멍청이들 비웃으면서 나는 더 우월한 사람이다. 그런 만족감을 누가 마다해요."

기준은 솔직하게 털어놓았다.

"얘 아직 반성 안 했네."

끌끌, 혀 차는 소리로 미숙 씨가 고개를 삐딱하게 숙여 기준의 얼굴을 들여다보았다.

"하고 있는데요?"

기준이 모깃소리로 항변했다.

"내가 반성시킨 놈들이 한둘이 아니거든? 그래서 진짜로 반성하고 있는 건지, 아님 지금만 모면하려고 반성하는 척하면서 속으로 다른 꿍꿍이를 품고 벼르고 있는지 딱 보면 알아. 그런데 넌 아직 아니야."

말하다 말고 미숙 씨가 갑자기 두리번거렸다.

"일단 좀 비켜봐. 나 화장실이 급해. 이러다 싸겠네."

기준이 어이없다는 눈으로 화장실로 들어가는 미숙 씨의 뒷모습을 보았다.

이 기시감은 뭐지?

그런데 어디서 본 것 같은 이 장면은 뭐지…?

기준은 어떤 기시감에 머릿속 기억회로를 뒤졌다.

한번은 일면식도 없는 사람이 갑자기 나타나서는 자기에게 욕을 하고 도망간 일이 있었다.

"야, 이 새끼야. 일 똑바로 안 해? 그렇게 멍청하게 구니까 네 인생이 시궁창인 거야. 알아? 머저리 같은 놈."

머리칼은 희끗하고 인상 더럽게 생긴 웬 중년 남자가 시니컬한 표정을 장착하고는 기준의 앞길을 막아서더니, 정확히 이런 워딩으로 욕설을 날리는 게 아닌가.

욕이 면전에서 폭죽 터지듯 터지니까 멘탈이 흔들려서 뇌가 리부팅되는 데 시간이 꽤 걸리는 느낌이었다. 딱 그런 기분이었다. 한마디로 벙쪄서 입을 떡 벌린 채 아무 대꾸도 못 했던 것이다. 한 3초쯤? 그놈이 다시 덧붙였다.

"넌 어때? 똑같은 욕을 들으니 기분 좋냐?"

그러더니 코웃음을 횡, 날리고는 뭐라 대꾸할 틈도 주지 않고 순식간에 눈앞에서 사라졌다. 그러니까 알지도 못하는 사람이 갑자기 나타나서 욕을 지껄이곤 쌩하니 사라져 버린 것이다.

뭐 이런 황당한 경우가 다 있지? 간신히 정신을 차리고 기준은 그놈을 쫓아 냅다 뛰었지만, 이미 행방을 감춘 뒤였다.

그뿐이 아니었다. 어떤 날엔 갑자기 누군가 나타나 다짜고짜 뺨을 때린 일도 있었다. 그냥 냅다 뺨을 후려갈기고는 가타부타 일언반구 없이 내빼지 않았나.

너무 황당해 쫓아갈 생각도 못 하고 5초쯤 얼얼한 뺨을 만지며 그저 서 있었다. 그러다 정신이 들어 전력을 다해 쫓았지만 어디에서도 행방을 찾을 수 없었다.

이후로도 비슷한 일이 네댓 번쯤 반복되었다. 세 번째부터 기준은 정신 바짝 차리고 대응 속도를 높였다. 하도 어이가 없고 당황해 두 번은 당했지만, 나타나기만 해보라고 별렀다.

그런데 상대편은 바보가 아니었다. 눈앞에 나타나는 대신 전화를 걸어 욕을 하고는 냅다 끊었다. 다시 걸어보면 없는 번호였다.

문제는 뺨 맞기였다. 그 뒤로도 두 번 더 귀싸대기를 맞았는데, 마음과는 달리 허탕이었다. 놈이 나타나 뺨을 갈기곤 순식간에 사라졌기 때문이었다.

또 한 번은 눈앞에 전혀 예상치 못한 인물이 나타났다. 원래 백발이 섞이고 레몬을 통째로 씹어 먹은 듯 곤조 가득한 인상이던 놈이었는데 세 번째는 놈이 아니었다. 웬 아줌마였다!

오십대 초반쯤 된 아줌마였는데, 동네 마트에서 마주쳤을 것 같은 아줌마가 트레이닝 바지에 러닝 재킷을 걸치고, 손목엔 스마트워치 차고 최신 런닝화를 신고 있었다.

그 아줌마가 느닷없이 재빨리 다가와서는 뒤통수를 후려갈겼다.

"젊은 놈이 정신 안 차릴래?"

이전 두 번과 달리 아줌마는 이렇게 호통쳤다.

"너 때문에 내 러닝 페이스 망쳤어."

그러고는 또 냅다 사라져버렸다. 의외의 인물에게 당한 터라 미처 대응을 하지 못했다. 그런데 이제야 생각난 것이다. 그 아줌마, 바로 저 여자였다!

가만…. 그러고 보니 그 모든 일이 바로 양정은과 관계가 있지 않나. 정은에게 욕을 한 날 똑같은 워딩으로 욕을 먹고, 정은에게 손찌검한 날, 저도 똑같이 뺨을 맞았다.

뭐지? 뭘까? 그렇다면 혹시…. 요즘 들어 일어난 황당하고 이상한 일들이 모두 저 아줌마와 관련된 건 아닐까.

기부천사

날마다 매출이 조금씩 더 떨어지던 어느 날이었다. 기준은 문자 한 통을 받았다.

'소아 심장병 환자를 위해 기부해주셔서 진심으로 감사드립니다. 기부금은 환아들을 위해 소중히 쓰일 것입니다. 앞으로 기부금의 쓰임처에 대해 추가로 알려드리겠습니다.'

당연히 스팸문자라고 여겨 가뿐하게 패스했다.

그런데 비슷한 내용의 문자와 전화가 이후로도 이어졌다.

금액도 다양해서 최소 만 원부터 최대 천만 원까지 '기부해 주셔서 감사드린다'는 수신 확인 인사였다. 단체들도 다양했다. 소아암, 불우아동, 우크라이나, 아프리카 북극곰, 사랑의 열매 까지….

무시했다. 뭔가 착오가 있겠지. 어딜 봐서 내가 기부 같은 걸 하게 생겼냐고.

그러다 이게 심상치 않은 일이란 걸 알게 된 건 편지를 받고서부터였다. 기부에 감사한다는 인사가 줄줄이 도착한 뒤 얼마 뒤에 편지들이 날라온 것이다. 무려 한 글자씩 꾹꾹 눌러쓴 손편지였다.

국내도 있었고 멀리 아프리카에서도 왔다. 내 덕분에 치료를 받고 학교에 가며 꿈을 키워간다며, 꼭 은혜를 갚겠다는 내용들이었다.

낯모르는 이들의 쓸데없는 감사 인사가 불편했다. 아프고 가난하고 어려운 사람들이 자꾸 들이대는 것 같았다. 마치 병원균이나 되는 듯 기준은 인상을 쓰고 편지들을 찢어버렸다. 그런 하자 인생들이 왜 자꾸 내게 접근하는 걸까.

부모에게 넉넉한 환경을 물려받아 산뜻한 인생을 사는 기준에게 그들은 딴 세상 인간들이었다. 왜 자꾸 나의 영역 안으로 낯설고 흉하고 이상한 사람들이 다가서려는 걸까. 제 인생에서 손해날 짓 한 번 해본 적 없는데.

그러더니 어느 날, 이름도 가물가물한 옛날 친구들에게서 연락이 왔다.

"너 그럴 놈 아니잖아? 황당하네. 너 혹시 무슨 암 걸렸냐? 불치병? 시한부야? 마지막으로 좋은 일 해서 천국에 가보자는 뭐 그런 거냐?"

비아냥에다 기억도 나지 않는 옛날에 쌓였던 불만까지 섞인 조롱이었다. 그뿐만이 아니었다. 헤어진 지 5년 된 전 여자친구가 '너 맞아?'라며 연락해왔다.

'이기준이 기부천사라니! 나 순간 몇 년 전에 먹은 거 되새김질해서 입 밖으로 뿜을 뻔.'

전 여자친구는 카톡으로 폭격을 날렸다.

거기에는 기준이 얼마나 치사한 인간이며 찌질한 철부지인지 적나라하게 나열되어 있었다. 저밖에 모르는 마마보이라는 식으로 평가하기도 했다. 따라서 그의 최근 행보에 분명 다른 목적이 숨어 있을 거라 결론짓고 있었다.

대체 무엇을 두고 이렇게 저를 욕하나 싶었는데, 알고 보니 자기가 한 인터넷 신문 기사에 났다는 거였다. 이건 또 무슨 말인가 싶어 찾아보니, 진짜 기사가 있었다.

기준이 남몰래 각종 기부를 해왔다며 가게도 소개되고, 그동안 받았던 것과 같은 내용의 감사 편지들이 실렸다. 게다가 기사에는 하지도 않은 인터뷰까지 떡 하니 실려 있는 게 아닌가! 심지어 가게 앞에서 찍은 사진도 실려 있었다. 그건 기준이 자랑삼아 인스타에 올렸던 사진이었다.

인터뷰 내용은 더 황당했다. 젊은 사람이 어떻게 이렇게 꾸준히 기부하게 되었느냐는 기자의 질문에 답이 이랬다.

'당연한 일을 했을 뿐입니다. 타인과 더불어 살아가는 책임이 있지 않습니까. 많은 분들이 가게를 찾아주신 덕분에 큰돈을 벌었으니, 그중 일부라도 환원하는 것은 당연한 도리이자 권리라고 생각합니다.'

정말 어처구니없는 내용이었다.

어떻게들 알았는지 그런 소문은 겁나 빠르다. 수많은 사람들에게 연락이 왔다. 대부분은 '너 그런 놈이었냐?'는 식으로 비아냥거렸지만, 혹간 이기준을 다시 봤다며 성공한 젊은이의 표상이 될 거라며 한껏 추켜세웠다. 기준을 이용해 사업을 제안하는 사람도 있었다.

말하자면, 평판이 생긴 거였다.

'당신의 선한 영향력에 감명받았다'라며 사람들이 인사도 전해왔다. 새롭게 규정된 평판에 따라 그의 인간관계가 변해가기 시작한 거였다. 선한 의지를 가진 많은 사람들이 다가왔다. 그들은 기준이 삭막해져만 가는 세상에 한줄기 희망찬 물길과도 같다는 아름다운 찬사로 입을 모아 평가했다. 기사를 보고 자기도 기부를 시작했다며 거기에서 오는 기쁨이 이렇게 클 줄 몰랐다고 했다. 그 사람들은 스스로 자존감이 높아졌다고 진심으로 고마워했다.

이게 좀 이상한 게… 분명 나는 아무 짓도 안 했는데 사회에

착한 일을 했다며 격려하고 칭찬하고 존경하는 눈빛마저 보내 주니까, 진짜 그런 사람이 되는 것도 나쁘지 않을 것 같다는 생각이 살짝 들었다.

그렇지만 전체적으로는 당황스러웠다. 어떻게 이런 일이 생기지? 대체 내게 무슨 일이 벌어지고 있는 거지? 기준은 불안감을 느꼈다. 욕먹고 뺨 맞은 것도 모자라 기부천사가 되다니! 내 인생에 내가 모르는 일들이 벌어지고 있는 건 기분 별로였다.

그런데 얼마 뒤, 크리스마스 이브 날. 바로 어제였다.

낮에 기준은 핸드폰을 분실했다. 아무리 찾아도 없었다. 하는 수 없이 새 전화를 개통해야겠다고 생각하다 마지막으로 다시 전화를 걸어보았다. 징, 울렸다. 소리를 따라가 보니 가게 안에 있었다.

어찌된 일이지? 거짓말 조금 보태서 전화를 수십 번은 했을 거다. 그런데 갑자기 전화가 나타나다니. 정확히 6시 3분이었다. 핸드폰을 열어보니 그새 난리가 나 있었다.

기준에게 핵폭발과도 같은 그 난리는 다음과 같이 크게 네 가지로 요약되었다.

첫째, 은행 계좌에서 5억이 인출되었다는 알림 문자. 기준은 바닥에 저절로 주저앉았다.

둘째, 기부 약속에 감사드린다는 내용의 문자. 총 삼십억 원 분할해서 보낸다고 했대, 내가…. 그 중 먼저 5억이 빠져나간 거고.

셋째, 바로 인터넷 신문에 기사가 떴다. 젊은 사장 기부천사가 이번엔 삼십억 기부 약속했다며 크게 났다. 사회가 아직 삭막한 게 아니라며, 크리스마스에 진정한 산타라면서 우리 사회는 이런 젊은이들로 인해 새 희망을 갖게 되었다는 내용이었다.

넷째, 엄마로부터 메시지가 와 있었다.

"너 알아서 하랬더니 네가 이 정도로 잘할 줄은 정말 몰랐어. 이렇게나 의젓한 생각을 갖고 있다니. 존경해 우리 아들!"

메시지 끝에는 하트를 무려 다섯 개나 달려있었다.

하늘이 무너지는 줄 알았다. 모든 감각을 동원해 그 상황을 이해해보려고 했지만 허사였다.

5억. 게다 앞으로 25억이 더 나간다는 뜻 아닌가.

누군가 제대로 그물을 쳤고, 자신은 옴짝달싹 못하고 걸려들었다. 이러려고 그동안 작업 친 거였구나. 내게서 돈을 빼내 가려는 수작이었구나. 어딜 감히! 내가 누군 줄 알고! 사람 잘못 봤어. 누군지 걸리기만 해봐. 내가 그냥…. 당장 경찰서에 가야 해!

기준이 벌떡 일어나 뛰쳐나갔다. 기사고 나발이고 은행에 바로 뛰어가려 했는데, 가만, 6시가 지나버렸으니 은행 영업이 끝난 데다 마침 크리스마스네?

게다 기사까지 나간 마당에 보이스피싱 당했다고 경찰에 신고할 수도 없는 일이었다. 제 손으로 기부했다고 기사까지 난 놈이 실은 누군가 강탈했다고 주장한다면 경찰이 뭐라고 하겠나. 통제 불능의 폭풍이 뇌 속을 휘젓는 것만 같았다. 잘못하면 자기 인생이 허물어질 수도 있다는 경고장이 뚜벅뚜벅 걸어오는 꼴이 아니고 무엇인가. 그런 상태에서 크리스마스 날 가게에 배달 사고며 이것저것 문제가 생기니까 앞뒤 못 가리고 정은을 몰아붙였다.

바로 그때 미숙 씨와 미태가 등장한 것이었다.

삼인방

한편 용변이 급해 기준을 혼내다 말고 화장실로 간 미숙 씨는 변기 위에 앉은 채로 전화를 걸었다.

"바쁜데 왜요?"

미태가 전화를 받자마자 툴툴댔다.

"나는 노냐? 바쁜 와중에 그쪽 일은 차질 없이 진행되는지 궁금해서 걸었지. 너 자꾸 까먹나 본데, 내가 대표거든?"

"유세는….

그러면서 미태가 간략하게 상황을 정리해 브리핑했다. 미태는 일촌추어탕 상황이 셋팅되자마자 미숙 씨만 남기고 다른 에이에스 건으로 급하게 외근을 나갔다.

임종덕 살아생전 랑랑예식장에서 결혼했던 박종식, 이숙자 커플로, 미숙 씨에게 남긴 유언장 안에 반협박조로 특별히 언급해둔 케이스였다. 가끔씩 들여다보다가 꼭 한 번은 구해주어야 한다고 강조해두었다. 그 때문에 때때로 속사정을 살피다 오늘이 바로 나서야 할 타이밍이라 판단했다.

박종식은 한 대기업 건설회사의 외주 협력업체에서 계약직으로 일했다. 3년 전 공사장에서 발생한 사고로 다리가 부러졌다. 계약직이라는 이유를 들어 산재보험 적용을 못 받았다. 약간의 위로금만 손에 쥐여준 회사는 박종식을 해고했다. 치료비도 채 안 되는 돈이었다.

이후로 박종식은 일을 하지 못했다. 이숙자가 식당에서 일하며 생계를 꾸렸다. 둘에게는 발달장애 아들이 있었다. 박종식이 누워 있는 사이 혼자 집을 빠져나갔던 아들이 2년 전 뺑소니 사고를 당했다.

빠듯한 형편에 실손보험도 따로 들어두지 않아 중환자실 병원비는 갈수록 어깨를 짓눌렀다. 전세금을 빼고 월세로 옮겨 앉아 그 돈까지 병원비로 모두 탕진하고도 부부는 인공호흡기로 목숨을 연장하고 있는 발달장애 아들을 포기할 수 없었다.

결국 사채를 썼다. 단돈 오백만 원. 그리고 그 돈은 지금 사천오백만 원으로 불어나 있었다. 불법 사채업자가 박종식이 억지로 지장을 찍은 신체포기각서를 들이밀며 장기를 빼내겠다고 통보한 뒤, 바로 내일 실행하기로 예정되어 있었다.

사채업자가 수술이 있을 곳에 들러 다음날 일정을 세팅하고 나오는 길이었다. 인천 부둣가의 뒷골목이었다. 불법으로 만든 비밀 수술장이라 인적이 드물었다.

미태는 비밀 수술장 입구가 보이는 맞은편 폐공장 2층에 엎드려 있었다. 잿빛 먼지 섞인 바람이 불어와 미태의 정수리에

회색빛 재를 내려놓았다.

귀에 꽂은 이어폰으로 미숙 씨와 통화하는 와중에도 한 치의 흔들림 없이 안정된 호흡으로 기다란 총신을 손으로 받친 채 미태는 수술장 입구 쪽을 조준하고 있었다.

이윽고 놈이 나왔다. 미태가 신중하게 조준한 다음, 망설임 없이 방아쇠를 당겼다.

"한 방이면 되지. 깔끔하게 기절."

듣고 있던 미숙 씨가 변기 위에서 고개를 끄덕였다. 미태는 절도 있으면서도 여유롭게 마취총을 내려 재빨리 분해한 뒤 가방에 넣었다.

"역시 국대네. 선출은 달라."

미숙 씨가 휴지를 둘둘 말아 뜯으며 말했다. 그렇다. 미태는 사격 선수 출신이었다. 그것도 아시안 게임에 출전해 두 번 금메달을 따고 올림픽에 나가 동메달을 따낸 최고 선수였다.

"당연한 소리…."

미태는 스스로 최고임을 자인했다.

미태의 말을 듣고 있던 건 미숙 씨뿐만이 아니었다. 총에 맞은 사채업자가 쓰러지자, 어둔 골목 뒤에 숨어 있던 두 사람이 신속하게 튀어나왔다.

그 뒤쪽에서 SUV 차량이 빠르게 다가와 멈춰 섰다. 운전을 담당하는 황선희가 차에서 내렸다.

"트렁크 열어놨다. 허리 조심들 해. 이거 허리 삐끗하면 한 달

간다."

황선희는 늘 침착했다.

그녀는 원래 전남 진도에서 애기무당으로 유명했다. 그러니까 잘나가던 무당이었다.

2014년 긴 겨울이 마침내 끝나고 봄 벚꽃이 온 세상을 뒤덮고 따뜻한 볕이 머리 위로 내려앉을 때였다. 뺨 위로 와 닿는 바람의 촉감이 상쾌하고, 올려다본 하늘 위의 구름무늬가 선명했다. 그때 애기무당은 까무룩 봄잠에 빠져들었다.

잠속에서 애기무당은 무서운 꿈을 꾸었다.

신당 앞에 앉아 손에는 신령을 부르는 방울을 든 채였다. 자기 몸뚱이가 친친 사슬에 묶여 깊디깊고 어둡디어두운 바닷속으로 끌려 들어가는 게 아닌가.

숨이 막혔다. 그런 공포는 난생처음이었다. 그곳이 어딘 줄 알았다. 바로 죽음이었다. 애기무당은 죽음을 체험했다. 벌컥대며 들이마신 물이 오장육부를 터트렸다. 물의 압력으로 머리통이 터져나갔다. 그렇게 죽어가며 겨우 내뱉은 한마디에 목이 메었다.

'가만히 있으래요….'

잠에서 깨어났을 때 애기무당은 눈물을 줄줄 흘렸다.

가만히 있지 못했다. 대형 사고가 발생할 거라고, 바다를 지켜봐야 한다고 여기저기 다니며 눈물로 울부짖었다. 아무도 들어주지 않았다. 사람들은 웬 미친 무당 하나가 돌아다닌다고 신고 전화를 넣었다.

찬연하게 빛나던 벚꽃이 마침내 떨어져 바닥에 뒹굴던 날, 진도 앞바다에서 세월호가 침몰했다. 참사였다. 삼백 명이 넘는 사람들이 죽었다. 어린 학생들이 가장 많았다.

애기무당은 잠들지 못했다. 입에 칼을 문 듯 고통스러웠고 폐가 터져버린 듯 숨을 쉴 수 없었다. 제 힘으론 막을 수 없는 것임을 알고도 막지 못한 것이 천추의 한이 되었다. 그래서 신을 원망했다. 막지도 못할 것을 왜 알려준 것일까….

애기무당은 점점 신이 미웠다. 미워졌으므로 신의 뜻에 따르기를 자주 거부했다. 그랬더니 신 또한 애기무당에 대한 신뢰를 저버리고 차츰 멀어졌다.

진도 애기무당이 신기 떨어졌다는 소문은 빠르게 육지로 번졌다. 더 이상 손님들이 애기무당을 찾지 않았다.

마지막으로 찾은 손님이 바로 미숙 씨였다. 미숙 씨는 점을 치러 찾은 게 아니었다. 애기무당을 고용하려고 찾았다고 했다.

'랑랑예식장 현장대응팀 팀장 황선희'

미숙 씨가 내민 명함에 그렇게 적혀 있었다. 거기가 뭐하는 데냐고 묻자 미숙 씨가 대강 대답해주었다. 그 말을 듣고 애기무당이 짐작한 건 이거였다.

'적어도 누군가 다칠 건데 구하지 못할 일은 없겠구나.'

그리고 미숙 씨에게 물었다.

"내가 이 일을 한다고 수락할지 어떻게 확신하고 미리 명함을 만들어온 거죠?"

돌아온 답이 기가 막혔다.

"사람들 말이 맞구먼. 애기무당 신기 떨어졌다더니. 자기가 이 일을 하게 될 줄 몰랐다는 거잖아."

그러며 미숙 씨가 깔깔깔 웃었다. 미숙 씨를 한참 들여다보던 애기무당이 입을 열었다. 동공이 살짝 풀리고 목소리 톤이 달라진 상태였다.

"히히, 네가 쫓는 그림자, 검은색이 아니야. 사실은 네 마음에 반짝이는 거울이야. 옛날에, 어린 너 구하려고 누가 어둔 덤불을 밟았어. 그게 마음 아파서, 쿵쿵 무거웠나 봐. 네가 그 사실을 알게 될 때 진실이 너를 꼭 감싸 안아줄 거야."

애기무당은 아기 목소리였다. 동자신의 천진난만함이 애기무당의 입으로 흘러나왔다.

촛불이 깜박이는 어둔 방, 향냄새가 감도는 공간에서 미숙 씨 눈을 똑바로 바라보며 애기무당은 마치 수수께끼처럼 모호한 암호를 내려놓았다.

미숙 씨는 단박에 무슨 얘기를 하는지 알아들었다. 바로 영감의 죽음에 관한 내용이었다. 영감을 죽인 자. 그놈의 그림자. 랑랑예식장을 다시 연 숨은 목적이 바로 그거였으니까.

"누구야, 그 새끼. 말해봐!"

미숙 씨 음성의 톤이 확 달라졌다. 싸늘하고 차가웠다.

"말해. 당장!"

애기무당이 갑자기 울었다.

"앙앙. 무서워. 아줌마, 그러지 마. 나, 사탕 줘."

애기무당의 울음은 미숙 씨가 신당에 올려진 붉고 푸른 사탕을 한 움큼 손에 쥐여주고서야 그쳤다.

"정신 차렸으면 그놈 어딨는지나 말해."

재차 다그치는 말에 애기무당이 살며시 미소 지었다.

"기다려."

이후로 애기무당의 신기는 차츰 사라졌지만, 간혹 불쑥 튀어나오는 날도 있긴 했다.

"대표님, 오늘은 아니야! 낫 투데이."

황선희가 열어놓은 차 뒤편에 서서 말했다. 그 말을 미태가 들었다. 미태가 미숙 씨에게 말했다.

"오늘은 아니라는데?"

황선희의 말을 전달한 것인 줄 미숙 씨가 알아들었다.

"아니래?"

"아니래."

미숙 씨가 쩝, 쓴 입맛을 다시며 바지를 추켜올렸다.

"너는 신기가 맘대로 오락가락하냐?"

미태가 마취총 케이스를 챙겨 어깨에 메고는 SUV 쪽으로 걸어오면서 황선희에게 물었다.

이어폰으로 연결되어 있던 양기호가 사채업자를 바닥에서 일으키려고 용을 쓰면서 한마디 했다.

"신기 같은 소리나 하고 있지 말고 와서 좀 거들든가."

양기호는 골프 선수 출신이었다. 프로에서 주목할 만한 성적을 거두지 못하고 강사 노릇을 했는데, 수강생과 불미스러운 사고가 생기는 바람에 그만뒀다. 그는 운동신경도 뛰어났지만, 반사신경이 탁월했다.

한 번은 그린 위에서 다른 선수가 티샷 날린 공이 관중석으로 직행한 일이 있었다. 지름 5센티미터도 되지 않고 무게는 50그램이 채 되지 않지만 작고 단단한 그 공은 날아갈 때 시속 2백킬로미터가 넘는다. 누군가 다급하게 'Fore!' 하고 외쳤다.

모두가 소리 지르며 공에 맞을까 봐 고개 숙였다. 그때 양기호가 번개처럼 튕겨 나가 클럽을 공중으로 높이 들어 올리더니 공을 툭 쳐내 홀 근처로 보냈다.

캐디가 놀라 묻자 어깨를 으쓱하며 이렇게 말했다.

"뭐, 그냥 모기 쫓는 연습."

그래서 미태가 발탁해 팀원으로 데려왔다. 만약 돌발상황이 생긴다면 양기호가 본능적으로 대처할 수 있을 것이었다.

양기호가 바닥에 널브러진 사채업자를 내려다보았다. 마취총에 맞고 쓰러진 사채업자는 백 킬로그램이 넘는 거구였다.

"요즘 돈 많은 인간들은 하도 관리를 해서 비계도 적더니만 이 자식은 뱃살이 아주 그냥 배둘레헴이네."

그러면서 불룩 솟은 사채업자의 배를 손가락으로 쿡쿡 찔렀다. 뺨에 길게 칼자국이 나 있는 사채업자가 갑자기 끙, 하는 신음을 내뱉었다. 양기호가 움찔하며 뒤로 주저앉았다.

"진짜 마취된 거 맞아? 확실해? 워낙 거구라 마취가 안 된 거 아니냐고! 이 자식 깨어나면 난 쫌 무서운데."

"비켜."

기호 뒤쪽에 섰던 만수 아재가 썩 앞으로 나서며 단말마처럼 한마디 뱉었다.

뻘쭘해하며 기호가 옆으로 비켜섰다. '백발이 간혹 섞이고 레몬을 통째로 씹어 먹은 듯 곤조 가득한 인상'인 만수 아재가 허리를 굽히고 한쪽 무릎을 구부리더니 사채업자를 쌀가마니 들어 올리듯 단번에 들어 어깨에 둘러멨다.

"와!"

양기호와 미태 두 사람이 저절로 나오는 박수를 쳐댔다. 만수 아재는 거구를 둘러멘 채 황선희가 열어놓은 차 뒤쪽으로 여유롭게 걸어갔다. 진흙 바닥에 그의 발자국이 깊숙하게 찍혔다. 만수 아재 뒷모습이 그렇게 듬직할 수 없었다.

만수 아재는 언제나 말 한마디 실없이 내뱉는 적이 없었다.

묵묵히 가서 뺨을 때리라면 때리고 오고, 잡아 오라면 어깨에 둘러메고 왔다. 얼굴에 싫다거나 좋다거나 슬프다거나 하는 감정들이 잘 떠오르지 않았다. 딱 한 번, 팀 회식 자리에서 만수 아재에게 일부러 술을 진탕 먹인 적이 있었다.

술에 취하게 만들고 왜 랑랑예식장에서 일을 하느냐고 물었더니, 흐린 눈을 들어 팀원들을 번갈아 쳐다보다가 테이블 위로 푹 고꾸라졌다. 그리고 잠결에 이렇게 말했다.

"사람이 꽃을 자꾸 보면 꽃처럼 살고 물을 자꾸만 보면 물처럼 흐르고 사는 거야…."

"뭐라고?"

기호가 되묻자 만수 아재는 다시 허물어지는 것 같은 소리로 중얼거렸다.

"괴롭힘 당하는 사람을 많이 봐서 그런가… 내가 괴롭히는 게 아니라 괴롭힘을 당하는 거 같았어. 갑갑하고 깜깜했어…."

만수 아재는 어둠의 세계 출신이었다. 불법추심업자로 잔뼈가 굵었다. 심리적으로 압박하거나 공포를 유발하는 방법을 주로 사용했다. 밤 9시부터 다음 날 아침 8시까지 끊임없이 전화하고 집으로 찾아가 쾅쾅 문을 두들겼다. 위협적인 언사와 욕설을 거침없이 사용했고, 폭행, 감금 등의 신체적 위해를 가했다.

채무자였던 삼십대 싱글맘이 사채업자의 협박에 못 이겨 극단적 선택을 했다. 집 욕조에 물을 받고 들어가 손목을 그었다. 피로 채워진 욕조에서 시신을 끌어낸 당사자가 바로 만수 아재였다. 그날도 채무 변제 건으로 협박하러 들렀다 발견한 것이다.

만수 아재는 이후 그 일을 그만두었다. 막노동판을 전전했다. 늦은 나이에 새로 시작한 일은 손에 익지 않아 자꾸 실수했고, 어처구니없는 잘못을 저지르기 일쑤였다. 그러던 차에 미숙 씨가 만수 아재를 찾아온 거였다.

미숙 씨의 말을 듣고 만수 아재는 누구보다 자기에게 적합한 일임을 알아차렸다.

"말 그만하고 싶어. 시간 없어. 정확히 7분 뒤에 경찰이 순찰 돌 거야. 서둘러."

총 가방을 멘 미태가 다가오면서 채근했다. 황선희는 이미 시동을 걸고 대기 중이었다. 만수 아재가 어깨에 멘 사채업자를 차 트렁크에 털썩 내려놓았다. 트렁크 안은 두세 사람은 거뜬히 누울 수 있도록 개조되어 있었다. 쿵, 소리가 났다.

이윽고 모두 올라타자 차 문이 닫히고 바로 출발했다. 차가 움직이는 소리만 듣고 만수 아재가 담담히 말했다.

"타이어 마모 심하다. 도망칠 땐 못 써. 바꿔야 해."

듣는 이 모두가 고개를 주억거렸다.

만수 아재가 그렇다면 당장 타이어부터 바꾸고 볼 일이었다. 차는 뒷골목을 빠져나가 어둠 속으로 달렸다.

눈눈이이

"깼네?"

사채업자가 어리둥절한 얼굴로 영문을 몰라 두리번거렸다. 호텔 스위트룸의 응접실쯤으로 보이는 공간이었다.

"당신 누구야?"

이렇게 말하려 했는데 말이 안 나왔다. 입에 재갈이 물려 있었다. 그게 다가 아니었다. 자기 팔이 뒤로 꺾여 묶였고, 다리도 의자에 단단히 묶여 있지 않나. 이 장면 많이 봤는데….

이런 장면을 많이 연출은 해봤지만, 자기가 그렇게 묶여보긴 처음이었다.

사채업자는 나오지 않는 비명을 지르며 온몸을 들썩거리고 난동을 부리려고 용을 썼다. 그래봤자 묶여 있는 의자에서 꼼짝 못 했지만.

"처음엔 다 그래. 알잖아? 그러니까 쓸데없이 힘 빼지 마."

사채업자 앞에 놓인 의자에 앉아 미태가 총을 닦으며 말했다.

"너 뭐야? 내가 왜 여기…."

사채업자가 입으로 웅얼거렸는데 대충 그런 말이었다. 자기가 주로 사용하던 폐공장이나 창고 같은 살벌한 공간이 아니어선지 의아해하는 것 같았다. 미태가 알아차리고 친절하게 설명해주었다.

"여기? 저기 올려다봐 봐. 미궁이라고 쓰인 거 보이지?"

미태가 가리킨 위쪽 벽에 과연 '미궁'이라고 궁서체로 쓰인 현판 같은 게 매달려 있었다.

"보다시피 깔끔하고 세련된 공간이지. 왜냐면 우리 대표님이 궁상맞고 지저분한 거 싫어하거든. 뭐든 표나게 산뜻하고 고급진 걸 좋아하는 취향이라. 이 방 이름 미궁도 대표님이 붙였어. 왜냐고 물으니까 있어 보이잖아, 이러더라고."

미태가 이내 다시 조립해 보기에도 공포스러운 총을 앞에 딱 내려놓았다. 사채업자가 부르르 떨며 나오지 않는 비명을 질렀다.

"그러나 여길 지하감옥쯤으로 생각하면 돼. 음침하고 불길해서 네 운명에 치명적 어둠을 가져올 거라고 느끼는 게 현명할 거야. 짐작하겠지만 너는 여기 감금되었고, 진짜 미궁처럼 한 번 들어오면 나갈 길을 찾기 어려운 곳이거든. 지난번에 들어왔던 놈은 이 방에 여섯 달 정도 묶여 있었지. 나는 지금부터 너의 신체적 조합들을 하나하나 모조리 해체할 거고, 네 몸뚱이 안에 박혀 있어 봐야 하등 사회에 도움 되지도 않는 장기들을 꺼내서 정말 꼭 필요한 사람들에게 나눠줄 거거든."

미태의 말 위로 사채업자의 비명이 포개졌다. 미태의 뒤쪽으로 들어온 삼인방을 보았기 때문이다.

먼저 양기호가 골프채를 들고 왔다. 방 한가운데 서서 사채업자를 노려보더니 골프채를 세게 휘둘렀다. 그 단단한 쇠막대기에서 휭휭 소리가 날 정도였다.

황선희가 오방색 한복을 차려입고는 어깨에 굿할 때 쓰는 작두와 칼을 메고 들어와 사채업자 앞에 놓아두었다.

마지막으로 만수 아재.

"네놈이구나. 네놈이 나를 엮었구나. 내가 널 거둬준 세월이 얼만데 내 등짝에 칼을 꽂아? 씨발! 딱 기다려. 쥐새끼 같은 네 놈 몸뚱이에 칼춤을 춰줄 테니."

사채업자는 재갈 묶인 입으로 비명을 지르며 웅얼거렸다.

사채업자의 찰진 욕설을 들으면서 만수 아재는 곧 각종 수술

도구를 들여왔다. 사채업자의 지시로 채무자의 신체포기각서를 받고 비밀 수술실에 끌고 갔던 당사자가 바로 만수 아재였다.

"자, 이제 우리가 뭘 할지 대충 감이 오지? 이게 일명 '눈눈이이' 전략이거든? 이것도 우리 대표님 철학인데, 눈에는 눈, 이에는 이라는 거지."

미태가 사채업자의 귓구멍에 대고 칼처럼 차갑고 날카로운 말을 속삭였다.

"우리가 이제 어떡할 거냐면…."

미태의 귓속말이 이어졌다.

그날 이후 박종식, 이숙자 부부에게 몇 가지 일이 생겼다.

갑자기 몇 년 전 박종식의 사고 처리가 잘못되었으며 다시 조정해 산재처리 받게 되었다는 연락이 왔다. 연락은 경찰서에서도 왔다. 발달장애 아들이 당했던 뺑소니 사건을 전면 재수사 한다는 내용이었다.

어찌된 일인지 2년 전에는 잡지 못했던 뺑소니범을 이번에는 쉽게 잡았다. 잡고 보니 국회의원 아들이었다. 그 아들은 감옥에 들어갔고, 아버지는 국회의원을 사퇴했으며, 박종식, 이숙자 부부에게는 정당한 보상금이 건네졌다. 최고 병원에서 집중 치료를 받은 덕분에 아들의 상태는 점점 호전되었다.

사채업자는 박종식에게 원금 오백만 원과 은행이자에 준하는 금액을 이자로 받았다. 받지 않겠다고 공손하게 극구 사양

했지만, 박종식은 정중하게 감사 인사와 함께 돈을 건넸다.

사채업자가 장기를 적출하겠다는 험악한 말을 하긴 했지만 예고한 날 자기를 잡으러 오지 않았고 이후 전혀 빚 독촉을 하지 않고 기다려준 점, 채무 변제를 종용하는 과정에서 다소 과격한 면이 있었다는 것을 정식으로 사과했다는 점, 사과의 의미로 이자는 면제하고 원금도 반만 돌려받겠다고 한 점에 대해 진심으로 고마운 마음이었다.

사채업자는 오히려 자기가 너무 고맙다며 박종식의 손을 부여잡았다. 당신 덕분에 목숨을 부지하고 가족들 모두 무사하다며 연신 머리를 조아렸다. 박종식으로서는 도무지 영문을 알 수 없는 말이었다.

선물

"내가 그런 거 맞아."

화장실에서 돌아온 미숙 씨가 기준에게 툭 던지듯 말했다. 기준이 자기에게 최근 일어난 일련의 희한한 사건들에 대해 미숙 씨에게 따지고 들었을 때였다.

"그러니까 나한테 냅다 욕하고 도망가고, 다짜고짜 뺨 때리고, 급기야 기부천사로 만들어서 옴짝달싹 못하게 만든 게 모두…."

미숙 씨가 기준의 말을 댕강 자르고 들어갔다.

"그렇다니까. 다 내 돈 들여서 했다니까. 내 신조가 평소 '눈

눈이이'거든. 그래서 네가 욕 얻어먹고 뺨 맞은 거야. 아! 기부 천사는 내 쪽은 아니야. 그건… 내가 알던 꼰대 영감이 있었는데 그 영감 스타일이야. 착한 기운은 뻗어나가고 옳는다고 그랬어. 망할 놈의 영감탱이가. 길을 터주라고 했거든. 결과를 쥐어주는 게 아니라."

그게 대체 무슨 말이냐며 앙알대는 기준에게 미숙 씨가 손에 들고 있던 것을 내밀었다. 그것은 깔끔하게 표구된 액자였다.

"자, 선물이다."

기준이 엉겁결에 그걸 받아들고는 영문을 모르겠다는 표정으로 액자를 들여다보았다.

"내가 혼낸 다음에는 꼭 선물을 주는 습관이 있어. 내가 알던 상꾼대한테 처음 선물을 받고 인생 바뀐 적이 있어서. 너한텐 단팥빵이나 애기 신발 같은 걸 줄 수도 없고 해서."

미숙 씨는 내가 알던… 이라고 말할 때 남모르게 잠깐 호흡을 멈췄다. 갑자기 명치 언저리가 아팠다. 영영 멀리 가버린 누군가를 끌어올 수 없는 기분이 들었지만 짐짓 태도와 표정을 정돈했다.

"일부러 가서 비싼 돈 주고 만든 거야. 너 착하게 살라고. 한 번 읽어봐."

그러더니 미숙 씨가 그걸 도로 빼앗아갔다.

기준은 마치 조폭 두목이 인질로 잡고 있던 자기를 풀어주렸다가 막 마음을 바꿔 매달아버리기로 작정한 걸 눈치채기라도 한 것처럼 쫄아서 덜덜 떨었다.

미숙 씨가 액자 위에 입김을 하, 불었다. 그러고는 소맷부리를 당겨 액자 표면에 묻은 자국을 깨끗하게 닦은 뒤 다시 기준에게 건넸다.

"읽어보라니까?"

그래서 기준이 읽었다.

"죄송… 삼백?"

"자식이 그래도 대학 나와서 이런 것도 읽을 줄 아네."

표구된 액자 속에는 한자로 '罪送三百'이라고 적혀 있었다.

"원래는 구사일생개과천선이라고 쓸려고 했지. 죽다 살아나서야 잘못을 고치고 착하게 산다는 뜻으로. 그러다 바꿨어. 죄송삼백이 무슨 뜻인지 알아?"

기준이 고개를 저었다.

"잘못은 했지만 사과는 3백 프로 진심이란 뜻이야. 어때? 끝내주지? 내가 만든 사자성어야."

미숙 씨가 자랑스럽다는 표정으로 환하게 웃었다. 기준은 그저 황당할 뿐이었다.

"이거 유명한 서예가한테 돈 많이 주고 받아온 작품이다. 궁서체로. 너 궁서체가 무슨 뜻인지 알지?"

미숙 씨는 대답을 듣자고 물은 게 아니었다.

"진심이란 뜻이잖아. 얜 젊은 애가 그런 것도 모르네. 됐고. 그 밑에 마저 읽어봐."

그래서 기준이 다시 읽었다.

"내가 왜 그랬지?"

죄송삼백 밑에 그렇게 한글로 써 있었다.

"내가 알던 상꾼대가 그랬어. 속으로 읽은 것은 쉽게 마음에 새겨지지 않고 지나가버릴 공산이 크다고. 소리 내 읽으면 제 목소리를 제 귀로 듣게 되고, 그렇게 안으로 흘러들어간 음성이 자기도 모르게 가슴속에 명패처럼 새겨지게 되어 있다고."

미숙 씨는 내가 알던… 이라고 다시 한번 말하면서 금세 눈가가 촉촉해졌다. 목이 잠기려는 걸 흠흠, 짐짓 헛기침으로 넘겼다. 그리고 어떤 나이, 어떤 인생을 살아왔을 경우에만 지을 수 있는 미소를 지었다. 바로 알고 지내던 그 영감을 떠올리면서.

"너 침대 맡에 카레이서 정진수 선수 사인 걸어뒀었지? 사고 난 뒤로 팬심을 단박에 내팽개치고는 떼어버렸지만 말이야."

"내가 정진수 선수 팬이었던 것까지 안다고요? 침대 맡에 사인 걸어뒀던 건 또 어떻게 알고…."

미숙 씨는 기준의 말에 아랑곳도 안 했다.

"그 빈자리에 걸어두고 인생 지표로 새겨. 밤마다 소리 내 하루 세 번 복창해. 알지? 안 하면 내가 금방 알고 또 너 찾아갈 거라는 거?"

그러더니 덧붙였다.

"아, 맞다. 낫 투데이. 너! 오늘은 진심으로 반성 안 한다, 우리 애기무당이. 그래도 언젠가는 그날이 오겠지."

이건 또 뭔 소리? 하는 표정으로 기준이 미숙 씨를 보았다.

에이에스를 이렇게까지?

"그런데 진짜 왜 저를 도와주시는 거예요?"

가게 구석에서 정은이 소곤대는 목소리로 미숙 씨에게 물었다.

미숙 씨가 세상 온화한 미소로 정은을 바라보았다.

"아, 그 얘길 빼먹었네. 네 할아버지 할머니가 결혼을 아주 잘 했거든. 양정은 구하기는 그러니까 그에 대한 에이에스. 조부모로부터 시작된 인연인 거지."

"그게 무슨….."

정은의 조부모는 임종덕 살아생전 랑랑예식장 문을 열고 결혼한 첫 커플이었다.

미숙 씨가 옛날이야기를 들려주듯 설명을 덧붙였다.

정은의 조부모는 피난민 출신이었다. 흥남부두에서 같은 배를 타고 남쪽으로 향했다. 둘은 배 위에서 만났다. 조모가 두려움과 추위로 덜덜 떨면서 갑판 위 굴뚝 옆에 쪼그리고 앉아 있었을 때 그 옆에 앉아 있던 사람이 조부였다.

둘은 부산에서 천막촌에 살면서 시장에서 생선을 팔았다. 그때부터 하루 네 시간 이상 자본 적이 없었다.

몸뚱이에서 생선 냄새 가실 날이 없도록 열심히 장사해 조부모는 자식을 번듯하게 키웠다. 부산에서 가장 좋은 대학교의 의대에 보냈고, 졸업 뒤 자식은 치과의사가 되었다. 늦게 결혼했지만 예쁜 딸을 낳았다.

2002년, 어린 딸 정은을 조부모에게 맡겨두고 정은의 부모는 부부 동반으로 중국 베이징 여행을 떠났다. 고등학교 동창회에서 주최한 여행이었다. 돌아오던 날, 4월 15일 오전 8시 40분(대한민국 시간으로는 9시 40분) 베이징을 출발하여 오전 11시 35분에 김해국제공항에 도착할 예정이던 비행기가 김해국제공항에서 4.6km 떨어진 곳에 추락했다.

이 사고로 한국인 130여 명이 사망했다. 정은의 부모가 그 비행기에 타고 있었다. 한일 월드컵을 불과 6주, 부산 아시안게임을 겨우 5개월 앞두고 일어난 민항기 참사였다.

"흑흑흑…."

정은이 울기 시작했다. 온갖 설움이 한꺼번에 밀려왔다. 고아로 자라면서 가장 훔치고 싶은 것이 번듯한 부모였다. 부모 없이 자란다는 건, 아무리 씻어내도 이미 물들어 더러운 팔레트처럼 얼룩진 돌멩이 같은 거였다. 그 돌멩이가 가슴을 아프게 틀어막았다. 정은은 주먹으로 가슴을 두들겼다.

어느새 함께 눈물 흘리던 미숙 씨가 정은을 끌어안았다. 부모 없는 설움과 아픔과 슬픔을 다 안다는 듯, 이제야 와서 너무나 미안하다는 듯, 미숙 씨는 끌어안은 정은의 등을 연신 쓸어내렸다.

"저기… 그러니까 얘 엄마가 아니라고요?"

기준이 슬며시 끼어들었다. 엄마가 아니면 얘기가 완전히 달라지는 거 아닌가 싶었던 것이다.

미숙 씨가 기가 찬다는 듯, 쯧쯧 혀를 찼다.

"내가 이 얘기까지는 안 하려고 그랬는데 어쩔 수 없군."

"무슨 얘기를 또….'

기준의 부와 정은의 부는 같은 고등학교에 다녔다. 기준의 부모가 먼저 결혼해 그를 낳고, 몇 년 뒤 정은의 부모가 딸을 낳았다. 기준의 옛날 앨범을 들춰보면 두 가족이 함께 찍은 사진을 찾을 수 있었다. 그러니까 이기준과 양정은, 둘이 함께 찍은 사진 또한 그 앨범에 꽂혀 있다는 것이다.

기준의 부모 또한 베이징으로 여행을 갔었다. 그리고 기준의 부모는 여태껏 건강하고 부유하게 살고 있다. 왜냐하면 둘은 다행히 4월 15일 비행기를 타지 않았다. 아니, 타지 못했다. 갑자기 아들이 열이 나 아프다는 연락을 받고 원래 계획했던 비행편을 취소하고, 4월 14일에 먼저 귀국했던 것이다.

"알겠냐? 네가 잘 먹고 잘사는 것, 부모가 차려준 가게에서 돈 잘 벌면서 사는 건 네 능력 때문이 아니라는 걸? 정은이 아등바등 살면서 너한테 욕먹고 뺨 맞고 사는 그 엇갈린 운명을 네가 알기나 해?"

사람의 운명이란 알 수 없는 것이다. 만약 그날 양쪽 부모가 같은 비행기를 탔더라면? 혹은 그 반대였더라면? 그래서 기준의 부모가 원래대로 4월 15일 비행기를 탔더라면? 사고는 누구에게나 닥칠 수 있는 것이다.

기준이 넋이 나간 듯한 표정을 지었다. 어릴 적에 자기 여동생이라며 손을 잡고 돌아다녔던 아이가 저 애라고…?

식당 일로 바빴던 부모는 기준에게 소홀했다. 그래서 외로웠다. 자기보다 훨씬 어린 정은을 만날 때면 친동생처럼 챙겼다. 자기가 받지 못한 걸 정은에게 주면서 대리 보상받는 기분이었다.

"이제 알겠냐? 누구든 왜 함부로 대하면 안 되는 건지?"

성인이 된 다음에도 외로움을 느낄 때면 간혹 어린 시절이 떠올랐다. 정은과 함께 있을 때 느꼈던 햇살과 쉼터의 기분은 안온한 숲속 같았다. 그런데 자기가 동생처럼 돌보던 아이가 바로 양정은이었다니!

왜 몰랐지? 기준은 정은을 새삼스럽게 보았다. 그러고 보니 귀여운 눈매며 입가에 작은 점이 기억났다. 그리고 자기가 정은을 이름으로 부르지 않고 이렇게 불렀었다는 사실도. '내 동생…'이라고.

기준은 엄청난 액수의 인생 정산서를 받아든 것처럼 당혹감에 휩싸였다. 그것은 마치 밀려와야 할 파도가 모래 위에 주저앉은 것처럼 이상한 감정이었다. 토해지지 않는 말처럼 명치에 육박해서는 가슴을 틀어막았다.

입 벌린 채 아무 말도 못 하고 선 기준에게 미숙 씨가 말했다.

"네가 어릴 때 이 식당은 작고 볼품없었어. 네 부모는 어린 너를 제대로 돌보지 못했다는 죄책감을 뼛속 깊이 새기면서까지 이를 악물고 네게 줄 식당을 키운 거야. 부모는 선택하신 거다. 너에게 당장의 가난한 현실을 줄지, 빛나는 미래를 줄지. 프랜차이즈니 상장이니 하는 신기루만 좇지 말고 이 가게를 이만큼 키운 부모의 노고와 과거를 이해하고 깊은 존경심을 가지는 게 먼저야. 알겠냐?"

"모르겠어요."

"몰라?"

"생각을 좀 해야 해요. 이럴 줄은 몰랐거든요."

"뭐가?"

"인생이요…."

"나 바빠. 여기 사인하고. 기부금 나머지 25억도 빨리 내고."

미숙 씨가 정리하자는 듯 기준에게 계약서를 내밀었다.

기준이 이십오… 라고 내뱉으며 한숨을 푹 쉬었다.

개코나 코딱지만큼도

"안 되겠는데요?"

이십오, 이십오, 하고 중얼거리던 기준이 마침내 고개를 똑바로 들고 미숙 씨를 보았다.

"뭐가 안 돼?"

"계약서에 사인 못 해요. 게다가 이십오억이라니…."

"얘 봐라. 너 여태 뭐 들었냐?"

"이제 패 다 깐 거잖아요?"

푹 꺼져 있던 기준의 눈빛이 사뭇 치솟아 올랐다. 다부진 각오가 담긴 눈빛이었다.

이제 다 알았다. 과거는 과거일 뿐이고, 자기는 더 이상 어린 애가 아니며, 부모가 자기를 두고 했던 선택이 백 번 옳았다는 걸. 어릴 때 조금 외로웠다는 게 뭐가 대순가. 덕분에 지금 자기 인생이 얼마나 번듯하고 폼 나는가.

양정은…. 정은은 어릴 때 잠깐 알던 아이에 불과하다. 연락 끊고 산 세월이 이십여 년인데 이제 와 남은 감정이 있을 턱이 없다. 무슨 특별한 의미가 있는 애도 아니고, 지금은 그저 내 가게에서 최저시급 받고 일하는 알바 아닌가.

그런데 알바 좀 괴롭혔다고 나더러 이 가게를 팔라니. 거기다 뭐, 이십오억? 어림 반 푼어치도 없는 소리!

기준이 어깨를 딱 폈다. 기세 좋게 미숙 씨 쪽으로 한 발짝 전진했다. 적의 패를 다 보았으므로 꿀릴 게 없다. 기준이 미숙 씨를 노려보았다.

"오늘은 반성 안 할 거라더니 애기무당 말이 딱 맞네."

미숙 씨가 불붙은 기준의 눈빛 레이저 화살을 가볍게 퉁, 퉁 겨내 버리고 말했다.

"너! 내가 가진 거 다 까발리면 어떻게 될 거 같아? 네가 욕 하고 뺨 때리고 갑질한 녹취와 동영상이 한 박스는 되는데. 기부천사로 알려진 대박집 주인이 알고 보니 갑질의 끝판왕 폭력 범이라면?"

미숙 씨가 롱패딩 주머니를 한참 뒤적거렸다. 캬라멜 두어

개, 동전 몇 개, 지폐 몇 장과 왜 거기 들어 있는지 도무지 모르겠는 전기충격기가 나왔다. 그걸 보고 살짝 움찔했지만, 기준은 물러서지 않았다. 하지만 마지막으로 미숙 씨가 꺼내든 걸 보고 멈칫 했다. 작고 네모난 종이 한 장. 방송국 기자의 명함이었다.

"이 기자랑 내가 좀 친한데. 안 그래도 자꾸 특종 달라고 연락 오더라고."

이거 전국구 방송 나가면 가게에 사람들이 오겠냐? 망하는 거지. 너는 경찰서 끌려가겠지? 감옥에도 갈 거고, 그 말은 덧붙이지 않았다. 그도 계산기 두드려보면 뻔히 알 만한 사실일 테니.

기준이 재빨리 미숙 씨 손에 들린 명함을 낚아챘다. 그것을 짝짝 찢었다.

"그래봤자 자포자기 셀프 디스야. 나 지금 전화 건다?"

미숙 씨가 핸드폰을 들고 버튼을 눌렀다.

"박기자? 그래, 저번에 특종 달라고 했던 거 말인데…."

"잠깐, 스톱!"

기준이 얼른 소리 질렀다.

"어, 잠깐 스톱이래. 다시 전화할게."

미숙 씨가 작게 핸드폰에 대고 말하고는 전화를 끊었다.

기준의 얼굴이 딱 울면서 겨자를 먹는 것 같은 표정이었다.

"이십오억은 안 돼요. 배 째. 못 해. 그 돈 갖고 차라리 여길 뜨고 말지."

기준의 얼굴이 죽상이었다. 미숙 씨가 갖고 있는 동영상이 퍼지면 어찌 될지 전광석화처럼 머릿속으로 주르륵, 지나간 참이었다.

가게 망하는 걸로 끝나지는 않겠지. 범죄자가 되어 감옥에 들어가게 될까? 끔찍하겠지. 독방에도 갇히게 될까? 한 줌 빛조차 없는 좁고 더러운 곳일까? 빛과 공기가 차단돼 곰팡이 냄새가 폐부를 쑤시고 발이 여러 개 달린 벌레가 스멀스멀 기어오르겠지. 밤새 비명을 지를 거야. 몇 년이 지나 세상에 나오면 범죄자 주홍글씨가 이마에 찍혀 인생 시궁창에 처박히겠지.

상상은 끝간 데 없었다. 어쩌겠나. 추락은 막아야지. 본질이나 진실이 아니라 가짜를 선택할 수밖에 없다. 모든 걸 까발린다는 협박에는 도리가 없었다.

"엄연히 기부 약속은 당신이 한 거니까, 반씩 내. 내 몫 십오억 중에 오억은 이미 나갔으니까 나머지 십억은 이십 년 분할로 낼 거야."

어차피 지금 가게 매출은 미숙 씨가 포장해놓은 기부천사 덕도 컸다. 기준의 계산으로 그렇게 증대한 매출 부분을 일 년에 오천씩 내놓는다면 덜 억울할 것 같았다.

거기다 기부 사실을 대대적으로 홍보하면 가게 매출은 더 오를 것이 확실하니까 거시적 관점에서 따져보자면 어쩌면 이득이 될지도 모르는 일이다. 그게 이기준의 계산서였다.

"좋아. 내가 십오억 내지."

어라? 이걸 받네? 속으로 기준은 놀랐다. 솔직히 자기가 내놓은 제안을 받을 줄 몰랐다. 절대 안 된다며 동영상을 미끼로 더 협박할 수도 있을 텐데.

그럼 십오억만 내고 삼십억을 통 크게 기부하는 노블리스 오블리주의 표상이며 사회적 공동체 의식을 탑재한 성공한 젊은 사장이 되는 건가? 다시 생각해보니, 이거 남는 장사네!

"대신 조건이 있어."

"뭔데요?"

기준이 다시 존댓말을 썼다. 어투도 상당히 누그러졌다.

"여기 사인해."

계약서였다. 젠장! 이 아줌마가 귓구멍에 말뚝을 박았나. 사인 못 하겠다고 여태껏 뻗대고 있는데 또 계약서를 들이밀다니.

"사인은 못 한다니까!"

다시 말이 반 토막이었다.

"잘 보라고, 쫌."

미숙 씨가 짜증을 냈다.

"오대 오야. 기부금도 오대 오로 내기로 했으니까 가게 지분도 오대 오로 해. 그게 내 조건이야."

그제야 기준이 계약서를 자세히 살폈다. 과연 가게 지분의 분할에 관한 상호 약속의 계약서였다. 매매 계약서가 아니라. 그럼 처음부터 이럴 거였다는 말이잖아.

그 정도면 받아들일 용의가 있었다. 완전히 넘기는 게 아니라 공동명의로 일단 하고 나중에 무슨 수를 쓰든 쫓아낼 방법을 찾으면 되겠지.

"한 가지 더."

"또 뭐요?"

"네가 자른 이모님들 다시 모셔와. 여기서 다시 일할 수 있게 해. 싫으면 난 지금 박기자 만나러 갈 거야. 알아들었으면 고개 끄덕여."

끄덕였다. 별수 없었다. 아무리 봐도 협박질에 도가 튼 아줌마다. 당근과 채찍을 아주 제대로 섞어 쓸 줄 안다. 흡사 조련사 같다. 덩치 큰 곰 한 마리를 노련하게 다루는 조련사. 그럼 나는 한 마리 쓸쓸한 곰…?

기준은 혼자 뜨끔해서 계약서를 열심히 살펴보는 척했다.

외로워도 슬퍼도 나는 안 울어

"너는 계속 여기에서 일해. 넌 지금부터 알바가 아니라 공동명의 사장인 나의 대리인이야. 충분한 월급을 받는 매니저로 일해. 그렇게 경험을 쌓아가면 네 길이 보일 거야."

기준이 사인한 계약서를 작게 접어 바지 주머니에 쑤셔 넣고는 미숙 씨가 이번에는 정은을 불러다 앞에 앉혔다. 넌 그만 가. 볼일 끝났어, 하는 표정으로 귀찮다는 듯 기준을 내친 다음 이었다.

"매니저… 라고요?"

이미 정은은 울고 있었다. 몇 번이나 고개 숙였다.

"감사합니다. 정말이지, 너무 고맙습니다. 열심히 살게요. 착하게 살게요. 사람들을 도우면서 살게요. 늘 저 스스로를 존중하고 다른 사람 모두 존중하는 사람이 될게요. 어려운 이들을 외면하지 않을게요. 상처받은 이들을 돌보며 살게요. 삶을 소중히 여길게요. 누구도 무시하지 않을게요. 그리고… 또…."

"그만. 뚝!"

정은이 감격에 겨워 끝도 없는 약속의 말을 쏟아냈다.

"울지 마. 딱 질색이야. 자꾸 울면 나 도망간다."

미숙 씨가 살짝 인상까지 쓰면서 말렸다. 진심이라는 것이 표정에 딱 보였다.

"네, 안 울게요. 다시는 울지 않을게요. 아무리 슬프고 화나고 외로워도 절대, 절대 울지 않을게요."

"네가 무슨 캔디냐?"

그만하라며 미숙 씨가 말리자 정은이 훌쩍거리며 울음을 삼켰다.

"안 울어요. 그런데 캔디… 는 사탕… 말씀일까요?"

미숙 씨는 기가 막혔다.

"그런 게 있어. 옛날 만화 주인공."

볼일 끝났으니 나 이제 간다, 빠이, 하면서 가게 출입문 쪽으로 걸어가던 미숙 씨, 생각났다는 듯 되돌아왔다. 주머니에서 무언가를 꺼내 내밀었다.

"이게 뭐예요?"

의아한 표정으로 정은이 물었다.

"네 부모가 남긴 선물."

그걸 열어본 정은은 갑자기 흑, 하더니 이내 다시 또 펑펑 울기 시작했다.

그것은 통장이었다. 비행기 추락사고로 숨진 부모 대신 정은의 조부모가 받은 자식의 목숨 값. 정은의 조부모는 그 보험금을 한 푼도 쓰지 않고 그대로 모아두었다. 그리고 자기들이 밤낮으로 생선을 팔아 부모 잃은 가여운 손녀딸을 키웠다.

"네 할머니가 전해달라고 하셨어."

미숙 씨 말에 정은이 애써 미소 지었다. 눈물 어린 미소였다.

"그런데요… 궁금해서 그러는데 왜 저를 도와주시는 거예요? 우리는 사실 일면식도 없었는데…."

정은으로서는 이해하기 어려운 문제였다. 자기는 단순히 지구상의 수십억 명 중 한 사람일 뿐이고, 미숙 씨에게 자신은 그저 타인일 뿐이었다. 어쩌다 거리에서 옷깃이 스칠 확률조차 현저하게 낮고 서로가 무얼 하는지 어떻게 살아가는지 절대 알 수 없는 거리가 존재하는데.

어느 책에서 봤는데 심지어 부자들은 그 거리를 사기 위해 엄청난 비용을 지불한다고 했다. 비싼 음식점은 사방 벽으로 가려진 고급스러운 방을 갖추고, 비행기 일등석은 타인의 시선을 가리는 파티션이 쳐 있고, 펜트하우스는 엘리베이터가 구분되어 있으며, 백화점 VIP 쇼퍼룸에는 어떤 손님이 드나드는지 철저하게 비밀에 부쳐진다.

사람들은 돈과 힘이 많아질수록 타인과 떨어져 살고 싶어 한다. 그런데 왜? 미숙 씨는 굳이 잘 알지도 못하는 사람들 사이로 비집고 들어가 안 해도 될 일을 하는 걸까.

미숙 씨가 정은에게 대답을 했다.

"왜냐면… 내가 할 수 있으니까. 너는 그런 말도 못 들어봤냐?"

무슨 말이요? 그런 표정으로 정은이 미숙 씨를 보았다.

"여섯 다리만 건너면 우리 모두는 다 아는 사람이라는 말. 너랑 나는 지구촌에 함께 살아가는 주민들이니까."

"같은 지구촌에 사는 주민이라 저를 도와주신 거라고요?"

정은은 믿지 못하겠다는 표정이었다.

"마지막으로 하나만 물어봐도 돼요?"

정은이 매달리듯 말하자 미숙 씨가 고개를 끄덕였다.

"아까 사장님에게 귓속말하신 거요, 사장님이 벌벌 떨게 만드신 거…. 대체 뭐라고 하신 거예요?"

미숙 씨가 귀를 후비며 느긋하게 말했다.

"그건… 영업 비밀. 나 간다. 메리 크리스마스!"

웃으면서 나가는 미숙 씨 뒤로 정은은 90도로 허리를 숙여 깍듯하게 인사했다. 평생 잊지 못할 크리스마스 선물을 받은 감사의 마음을 진심으로 담아서.

기준은 개코나 코딱지만큼도 속은 안 변했다. 그러나 껍질은 변했다. 갑질하는 폭력범에서 기부천사로 변신했고, 알바 출신을 매니저로 승진시켰으며, 구식이라고 자른 나이 많은 직원들도 다시 불러 고용할 것이다.

다시는 드러내놓고 직원들에게 욕하지 못할 것이고, 매일 밤 침대 맡에 걸려 있는 교훈을 올려다보며 소리 내어 읽는다면 가슴에 그 음성이 흘러 들어갈 것이다. 그때마다 그놈 안에서 뭔가 꿈틀거리기는 하겠지만 사람은 쉽게 안 변한다.

나중이라면 기대할 수 있겠지. 이기준의 진실된 변화를. 그거면 충분하다.

미숙 씨는 서둘러 예식장으로 돌아가면서 오늘 일은 그 정도로 정리했다.

실은 마음이 급했다. 아까 예식장에서 나올 때 분명하게 느꼈던 시선 때문이었다. 예식장으로 들어서자마자 미숙 씨는 보안실부터 찾았다. 폐쇄회로 TV를 확인하기 위해서였다.

"내가 예식장에서 출발할 때 화면을 띄워주세요."

영문을 모르는 보안요원이 서둘러 녹화된 장면을 켰다.

미숙 씨가 빨려 들어갈 듯 화면을 보았다. 미숙 씨와 미태가 서둘러 차에 올라타는 장면이 찍혀 있었다. 그리고 미숙 씨가 차에서 내려 예식장 주변을 샅샅이 살피는 모습 또한 선명하게 보였다. 그뿐이었다.

"무얼 찾고 계시는지 말씀해 주시면 저희가…."

아무것도 수상한 것이 보이지 않자 보안요원이 물었다. 그때 문득 미숙 씨가 소리를 높여 말했다. 딱 무슨 생각이 들었기 때문이었다.

"이때 말고 그 한 시간 전 화면을 보여줘요."

화면이 거꾸로 빠르게 돌아가는 것을 보면서 미숙 씨가 입술을 깨물었다.

"거기!"

미숙 씨가 날카롭게 소리쳤다. 보안요원이 정지시킨 화면에는 예식장으로 들어가고 있는 한 남자가 찍혀 있었다. 다크 그레이 색상의 코트를 입은 남자의 뒷모습.

예식장은 수많은 사람들이 드나드는 곳이다. 물론 이미 다른 하객들은 모두 안으로 들어간 시각이었기 때문에 만약 결혼식 참석을 위해서라면 화면 속 남자는 많이 늦은 것이기는 했다. 그렇다 해도 남자는 다른 하객들과 구별되는 점이 별로 보이지 않았다. 그러나 미숙 씨의 눈빛은 달랐다.

"이 남자의 동선을 따라가 봐요."

예식장 안에는 곳곳에 폐쇄회로 TV가 설치되어 있었다. 남자의 흔적을 따라가던 보안요원이 흠칫 놀랐다. 어느 화면에도 남자의 앞모습이 찍혀 있지 않았기 때문이다. 마치 미리 예식장의 모든 폐쇄회로 TV를 파악하기라도 한 듯, 남자는 교묘하게 카메라를 등지고 움직였다.

남자의 이동 끝에는 바로 랑랑예식장 대표인 미숙 씨의 사무실이 있었다. 그 시간에는 윤나리와 정진수의 결혼식이 진행 중이었으므로 모든 사람들이 예식홀 주변에 몰려 있을 때였다.

남자는 주위를 살피더니 미숙 씨의 사무실로 들어가는 것이 아닌가!

"대표님, 저 사람이 대표님 사무실로⋯."

보안요원이 벌떡 일어나 뒤돌아서 말했을 때, 미숙 씨는 이미 보안실 출입문을 박차고 뛰어나가고 있었다.

미숙 씨는 한달음에 사무실 문을 열고 뛰어 들어갔다. 보안요원이 멀찌감치서 뒤따랐다.

사무실 안으로 들어선 미숙 씨는 한가운데 멈춰 섰다.

여기저기 흩어져 있는 서류들, 뒤집어지고 깨져 바닥에 뒹구는 집기들, 노트북 안의 함부로 열린 문서들, 그리고 불온한 자가 머물다 가고 그 뒤에 남겨진 음험하고 수상한 냄새와 기척⋯⋯.

"경찰을 부를까요?"

뒤따라 들어온 보안요원이 황급히 핸드폰을 꺼냈다.

미숙 씨는 묵묵부답으로 못 박힌 듯 서 있을 뿐이었다.

"대표님⋯?"

"아니에요. 괜찮아요."

깊은 생각에서 깨어난 듯 미숙 씨가 손사래를 치며 이 일을 함구할 것을 당부했다. 보안요원이 돌아가고 난 다음 미숙 씨는 책상 앞 의자에 가 앉았다. 그리고 바닥의 한 지점을 뚫어져라 노려보았다.

대체 누가… 무엇을 찾고 있던 걸까?

한참 뒤, 미숙 씨는 깊은 숨을 몰아쉬었다.

미숙 씨는 바로 낭랑회를 소집했다. 그리고 이 사건을 파고 들어 몇 날 며칠을 조사했다. 낭랑회 소속인 형사와 검사와 사립탐정과 무술인 등 낭랑회의 모든 정보력을 총동원했다.

그런데도 남자의 흔적은 어디서도 찾을 수가 없었다!

4장

. . . .

한미태 그리고 염희숙
모녀지간의 케미, 그리고 진짜 모녀의 세계

복땡이

미숙 씨가 집에 틀어박혔다.

산 밑 외진 곳에 자리 잡은 마당 넓은 집에 틀어박혀 복땡이
랑만 말을 했다. 심지어 예식장에도 나오지 않았다.

복땡이는 미숙 씨한테 와서 밥을 얻어먹곤 하는 유기견이었
다. 뒷산에 입지가 좋은 곳을 골라 수목장을 치른 남편을 찾아
갈 때면 언제나 복땡이가 뒤를 따랐다. 결혼한 지 십 년이 채
되지 않아 위암으로 먼저 간 남편의 뼛가루를 묻어둔 나무에
기대앉아 욕을 하고 있으면, 복땡이가 슬며시 다가와 꼬리를
부볐다.

그러면 미숙 씨는 복땡이 엉덩이를 살살 만지다가 이내 끌어
안고는 남편에 이어 엄마와 그리고 영감까지 싸잡아 욕을 했다.

그들 모두 죽음으로써 자기를 버렸다고 생각했다.

미숙 씨는 혼자였고, 외로웠다. 그리고 정작 할 일을 못 해 답답했다.

수상한 남자가 스며들어 예식장 사무실을 뒤진 일로 미숙 씨는 영감의 죽음에 대해 파헤쳐야 할 비밀이 숨겨져 있다는 것을 확신했다. 그런데 그놈의 흔적조차 찾을 수가 없다니!

은행장, 부장검사, 사설탐정뿐만 아니라 국정원 요원까지, 제 분야의 최고 전문가들을 갖춘 낭랑회를 총동원했는데도 범인의 실체는커녕 그림자도 찾을 수가 없었다.

범인이 있긴 한 건가. 범인이 만약 허상이라면? 미숙 씨는 차츰 의심하면서 부정적인 생각이 들었다.

창밖에는 비가 부슬부슬 내렸다.

대낮인데도 천지 사방이 어두워 공연히 자책하는 마음을 부추겼다. 어둔 숲을 벗어나려면 다른 길로 가랬는데, 그 다른 길이 어딘지를 모르겠는 기분이었다.

"거기 서서 뭐 해요?"

"깜짝이야!"

놀란 미숙 씨가 돌아보니 미태가 거실에 서서 비에 젖은 옷자락을 털고 있었다.

"너는 무슨 애가 기척도 없이 남의 집에 들어오니?"

"남의 집이요?"

미태가 정색을 한 표정으로 물었다.

"아니, 그게 아니라… 소리 좀 내고 다니라고. 놀랐잖아."

"그러니까 전화를 받으시라고요."

미태가 핸드폰을 꺼내 들이밀었다.

미숙 씨는 묵묵부답이었다.

"나랑 어디 좀 가요."

미태가 다짜고짜 말했다.

"싫어."

미숙 씨는 단박에 거절했다.

"어딘지, 왜인지 들어보지도 않고 싫다니요. 무슨 애도 아니고…."

차마 뒷말은 삼켰다.

"너도 적당히 하고 네 길 가. 내 옆에서 얼쩡대다 곤욕 치르지 말고."

미숙 씨가 미태를 물끄러미 건너다보며 말했다.

"그건 또 무슨 말이에요?"

"재수 옴 붙은 년이 아니고서야 열여덟에 엄마 죽고 고아가 된 것도 모자라 결혼한 지 얼마 안 돼 남편도 잡아먹고 심지어 영감까지…."

미숙 씨가 말꼬리를 흐렸다.

미태가 대꾸 없이 노려보았다. 한참이나 그러고 있었다. 이윽고 대답을 내놓았다.

"쓸데없는 소리 집어치우고 다 늙어빠져서 벽에 똥칠해요. 그거, 내가 치울 테니까."

그 말에 미숙 씨 눈가가 벌게지는가 싶었다. 영감 살아생전 자기가 그에게 했던 말과 똑같았으니까.

"너는… 내 약점이야."

"내가 그렇게 싫어요?"

"칭찬이다, 바보야."

"그게 무슨 칭찬이야. 요즘 미숙 씨, 에스트로겐이 안 나와서 그런가… 사리분별이 잘 안 되는 것이…."

미태가 슬쩍 눙치는 말로 미숙 씨를 위로했다.

사실 미태는 그녀를 집에서 나오게 하려고 온 참이었다. 예식장 일을 손 놓고 집에만 틀어박혀 걱정하던 중에 마침 예식장으로 기막힌 사연 하나가 들어왔다.

염희숙이라고, 사정을 조사해보니 옛날 미숙 씨가 빵공장에서 일할 때 절친으로 지내던 사람이었다. 염희숙이 자기 딸 결혼식을 올려달라고 사연을 보내왔던 거였다.

며칠을 고민한 끝에 결단을 내렸다. 선정 과정이 공정하지 않았다는 비난쯤은 자신이 책임을 지리라, 각오하며.

외로워하는 미숙 씨를 염려해 이런 짓을 벌이긴 했지만, 그녀에게 옛 친구를 대면시킨다는 게 옳은 일인지는 자신할 수 없었다. 그녀의 나이를 살아보지 못했으니 정확히 예측하는 건 무리였다. 다만 옛 친구가 그녀에게 조금이라도 활력이 될 수 있지 않을까. 그런 기대감에 매달리고 싶을 뿐이었다.

누구나 각자의 방식으로 인생을 배운다

미태는 전 사격 국가대표 출신이었다.

어려서 입문해 20년이 넘어서야 국가대표로 선출되어 세간에 크게 화제가 되었다. 고교 졸업 후 바로 실업팀에 들어갔는데, 돈 받고 총을 쏘니 그런가 긴장감과 책임감에 짓눌려 성적이 저조했다. 몇 년간 후보군에 머물며 다른 진로를 고민하는데까지 이르자, 미태는 선택을 해야 했다.

그리고 뼈를 깎는 심정으로 실업팀을 그만두었다. 다들 사격을 그만두나 보다 여겼지만, 아니었다. 그때부터 미태는 개인자격으로 대회를 준비했다. 그러려면 생활비와 경기 참가비 모두 직접 벌어야 했다.

고깃집, 편의점⋯ 가리지 않았다. 남들 시선은 따가웠다. 사격을 포기해놓고 괜한 자존심에 저러는 거라고 쑤군댔다. 귓등으로 흘리며 훈련에 매진했다. 남들 백오십 발 쏠 때 삼백, 오백 발 쏘았다. 새벽에 운동, 오전에 훈련, 오후에 훈련, 저녁에 운동.

'남들만큼 하는 건 노력이 아니야. 자신을 이기지 못하면 누구도 이기지 못해. 한 발의 가치를 높이는 가장 좋은 방법은, 그게 유일한 한 발이라고 생각하는 거다.'

미태는 잠들기 전에 꼭 서른 번씩 소리 내어 이 말을 되뇌었다. 표적지에만 집중하게 하는 조리개를 쓴 것과 같은 삶이었다. 오직 사격, 오직 총.

총을 빼놓고 따져보면 미태의 생은 심각한 불균형을 안고 사는 것처럼 구부정해 보였다. 제 또래들이 우정과 사랑을 거쳐 사회생활과 미래에 관한 이야기를 관통하는 동안 미태는 그 모든 통과의례를 스스로 비켜갔다. 외로워질 거다… 결국 실패할 거다… 그렇게 실패하고 나면 남은 건 캄캄한 암흑일 것이다…. 불안을 증식시키는 모든 말들에 미태는 귀를 닫았다. 결국 사격선수로 성공하지 못할 거라는 세상의 단정에도 미태는 매일 총을 쏘았다.

총을 쏘기 직전이 매번 인생 최고의 순간이라 느꼈다. 한 방향을 보고 자신의 모든 것을 거는 것. 그것이 사격이라고. 그렇게 몰입하게 되면 스스로만 남았다. 모든 게 하나로 응집되었다. 나와 그리고 단 한 개의 탄환. 그것이 그녀의 세계였다.

방아쇠를 당길 때는 숨을 멈추고, 마음을 비워라.

전방을 조준하고, 방아쇠를 당겨라!

삶을 한 점으로 응축한 최고난도의 집약이었다. 미태는 그렇게 총구의 끝에서 인생을 배웠다.

마침내 서른이 넘은 나이에 미태는 국가대표 사격선수가 되었다. 그리고 아시안게임에 나가 금메달을 거머쥐었다. 그러고 나서야 자기처럼 밤낮으로 애쓰는 후배들을 돌아보았다. 이제 자리를 비켜주어야지. 이걸로 되었다. 미태는 은퇴를 결심했고 스스로 자랑스러웠다.

은퇴 후 선택지가 여럿 있었다.

코치가 되어 지도자의 길을 갈 수도 있었고, 경찰청에서도 특채를 제안해왔다. 외국의 한 억만장자로부터 킬러가 되면 어떻겠냐는 제안도 받았다. 제안이라기보다 협박에 가깝기는 했지만, 억만장자답게 제시한 액수는 입이 떡 벌어질 정도였다.

두 번째 인생 진로를 두고 고민하다 문득 궁금해져 엄마에게 물은 적이 있었다.

"우리 집은 가난한데 내가 사격을 하고 싶다고 했을 때 어떻게 내 뒷바라지를 해준 거야?"

엄마의 대답에서 처음 랑랑예식장 이야기를 들었다.

형편이 어려웠던 부모가 랑랑예식장에서 결혼식을 올렸다는 것. 미태가 사격을 할 수 있었던 건 낭랑회의 지속적인 후원 덕분이었다는 것. 어릴 적부터 자존심이 드높았던 미태가 자격지심을 느낄까 봐 굳이 밝히지 않았다는 것까지.

무료결혼식을 올려주는 예식장이라는 것까지는 그렇다 쳐도, 장학회라니! 그 정체와 수장이 누군지 알고 싶었다.

"그건 불가능해. 나도 얼굴 한 번 본 적 없거든."

엄마는 낭랑회가 베일에 싸여있다는 듯 말했다. 찾아보니 과연 어디에서도 그에 대한 정보를 얻을 수 없었다.

장학회라는데 이렇게 정보가 없을 수 있나? 궁금한 건 못 참았다. 사격선수 특유의 집요하고, 포기하지 않고, 타깃을 향해 전력 질주하는 성격이 근질거렸다. 은혜든 원수든 반드시 갚아야 직성이 풀리는 타입이기도 했고.

다음 날부터 미태는 랑랑예식장 근처를 배회했다. 여기서부터 실마리를 찾아야 할 것 같았다. 한동안 배회해도 정보를 얻을 수 없자 아예 랑랑예식장 언저리에서 잠복을 시작했다. 작고 낡은 차 안에서 선잠을 자며 꼬박 일주일을 넘겼다.

"어? 저 아줌마가 여길 왜?"

미숙 씨가 예식장으로 들어가는 걸 보고 미태는 적잖이 놀랐다. 저도 모르게 그녀를 몰래 뒤따랐다.

오래전 중국 광저우에서였다. 아시안게임이 열렸던 곳인데, 아직 미태가 국가대표로 선출되기 전이었다. 언젠가 반드시 저 자리에 서겠다는 각오를 다지려고 자비를 들여 직접 경기를 보고 나오는 길이었다. 침울한 기분에 주변을 살피지 못했고 그만 소매치기를 당했다.

"도둑이야!"

소리부터 치며 뒤쫓았다. 낯선 타국의 길거리에서 추격전이 벌어졌지만 아무도 나서지 않았다. 여권과 현금과 카드가 모두 소매치기범 수중에 들어간 최악의 상황이었다. 미태는 그야말로 전력 질주했다. 숨이 턱 끝까지 차올라서야 바닥에 주저앉았다. 도둑놈은 시야에서 사라진 지 한참이었다.

수중에 돈 한 푼 없고, 국가대표도 되지 못했고, 새파란 후배들의 활약을 경기장 먼발치에서 지켜봐야 했다. 갑자기 내 인생 뭐지? 싶었다. 이대로 후보군에서 벗어나지 못한다면? 알바만 전전하다 은퇴하면 내 인생 어떻게 되는 걸까. 할 줄 아는 거라곤 총 쏘는 것밖에 없는데…. 불쑥 눈물이 났다. 미태는 아는 이 하나 없는 이국의 길거리에 쪼그리고 앉아 하염없이 울었다.

그때 길에서 우연히 만난 이가 미숙 씨였다. 한국말로 훌쩍이는 소리를 듣고 다가온 것이다.

사격선수라는 소개로 시작해 저간의 상황을 모두 들은 미숙 씨가 미태를 도와주었다. 대사관까지 태워주고 한국으로 돌아올 수 있는 경비까지 넉넉하게 챙겨주었다.

그제야 미태는 비로소 정신을 차리고 연락처를 물었다. 돌아가면 갚으려고 했으니까. 미숙 씨는 그냥 조그만 사업 하는데 시장조사차 며칠 중국에 와 있는 거라며 손사래를 쳤다.

미태는 연락처와 성함을 알려달라고 열 번도 넘게 간청했다. 미숙 씨는 한사코 그럴 필요 없다며 자리를 뜨고 싶어 하는 눈치였다. 그러더니 전도유망한 사격선수에 대한 후원금으로 치자고도 했다.

그래도 자꾸 조르고 우기자, 갑자기 오줌이 너무 마렵다며 화장실부터 다녀오겠다고 했다. 한참을 기다려도 미숙 씨는 돌아오지 않았다. 참다못해 들어가 보니 이미 도망가고 없었다.

얼굴만 알고 아무것도 모르는 은인. 미태는 여태 그 은혜가 짐처럼 남아 있었다.

'오늘은 절대 놓치지 않을 테다!'

미태가 미숙 씨를 따라 몰래 예식장 안까지 들어갔다.

뒤이어 속속 낡은 예식장과는 어울리지 않는 사람들이 도착했다. 다들 힘 있고 돈 있어 보였다. 그리고 서로 다 잘 아는 사이 같았다. 그들이 주고받는 말에서 '낭랑회'라는 단어가 여러 번 오가는 걸 듣고 확신했다. 저들이 바로 낭랑회 회원이라고. 그렇다면 오늘 무슨 낭랑회 회의라도 열리는 날인가? 은밀한 모임이라 이런 낡은 예식장에서 모이는 거고?

미태는 문밖에서 그들이 하는 얘기를 모두 엿들었다. 점차 미태는 무언가 깊은 고민에 빠진 표정이 되어갔다.

낭랑회 실사팀 팀장, 한미태

"어? 너는… 광저우?"

회의가 끝나고 미숙 씨가 마지막으로 나왔다. 문 앞에 뜻밖의 사람이 서 있었다.

"아줌마였어요?"

"뭐가? 다짜고짜?"

영문을 모르는 미숙 씨는 당황했다.

"아줌마가 낭랑회 회장이고, 내가 사격을 할 수 있도록 후원했어요?"

"그게 무슨….'"

말이냐 물으려다 미숙 씨가 말을 끊었다.

"너, 낭랑회 장학생이었어? 내가 회장은 맞다만 그렇다고 후원하는 학생들 얼굴이나 신상을 모두 알고 있는 건 아니거든."

미태의 표정이 어딘지 복잡해 보였다.

"아줌마는 왜 그런 일을 하는 거예요? 무료로 남들 결혼시켜주고, 알지도 못하는 사람들 몰래 도와주고. 보상도 못 받으면서?"

듣기에 따라 그 말투는 시비조로 들릴 수도 있었다.

"너 지금 나한테 따지냐? 내 맘이다. 내가 나 하고 싶은 대로 하는데 뭐? 뜬금없이 찾아와 왜 쓸데없는 시비야! 아, 몰라. 나 바빠. 너 가."

미숙 씨가 미태를 밀치고 걸음을 재촉했다. 미태가 미숙 씨 팔뚝을 붙잡았다.

"못 가요. 아줌마 때문에 빚이 있거든요."

"빚? 나 때문에? 무슨 말이야?"

악력이 보통이 아니라 미숙 씨가 꼼짝도 못 했다.

"은혜를 못 갚게 했잖아요. 그땐 은혜였는데 이젠 빚이 되어버렸잖아요."

그 말을 듣고서야 미숙 씨는 미태를 한참이나 들여다보았다.

"너, 이상한 애구나? 광저우에서 만난 게 벌써 십 년 전이야. 애가 좀 모자란 거야, 아니면 총만 쏘다 보니 제 생각에만 빠져 외골수가 되어버린 거야?"

"그거…."

미태가 미숙 씨 가슴을 가리켰다. 브로치였다.

삼각형 방패 같은 모양에 태양이 지평선 위로 떠오르는 듯
한 모습. 그 태양 아래쪽으로 매화꽃이 장식되어 있고, 'Bebin
Anew'가 작게 적혀 있는.

"예식장 새로 시작할 거라면서요?"

"엿들었냐? 벽에 귀 대는 버릇 있어? 싹수가 누렇구만."

미숙 씨가 대놓고 욕했다.

"나도 껴줘요."

미태가 아랑곳하지 않고 제 하고 싶은 말을 했다. 미묘하게
기싸움이 시작되었다. 산전수전 다 겪은 아줌마 김미숙. 열다
섯에 사격 시작해 반평생 총만 쏴온 한미태.

팽팽했다.

"안 돼. 난데없이 나타나 끼워달라니. 넌 가서 총이나 쏴."

"TV 안 봐요? 지난 아시안게임에서 메달 따고 은퇴 선언했
는데?"

"그게 뭐?"

"여러 길을 두고 고민하던 차였어요. 그런데 이제 찾은 거 같
네요. 빚도 갚을 겸."

미숙 씨가 대놓고 미태를 빤히 노려보았다. 미태도 눈 한 번
깜짝이지 않고 맞섰다.

실전에서는 팔 할이 기세였다. 사격은 90퍼센트가 정신력이
다. 그거라면 전지구적으로 순위권에 든다고 자부했다. 눈싸움
에서 불꽃이 튀었다. 갑자기 미태가 미숙 씨에게 윙크를 날렸다.

"불꽃놀이 한번 해볼까요?"

하, 기세…. 솔직히 그 기세에 미숙 씨가 쫄렸다.

그게 둘의 첫 만남이었다. 정확히는 광저우에 이어 두 번째 였지만.

랑랑예식장 재개장을 준비하는 내내 미태는 하루도 빠짐없이 출근했다. 한 달쯤 지났을 무렵부터 미숙 씨는 본체만체하는 것으로 은근슬쩍 받아들였다.

미태는 신속하게 업무 파악을 끝내고, 예식장 재개장에 필요한 제반 사항들을 꼼꼼하게 체크해 나갔다. 새로운 운영 방침을 만드는 일까지 도맡아했다.

일 년쯤 지나자 어느새 모든 실무가 미태 손아귀 안에 들어가 있었다.

미숙 씨는 여전히 툭하면 '너 자른다?'로 협박 아닌 협박을 했지만, 속으로는 든든하게 여기고 의지하기 시작했다.

일 벌이기 좋아하는 미숙 씨가 무턱대고 거창하게 포문을 열면, 미태는 꼼꼼하게 실질적인 방향성을 보완해주었다. 사격선수 출신답게 안정감 있고 야무지게 한 치의 빈틈도 없도록 일처리를 해나갔다.

미태는 그야말로 미숙 씨의 든든한 오른팔이다. 오직 한 사람, 미숙 씨 집에 마음대로 드나들 수 있는. 동시에 미숙 씨를 진정으로 이해하는.

미태는 공식적으로 언론 상대하는 역할도 했다. 랑랑예식장 운영방식과 무료결혼 등 세간의 관심이 집중되었지만, 독지가가 뒤에 있다는 정도로 단도리를 야무지게 해서 미숙 씨가 노출되는 일은 없었다.

그러므로 미태는 노출되어 있다. 그렇다고 현장에서 일하는 데 그게 제약이 되진 않는다. 어차피 몸을 숨기고 마취총으로 저격하니까.

현장에 나갈 때마다 미숙 씨는 잔소리 한 바가지를 쏟아붓곤 했다.

"되도록 싸워야 할 때만 싸워. 그래도 누가 시비를 걸면 그 자식 두꺼비집을 걷어차 버려. 뒷수습은 전부 내가 해."

어떤 작가가 했다는 말이라면서 미숙 씨는 늘 마무리로 그 말을 했다.

미태도 실전에 나갈 때는 나름의 원칙이 있었다. 숫자 세 개로 만들어진.

'3 5 12'

미태의 총에 새겨진 숫자다. 나쁜 짓을 하다가는 '3초 안에 5초 동안 비명을 지르다가 12시간 동안 기절할 수 있다'는 무시무시한 경고. 그건 스스로에 대한 다짐이기도 했다. 말하자면 미숙 씨의 가슴에 달린 브로치와 같은 상징이랄까.

미태는 밤마다 총신을 닦으며 3과 5 그리고 12의 의미를 되새기곤 했다.

미숙 씨라고 처음부터 혼자였던 건 아니다

외로운 미숙 씨에게도 엄마가 있었다. 엄마는 결혼해 미숙 씨를 낳기 전에 한복집에서 견습생으로 일했다.

침선장이 비단천에 끈기 있게 한땀 한땀 바느질을 이어가다 보면 어느새 아름다운 한복 한 벌이 완성되는 걸 보았다. 비단 실과 바늘로 구성된 그 세계는 엄마에게 작지만 넓고, 안으로 응축되지만 무한히 뻗어나갈 수 있는 통로 같았다.

밤에 홀로 자투리 천에 바느질을 연습할 때면 언젠가 침선장 이 될 날이 꿈처럼 펼쳐졌다. 자신이 지은 한복을 입은 사람들 의 자태가 손에 잡힐 듯 가까워 보였다.

고향집에서는 독촉이 끊이지 않았다. 엄마가 돈을 보내야 남 동생이 학교에 갈 수 있다고 했다. 결국 급여 없는 한복집 견습 생을 포기해야만 했다. 꿈을 버리고 대신 청계천 봉제공장에 들어갔다.

같은 바느질이었으나 전혀 다른 세상이었다. 그곳에서 엄마 이름은 6번 미싱이었다. 봉제공장의 모든 여공들이 그렇게 불 렸다. 이름 대신 4번 시다, 5번 미싱….

하루에 열댓 시간 일했다. 화장실에 자주 못 가도록 식사에 는 국이 안 나왔고. 물도 마시기 어려웠다. 하루에 두 번 이상 화장실에 갈라치면 어김없이 욕이 날아와 뒤통수에 꽂혔다.

"야, 이 쌍년아, 참아!"

수많은 여공들이 참고 참았다. 저마다 딸린 식구들이 줄줄이 매달렸다. 하지만 아무리 허벅지를 찔러 가며 일해도 나아질 희망은 아무 곳에도 없어보였다.

더 이상 참지 못한 여공들이 거리로 나와 노조를 만들려고 싸웠다. 열악한 노동 환경과 하루 15시간이 넘는 장시간 노동, 저임금, 성적 폭력 등의 부당함으로 비명을 질렀다.

청계천 다리 밑에서 22살의 어린 노동자 전태일이 분신했다. 그는 '우리는 기계가 아니다. 사람이다'라고 외치며 몸에 휘발유를 부었다. 이후 투쟁은 본격적으로 전개되었다. 지식인들이 각성해 대학생, 종교계, 시민사회단체가 나섰다.

그러나 난장이가 쏘아올린 작은 공은 쉽게 하늘로 퉁겨 오르지 못했다. 이들의 활동은 감시와 탄압의 대상이 되었다. 회사는 여공들 모두에게 회사 명령에 복종하겠다는 각서를 내게 했고, 거부하면 모두 해고했으며, 해고자 명단을 전국 각 사업장에 돌려 재취업을 막았다. 심지어 집회 현장에 모여 있던 여공들에게 똥물을 퍼붓고, 조직 깡패를 동원해 구타했다.

비가 억수처럼 쏟아지던 날이었다. 엄마는 대로를 피해 거친 빗속을 걷고 있었다. 가방 속에는 노동자대회 전단지가 들어있었는데, 언제 어디서 검문이 있을지 몰랐다. 최대한 어둔 골목길로 숨어 걸었다. 빗소리는 엄마의 발소리를 지웠다. 지워진 건 엄마의 발소리만이 아니었다. 엄마는 뒤따르던 발소리를 듣지 못했다.

바로 등 뒤에서 머리를 맞아 바닥에 쓰러지고서야 꼬리가 붙었음을 알았다. 엄마는 밤의 빗속에서 쇠파이프로 맞았다.

갈빗대가 무려 네 대가 부러졌다. 일하던 공장에서는 노조활동을 했다는 이유로 해고되었다. 치료비는 한 푼도 못 받았고, 경찰은 가해자를 찾지 못했다고 했다.

그날 이후 엄마는 숨을 크게 들이쉬지 못했다. 갈비뼈가 부러졌던 자리에 들앉은 내장들이 모조리 겁을 집어먹은 것만 같았다. 무기력한 분노는 더욱 슬프게 사람을 벼랑 끝으로 내모는 듯했다. 그때부터 뭔가가 자꾸만 삐꺽거리기 시작했다. 숨도 차고 다리도 절뚝거렸다.

엄마는 산동네의 대여섯 명이 일하는 소규모 공장으로 옮겼다. 미숙 씨를 낳고 얼마 되지 않아서였다.

미숙 씨가 어릴 때 엄마는 언제나 바빴다. 어린 미숙 씨는 그런 엄마가 미웠다. 작고 어두운 골방 같은 집에 혼자서 엄마를 기다리다 모로 누워 잠들었다. 엄마가 돌아와 옆에 누우면 자면서도 그 옷자락을 놓지 않고 꼭 쥐었다.

엄마가 고파서 공장에 출근하는 엄마를 붙잡고 서럽게 울었다. 따라가겠다고 생떼를 부렸다. 딱 하루만이야. 엄마의 다짐에 고개를 끄덕이며 배시시 웃었다.

엄마 손을 잡고 공장에 따라간 미숙 씨는 눈치껏 실밥을 뜯었다. 아줌마들이 드르륵, 미싱질을 끝낸 옷가지를 산처럼 쌓아놓으면 쪽가위를 가져다 끝을 깔끔하게 마무리했다. 그때부터 미숙 씨는 일머리와 눈치가 비상했다. 공장 주인이 미숙 씨 머리를 쓰다듬으며 천 원을 주었다.

집으로 돌아올 때 엄마와 함께 버스를 탔다.

나중에 엄마에 대한 기억을 떠올릴라치면 언제나 그 장면이 생각났다. 엄마와 함께 나란히 달리는 버스 좌석에 앉아 창밖을 바라보던 그때의 안온함과 충만함.

별은 총총했고 불빛은 각양각색으로 환했으며, 거리는 차분하게 내려앉아 흘러갔다.

그 풍경과 별과 밤의 공기가 미숙 씨의 마음속에 서정으로 박제되었다. 그럴 때면 살짝 엄마 손도 잡았다. 뼈마디가 굵고 거칠고 그리고 따뜻한 엄마의 손.

미숙 씨가 손을 잡으면 엄마는 어린 딸에게 작은 미소를 지어 보였다. 사람이 사람에게 지어 보이는 미소가 그렇게 슬플 수가 있는지, 미숙 씨는 처음 알게 되었다. 까닭을 알지 못하는 슬픔이었다. 어린 미숙 씨는 그렇게, 생의 뿌리는 슬픔일지 모른다는 걸 이해했다.

위악

외로움에 지친 미숙 씨는 커가면서 대놓고 삐뚤어졌다. 학교에서 싸우고 선생님한테 반항하고 소란을 피우기 일쑤였다. '교무실로 따라와'로 시작해 '넌 대체 뭐가 되려고 그러니? 엄마가 너 이러는 거 아시니? 얘 좀 봐라? 그렇게 계속 째려보면 어쩌겠다는 건데? 안 되겠다. 너 가서 엄마 모셔와'로 끝나는 일장 연설을 듣고 난 뒤면 집에 가 가방을 내팽개치며 이렇게 말을 싸질렀다.

"담탱이가 오래."

그러고는 벗은 옷을 냅다 던져버리고 이불을 뒤집어썼다.

다음 날 오후, 엄마는 공장에 스무 번은 고개를 숙여가며 간신히 반차를 내고 학교에 왔다. 잘못한 건 미숙 씨인데 엄마가 선생님에게 서른 번도 넘게 고개를 숙이며 사죄했다.

그리고 미숙 씨는 엄마와 함께 집으로 돌아갔다. 나란히 걸어서. 가는 길에 동네 정육점에 들러 삼겹살 한 근을 사가지고.

엄마와 함께 저녁을 먹는 드문 날이었다. 미숙 씨는 신이 났다. 엄마가 좁고 어둔 부엌에서 삼겹살을 구우면 미숙 씨가 다리를 접었다 펴는 스텡(스테인리스) 밥상을 펴고 김치와 쌈장을 내왔다.

둘이 함께 구수하고 기름진 삼겹살을 먹었다. 그럴 때면 미숙 씨는 아구가 벌어지도록 잔뜩 쌈을 싸서 한입에 욱여넣고 씹으면서 히죽, 웃었다. 저녁을 다 먹고 나란히 앉아 TV를 볼 때면 흐흥, 콧노래가 나왔다. 하지만 그런 날은 드물었다.

미숙 씨는 쉽게 동네 일진들과 어울렸다. 일진에 들어가자마자 미숙 씨는 그들을 평정하고 스스로 대장이 되었다.

그날도 미숙 씨 무리는 하굣길 뒷골목을 어슬렁거렸다.

"야, 강태공."

미숙 씨가 지나던 여학생을 불러 세웠다.

같은 반의 강태은이란 애였는데, 순전히 이름 석 자 중 두 글자가 같아서 강태공이 되었다.

"언니들이 지금 배가 고파요. 그래서 빵을 사 먹으려는데 마침 돈이 없네? 친구가 배고프다는데 모른 척하면 되겠니, 안 되겠니?"

서너 명이 태은을 벽에다 밀어붙이고 키득거렸다. 미숙 씨가 옆구리를 쿡쿡 찌르고 손가락으로 이마를 계속해서 밀어 뒤통수를 벽에 찧게 했다.

"강태공, 너 낚시터 갈 돈 한 번만 우리 주면 언니들이 맛있게 빵을 먹고 얼마나 너한테 고마워하겠니?"

미숙 씨가 비아냥거렸다.

"그러지 말고 얘가 물고기 잡아오면 그거 팔아서 돈 가져오라 그럴까?"

저희들끼리 깔깔거렸다.

태은이 미숙 씨를 잔뜩 노려보았다. 뭔가 생각에 빠진 눈빛이었다. 사실, 이날 미숙 씨는 상대를 잘못 골라도 한참 잘못 고른 거였다.

미숙 씨가 그 애에 대해 아는 거라곤 이름밖에 없었다. 학교에서 말없이 늘 혼자 다니는 꼴이 거슬려 언제 한번 본때를 보여줘야겠다 마음먹고 있었을 뿐이다. 만약 태은에 대해 잘 알았더라면 이런 무모한 시비는 걸지 않았을 것이다.

태은의 삶도 무척이나 남달랐다. 한 살배기였을 때 아빠가 운영하던 회사가 망했고, 횡령 혐의로 검찰 조사를 받던 아빠는 스스로 목숨을 끊었다. 무일푼이 된 엄마가 갓난쟁이 딸과 함께 필리핀으로 건너갔다.

거기서 그들은 가난했다. 어린 딸을 먹이려고 모친은 갖은 고생을 했다. 이런저런 일을 하다 현지인 남자를 만나 살림을 차렸다. 남자는 마닐라의 한 클럽에서 가드로 일했다.

태은이 열일곱 살 되었을 때, 동거하던 남자가 그녀를 성폭행하려 했다. 그때 모친이 뒤에서 칼로 찔러 위기를 넘겼다. 태은은 혼자 한국으로 돌아왔고, 모친은 필리핀 감옥에 갇혔다.

태은은 어떻게든 고등학교 졸업 때까지 홀로 버텨야 했다. 그만큼 딸은 엄마 못지않게 강단 있었다.

태은은 바닥의 한 점을 노려보며 생각했다. 오늘 이후로 다시는 저 깻잎머리들이 덤비지 못하게 해야만 한다고. 일진들 모두와 붙어 맞짱 뜰 수 없으니….

이윽고 태은이 고개를 쳐들고 입을 열었다.

"자, 여기 있어."

주머니에서 돈을 꺼내 미숙 씨에게 내밀었다.

"말귀를 잘 알아먹네. 너 오늘 운빨 트인 줄 알아. 안 그러면 언니가 오늘 너 참교육 할랬더니."

미숙 씨가 돈을 가져가려 한 발 다가섰을 때, 태은이 미숙의 머리채를 확 잡아챘다.

"악!"

미숙 씨가 반사적으로 비명을 질렀다. 태은은 머리채를 휘어잡고 무조건 바닥에 납작하게 엎드렸다. 머리채를 잡힌 미숙 씨는 끌려서 바닥으로 엎어졌다가 곧 태은의 머리채를 마주 잡고 뜯었다.

"놔! 안 놔? 너 오늘 죽으려고 아주 환장을 했구나?"

미숙 씨가 으르렁댔다.

"니미 씨부럴… 대갈빡을 확 조사뿔라… 눈탱이가 밤탱이 되고…."

특유의 욕 레퍼토리가 한바탕 폭풍처럼 지축을 흔들고 터져나왔다. 신을 부르는 방언과도 같이 솟구친 이 찰진 욕설은 상대방을 제압하는 미숙 씨의 필살기였다. 엄마의 고향이 시골 골짜기라 어렸을 때부터 몸에 새겨 넣어둔 그쪽 동네의 살벌한 욕이었다.

태은도 만만하지 않았다. 이를 악물고 머리끄덩이를 움켜쥔 손아귀에 더 힘을 주었다.

깜짝 놀란 무리가 태은을 대장한테서 떼어내려고 안간힘을 썼다. 그러나 본드로 붙여놓은 것처럼 떨어질 줄 몰랐다.

"야, 이 미친년아. 이거 안 놔?"

"그래, 나 미쳤다. 미친년 처음 보냐? 어디 한번 해보시지? 난 오늘 죽어도 상관없거든? 너도 그러냐? 어디 한번 같이 죽어볼까?"

둘 다 개처럼 으르렁댔다. 무리의 애들이 욕하고 침 뱉고 발로 밟았다. 태은은 이를 물고 죽어라 버텼다. 그때는 몰랐다. 서로가 전부를 건 싸움이었다는 것을. 태은은 자기의 생존을 걸었고, 미숙 씨는 자기의 외로움과 자존심과 스스로에 대한 경멸을 걸었다.

"거기, 뭐야?"

호루라기 소리가 나더니 경찰 둘이 뛰어오고 있었다.

무리의 아이들은 튀고, 둘만 파출소로 끌려갔다. 그 안에서도 씩씩대는데, 노을빛 물든 하늘이 그들을 내려다보았다. 피터지고 잔뜩 부어 잘 떠지지 않는 눈으로 둘은 황홀한 하늘을 올려다보았다.

왠지 원숭이처럼 히죽, 웃음이 났다. 각자 터져야 할 것이 제대로 터진 것 같은 기분이었다. 그래서 잔뜩 고여 있던 감정의 찌꺼기들이 몸 밖으로 배출되고, 명치쯤 어딘가에 시원한 바람이 드나드는 것처럼 서로 깊은 숨을 들이마셨다. 그리고 마주보며 욕했다.

"미친년."

"너도 미친년이다, 이년아!"

득달같이 달려온 미숙 씨 엄마와 달리 태은은 아무도 오지 않았다. 순경에게 대강의 사연을 들었다. 엄마가 그냥 넘어갈 리 없었다.

"태은아, 아줌마가 미안해. 우리 미숙이가 원래는 착한 앤데 엄마가 못나서 심술부리는 거거든. 나쁜 애는 아니야. 아줌마가 진심으로 사과할게."

그러고는 기어이 둘을 데리고 저녁을 먹으러 갔다.

엄마는 두 딸을 대하듯 정성 들여 밥을 먹였다. 이후로도 엄마는 혼자 사는 태은을 자주 들여다보며 반찬을 해 날랐다. 공부를 잘했던 태은은 서울대에 진학했다. 지금은 인권변호사로 일하는데, 미숙 씨와는 지금도 절친이며 낭랑회 주요 회원이기도 하다. 처음 둘이 만났을 때를 회상하면서 가끔 숨넘어가게 웃는데, 그때 누구 머리칼이 더 많이 뽑혔는지 누구 눈자위의 멍이 더 오래갔는지를 두고 옥신각신했다. 둘은 여전히 '공자님 말씀보다 미친년 춤사위에 가까운' 인물들이었다. 미숙 씨나 태은이나 불의를 보면 앞뒤 안 가리고 들이받기 일쑤였다.

그날도 엄마와 미숙 씨는 버스를 타고 집으로 돌아왔다.

마주 보는 게 아니라 나란히 앉아 한 방향을 바라보았다. '버스의 서정'이 다시금 미숙 씨를 감싸 달큰한 슬픔 같은 감정이 밀려들었다.

아마 그래서였을 것이다. 이상하게 생의 모든 두려움이 멀리 밀려나고 부드럽고 안온한 자신감이 미숙 씨를 감싼 것 같은 기분이라서. 엄마에게 그런 질문을 한 까닭은.

"엄마는 왜 자꾸 사람들 일에 나서는 거야? 그러다가 갈비뼈

부러져, 지금은 제대로 숨도 못 쉬고 다리도 절잖아. 그러고도 힘든 사람들만 보면 먼저 눈물 흘리잖아."

엄마가 미숙 씨를 가까이 보더니 이어 하늘을 올려다보았다.

"별 떴네. 예쁘지?"

미숙 씨가 엄마와 함께 별이 총총 돋아나 반짝이는 하늘을 올려다보며 고개를 끄덕였다.

"별 보면 기분이 좋아지고 행복해지지 않아?"

대체 무슨 상관인데, 하는 얼굴로 엄마를 돌아보았다.

"하늘에 떠 있는 저 별을 이렇게 올려다보면 마음씨 좋은 별 아저씨가 어딘가에 숨어서 미소를 지으며 내려다보는 것 같아서…."

엄마가 평소답지 않게 고상한 표현을 썼다. 마치 시처럼 말해서 미숙 씨는 마음이 조금 간질거렸다. 엄마가 웃으며 말했다.

"기분이 좋아지고 행복해지거든. 외로움이나 슬픔도 잊을 수 있고."

그때 미숙 씨는 몰랐다. 오랜 시간이 첩첩이 쌓여 자신이 엄마의 나이가 되고 그때 엄마보다 더 나이를 먹게 되었을 때, 뒤늦게야 도착한 느린 편지처럼 깨닫게 되었다.

엄마도 혼자였구나… 외로웠구나….

또래들이 학교에서 '꽃'이라는 시를 배울 때 엄마는 봉제공장에서 하루 열여섯 시간 미싱을 돌리며 먼지를 폐 속 가득 삼켰다. 또래들이 '그의 이름을 불러 주었을 때, 그는 나에게로 와서, 꽃이 되었다'를 마음속에 새겼을 때, 엄마는 아무에게도 이름을 불리지 않고 다만 6번 미싱으로 불렸다.

결혼 후, 남편은 일찍 죽고 청상과부로 다시 공장에 나가 종일 일했고, 남편 잡아먹은 년이라는 욕을 들으며 노망 난 시모를 봉양했다.

타인에 대한 호의가 생의 신산함에 따뜻한 온기를 덧입힐 수 있다고 엄마는 말하고 싶었던 걸까….

"언젠가 너도 알게 될 거야. 너무 슬프지 않으려면 더불어 살아가는 법을 배워야 하는 거야."

엄마가 작게 웃었다. 그리고 미숙 씨 손을 꼭 잡았다. 한밤에, 달리는 버스 안에서, 둘이 함께 먼 하늘의 별빛을 올려다보면서. 그때는 몰랐다. 그것이 엄마의 유언이 되었을 줄은.

외로움은 지옥불을 뚫고 탈출한 짐승처럼 덤빈다

그날 엄마는 자다 말고 한밤중에 뛰쳐나갔다. 새벽에 이웃 사는 만삭의 새댁이 양수가 터진 거였다.

애 아빠는 화물차 기사여서 지방에 가 있다고 했다. 엄마가 새댁을 부축하고 집을 나섰다. 산동네여서 집까지 택시가 올라오지 못했다. 임산부를 부축해 가파른 계단을 내려가 앰뷸런스를 타고 함께 병원까지 갔다. 다행히 산모는 순산했다.

돌아오는 길에 갑자기 폭우가 쏟아졌다. 엄마는 폭포수 같은 빗속을 뚫고 버스정류장까지 뛰어갔다. 동이 트기 전 어둔 새벽이었다. 횡단보도를 건너는데 신호 위반 차량이 엄마를 덮쳤다. 운전자는 목격자가 없는 걸 확인하곤 그대로 뺑소니를 쳤다. 쓰러진 엄마는 빗속의 거리에 한참이나 버려져 있었다.

미숙 씨는 죽은 엄마가 미웠다. 그렇게 죽어버려서⋯ 죽도록 미웠다. 남의 일에 나서다 정작 자기 딸을 버린 거였다. 엄마가 죽고 나자 엄마에 대한 원망이 외로움으로 폭발했다.

간신히 선잠이 들면 꿈에서 외로움은 지옥불을 뚫고 탈출한 짐승처럼 날뛰었다. 그것은 잿빛의 거친 털로 온몸이 뒤덮였는데, 약간의 틈이라도 보이면 달려들어서 물어뜯을 기세로 송곳니를 드러내며 으르렁거렸다.

그래서 미숙 씨에게 외로움은 실체적 공포였다. 있을 것 같지 않은 슬픔과 짐작도 못 해본 배신감과 뼈를 쑤시는 외로움에 심장이 타들어 갈 지경이었다. 미숙 씨는 밤마다 온몸을 떨었다.

나는 고아다. 나는 이제 혼자다. 나는 엄마도 없고 아빠도 없고 아무 곳에도 기댈 곳이 없다. 그 분명한 사실이 사나운 불길처럼 솟아올라 몸뚱이를 태우는 것만 같았다. 결국 나는 돈 한 푼 없이, 돌봐주는 이 하나 없이, 굶어 죽게 될 것이다.

매일 밤, 굶어 죽은 자기 시체의 썩은 내에 이웃의 신고로 출동한 경찰에게 발견되는 꿈을 꾸었다. 죽은 엄마가 남긴 건 예고된 또 하나의 죽음뿐이라 여겼다. 할 수 있는 유일한 것이 포기였다. 미숙 씨는 생을 포기하기로 마음먹었다.

기어이 춥고 어두운 밤에 다리 난간 위로 올라섰다.

결혼이라니

밤바람이 몰아닥치는 다리 위에서 마지막으로 세상을 보았
다. 세상은 멀어서 더없이 안온하고 완전해 보였다. 나의 죽음
을 슬퍼하는 사람이 아무도 없겠구나 싶어 눈물도 나오지 않았
다. 미숙 씨는 미련 없는 세상에서 눈을 거두었다.

한 발 앞으로 나서 난간 위로 올라섰다. 막 다리를 들어 올려
난간 밖으로 몸을 옮길 찰나였다.

"악!"

너무 놀라 비명이 터졌다.

웬 아저씨가 후드티를 잡아끄는 바람에 안쪽으로 자빠졌다.

"아저씨 뭐예요? 누군데 막 남의 옷을 잡아당기는 거예요?"

"말본새하곤, 쯧쯧."

"누구세요?"

경찰이나 구조대 같은 소속은 아닌 것 같았다.

"보면 모르냐? 저승사자지."

그러면서 갑자기 미숙 씨에게 꿀밤을 먹이는 거였다(사실 이
장면은 희한하게 미숙 씨 기분에 따라 달리 기억되는데, 영감이 아무
말 없이 온기 가득한 따뜻한 손으로 손을 감싸 주었다 버전으로 기억
할 때도 있다. 때로는 다리에서 뛰어내리겠다고 고집부리며 앙탈하
는 미숙 씨에게 영감이 어퍼컷을 먹여 기절시키는 버전도 있다).

"저승사자라니? 아저씨 때문에 나 아직 안 죽었거든?"

"그럼 뭐, 저승사자 말고 잘생긴 오빠라도 나타나 구해줄까 봐?"

누군데 내 맘대로 죽지도 못하게 하는 건데⋯. 미숙 씨가 구시렁거렸다.

"쓸데없는 생각 말고 이거나 받아."

"뭔데요?"

그 와중에 미숙 씨는 두 손을 내밀어 받았다. 세상 하직하려던 순간에도 생판 남인 누가 무언가를 준다니 손이 저절로 나갔다. 그때 임종덕이 준 게 바로 단팥빵이었다.

"먹어."

아무 가게에서나 몇백 원이면 살 수 있는 빵 한 개.

그까짓 빵이 왜 그렇게 눈물겹던지.

이상한 일이었다. 미숙 씨는 빵 한 개를 손에 쥐고 생판 처음 보는 아저씨 앞에서 울었다. 아저씨는 우는 미숙 씨를 내버려 두었다. 가끔 시계를 들여다보면서 바쁜 척을 했지만, 미숙 씨는 아랑곳없이 실컷 울었다.

"다 울었어?"

어느 정도 잦아들자 아저씨가 말했다.

"너 지금 두 시간이나 운 거 아냐?"

미숙 씨가 고개를 저었다.

"나 바빠. 그래도 기다려준 거야. 나 이제 간다."

그러더니 손에 작은 종이 한 장을 쥐여주었다. 명함이었다.

'랑랑예식장 대표 임종덕'

그 밑에 이렇게 쓰여 있었다.

'사랑하고 또 사랑하라.'

랑랑예식장? 이름이 참… 명랑하네. 미숙 씨가 그렇게 생각하는데 아저씨가 말했다.

"나중에 결혼할 때 와. 무료로 결혼식 해줄 테니까."

"뭐… 라고요? 결… 혼?"

난간에서 뛰어내려 생을 끝장내려는 참인데? 게다가 나는 이제 열여덟 살인데….

그런데 갑자기 '결혼'이라는 단어가 명치 가운데를 쿡 찌르는 기분이었다. 문득 얼굴이 붉어지더니 커다랗고 달콤한 사탕을 입안 가득 물기라도 한 듯 입이 헤, 벌어졌다.

눈앞에 반짝, 수많은 빛의 전구에 불이 들어온 것 같았다. 온몸에 전율이 일었다. 붉디붉은 카펫이 눈앞에 깔리고 카펫은 저 멀리 세상을 향해 쭉 이어져 있었다.

길이었다. 그 길을 순백의 드레스를 입은 미숙 씨가 천천히 걸었다. 바로 그 장면이 머릿속에 펼쳐졌다.

한 발을 걷자, 다음 발이 저절로 앞으로 나아갔다. 미숙 씨가 세상을 향해 걸음을 뗄 때마다 드레스가 눈부시게 빛났다. 부드러운 레이스와 섬세한 비즈 장식으로 반짝이고, 긴 베일은 바람에 살짝 흔들렸다. 손에 든 부케는 눈부시게 환한 빛을 뿜렸다. 너무나 예뻤다.

'웨딩드레스를 입은 신부가 되면 나의 생에도 축복이 꽃잎처럼 내려앉을 수 있을까?'

그런 생각을 하니 정말 보고 싶어졌다. 웨딩드레스를 입은 모습이. 살면서 드레스 한 번 못 입고 죽는다는 게 억울했다. 그러려면 우선은 살아야 한다.

"죽을 때 죽더라도 드레스 한번 입어보고!"

미숙 씨는 스스로에게 소리쳤다. 다리 너머 넓고 깊고 아직 어둠에 잠긴 물을 향해 큰 소리로 소리쳤다. 미숙 씨는 그 자리에서 단팥빵 껍질을 까서 빵을 다 먹었다. 그리고 오래 빵 봉지를 들여다보았다. 부잣집 파티에도, 노숙자의 낡은 이불 속에도 들어 있는 것이 빵이라는 깨달음이 머릿속을 탁 쳤다.

그날 임종덕이 준 단팥빵이 생판 모르는 남에게 처음 받아본 선물이었다. 아무것도 아닌 그 빵 하나로 인생이 바뀔 줄 그때는 몰랐다.

미숙 씨는 학교를 그만두기로 결정했다. 빵공장에 취직해 열심히 배운 다음 꼭 내 빵집을 열겠다고 마음먹었다. 후드티 모자를 정수리에 푹 눌러쓰고 막 여명이 트는 다리를 등지고 세상을 향해 걷기 시작했다.

그때 미숙 씨는 미처 알지 못했지만, 마음속에 꽁꽁 묶인 사슬 같은 끈이 툭툭, 끊어지고 있던 순간이었다.

숙자매

　미숙 씨는 직원들이 모두 퇴근하고도 혼자 남아 늦은 밤까지 연습했다. 밀가루 반죽을 치대고 모양 잡기를 반복했다.

　반죽을 동그랗게 만들고 적당한 크기로 떼어내 일정한 무게로 손의 감각을 키우는 연습과 팥을 불리고 삶고 팥소를 만드는 연습을 매일 이어갔다. 그러다 공장에서 밤새기 일쑤였다.

　임종덕 아저씨가 소개한 빵공장 사장은 그렇게 해도 좋다고 허락해주었다. 그도 어렵던 과거에 랑랑예식장에서 결혼했다. 사장은 미숙 씨를 볼 때마다 엄지를 치켜세우며 대단하다고 감탄했다.

　어떤 날은 밀가루 반죽을 치대다 하얀 가루 위에 선홍색 핏방울이 뚝뚝 떨어진 적도 있었다. 코피를 휴지로 틀어막으며, 엄마 생각에 눈물이 절로 났다.

　엄마 생각, 고아라는 생각, 기약 없는 현실이 떠오를 때면 반죽을 치대며 잊으려 했다. 자꾸만 치대다보면 마침내 점점 알맞은 밀도로 부드러워져 가는 반죽 덩어리와 자기만 남았다.

　그 세상에서 미숙 씨는 오직 반죽을 통해서만 기쁘고 슬펐다. 마치 반죽 덩어리와 서로 손을 잡고 빙글빙글 돌며 춤을 추는 것만 같았다. 그렇게 미숙 씨의 세상에서 반죽 덩어리는 미숙 씨가 만질수록 점점 더 세상을 향해 둥글어졌다.

　염희숙은 빵공장에서 함께 일하던 동료였다. 둘은 사내 콤비로, 미숙과 희숙의 끝자를 따 '숙자매'라 불렸다. 둘이 동갑인 걸 알고 나선 쉽게 친구가 되었다. 염희숙도 고아 출신이었다.

밤늦도록 일한 다음 숙자매는 함께 만든 빵을 먹고 나란히 같은 고시원으로 돌아가 바로 옆방에서 몸을 누였다.

미숙 씨는 역설적으로 기댈 곳 없는 고아가 되어서야 비로소 이 세상의 일원이 되어가는 기분이었다. 세상을 버리려 마음먹자 임종덕이 나타나 손 내밀어주었고, 빵공장에 취직해 친구 염희숙을 만났다.

달에 한 번, 공장에서 만든 빵을 차에 싣고 직원들과 함께 고아원과 양로원을 방문했다. 많은 사람들이 그렇게 혼자가 되어서도 다른 사람들과 어우러져 서로 의지하며 살아간다는 사실을 깨달은 건 미숙 씨에게 커다란 충격이었다.

엄마에게 의지했을 때 미숙 씨는 엄마를 독차지하지 못해 불행했는데 엄마가 없게 되자 엄마가 있을 때 얼마나 행복했던가를 깨닫게 되었다….

어느 날, 밀가루 포대를 나르다 말고 희숙이 말했다.

"난 말이야…."

"응? 뭐?"

미숙 씨가 물었다.

"온종일 달콤한 빵 냄새를 맡으면서 빵을 만들고, 내가 만든 빵을 사람들이 맛있게 먹는 모습을 보면 행복할 줄 알았어."

"안 그래?"

코에 허연 밀가루를 묻힌 채 미숙 씨가 물었다.

"아침 일찍 신선한 빵이 출고되어야 하니까 우리처럼 만드는 사람은 새벽 3시에 일어나야 하잖아. 주말이나 성탄절에 쉬기는커녕 야간 근무도 해야 하고. 온종일 무거운 밀가루 포대 들고 날라야 하고. 어깨가 너무 아파. 손목도."

미숙 씨가 고개를 끄덕이면서도 하던 일을 멈추지 않았다.

"그런데 넌 참 대단하다. 빵 만들려고 태어난 사람 같아."

희숙은 진심으로 감탄했다.

"네가 일전에 만들어준 팥소는 정말 끝내줬어. 원래 단팥빵은 팥소를 완전히 갈고 설탕을 많이 넣어 단맛이 강한데, 네가 만든 건 적당히 씹히는 팥의 질감이 살아있고 대추를 넣어 은은한 단맛이 느껴진달까? 그걸로 네 빵을 만들어봐. 넌 빵으로 성공할 수 있을 거야."

미숙 씨와 달리 희숙은 빵 만들기에 그다지 취미와 재주가 없었다.

희숙은 미숙 씨처럼 빵에 몰두하는 대신, 사랑에 몰빵했다.

길고 꼬불거리는 헤어 컬을 했고, 입술에는 항상 말린 장미 색깔의 립스틱을 갓 바른 듯 윤기가 돌았다. 이제 갓 스무 살이 되었으니 한창 그럴 나이였다. 희숙은 누가 약간의 친절만 베풀어도 제 사랑을 모두 다 내어줄 태세였다. 그녀는 곧 풋사랑에 빠졌다. 그를 만나서.

그런데 문제는 하필 그 사랑의 상대가 가정 있고 애가 둘 딸린 유부남 상사였다는 거였다. 미숙에게조차 상사에 대한 말은 일절 하지 않았다. 얼마 안 가 빵공장에 염희숙이 상사의 애를 뱄다는 소문이 파다하게 퍼졌다.

희숙이 쉬는 날, 상사의 아내가 한바탕 공장을 뒤집어놓고 돌아갔다. 희숙은 그날 이후 영영 자취를 감췄다. 미숙 씨가 고시원에 와보니 이미 몇 푼 보증금을 빼서 사라진 뒤였다.

엇갈림

희숙은 동쪽 끝자락 삼척의 허름한 시장 안에서 찐빵을 만들어 팔았다. 한겨울에 찐빵이 가득 든 커다란 솥의 뚜껑을 열면 차가운 대기에 뽀얀 김이 퍼지면서 고소하고 달큰한 냄새가 주위를 감쌌다. 눈이라도 내리는 날, 하얀 찐빵을 호호 불며 먹는 손님들을 보면 추운 겨울 빵공장에서 미숙과 같이 단팥빵을 나눠먹다가 펑펑 내리던 눈을 보고 신났던 추억이 떠올라 왠지 가슴이 먹먹하곤 했다.

그럴 때면 가게 안 유모차에 누워 곤히 잠든 딸을 보았다.

어린 딸, 하나는 잠꼬대를 하는 듯 입을 오물거리다가 눈을 떴는데 겨울 오후의 따사로운 햇살이 하나의 이마에 내려앉아 눈이 반짝거리면서 빛이 났다. 왠지 모르게 눈물이 났다…. 반짝이는 딸아이의 눈을 보고 있으면 미혼모인 희숙이 겪는 모든 복잡한 문제들이 저 멀리 물러나는 것 같았다. 해맑고, 몽글거리고, 엄마를 빤히 바라보고 있는 딸이 희숙에게는 세상이었다.

머리가 좋고 공부를 잘했던 딸 하나는 희숙이 원하는 대로 명문대에 입학했다.

하지만 하나가 원하는 건 실은 따로 있었다. 춤을 추고 싶었다. 그러나 엄마의 극심한 반대에 부딪혔다. 그 문제로 인해 모녀는 자주 다투었다.

서울의 대학에 들어가면서 하나는 더 이상 엄마에게 먼저 전화하지 않았다. 엄마가 열 번 전화를 걸면 늘 바쁘다며 서둘러 끊었다.

방학이 되어 삼척으로 내려온 하나는 일주일 정도 엄마 곁에서 지냈다. 대화는 별로 없었다. 희숙이 아침에 가게로 출근하면 하나는 집안을 단정하게 청소해두고 된장찌개를 끓여놓고 저녁에는 찐빵 가게로 가서 가게 문 닫는 것을 도왔다. 그리고 엄마에게 말했다.

"다음 학기엔 휴학하려고. 캐나다로 워킹 홀리데이 떠나려고 해."

"캐나다? 그 단풍국? 그렇게 멀리?"

희숙은 서울도 멀었는데 대체 캐나다는 얼마나 더 먼 건지 가늠조차 되지 않았다. 꼭 가야 하는 거냐고 묻고 싶었다.

"영어가 이젠 필수니까…."

하나의 교과서 같은 말에 희숙은 반대하지 못했다. 이제 날개를 펼치고 훨훨 날아올라야 하는 딸의 날갯죽지를 붙잡을 수는 없었다.

캐나다로 간 뒤 하나는 돌아오지 않았다.

하나는 그곳에서 스트릿 댄서가 되었다. 쫑쫑 땋은 레게머리에 노브라로 가느다란 끈 나시를 입고 바닥을 쓰는 디자인의 통 넓은 바지가 춤꾼 하나의 외모였다. 한쪽 눈썹에 피어싱을 하고 스모키아이 메이크업도 했다.

춤으로 배틀을 하면서 에너지를 발산할 때면 하나는 자기만의 세계에 빠져들었다. 자유롭게 음악에 맞춰 감정과 생각을 몸으로 표현하다 보면 가슴속 응어리 같은 게 빠져나가는 기분이었다. 살아있다는 걸 몸으로 느꼈다.

하나는 그곳에서 테오라는 이름의 금발 남자 댄서와 사랑에 빠졌다. 키가 크고 어깨가 넓고 다정하게 귓가에 속삭일 줄 아는 남자였다. 둘은 언제나 함께였다. 밴쿠버의 모든 곳을 같이 걸었다. 그랜빌 아일랜드의 야시장과 키츠비치의 석양, 눈 덮인 그라우스 마운틴.

둘이 함께 춤을 출 때면 심장이 터질 것처럼 부풀어 올랐다. 하나는 꿈과 사랑을 모두 손아귀에 쥔 기분이었다. 매일이 그녀의 춤처럼 날카로우면서도 부드럽고 팽팽하게 긴장했다가 폭발하듯 분출되었다.

아마추어 생활을 몇 년 하고 프로 댄스팀에 들어갔지만, 생활은 그리 넉넉지 못했다. 생활고쯤 별거 아니라 여겼는데, 춤에 대한 열정과 가난한 현실의 비중이 차츰 헷갈렸다. 춤이라는 예술 역시 소수를 제외하고는 대부분의 댄서는 미래가 불투명했다. 게다가 그 무렵 테오에게 새 여자가 생겼다는 걸 눈치챘다.

차츰 몸도 마음도 지쳐 갔다. 엄마를 본 지도 벌써 몇 년이 지나버렸다는 사실이 새삼스럽게 사무쳤다. 하나는 오래 망설이다 오랜만에 엄마에게 전화를 걸었다.

"하나니? 그래, 엄마야. 잘 지내지? 어디 아픈 덴 없지?"

엄마는 꾹꾹 눌러 참았던 말들을 쥐어짜듯 천천히 말했다.

하나는 울고 싶었지만, 염치가 없었다. 한 번도 엄마를 캐나다로 초대하지 않았다. 연락도 먼저 한 적이 없다. 그래 놓고 무슨…. 모든 걸 털어놓고 싶은 걸 억지로 참았다.

"그럼, 잘 지내지. 두고 봐, 이제 곧 유명해질 테니까."

"누구 딸인데, 당연하지. 남자친구는 너한테 잘해주고?"

"엄청 잘해. 걱정할 거 없어."

힘들다고, 보고 싶다고 말하고 싶었지만 하나는 참았다.

"갑자기 엄마 찐빵이 너무 먹고 싶네."

그냥 그렇게 말했다. 진심이었다. 염희숙의 찐빵이 그렇게 그리울 수가 없었다. 하나는 소리 내지 않고 눈물을 흘렸다.

"엄마가 찐빵 보내줄게. 캐나다로는 어떻게 보내지? 엄마가 찐빵 들고 너한테 갈까?"

하나는 웃었다. 그리고 몇 마디 더 안부 인사를 건넨 다음 서둘러 전화를 끊었다.

'힘들구나… 어렵구나… 돌아오고 싶어 하는구나….'

희숙은 알 수 있었다. 딸은 너무 행복하다고 다 잘 되어간다고 했지만, 희숙은 다 알 수 있었다. 하나는 내 딸이니까. 나는 하나 엄마니까.

그 밤 내내 희숙은 잠들지 못했다. 뜬눈으로 새우면서 무엇을 어찌해야 할까, 생각했다. 그러다 창문으로 아침의 새로운 햇살이 막 비쳐들 무렵, 자리에서 일어났다. 그리고 스마트폰을 열어 TV에서 본 랑랑예식장을 검색했다.

자기와 딸의 사연을 적어 내려가기 시작했다. 하나를 지켜줄 든든한 가족이 곁에 있어야 하겠다는 생각이 들자 딸이 오랫동안 사귄다는 녀석과 하루빨리 결혼시키고 싶었다.

희숙은 벌써 하나를 만나기라도 한 듯 가슴이 먹먹해져 왔다.

출장

삼척 바닷가 바람은 더없이 시원했다. 해변에는 스노클링 하는 사람들로 북적이는 게 싱그러워 보였다.

"한국에도 스노클링 하는 곳이 다 있네?"

집에만 틀어박혀 있던 미숙 씨는 막상 나오자 기분이 조금 들뜬 것 같기도 했다.

"거봐요, 나오니까 좋잖아."

미숙 씨는 아이처럼 차창 밖으로 손을 뻗어 바람을 느꼈다. 바다 구경한 지가 언제냐 싶었다. 바다는 푸르고 넓고 끝 간 데 없이 탁 트여 있었다. 생의 길목 어디쯤에서 부재중 푯말을 걸

어두고 잠시라도 바다에게 안기면 바다는 소문내지 않고 고요하게 품어줄 것 같았다.

"배 안 고파요?"

시원한 바람을 안고 달리던 차는 어느덧 작은 시장 앞에 멈춰 섰다.

"고파. 여기 무슨 맛집 있어?"

"여기 찐빵집이 있는데 기가 막힌다네."

"찐빵? 나 이 나라 최고 빵집 주인이야. 그런데 무슨 빵을 먹자고 이 먼 데까지 나를 끌고 와?"

미태가 앞장서 시장 안으로 들어가고, 쫄레쫄레 뒤따르며 미숙 씨가 계속 투덜댔다.

"바닷가에 왔으면 마땅히 회 한 접시 썰어놓고 소주도 한잔하면서 말이야! 너 나 기분 풀어주려고 끌고 나온 거 아니었어?"

잠시 후 작은 찐빵 가게 앞에 두 사람이 멈춰 섰다.

"어서 오세요. 찐빵 드릴까요?"

막 쪄낸 찐빵을 다른 손님에게 싸주면서 찐빵집 주인 희숙이 손님을 맞았다. 찐빵을 꺼내느라 열어둔 커다란 솥뚜껑 아래에서 뽀얗고 따뜻한 수증기가 나와 희숙과 미숙 씨 사이를 잠깐 가렸다. 그사이에도 미숙 씨가 찐빵 어쩌고 하며 투덜거렸다.

이내 솥뚜껑이 닫히고 눈앞을 가린 수증기가 걷혔다. 문득 가게 주인 희숙과 손님 미숙 씨가 서로를 바라보았다.

한참, 보았다. 말도 없이 그저 뚫어져라 들여다보았다. 이윽고 둘 다 눈가가 촉촉해지더니 이내 눈물이 고여 들었다.

"희숙아!"

그렇게 불린 염희숙이 미숙 씨를 보았다.

"미숙이? 빵공장 김미숙이?"

미숙 씨가 고개를 끄덕이며 다가섰다. 누가 먼저랄 것도 없이 둘은 서로를 끌어안았다.

그리고 울었다. 모든 다른 것들이 순식간에 지워지고 오직 옛친구라는 감정만 고스란히 살아났다.

빛나던 청춘의 한가운데, 아무것도 없이 세상과 부딪쳐야 했던 날것의 시절에 둘은 서로 의지하는 친구였고 자매였다. 한 냄비에 라면을 끓여 함께 먹었고, 주말이면 분홍색 플라스틱 바구니를 옆에 끼고 나란히 동네 목욕탕 '갑을탕'에 가서 서로의 등을 밀었다.

겨울에 난방비를 아끼려고 좁은 고시원 싱글 침대에 둘이 같이 들어가 끌어안고 체온을 나눴다. 그때는 몰랐지만 돌아보니, 둘은 그 시절에 막 피어나는 꽃봉오리였다. 인생의 푸릇한 향기가 짙던 시절이었다.

삼십여 년, 긴 세월이 낸 생채기로 어느새 시들어가는 중년이 되어 재회한 숙자매는 길고 긴 이야기를 나눴다. 각자 살아온 험난했던 인생길이 서로의 앞에 술술 풀려나왔다. 둘 다 진심으로 기뻐하고 축하했으며 마음 아파했다.

"넌 모르겠지만 자식이라는 게 참… 맘 같지 않더라. 내 맘은 그게 아닌데 자꾸 어긋나기만 해서….”

딸, 하나 이야기를 하면서 희숙이 글썽거렸다.

“너 지금 내 앞에서 자식 있다고 유세 떠는 거지? 애도 없이 늙어가는 독거노인 앞에서?”

미숙 씨가 밉지 않게 불평했다. 희숙이 눈물을 훔치면서 웃었다. 자기에게 바윗덩이처럼 무거운 자식 얘기가 오랜 친구 앞에서는 이토록 가벼워질 수 있다는 게 놀라웠다.

“그러는 넌? 해화당 주인이라고 가난한 나 깔보는 거냐?”

둘이 함께 깔깔거리며 웃었다. 그러다 다시 하나 얘기로 돌아왔다.

“하나랑 화해하고 싶었어. 그래서 저 유명한 랑랑예식장에 사연도 신청했어. 나는 결혼 못 해봤어도 우리 하나는 번듯한 곳에서 축복받는….”

랑랑예식장 소리에 미숙 씨가 움찔했다. 반사적으로 미태를 돌아보았다.

‘거봐요, 그러니까 예식장 일이 어떻게 돌아가는지 나와서 봐야 할 거 아네요.’

미태가 그런 뜻이 담긴 눈빛으로 미숙 씨를 쏘아보았다.

“그런데 문제가 생겼어.”

희숙이 눈가가 벌게지는가 싶더니 이내 눈물이 고였다.

“무슨 문제? 예식장에서 결혼 못 시켜준대?”

이번에는 미숙 씨가 미태를 째려보았다. 미태가 작게 손가락을 동그랗게 만들어 사연을 선정했음을 알렸다. 미숙 씨가 그럼 그렇지, 하는 표정으로 고개를 끄덕였다.

"그게 아니라, 하나가 연락이 안 돼. 우리 하나 괜찮을까? 혹시 무슨 일이 생긴 건 아니겠지?"

"뭐? 하나가?"

놀란 미숙 씨가 다시 미태를 돌아다보았다.

미태가 쯧쯧, 작게 혀를 차고는 앞으로 썩 나섰다.

"사실 그 일 때문에 왔어요. 어머님, 저랑 어디 좀 함께 가셔야겠어요."

재회

희숙은 내내 안절부절못했다. 미태는 자기가 랑랑예식장의 팀장이며 예식장 측에서도 하나에게 연락을 취해보았지만 닿지 않았다고 했다. 그들이 탄 차는 꽉 막힌 서울 한복판을 느리게 기어가고 있었다. 희숙은 시뻘건 토끼 눈이었다. 오는 내내 눈물을 흘렸기 때문이다. 입으로는 한마디도 하지 않았다.

"여기서 내리시면 됩니다."

미태가 차분한 어조로 말했다.

"다 왔다고요?"

희숙이 허둥대며 차에서 내렸다. 불안한 눈빛으로 '일촌추어탕'이라는 식당 간판을 보았다. 미태가 식당 문을 열어 희숙이 먼저 들어갈 수 있도록 옆으로 비켜섰다.

"어서 오세요."

안에서 한 톤 높은 목소리로 카운터에 앉아 있던 남자가 손님을 맞았다.

미태을 발견하곤 갑자기 남자가 인상을 구기며 뒷머리를 벅벅 긁었다.

"잘 있었어? 별일 없고?"

미태가 직원 다루듯 말했다. 희숙이 영문을 몰라 미태와 남자를 번갈아보았다.

옆 테이블에 서빙 중이던 정은이 알은체를 하며 다가왔다. 가슴에 붙은 '매니저 양정은'이라는 명찰이 반짝였다.

"아예 직접 순찰까지 나오시겠다? 직원들 모시고 사는 거 안 보입니까? 가만히 앉아서 스마트폰으로 내 일거수일투족을 다 들여다보고 있으면서 여기까지 와서 또 직접 쪼는 건 아니죠!"

기준의 입이 한 발쯤 나왔다.

"너, 뺀질거리면서 어떻게든 빠져나갈 궁리하는 줄 다 알거든? 몰래 가게 매각 알아봤다며? 허튼 짓 하다 들키면 바로 다시 뜯 거니까 그렇게 알아."

기준이 뭐라고 구시렁거렸다.

"오늘은 너 때문에 온 거 아니니까 상관 말고."

"아니라고요?"

기준이 묻는데 미태는 들은 척도 않고 식당을 둘러보며 누군가를 찾았다.

"마침 저기 오네."

미태가 한 걸음 옆으로 비켜섰다. 희숙이 머뭇거리며 미태의 시선을 따라갔다. 거기에 딸, 염하나가 서 있었다!

"하나야."

염희숙이 저도 모르게 큰 소리로 딸을 불렀다.

"엄마? 엄마가 여긴 어떻게…"

엄마를 닮아 동그란 이마가 시원하고 귀여운 주근깨가 총총 박힌 얼굴이 놀라 희숙을 보았다.

"일단 앉아서 이야기하시죠."

미태가 눈짓을 하자 기준이 눈치 빠르게 두 사람을 홀과 분리된 방으로 안내했다.

염하나와 양정은은 같은 대학에 다니는 동기 사이였다. 부모 없이 자란 정은과 아빠 없이 미혼모 엄마를 둔 하나는 서로의 아픔과 상처를 공감하며 이내 절친이 되었다. 하나가 댄서가 되겠다고 캐나다에 가서 산전수전 다 겪은 과정을 정은만이 제대로 알고 있었다.

하나 또한 사장 기준에게 갑질을 당하던 정은을 위로하고 북돋워주던 친구였다. 하나가 테오와 헤어지고 한국으로 돌아오고 싶다고 했을 때 정은이 일촌추어탕에 일자리를 마련해주었다.

엄마에게 왜 연락하지 않느냐고 물으면 하나는 이렇게 대답했다.

"면목 없어서…. 평생 딸만 바라보고 산 엄마야. 자기는 낡은 블라우스를 십 년 이상 입으면서 나는 명문대에 들어갈 수 있게 뒷바라지한 엄마야. 내 꼴이 이렇게 된 걸 알면 우리 엄마… 쓰러질지도 몰라."

희숙은 하나를 보자마자 또다시 눈물 바람이었다. 자기가 그렇게 눈물이 많은 사람인 줄 처음 알았다. 왜 그렇게 눈물이 솟는 건지 알 수가 없을 지경이었다. 눈물을 줄줄 흘리면서 희숙이 하나에게 건넨 첫 마디는 이거였다.

"미안하다…. 엄마가 정말 미안해."

눈물에 담긴 의미는 사람마다 천차만별이다. 슬플 때 많이 울지만 사람은 기쁠 때도 울지 않는가. 희숙은 미안할 때도 눈물이 흐른다는 것을 처음 알게 되었다.

"엄마가 잘못했어. 이제 됐어. 너 이렇게 눈앞에 있는 걸로 됐어."

희숙은 하나를 쓰다듬으며 두 손을 잡았다.

"엄마… 미안해. 내가 잘못했어."

하나의 뺨에 뜨거운 눈물이 흘렀다.

엄마와 딸은 서로 보다가 울다가 얼굴을 더듬다가 다시 울었다 했다. 모녀 사이에 오해와 욕망과 실망의 긴 시절이 흘러가고, 서로에 대한 응시와 어루만짐의 시간만이 남았다.

"괜찮아. 이제 다 괜찮아."

희숙이 하나의 등을 연신 쓸었다. 모녀가 흘린 따뜻한 눈물로 곡절 많았던 두 사람의 과거가 조금씩 씻겨나가고 있었다.

극적으로 재회했지만, 이후 모녀는 멀리 떨어져서 살기로 했다. 엄마는 삼척에, 딸은 서울에 살면서 취직 준비를 했다. 하나는 이제 마음으로 희숙에게 의지했다. 조금 덜 사랑하고 조금 덜 상처받으며 서로의 시간과 시절과 그리고 긴 생을 보듬어주는 사이가 되어갔다.

취준생이라는 것 말고는 다른 수식어가 없어 어떻게 세상을 살아가야 할까, 심란해질 때면 하나는 불쑥 삼척 바닷가 엄마 품으로 파고들었다.

그러면 엄마는 아무것도 묻지 않고 신선한 곰치를 가져다 묵은지를 넉넉하게 넣고 푹 끓여 딸을 먹였다. 곰치국을 떠먹으면서 딸은, 자기가 소중한 존재임을 의심치 않았다. 취직도 못한 백수가 아니라 엄마의 따뜻한 사랑을 먹으며 삶의 길을 찾아 나갈 용기를 기르는….

임종덕의 죽음에 얽힌 미스터리

"오랜만이야, 영감…."

미숙 씨가 간만에 예식장에 출근한 날이었다. 여전히 출근해서 하는 첫 번째 일은 사무실 벽에 걸려 있는 영감의 사진을 올려다보는 거였다.

"나만 남겨두고 혼자 가버려 편하고 좋아? 골치 아픈 일 하나 없는 곳에서 행복해?"

그렇게 말하면서도 속으로는 이렇게 말하고 있었다. 보고 싶다고….

미숙 씨가 막 눈가를 훔치고 있는데 미태를 비롯한 직원들이 사무실로 들어왔다.

염희숙 케이스를 마무리 짓고 다음 케이스를 선정하는 일로 회의가 예정된 날이었다.

염희숙의 경우, 팀장 한미태의 직권으로 결혼식을 진행하기로 결정되었지만 결국 취소된 케이스가 되었다.

"그래도 결혼식 당일에 안 나타나는 것보다는 훨씬 낫지."

미숙 씨가 고개를 끄덕이며 벽에 붙은 영감의 표어를 보았다.

'아침식사, 직장 그리고 결혼식에는 지각하지 마라.'

"그런데 대표님은 오늘 완전 지각이신데요? 남들 퇴근할 때 이제야 회의 시작하게 생겼구만."

직장에는 늦지 말아야죠…. 미태가 중얼거렸다.

"그러니까 나 없이 하라니까…."

그러면서 미숙 씨가 민망한 마음에 이번에 새로 선정한 케이스를 들여다보는 시늉을 했다.

"비혼주의자들의 결혼식?"

미숙 씨가 시큰둥하게 말했다.

"채식주의자가 정육점 연다는 거랑 똑같은 거 아니야? 비혼주의자인데, 결혼을 하겠다?"

미숙 씨가 비웃었다.

"비혼주의자라면서 결혼을 대체 왜 한다는 거야? 요즘 어린 것들 결혼이 장난이지. 평생 결혼 안 하고 산다고 선언했다가 공짜로 비싼 데서 결혼시켜준다니까 이제 결혼하겠다고? 결혼이 뭔지나 알고 덤비는 거래?"

"사연을 자세히 보지도 않고 무슨 말을 그렇게 해요? 직원들도 다 있는데."

미태가 화를 냈다. 고개를 좌우로 저으며.

"오랜만에 나와서 회의 분위기 다 흐리고 말이야."

"그러니까 왜 나더러 굳이 나오래냐. 그냥 너희들이 다 잘 알아서 하면 될 걸. 알았으니까 그만 가. 나도 이제 집에 갈 거야."

뭐라 더 말할 새도 없이 미숙 씨가 미태와 직원들을 모두 내보냈다.

빈 회의실에서 홀로 십여 분쯤 머물다 쓸쓸해진 미숙 씨는 가방을 챙겨 출근 삼십 분 만에 퇴근했다. 겨울이라 그런지 이미 밖은 캄캄한 어둠 속이었다.

막 예식장 건물 뒤쪽 주차장으로 향할 때였다. 갑자기 걸음을 멈추고 재빨리 몸을 감췄다. 그러고는 밤고양이처럼 소리 없이 움직였다.

한 손으로는 가방 속에서 천천히 전기충격기를 꺼냈다.

소리 없이 걸음을 뗐다. 한 발, 두 발… 그러다 곧 그림자처럼 멈췄다. 손가락 끝으로 전기충격기의 전원을 켜자마자 어둠에 숨어 있던 누군가에 전기충격기를 가져다 댔다.

"윽!"

지지직, 소리와 함께 한 남자가 그 자리에 쓰러졌다.

막 의식을 회복한 남자가 주위를 둘러보았다. 고급 호텔방처럼 쾌적한 공간이었는데, 벽면 위에 궁서체로 '미궁'이라 쓰여 있었다.

"내가 이럴 줄 알고 평소에도 이걸 들고 다닌 거거든."

미숙 씨가 방금 깨어난 남자를 노려보며 전기충격기를 흔들어 보였다.

"결국 이걸 써먹는 날이 오네."

전기충격기 전원을 누르자 지지직, 푸른 불꽃이 튀었다.

"이날을 지난 몇 년 동안 내가 얼마나 기다렸는지 당신은 모를 거야."

결연한 표정을 짓는 미숙 씨 뒤로는 삼인방이 서 있었다.

황선희는 오색 한복을 차려입고 손에는 작두 탈 때 쓰는 기다란 칼을 들고 있었고, 장기호는 골프채를 휘둘렀으며, 만수 아재는 수술 도구인지 고문 도구인지 모를 것들을 테이블 위에 세팅하고 있었다.

"이름 강수일. 직업 형사. 전직 복싱 선수. 삼십 대에 복싱 선수 은퇴하고 형사가 되었고, 지금은 정년을 앞두고 있다지? 독신이라 가족은 없고. 평소 대인관계가 원만하지 않아 승진도 못 하고, 친구도 없고? 성질머리 개떡 같다고 소문나서 별명이 '거품 문 미친개'라면서? 내 사무실 뒤진 것도 당신이지?"

강수일이 씩 웃더니 입을 열었다.

"이름 김미숙. 직업 해화당 주인이면서 랑랑예식장 대표. 전 주인 임종덕이 죽은 뒤 예식장을 맡아 운영. 이른 나이에 과부가 돼서 자식은 없고, 평소 성격이 까탈스러워 친구도 없고. 전기충격기를 들고 밤마다 동네를 돌아다니는데, 성질머리 지랄 같아서 불리는 별명이 '전기마녀귀신'이라고? 어, 당신 사무실 뒤진 건 내가 맞아."

"뭐?"

미숙 씨가 발끈해서 달려들었다. 강수일에게 주먹을 날리려는 걸 언제 들어왔는지 미태가 가로막았다.

"아, 그래. 신사적으로 해야지, 암. 직업이 형사인데 그 정도 신상 파악은 이미 끝났겠지."

미숙 씨가 애써 심호흡을 한 뒤 최대한 목소리를 깔았다.

"네 놈 면상을 보고 내가 딱 알았어. 전에 어디서 봤는지. 너, 영감 장례식장에 왔었지? 나무 아래 영감 묻는 수목장 할 때 멀찍이 쳐다보고 있었잖아."

강수일이 풋, 코웃음 쳤다.

"내가 당신보다 열 몇 살이 많거든? 김미숙 씨, 똥기저귀 차고 뽈뽈거릴 때 나는 죠스바 빨면서 동네 양아치들 혼내주고 다녔다고. 자꾸 반말하면 골치 아픈데?"

강수일은 자신의 처지를 알면서도 전혀 밀리지 않았다.

끙, 소리를 낸 미숙 씨가 이를 물어 참는 표정을 지었다.

"영감이 죽으면서 남긴 말이 있어. 반드시 누군가 찾아올 거라고 했지. 바로 당신! 어둠 속에서 당신을 딱 봤을 때 직감했어. 자, 이제 말해봐. 영감의 죽음과 관계있다는 걸! 당신이… 죽인 건가?"

마지막에 미숙 씨 음성이 떨렸다.

미숙 씨가 강수일을 기절시키고 삼인방이 출동해 미궁으로 끌고 오고 미태가 낭랑회를 가동시켜 강수일에 대한 모든 정보를 캐내었다. 그러나 강수일이 임종덕의 죽음에 관련되었다는 증거나 실마리는 어디서도 찾지 못했던 것이다.

강수일이 미숙 씨를 빤히 쳐다보았다.

"그러게 말이야. 너무 못 찾더라고. 하는 수 없이 내 발로 직접 왔지."

"일부러 온 거라고?"

미숙 씨가 혼란스러운 표정으로 묻자 강수일이 비웃듯이 고개를 끄덕였다.

"아무래도 내가 알려주기 전엔 김미숙 씨는 실체를 모를 것 같아서 말이야."

"실체라니. 그게 대체 뭔데?"

강수일은 여전히 느긋한 표정이었다.

"김미숙 씨, 화상 입어본 적 없지?"

미숙 씨가 강수일을 똑바로 보았다. 강수일의 왼쪽 얼굴 전체에 우글쭈글한 화상 자국이 선명하게 도드라져 있었다. 오래된 흉터였다.

　"그래. 이 상처는 오래됐지. 삼십 년도 넘었으니까. 그런데 지금도 잘못 이식된 피부처럼 계속 당기고 가려워. 아무리 긁어도 시원치가 않아. 그게 다가 아니고. 이 흉물스러운 몰골 때문에 많은 사람들이 나를 꺼려 하지. 그러니 내가 거품 문 미친개가 될 수밖에. 내가 왜 화상을 입게 되었는지 알아?"

　이미 보고된 내용이라 당연히 알았다. 강수일이 형사가 되고 맡은 첫 사건 때문이었다.

　삼십여 년 전, 서울 외곽의 고가 다리 밑에서 살인사건이 발생했다. 용의자로 지목된 건 전과 9범의 조폭이었다. 상부의 명령으로 강수일이 용의자를 체포하기 위해 현장으로 출동했고, 대치하던 놈이 가스 불 위에서 끓고 있던 솥단지를 들어 던졌다.

　그 사고로 강수일은 평생 지워지지 않는 흉터를 매달고 살게 되었다. 그리고 전과 9범의 조폭은 진범이 아니라는 사실이 밝혀졌다. 조폭은 당시 소지하고 있던 약간의 대마초 때문에 강수일에게 필사적으로 덤벼들었던 것이었다.

　"죽어서도 잊을 수 없는 첫 사건이었지."

　"그게 죽은 영감과 무슨 관계가 있다는 거지?"

　미숙 씨가 머릿속에 떠오른 섣부른 짐작으로 몸을 떨었다.

　"그래, 김미숙 씨가 짐작하는 게 맞아. 나는 그 사건 범인이 바로 임종덕이라고 확신하거든."

미숙 씨가 자리에 풀썩 주저앉았다.

"무슨 말도 안 되는⋯."

5장

. . . .

이김승하와 정베드로
비혼주의자들의 결혼식

면담

"이김승하 씨! 이렇게 직접 뵙다니. 영광이에요."

미태가 벌떡 일어서며 호들갑스럽게 손님을 맞이했다.

"누군데?"

미숙 씨가 시큰둥하게 고갯짓했다. 관심이 있어 물어보는 건 아니라는 투로.

"오뜨 꾸뛰르 무대에도 섰던 유명한 모델이시잖아요. 보내드린 자료 좀 미리 보고 오시지."

미태가 귓속말로 핀잔을 주었다.

"저 여자가?"

미숙 씨가 손가락으로 가리키며 대놓고 말했다. 막 랑랑예식장 회의실로 들어선 늘씬한 키의 승하를 아래위로 훑어보면서. 화장기 없는 구릿빛 민낯에 머리는 단발 포니테일로 묶은 데다가 심플한 티셔츠에 스니커즈 차림이었다.

곁에는 승하와 키가 비슷한 듯 약간 작은 듯 보이는 남자가 서 있었다. 순하고 차분해 보이는 인상이었다.

미숙 씨가 속으로 중얼거렸다.

'모델은 무슨. 모델 같은 매력은 눈 씻고 찾아봐도 없구만.'

그러더니 입꼬리를 살짝 올리면서 물었다. 볕에 그을린 둘의 얼굴빛을 보고서였다.

"둘이 어디서 밭매다 왔수?"

맞은편에 앉은 커플을 보고 건넨 미숙 씨의 첫마디였다.

미태가 화들짝 놀랐다. 낯부끄러워 어디 숨고 싶을 지경이었다. 명색이 랑랑예식장 대표인데, 대뜸 한다는 말이!

그런데 승하는 그걸 또 유쾌하게 받았다.

"밭은 아니고, 구석구석 지구를 몇 바퀴 돌다 보니 얼굴이 좀 구워졌죠."

승하는 미숙 씨의 불친절에도 아랑곳하지 않고 편하게 자리에 앉았다.

옆에 슬그머니 앉은 남자는 좀 쭈뼛거리는 눈치였다.

"아, 그러고 보니 이 사람은 실제로 밭을 매기도 했네."

그러면서 남편 될 사람의 어깨를 툭툭 치며 요란하게 웃었다.

어라? 승하의 뜻밖의 기세에 미숙 씨는 속으로 놀랐다. 여느 예비 신부와는 사뭇 달랐다.

"그러니까, 이제 모델은 아니라는 거잖아."

미숙 씨의 말투는 상당한 불친절을 담고 있다는 점이 명백했다.

실은 미숙 씨는 마음이 좋지 않은 상태였다. 강수일이라는 형사가 다녀간 지 얼마 되지 않았기 때문이다. 그는 너무도 황당한 이야기를 늘어놓지 않았나. 영감이 살인사건의 범인이라니, 말도 안 된다고 미숙 씨는 화를 냈다.

당장 낭랑회를 총동원해 사건을 파헤쳤지만 강형사의 말처럼 진범을 찾지 못한 기록 외엔 별 소득이 없었다. CCTV도 흔치 않던 시절이었다.

골치가 아파 좀 쉬려고 했더니 미태가 굳이 끌어낸 거였다.

"두 분 죄송한데 잠깐 차 한잔하고 계시겠어요? 그리고 대표님은 잠깐만요. 급한 일이 있었는데 이제 생각나서…."

미태가 미숙 씨 겨드랑에 팔을 끼워 일으켜서는 황급히 회의실 밖으로 끌고 나왔다.

"대표님, 지금 뭐 하시는 거예요?"

미태가 이마를 짚고 툴툴거렸다.

"뭐? 왜?"

"손님 모셔놓고 면담하는 자리에서, 뭐요? 둘이 어디서 밭매다 왔수? 그게 랑랑예식장 대표가 할 소리예요?"

"그러길래 너 알아 하랬지. 싫다는 사람 기어이 나오게 하니까 그렇지. 그리고 뭐, 이김승하 씨를 만나게 되어 영광이라고? 영광은 무슨. 저 여자도 그래. 무료결혼을 신청하러 온 사람 맞아? 저렇게 뻣뻣하게 나와서 되겠냐고."

둘이 복도에서 옥신각신 투닥거렸다. 그러다 미태가 푹, 한숨을 쉬었다.

"이김승하. 43세. 전직 패션모델. 비혼주의 선언식도 함. 지금은 국경없는의사회에서 NGO로 활동. 남자는 이름 정베드로. 43세. 성공회 신부. 보내드린 자료에 다 있는데 안 읽어보셨죠?"

"뭐? 신부? 신부님이 여자를 꼬셔서 결혼하겠다고 여길 와 앉아 있는 거야? 내 이런 호랑말코 같은 놈을 다 봤나. 신부면 성당에 있어야지 뭐 한다고 여길 와? 내 이놈을 당장 요절을 내야지."

미숙 씨가 소매를 걷어붙이는 걸 미태가 간신히 뜯어말렸다.

"성공회 신부는 합법적으로 결혼이 가능하구요, 여자를 꼬신 게 아니라 청혼은 이김승하 씨가 먼저 했고요, 둘 다 원래 비혼주의였는데, 인생의 큰 깨달음을 얻고 결혼을 하려고 지금 여기 온 거라고요! 그 아름다운 사연을 지금 들으려는 거구요, 대표님!"

"아름다워?"

미숙 씨가 잘못 들었다는 듯이 물었다.

미태가 더없이 환하게 웃으며 고개를 끄덕였다.

미숙 씨는 눈을 꿈뻑거렸다. 뭐지, 저 보기 드문 눈매랑 입가는? 좁은 골목길을 굽이굽이 돌아 걷다 갑자기 확 트인 바닷가에 이르러 저녁노을이 바다 위에 윤슬처럼 흩어지고, 주홍빛이 시야에 가득 들어찬 느낌이잖아.

미태가 아름답다고 말할 때, 그녀에게서 느껴지는 아름다움의 느낌은 그랬다.

"쟤네가?"

"그렇다니까요."

"어떻게?"

"그건 지금부터 직접 들으시라니까."

"그런데 우리는 억울한 사람들의 결혼식을 올려주기로 했잖아. 그 억울한 사연도 풀어주고."

미숙 씨가 허를 찌르고 들어왔다.

"무, 물론 억울한 사연이 당연히 있죠. 우리가 그 억울함을 잘 풀어줘야 해요."

"뭐가 억울하대?"

"자, 여기서 이러지 말고 일단 들어가서 얘기 나눠봐요. 그 얘긴 차차 하기로 하고."

미태가 당황한 기색이 역력해서는 얼른 미숙 씨를 끌고 회의실로 들어갔다.

그렇게 간신히 네 사람이 마주 앉았다.

미숙 씨는 여전히 테이블 밑으로 다리를 떨어가며 관심 없음을 온몸으로 표현하는 중이었다.

"두 분 처음 만났을 때 어떠셨어요?"

미태가 자연스럽게 대화를 끌어내려 물었다.

"특히 이김승하 씨는 이 사람이구나, 이 사람이라면 비혼주의 선언하고 비혼식까지 치렀지만 다 무효로 하고 결혼을 결심할 만큼 좋은 사람이구나, 싶으셨어요?"

승하와 베드로는 먼 산 쳐다보는 미숙 씨 태도가 신경 쓰였지만 그래도 상관없다는 듯 승하가 먼저 이야기를 시작했다.

"처음엔 뭐지, 이 인간은… 싶었죠."

그러면서 베드로와 미숙 씨를 동시에 돌아보았다.

"2017년이었어요. 요양병원에서 처음 봤는데, 피부는 거무틱틱하고, 밀짚모자를 눌러쓰고 있어서 농부거나 막노동하는 사람인가 했죠."

승하가 소리 내 웃으면서 장난기 어린 눈으로 베드로를 보았다.

엉덩이를 흔들어라

"자, 그럼 우리 다 같이 웃어볼까요? 하하하!"

나이지리아 북부의 보르노주에서 일 년 동안 활동하고 잠시 한국에 들른 승하가 요양병원으로 아빠를 만나러 갔을 때였다.

국경없는의사회 소속인 승하는 2016년에 처음 나이지리아로 파견되었다.

당시 보르노주에서는 수많은 아동이 굶주림으로 사망하는 등 인도적 지원이 절실한 시기였다. 국경없는의사회는 현지 상황을 외부에 계속 알리고, 기아 문제를 해결해달라고 당국과 국제사회에 요청하는 활동을 이어갔다. 그러나 해당 지역은 보코하람 반군의 교전 지역으로 전쟁터나 마찬가지라 지역민들의 피난이 급증했다. 민간인, 병원, 의료 시설, 의료진 등을 겨냥한 공격이 빈번히 일어날 만큼 위험한 곳이었다.

승하는 비의료인이었으나 유명 패션모델이었던 전력에다, 프랑스를 거점으로 외국에서 활동해 불어와 영어에 능통하다 보니 쓰임이 많았다. 기부 요청을 위한 홍보물에 출연하기도 하고, 행정과 커뮤니케이션을 지원하고, 활동 내용을 대중에게 알리는 역할도 담당했다.

상황이 긴박하게 돌아가는 곳에서는 실제로 병원에 투입되어 손을 보탰다. 그리고 그곳에서 가장 많이 실감하는 게 바로 생명과 죽음의 무게였다.

타는 듯한 아프리카의 열기 아래서 승하는 수많은 죽음을 목도했고, 그때마다 온몸에서 눈물이 빠져나가는 것 같은 슬픔을 느껴야 했다. 너무 더워 새조차 울지 않는 그곳에서 눈물은 마를 틈이 없었다.

생과 사의 경계가 그토록 허술하다니. 건조한 모래 가루들이 목구멍을 메워 숨이 막힐 것 같은 두려움에 시달리다 한국으로 돌아왔다. 그리고 유일한 가족인 아빠를 찾았다.

"왔니?"

휠체어에 앉아 있던 아빠가 인기척에 돌아보고 승하를 반겼다.

연로한 아빠는 벌써 일 년 가까이 요양병원에 머물고 있었다. 항상 아빠에게 미안해했지만, 그때마다 아빠는 이렇게 말하곤 했다.

"어차피 너 어릴 때부터 모델 활동 한다고 주로 외국에 있었잖니. 떨어져 있는 건 익숙해. 괜찮아."

승하는 아빠가 좋아하는 품질 좋은 나이지리아 카카오로 만든 초콜릿과 건조 망고가 잔뜩 든 가방을 양손에 들고 있었다. 요양병원 식구들 모두가 넉넉히 나눠 먹을 수 있는 양이었다. 아빠가 그걸 보고 환하게 미소 지었다.

"그런데 지금 뭐 하고 있는 거예요?"

요양병원 환자들이 모두 모인 한가운데 한 남자가 앞에서 크게 웃고 있었다.

"웃음치료. 웃으면 산다네?"

그러면서 아빠가 웃었다. 남자는 큰소리로 주의를 집중시키고 있었다.

"보조개 근육, 표정 근육, 한 가닥만 올라가도 감정과 심리와 호르몬 변화가 생깁니다. 자, 옆 사람 돌아보고 상대방 눈 한번 볼까요? 보기만 해도 웃음이 나지요? 두 손으로 얼굴 가렸다 꽃잎 펼치듯 양손 벌려 얼굴 보이면서, 아이고 예뻐라, 감탄하면서 웃는 겁니다! 한번 해볼까요? 네, 그렇게 양손으로 얼굴 가렸다가 아기에게 까꿍, 하듯이 양손 펼쳐 웃으세요! 하하하."

아빠가 두 손으로 얼굴을 가렸다가 승하를 향해 활짝 펼치며 크게 웃었다.

"우리 예쁜 승하, 하하하."

승하도 곰살맞게 아빠를 따라 얼굴을 가렸다 까꿍, 하면서 웃었다.

"우리 멋진 아빠, 하하하."

"네, 잘하셨어요. 웃을 때는 언제나 십 초 이상 웃으세요. 자, 이번에는 두 팔 앞으로 쭉 뻗으세요. 네, 그렇게요. 그리고 위에서부터 두 팔로 크게 에스라인을 물결치듯 그립니다. 마구마구 엉덩이를 흔들어요. 그리고 또 웃어요, 하하하."

남자가 더 커다랗게 웃으면서 말했다.

"엉덩이 흔들면서 웃는 사람 중에 아파 죽겠어요, 하는 사람 하나도 없습니다. 휠체어에 앉아서도 충분히 엉덩이 흔들 수 있어요. 한번 해볼까요?"

아빠가 앉은 채로 엉덩이를 실룩였다. 턱짓으로 승하에게도 재촉했다.

승하가 두 팔을 앞으로 쭉 내밀고 위에서부터 에스라인을 그리며 엉덩이를 세차게 흔들었다. 그리고 웃었다.

하하하!

하하. 호호. 헤헤. 히히. 껄껄. 푸하. 큭큭. 키득키득.

한자리에 모인 사람들 모두가 웃었다. 환자들과 의료진과 운영진과 보호자들까지 모두 서로를 돌아보며 크게 웃었다.

"잘 웃는 사람이랑 우스운 사람은 전혀 달라요. 웃으면 80여

개의 얼굴 근육이 열린대요. 우리의 고정관념이 깨질 때 터져 나오는 감탄사가 웃음이라네요. 웃음의 분량이 늘어날수록 감정의 변화가 일어나 행복감을 느낀답니다. 그러니까 우리 모두, 자, 웃자고요!"

너른 요양병원의 정원에 남자가 웃는 소리로 가득 찼다. 그의 웃음은 시원했다. 보고 있는 승하의 가슴속 어딘가가 씻겨 내려가는 기분이었다. 목구멍에 들어찼던 모래 가루도.

"누구예요?"

"응? 저 양반? 신부님."

"신부님이요? 무슨 농부인 줄 알았어요."

"여기서 웃음치료 봉사하려고 웃음치료사 자격증도 땄단다, 저 신부가."

하루 중 햇살이 가장 찬란하게 피어난 시간이었다. 환자들을 보면서 웃던 신부가 승하와 눈이 마주치자 다시 웃었다.

"이번에는 쇄골 아래 부분을 직접 토닥토닥하면서 이렇게 말해보세요. 괜찮아, 나는 날마다 모든 면에서 점점 더 좋아지고 있어. 그렇게요."

아빠가 자기 왼쪽 가슴께를 토닥이며 말했다.

"괜찮아. 오늘 어제보다 조금 더 좋아졌어."

남자가 눈으로 승하에게도 재촉했다. 얼결에 승하도 심장 가까이를 토닥거렸다.

"괜찮아. 나는 어제보다 좋아졌어. 내일은 더 좋아질 거야."

남자가 승하를 보고 고개를 끄덕였다.

"이번엔 이렇게 말해볼게요. 나는 대단한 사람이야! 그러면 여러분이 다 함께 뭐가? 하고 물어주세요. 자, 한번 해볼게요. 나는, 대단한 사람이야!"

남자가 큰 소리로 말했다. 그러자 사람들이 입을 모아 물었다.

"뭐가?"

"왼쪽 귀가 안 들리지만 대신 오른쪽 귀는 더 크게 들을 수 있거든."

그러자 사람들이 어머나, 하고 감탄하면서 박수치고 웃었다.

"이번엔 박영순 할머니 한번 해볼게요."

지목받은 박영순 할머니가 말했다.

"나는 대단한 사람이야."

"뭐가?"

다 함께 물었다. 승하도 함께 물었다. 뭐라고 할지 진심으로 궁금했다.

"애들이 바쁘다고 또 못 온다고 전화왔길래, 씩씩하게 잘 지내라고 했거든."

"어머나!"

사람들이 손뼉 치고 진심으로 기뻐해 주었다.

누군가는 그림을 잘 그려서, 또 누군가는 똥을 잘 싸서, 또 누구는 어제 잠을 푹 자서, 모두가 대단한 사람이었다. 그리고 남자가 승하를 지목했다. 분위기에 휩쓸려 승하가 얼결에 큰 소리로 말했다.

"나 대단한 사람이야."

"뭐가?"

"엄마랑 언니 위패가 있는 절에 다녀왔는데, 처음으로 울지 않았거든."

"어머나!"

모두가 큰 박수로 공감해 주었다. 다 함께 크게 웃었다. 이상한 일이었다. 정말 대단한 사람이 된 것 같았다.

황금빛 사자의 갈기를 휘날려라

"베드로 신부님, 우리 승하가 상처가 많은 아이예요. 부디 잘 보살펴주세요."

웃음치료가 끝나고 베드로가 한 사람씩 인사를 건넬 때였다.

아빠가 베드로의 손을 붙잡고 딸을 부탁했다. 당황할 수도 있는 상황이었지만, 베드로는 자연스레 응대했다.

"아휴, 이렇게 훌륭하신 따님을 제게 부탁하시다니요. 워낙 유명한 모델분이었다고 말씀 많이 들었습니다."

베드로가 승하에게 깍듯이 인사를 건넸다.

"내가 이렇게 휠체어 신세니 거동이 편치 않아 딸이 일 년 만에 왔는데 밥 한 끼 못 사주네요."

그러며 아빠가 베드로에게 돈을 쥐여주었다. 나가서 자기 딸에게 밥을 사주라는 거였다.

"아이고, 어르신. 돈은 넣어두세요. 제가 기쁜 마음으로 따님에게 식사 대접하겠습니다."

베드로가 너무 큰 액수를 보고 놀랐다.

"여러 번, 많이, 부탁드려요."

자기가 요양병원 신세라 딸과 외식하기도 어려우니 앞으로 기회 닿을 때마다 부탁드린다는 거였다.

"얘가 한국에 아무도 기댈 데가 없어서…."

아빠가 말끝을 흐렸다. 그 끝에 묻어난 습기 때문에 베드로는 거절할 수 없었다.

"아무렴요, 제가 그렇게 하겠습니다. 이거… 승하 씨 덕분에 제가 어부지리로 맛난 밥을 여러 번 먹게 생겼습니다."

베드로가 너스레를 떨었다. 아빠의 물기 어린 부탁을 승하도 외면할 수 없었다.

"맛이 어떨지 모르겠습니다. 아무래도 전문가들이 아니라서요, 하하하."

베드로가 웃었다. 승하와 베드로 두 사람은 돼지국밥을 먹고 있었다. 성공회의 몇몇 뜻있는 사람들이 운영하는 돼지국밥집이었다. 저렴한 식대로 누구나 편하게 먹을 수 있도록 정동에 마련된 곳이었다.

"솔직히요? 놀랐죠. 고작 삼천 원짜리 국밥이라니. 둘이 합쳐 육천 원이니까 받은 돈 다 쓰려면 백 번도 넘게 같이 밥을 먹어야 하나, 싶죠."

승하가 눈을 가늘게 뜨고 말했다. 마치 달랑 삼천 원짜리 국밥 한 그릇 먹고 나머지 돈을 꿀꺽하지 말라는, 경고의 눈빛을 과장해서 표현했다.

"하하하, 어느 쪽이든 '주님 안에서 하나 된 형제님' 앞에서는 쉽지 않겠군요."

베드로가 진땀 빼는 표정을 과장해 지어 보이며 농담을 했다.

"저, 부처님 믿는데요?"

승하가 발끈했다.

"그러니까요, 형제님. 부처님 말예요."

베드로는 능구렁이였다.

오호, 이렇게 나오시겠다? 승하의 마음에 뭔가 유쾌한 균열이 생기는 기분이었다.

"어머니와 언니 위패가 모셔진 절에 다녀오셨다고. 아까 들었습니다, 형제님."

웃음치료 때 얼결에 말한 사실이 떠올라 승하는 살짝 미간을 구겼다.

처음으로 울지 않았다고 고백까지 해버렸네, 쩝. 사람들 홀리고 구워삶아 자기 영역으로 끌어당기는 게 직업인 사람이라 만만치 않다 싶었다.

"제가 비밀 하나 얘기해드릴까요?"

베드로가 물었다. 됐는데요, 안 물어봤고 안 궁금한데요. 이렇게 최대한 뚱한 투로 대답하려고 했는데 막상 말은 달리 나왔다.

"뭔데요?"

그것도 아주 궁금하다는 표정을 장착하고서 말이다. 승하는 계속해서 웃는 얼굴을 들이밀고 있는 신부라는 작자의 농간에 놀아나는 기분이었다.

"저의 취미는 아침에 화장실 변기에 앉아 별자리 운세를 보는 겁니다."

응? 갑자기? 독실한 하느님의 사도라고 자처하는 자가? 미신이라 타파해야 마땅한 별자리 운세를? 승하의 기막혀하는 표정을 보고 베드로가 고개를 끄덕였다.

"원래 제 꿈이 파일럿이었거든요. 어릴 때는 하늘을 보고, 별을 보고, 미래를 꿈꾸고, 그려보고, 상상했는데…. 파일럿이 되지 못하고 나니까 지금은 그냥 매일 별자리 운세를 보고 있죠."

하하하, 베드로가 또 웃었다. 유쾌한 웃음이었다. 자조적이거나 미련 따위는 섞이지 않은.

"오늘의 운세는 뭔데요?"

이상하게 자꾸 대화가 이어졌다.

"낯선 책갈피. 분명히 제 운세에 그렇게 나왔어요. 무언가 낯선 것이 제 생에 끼어들려나 봐요."

베드로가 진지하게 대답했다.

"헐!"

승하는 놀랄 수밖에 없었다. 해외에서 기념품으로 사 온 책 갈피를 요양병원 사람들에게 나눠주었는데. 나이지리아 이그보족의 태양신 치케네의 황금빛 문양이 그려진 거였다.

"우리 형제님은 별자리가 어떻게 되시려나?"

베드로가 스마트폰을 꺼내들었다. 재촉하는 눈빛을 보내며.

"사자자리요."

베드로가 찾아보더니 외치듯이 말했다.

"새로운 세상이 펼쳐진다. 그러니, 황금빛 갈기를 휘날려라!"

오늘은 황금빛 갈기를 휘날리는 여자의 책갈피가 베드로에게 살포시 날아와 꽂힌 날이었다.

그날 이후 두 사람은 돼지국밥집에 앉아 국밥을 먹을 때마다 사소한 서로의 습관이나 비밀을 한 가지씩 말하게 되었다.

베드로는 냉면에 고추기름 넣어 먹는 걸 좋아했고 승하는 꿈틀이 젤리 두 봉을 앉은 자리에서 혼자 다 먹는 걸 좋아했다. 베드로는 어릴 적부터 다니던 이발소를 찾아서 지금도 먼 곳까지, 할아버지 이발사에게 머리를 깎는다고 했다. 승하는 난간 위에 올라가 우는 닭처럼 하늘 보고 목청 다듬기를 즐긴다고 했다.

둘은 만나면 늘 그런 사소하고 쓸데라곤 하등 없는 이야기들을 해댔다. 그런데 그런 이야기들이 돌아가 자리에 누우면 잠들기 전에 생각나 키득거리게 만들었다.

돼지국밥집이 문을 닫자 둘은 비슷한 컨셉의 김치찌개 식당을 찾았다. 이번에는 단돈 2500원. 둘이 먹으면 오천 원이니, 남은 돈으로 더 많은 끼니를 두 사람이 함께해야 하는 상황이었다.

식당은 자원봉사자들로 운영되었다. 그들과 모두 친한 베드로는 자연스럽게 식사 전후로 식당 일을 했고, 어쩌다 승하도 주방에 들어가 설거지를 시작했다.

그러고 나면 베드로는 동네를 탐방했다. 승하도 따라가는 일이 잦아졌다. 독거노인 집에 들러 고장 난 시설은 없는지, 아프지는 않은지 챙기고 나면 복지관으로 옮겨 거동이 불편한 사람들을 도왔다. 그러고 나면 승하가 하고 싶은 일이 무엇인지를 꼭 물었다.

그래서 두 사람은 산동네 구멍가게 평상에 앉아 꿈틀이 젤리를 먹었다. 그리고 가끔 승하는 베드로와 함께 절에 갔다. 강화도에 있는 전등사였다.

베드로는 목에 로만칼라를 착용한 채 따라나섰다.

"괜찮겠어요?"

승하가 물었다.

"나 원래 절에 가는 것 좋아해요. 생각해봐요. 우리나라 산세 좋고 경치 좋은 곳에는 언제나 고찰이 들어앉아 있잖아요. 그리고 부처님 얼굴이 얼마나 푸근해…."

그러더니 앞장섰다.

마침 새로 피어난, 봄이었다.

바닷가 바람은 상쾌했고 전등사 너른 주차장에서 시작된 벚꽃길이 이어졌다. 하얗고 연분홍빛 꽃잎이 흐드러졌다. 저물녘이었다.

언덕길을 올라 절 마당에 들어서자 아기자기하고 예쁘게 꾸며진 화단이며 정원이 오래된 건물들과 묘하게 어울렸다. 크고 웅장하고 위엄 있기보다 정갈하고 아름다웠다.

"정말 예쁘게 잘 가꿔져 있네요."

베드로가 감탄했다.

"주지스님이 워낙 예쁜 걸 좋아하셔서."

마당에서 비질하던 노승이 두 사람을 보았다. 오래 드나들었던 승하는 안면이 있었다.

"결혼했나?"

둘을 보고 다짜고짜 묻는데, 둘이 당황해 어물거렸다.

"나이도 꽉 찼구만. 결혼해."

그러더니 승복 주머니에서 스마트폰을 꺼내 전화를 받았다.

"어? 초파일에 오겠다고? 응, 그래. 가만있어 봐."

그러더니 걸어가던 두 사람을 불러 마저 얘기했다.

"머리 위에 앉은 꽃잎이 예뻐. 그래서 그래."

무슨 말인지 알쏭달쏭했지만 베드로가 이내 두 손 모아 합장하고 고개 숙여 인사했다.

베드로는 승하의 엄마와 언니의 위패 앞에서 불교식으로 절하고 합장했다. 그가 두르고 있는 로만칼라와 고요한 석양빛과 부처님의 온화한 표정이 묘하게 어우러졌다. 서로 다른 믿음의 존재들이 무언가를 뛰어넘어 조우했을 때, 한 번쯤 세상을 뒤돌아보게 만드는 아름다움과 감동이 느껴졌다.

두 사람은 전등사 뒤쪽 언덕에 올랐다.

예쁜 빨간색 공중전화 박스가 거기 있었다.

"진짜 예쁜 거 좋아하시는가 보구나."

베드로가 웃었다. 석양빛이 고즈넉하게 내려앉은 전등사 너머로 먼바다가 눈에 잡힐 듯 가까워 보였다.

종이비행기

베드로가 어렸던 시절 꿈은 파일럿이 되어 비행기를 조종하는 거였다. 가슴이 원하는 목적지는 오직 그것 하나라 여겼다. 끝 모르게 푸르고 높은 하늘을 날아 중력을 거슬러 오르는 짜릿함.

오로라, 북극점, 안나푸르나도 하늘에서 볼 수 있겠지. 전 세계 언어로 말할 수도 있겠지. 안녕하세요, 예뻐요, 안 사요, 비싸요, 깎아주세요, 아파요, 살살… 뭐, 이런 말들.

진로는 무조건 항공운항학과에 가리라 마음먹었다. 예전엔 공군사관학교 출신 전투기 조종사들이 한국의 비행기 중 8할 이상을 조종했으나 지금은 파일럿이 되기 위한 다양한 경로가 생겼다. 그러나 여전히 한국의 대학을 졸업해 원하는 항공사에 취업하는 게 쉽지 않아 베드로는 미국의 비행학교에서 유학하기로 결심했다.

미국 비행학교 순위 1위에 빛나는 엠브리 리들 항공대학교에 들어가 멋진 유니폼을 입고 날마다 하늘을 나는 꿈을 꾸는 것! 그 꿈을 위해 베드로는 기를 쓰고 영어를 익히고, 아무것도 모르면서 무작정 비행기 시뮬레이터를 따라 했고, 무슨 뜻인지도 모르는 비행 이론 책들을 사서 읽었다.

매일 새벽에 일어나 영어 학원에 가느라 아침잠은 포기하고 살았다. 그래도 피곤한 줄 몰랐다. 어깨에 조종사 견장을 다는 그날까지 절대 포기하지 않을 자신도 있었다.

베드로의 아버지는 한 대기업 회장의 운전기사로 일했다. 그러다 교통사고로 하반신 마비가 오고 말았다. 그때 받았던 위로금과 보상금으로 엄마가 신도시에 옷 가게를 열었다. 생계를 꾸리려 시작했는데, 옷 가게는 꽤 잘 되었다. 인근 젊은 엄마들의 입소문을 타고 동네에서 번듯하게 자리 잡을 수 있었다.

그 덕분에 베드로는 파일럿을 꿈꿀 수 있었고, 아버지는 볕 잘 드는 창가에 휠체어를 밀어놓고 통유리창을 통해 바깥세상을 내다보며 하루를 보낼 수 있었다.

어릴 적, 베드로가 종이비행기를 만들어 거실에서 휙 날리면 비행기는 포물선을 그리며 거실을 가로질러 날아가 창가를 내다보는 아버지의 휠체어 바퀴에 가 앉았다.

"다시 날려줄까?"

아버지가 웃으며 아들을 향해 말했지만 베드로는 아무 말도 하지 않았다.

"아빠가 이것도 못 할까 봐? 잘 봐라, 이 녀석."

아버지는 종이비행기를 든 팔을 쭉 뻗어 올려 뒤로 한껏 당겼다가 앞으로 힘껏 던지듯 종이비행기를 날렸다. 그러면 비행기는 아들이 날렸을 때보다 더욱 힘차게 날아 베드로의 발밑에 뚝 떨어지곤 했다.

베드로는 해가 갈수록 비행기를 다시 아들에게 날려주던 아버지의 팔 근육이 나날이 쇠해가는 것을 보면서 자랐다. 고등학생 때는 이미 아버지보다 훨씬 단단해진 팔뚝을 갖게 되었다.

베드로는 아버지의 이야기를 글로 썼다. 제목은 '종이비행기'였다. 에세이 전문 잡지에 투고했고, 우수상을 받으면서 정식으로 수필작가라는 이름을 얻었다. 그리고 얼마 지나지 않아 아버지가 세상을 떠났다. 아버지가 남긴 유언은 이랬다.

"만약 네가 불행하다고 느끼는 상황이 온다면 항상 이걸 기억해라. 다른 모든 사람들이 네가 가진 그런 유리한 처지에 있는 건 아니라는 사실을 말이다."

아버지의 유언을 떠올려야 하는 일은 오래지 않아 생겼다.

베드로는 무난히 엠브리 리들에 합격했고, 입학 수속을 마친 뒤 바로 휴학 후 군대에 입대했다. 당연히 공군을 지원했다. 공군 출신이 되면 학교에서의 입지도 유리할 거라 기대했다. 그런데 어찌된 일인지 보직이 지상군으로 떨어졌다.

공군에 들어가 지상군이라니, 베드로는 군대 생활에 흥미를 붙이기 어려웠다. 그렇다고 주어진 일을 못 하거나 동료들과 못 어울려 관심병사가 된 건 아니었다. 그저 말수가 적었고 웃는 일이 드물었으며, 최선을 다한다는 인상을 주지 못하는 정도였다. 그리고 그런 베드로의 감정은 다른 이들에게도 느껴졌다.

"너 계속 그따위로 군 생활할 거냐?"

보초 업무를 끝내고 선임과 교대를 하던 때였다. 어두운 밤이었고 민가 없는 주위는 어두웠다.

"무슨 말입니까?"

잘못한 것도 없는데 별일 아닌 거로 피곤한 사람을 붙잡느냐는 볼멘소리였다.

"매사에 건성이고 종일 뚱한 표정이고, 선임 알기를 뭣같이 알아서 말대꾸나 하고."

어쩌면 그날 하필 선임이 기분이 안 좋았는지도 모른다. 애인이 이별을 통보했다거나 장교한테 까였다거나. 어쨌든 굳이 시비 걸지 않아도 될 일을 끄집어낸 걸 보면 분명 그럴 테지.

"너 같은 놈이 맘만 먹으면 사고 치기 딱 좋지."

"말씀 함부로 하지 마십쇼."

베드로가 발끈해서 말했다.

"너 이 새끼….."

말끝에 선임이 베드로의 귀싸대기를 후려쳤다. 금세 뺨이 붉어지고 귓바퀴까지 얼얼했다. 뭔가 딱, 소리가 나면서 귓구멍에서 피가 흘렀다. 결과적으로 외상성 고막파열이 일어났다. 하필이면 그때 내이염증으로 고막이 약해져 있던 상태였었다.

군의관의 말투는 심상했다. 죽을병도 아니고 치료만 잘 받으면 일상생활에 지장을 줄 정도는 아니니까 별문제 아니라며.

물론 지상에서는 그렇다. 그러나 하늘 위라면 얘기가 달랐다. 여행객으로서 비행기의 좌석에 가끔 앉는 것은 문제가 되지 않겠지만, 비행기를 조종해야 하는 파일럿이라면….

베드로는 시한부 선고라도 받은 기분이었다. 세계 최고 파일럿이 될 거라는 허세와 자신감, 미래의 희망 따위가 한꺼번에 부러졌다. 어쩌다 일이 이 지경이 되었는가.

결국 비행 불가 판정을 받고 설상가상으로 제대하기 얼마 전, 오래 사귄 여자친구와 이별했다. 베드로가 처음으로 별자리 운세를 보기 시작한 날이었다.

'양자리 남자는 감정의 파도가 거세게 몰아닥칠 수 있겠습니다. 자신을 잃을 것 같은 슬픔이 몰려오니 주변의 소중한 사람들과 대화를 나누거나 전문가의 도움을 받는 것이 좋겠습니다.'

아버지를 잃고 꿈을 잃고 사랑까지 잃어 감정의 파도에 휩쓸린 베드로는 깊은 밤 높은 언덕 위 초소의 차가운 난간 아래를 내려다보았다.

생의 의미와 이유를 모두 잃은 패배자가 거기 홀로 서 있었다. 그토록 열심히 걸어온 인생길이 무너져 내렸다. 낭떠러지 같은 추락에 절망이 발목에 감겼다.

별자리 예언은 완벽했다. 베드로는 그곳에서 스스로를 버릴 결심을 했다.

저 너머 깊은 바다는 검었고, 한 발짝만 내디디면 모든 것이 소리 없이 끝날 거였다.

베드로는 난간 위로 몸을 곧추세웠다. 그때였다.

"정베드로!"

누군가 불렀다.

"상병 정베드로!"

본능적으로 관등성명을 복창했다. 그리고 얼른 돌아보았다.

아무도 없었다. 어둠을 빼고는….

누구였을까. 대체 누가 나를 불렀을까. 한숨 쉬며 베드로는 하늘을 올려다보았다. 거기에 깜짝 놀랄 만큼 많은 별들이 떠 있었다.

그 가운데 유독 반짝이는 커다란 별, 북극성을 보았다. 믿지 않을지 모르지만 거기서부터 별똥별이 떨어졌다. 그 찰나의 환한 아름다움에 베드로는 소리를 들었다. 별똥별을 보고 소원을 비는 대신, 베드로는 길을 찾았다.

부름의 음성을 들은 것이다.

베드로는 그 자리에 무릎 꿇었다. 그리고 기도를 올렸다.

눈물이 흘렀다. 막다른 길 끝에서 새로운 길이 열렸다. 어둠 가운데 환한 빛의 장막이 감싸는 듯했다. 베드로는 스스로 첫 번째 생이 끝났음을 알아차렸다. 그렇게 베드로는 사제가 되기로 결심했다.

다음날 양자리 남자의 운세는 이랬다.

'당신은 혼자가 아니며 새로운 길은 언제나 열릴 준비가 되어 있습니다.'

베드로는 제대 후 엠브리 리들 비행학교로 돌아가지 않았다. 신학대학에 진학했다. 모든 과정을 순조롭게 통과해 대한성공회 사제가 되었다.

이후 베드로는 교회가 제공하는 사택에 거주했다. 그의 머리맡 침대 위에는 이런 문구가 적혀 있었다.

'사제란, 서비스업 종사자다'

그는 사랑으로 이웃의 필요에 응답했다. 동네 홍반장이 되어 궂은일에 안 끼는 데가 없었고, 모든 폭력을 두고 보지 않았고, 불의한 일을 참지 않았다.

깡패들을 혼내주려고 태권도를 배우고, 독거노인 김장김치를 만들어주려고 조리사자격증을 땄으며, 요양병원에서 봉사하려고 웃음치료사자격증을 땄다. 밤마다 동네를 순찰하는 탓에 동네 양아치들은 베드로를 볼 때마다 낄낄거리며 이랬다.

"사탄아, 물렀거라!"

그러면 베드로는 요렇게 화답했다.

"썩 튀어, 브로! 안 그럼 내 이단옆차기에 혼쭐날 거니까. 대세는 노담이니까 얘들한테 삥 뜯지 말고."

그러면서 베드로도 함께 웃었다. 베드로는 그 모든 일을 웃음으로 했다. 피곤에 몸이 절어 삭신을 끙끙 앓는 밤에도 감사기도를 올리며 미소 지었다.

베드로는 엠브리 리들 시절 윤기 나는 긴 곱슬머리를 바람에 휘날렸으나 이제는 정수리도 허술해져 가고 있었다.

그는 어릴 적부터 혼자서 밥하고 빨래하고 청소하는 등 집안일을 도맡아서, 스스로를 돌볼 줄 알았다. 아빠의 사고로 엄마가 생계를 책임지면서, 가모장을 겪은 베드로는 자기주장 강한 여자를 자연스럽게 받아들일 줄 알았다.

사택에 혼자 사는 지금, 베드로는 모든 집안일에 베테랑이었다. 비혼주의자가 되기에 한 치의 부족함이 없었다. 성공회 신부는 제도적으로 결혼할 수 있지만 하지 않을 생각이었다.

그는 비혼주의자 아닌 비혼주의자가 되었다. 그리고 자기주장 강한 여자, 승하를 만났다.

이건 어디까지나 러브스토리야

하루는 베드로가 아침 일찍 만나자고 연락해왔다.

"밥 먹자!"

그가 승하에게 건네는 첫 마디는 언제나 '밥 먹자'였다. 어느새 둘은 제법 친해졌고, 나이도 동갑이라 친구처럼 편하게 지내기로 합의했다.

잠결에 들은 베드로의 목소리는 천장이 둥근 교회 안에서 듣는 것처럼 승하의 주위를 둘러싸고 스며들었다. 승하는 핸드폰을 들어 시간을 확인했다.

"웬 모닝콜? 굿모닝이네."

이불 속, 잠결의 목소리는 나른했다.

"빨리 아침 먹고 뽈 차러 가야 해."

베드로의 상기된 음성은 아침나절의 단어 같았다. 싱그럽고 다소 시끄러운 새의 지저귐처럼 귓속을 파고들었다.

"뽈… 이라니."

말끝에 승하는 길게 하품을 했다. 아침밥 먹고 축구 하러 간다는 대답이 돌아왔다.

성찬례 때 단상에 서서 기도하고 설교해야 하는 양반이 반바지에 무릎 양말을 신고 발길질을 해가며 공을 찬다? 거참, 구경거리네. 흠, 놓칠 수 없지.

아침 햇살이 보드랍게 내려앉은 거리에 베드로가 서 있었다. 부스스하고 잔뜩 부운 눈자위를 문지르며 승하가 다가가자 베드로는 걸치고 있던 머플러를 풀어 둘러주었다.

"봄이라지만 아직 아침 공기는 제법 쌀쌀해."

눈을 문지르던 손을 내리고 베드로를 보자 거기, 그의 머리 위에 햇살이 조용히 내려와 있었다. 세상 무해하고 따뜻해 보이는 햇살에 승하는 돌봄 받는 어린애가 된 것 같았다.

"아침 굶기면 너희 아버지가 저 위에서 날 내려다보시는 눈총이 따가워. 네가 협조 좀 해주라."

아빠는 죽기 전에 다시 한번 꽤 많은 돈을 베드로에게 주었다. 승하가 한국에 돌아왔을 때, 혼자 밥 먹게 두지 말라는 것. 아빠의 유언이었다. 그리고는 마지막으로 베드로와 자기 딸의 손을 가져다 꼭 포개어 잡았다.

"그런데 지금 내가 좀 늦어서 먼저 뽈 차고 나서 먹어도 될까?"

전화를 끊고 두 시간 가까이 지나서야 나타난 승하에게 베드로가 양해를 구했다.

아침보다 '신부님'이 공차는 광경을 구경하고 싶어 나온 터였다. 마지못한 듯 고개를 끄덕였다.

"어? 박형식 선수 아니세요?"

베드로가 환복하러 들어간 사이 벤치에 앉아 몸 푸는 멤버들을 보다 승하가 놀라 물었다. 형식이 자기를 알아보는 승하에게 꾸벅 인사했다.

"반갑습니다. 안 그래도 워낙 키가 크신 분이 오시길래 유심히 봤습니다. 패션모델 이김승하 씨 맞으시죠?"

"네, 맞아요. 이렇게 뵙게 되니 반가워요. 아시안 게임에 나가 은메달까지 따는 걸 보고 정말 감동받았거든요. 늘 응원하는 마음이었어요."

"이김승하 씨야말로 잘나가던 모델 딱 접고 NGO 활동가가 되시는 걸 보고 제가 많이 배웠습니다."

"아이고, 뭘요. 그런데 어떻게 늦은 나이에 클라이밍을 시작하게 되신 거예요? 궁금했어요."

"아, 그거요?"

형식이 피식 웃었다.

"어떤 아줌마가 오다 주웠다면서 길거리에서 불쑥 뭘 주는 바람에…."

형식이 유쾌하게 웃었다.

"네? 그게 무슨?"

"하하하, 그 아줌마 덕분에 인생 크게 깨닫고 지금도 여기 있는 거라고 할 수 있죠. 국제자선 축구대회에 나가려고 다들 열심히 공 차고 있거든요."

형식이 주위를 둘러보았다. 많은 이들이 열심히 연습하고 있었다.

"그렇군요. 그런데 어쩐지 저분은 그닥 유쾌하지 못한 표정이신데요?"

승하가 웃었다. 한 남자가 표나게 툴툴거리며 만사 심드렁한 표정으로 먼 산을 보고 있었다.

"아, 저분! 대박난 추어탕집 사장님이신데, 저도 이유를 잘 모르겠어요. 저 형은 늘상 우거지상인데, 또 한 번도 안 빠지고 연습에 나오고 대회 나가는 걸 보면 희한하다니까요."

"와하하하!"

승하가 배꼽을 잡았다.

"너무 웃기지 않아요?"

"뭐가요?"

형식이 자기 말이 그렇게 웃겼나 싶어 승하를 다시 보았다.

"저 사람이요."

승하는 킥킥대며 어느새 옷을 갈아입고 나온 베드로를 가리켰다. 유니폼 티셔츠는 살짝 나온 배를 가리지 못했고, 반바지 밑에서 니삭스는 다리에 딱 달라붙어 있었고, 머리에 두른 넓은 폭의 흰색 머리띠 때문에 검게 그을은 이마가 훌렁 까져 있었다.

저게 그렇게 웃긴가? 그런 표정으로 형식이 베드로와 승하를 번갈아 보았다. 그리고 미소 지었다. 베드로는 열심히 발을 놀리고 공을 차고 패스 연습을 했다.

"명색이 신부님이 저러고 있는 모습을 보니까 너무 웃겨요."

승하가 말했다.

"여기서는 그냥 운동 잘하는 동네 형이죠."

형식이 웃으며 대답했다.

"저 양반 공 잘 차요?"

그 질문에는 형식도 크게 웃을 수밖에 없었다.

"모르셨어요? 저 신부님, 우리 팀 메시예요. 드리블할 때 보면 공이 발에 붙은 것처럼 컨트롤하고 방향 전환은 또 어찌나 빠른지 수비수 서넛쯤 제끼는 건 일도 아니라니까요."

문득 형식이 승하의 손가락에서 반지를 보았다.

"커플링이네요? 베드로 신부님이랑?"

놀란 눈으로 반지를 내려다보다 승하가 손을 마구 흔들었다.

"아, 이거요? 커플링이라니요. 전혀 아니고요, 기부링이에요."

'FOR EVERY CHILD, HOPE'라고 새겨진, 유니세프가 정기 후원자에게 주는 반지였다. 둘이 두어 달쯤 전에 밥 먹다 말고 홍보 나온 유니세프 관계자의 말에 따라 후원하고 각자 받은 거였다.

커플링이라는 말에 당황해 승하가 필드 쪽으로 눈길을 돌렸다. 베드로가 승하를 보고 환하게 웃으며 손을 흔들어 보였다. 그의 손가락에 끼워진 같은 모양의 반지가 햇살을 받아 반짝였다.

"잘 어울려요, 둘이."

한 번 더 꾸벅 인사하고 형식은 필드로 들어갔다. 그게 무슨 말이냐고 마저 묻지 못한 그 날, 승하는 오랜만에 목청이 터져라 응원하고 박수를 쳤다.

마들렌

"오늘은 다른 거 먹으러 가자. 김치찌개 말고."

베드로는 골목을 여러 번 굽이 돌아 들어가더니 구석진 모퉁이의 한 작은 카페 앞에서 멈춰 섰다. 황동으로 적힌 간판을 작고 노란 조명이 비추고 있었다.

"마들렌의 햇살 정원?"

그 밑에 작은 글씨로 '더불어 만들어 나가는 작은 희망'이라고 쓰여 있었다.

내부는 넓지 않았다. 휠체어가 접근할 수 있도록 높이가 낮은 테이블 서너 개가 배치되어 있고, 점자 메뉴판과 청각장애인을 위한 시각적 주문 시스템이 갖춰져 있었다. 바닥은 미끄럼 방지 처리가 되어 있었다.

"복지관에서 교육받은 장애인 친구들이 운영하는 카페야."

시각장애가 있는 서른한 살 청년 양근식이 주방에서 베드로 목소리를 듣고는 커다랗게 인사했다.

"신부님 오셨어요? 지난주에 주신 감자로 감자조림 만들어 뒀어요. 이따 가져가세요."

근식은 옆자리를 더듬어 곁에 앉은 또래 임수정의 어깨를 톡톡 치고는, 수화로 뭐라 말했다. 그러자 수정이 일어나 베드로를 보고 웃으며 목례했다.

베드로도 수화로 대답했다.

"뭐라고 한 거야?"

승하가 물었다. 베드로가 승하를 돌아보고 말했다.

"너 오늘 정말 예쁘구나."

그 말에 괜히 승하는 자기를 보고 한 말이나 되는 양 짐짓 헛기침을 했다.

한쪽 면에는 작은 책장이 있고 장애인 관련 문학과 희망의 메시지가 담긴 에세이들이 비치되어 있었다. 그중 마르셀 푸르스트의 '잃어버린 시간을 찾아서'가 크게 포스터로 붙어 있었다.

거기 처음으로 마들렌이라는 디저트가 등장했다는 간단한 설명이 붙어 있었다. 마들렌은 '기억을 불러일으키는 상징'이라고.

카운터 앞 진열장이 눈에 들어왔다. 여러 종류의 마들렌이 진열되어 있었다. 바닐라, 레몬, 초콜릿….

"나의 최애 디저트가 마들렌이었는데, 그거 몰랐지?"

승하가 회상하듯 말했다.

'오늘 정말 예쁜' 여자 수정이 마들렌 서너 개와 에스프레소가 얹힌 트레이를 테이블에 올려놓고 갔다.

"모델로 잘 나갈 땐 일 년 중 반은 파리에 살았거든. 그때 많이 먹었지. 프랑스의 대표적인 간식이었으니까. 정말이지 한 이십 년 만에 처음 먹는 것 같네."

달콤한 마들렌을 한 입 베어 물고 승하는 문득 창밖을 보았다. 한 점의 소묘화처럼 골목길의 풍경이 소담하고 정겹게 펼쳐져 있었다. 베드로는 한참이나 그러고 있는 승하를 물끄러미 건너다보았다.

"그거 알아? 기억이라는 건 눕고 싶은 곳에 아무렇게나 누워 버리는 개와 같다는 말?"

베드로가 표정으로만 '응?' 하고 물었다.

"아무 생각이 없고 아무런 맥락이 없단 얘기지. 제멋대로 연결이 되거든."

승하가 마들렌을 보며 옛일을 더듬듯이 말했다.

"나는… 언니를 생각하면 뜬금없이 마들렌이 떠올랐어. 사실 프랑스에서 지낼 때 나보다 언니가 더 좋아했거든. 언니가 죽은 뒤 더는 먹지 않았지. 사람들이 왜 모델 일을 그만두었냐고 물었을 때 한 번도 제대로 답해본 적이 없는데, 실은 이 마들렌 때문이었어. 모델 일을 그만두고 프랑스를 떠나지 않으면 도무지 이걸 보지 않을 방법이 없었거든."

베드로는 아무 말도 없었다.

"언니가 죽고 엄마는 결국 견디지 못했지. 3년 넘게 우울증을 앓다 스스로 목숨을 거두었어."

정확히 그 지점에서 베드로가 승하의 손을 살포시 잡았다.

"이상한 게… 엄마를 생각하면 아주 옛날 일이 떠올라. 아홉 살이었나, 추운 겨울이었는데 내가 슬리퍼만 신고 밖으로 나갔어. 밥 먹다 말고. 크리스마스이브였는데 교회에서 나온 사람들이 성탄절 행진을 하고 있었거든. 기억나? 그 시절엔 사람들이 행렬을 이뤄 동네를 돌면서 북도 치고 아이들이 줄줄이 따라가면 사탕이나 초콜릿 같은 걸 잔뜩 줬던 거?"

베드로가 고개를 끄덕였다.

"캐롤도 부르고 트리 장식에 쓰는 반짝이 틴셀 있잖아? 파티 때도 길게 늘어트려서 화려하게 장식하는 거. 그걸 아이들이 목에 두르고 다녔지. 마치 자기가 트리인 것처럼."

베드로가 콧노래처럼 고요한 밤, 거룩한 밤, 하면서 캐롤을 입속으로 불렀다. 분위기가 너무 무거워지지 않게 하려고.

"신이 나 동네를 몇 바퀴씩 도는 걸 다 따라다녔지. 그러다 길을 잃었어. 기억이 맞는지 모르겠는데 해가 뉘엿뉘엿 지기 시작할 때까지 돌아다녔던 거 같아. 그러다 문득 여기가 어딘지 모르겠는 거야. 갑자기 무서워지더라. 혼자 남으니 너무 무서워 울었지. 얼마나 울었을까, 그때 엄마가 큰소리로 승하야, 하고 부르면서 달려왔어. 엄마를 안고 왕, 울음을 터트렸어. 그때 발가락이 동상에 걸려 지금도 겨울이면 발가락이 가려워. 무슨 환지통이나 되는 것처럼."

여전히 두 사람은 손을 맞잡고 있었다.

가만히 듣던 베드로가 마들렌이 담긴 접시를 조용히 승하 앞으로 당겨주었다. 그리고 아무 말도 하지 않았다. 마들렌을 보던 승하가 고개를 들어 베드로를 보았다. 그리고 마들렌을 차에 적셔 입안에 넣었다. 그게 다였다.

이김승하는 쌍둥이였다

언니 이김설하, 동생 이김승하. 십 분 간격으로 태어난 우애 좋은 일란성 쌍둥이였다. 그냥 좋은 게 아니라 지나치다 싶을 만큼 서로에 대한 애정이 완전한 쌍둥이 자매였다.

잠버릇도 같아서 두 자매가 한 방향으로 돌아누워 한쪽 다리를 기역자 모양으로 뻗고 잤다. 취향도 완벽하게 같았다. 두 자매는 유난히 비눗방울 놀이를 좋아했다. 한 번 좋아하면 적어도 석 달은 거기에 폭 빠지다 보니 온 집 안이 비눗기로 미끌거렸다.

자매가 심한 장난을 쳐도, 집안 꼴을 엉망으로 만들어도 '모부'는 단 한 번도 자매를 야단치거나 혼내지 않았다. 자매는 모부가 늦은 나이에 시험관으로 가진 쌍둥이였다. 어렵게 얻은 너무도 귀한 늦둥이 자식들이었다. 모부의 전폭적 지지와 사랑을 받으면서 자매는 무럭무럭 자라났다.

자매가 가장 좋아한 영화는 '티파니에서 아침을'이었다. 거기 나온 오드리 헵번을 보고 눈을 떼지 못했다. 헵번이 입고 나온 블랙드레스와 선글라스가 너무 멋졌다. 그날로 자매는 모부와 함께 백화점에 가서 똑같은 블랙드레스에 플랫슈즈, 커다란 진주목걸이 그리고 긴 장갑을 샀다.

그렇게 착장하고 선글라스를 쓰고 유치원에 갔다. 완벽하게 헵번 룩이었다.

아이들이 와하, 웃으며 놀렸지만 자매는 오히려 우쭐했다. 만약 혼자였다면 주눅 들고 상처받았을지 모르겠지만, 자매는 혼자가 아니었다. 둘은 오히려 무대에라도 선 것처럼 아이들의 시선을 즐겼다.

둘이 그러고 놀았다. 자연스럽게 모델 쪽에 관심이 생겼고, 잘 자란 자매는 결국 패션모델이 되었다. 한국에서 데뷔한 직후에는 크게 주목받지 못했다. 똑같이 생긴 모델이 둘이나 된다는 건 약점이었다. 그런데 우연히 한국으로 출장 온 프랑스 패션 관계자의 눈에 띄었다.

프랑스로 건너간 자매는 이국적이면서 개성 있는 외모로 외국에서 주로 활동하는 패션모델이 되었다. 둘은 쌍둥이 모델로 유명했다. 눈썰미가 예리하기로 정평 난 오뜨 꾸뛰르 관계자들도 자매를 쉽사리 구별하지 못했다.

개성 강하고 자기 기준이 뚜렷했던 자매는 외국에서 패션모델로 활동하면서 젠더 뉴트럴이 되었다. 자매는 엄마 성과 아빠 성을 따서 '이김'으로 스스로 바꿨다. 남들은 관습적으로 '부모'라 하지만 자매는 의식적으로 '모부'라 불렀다. 스스로의 기준이 무엇보다 위에 있었다.

둘이 서로에게 가장 많이 하는 말은 이거였다. '내가 할게.'

귀찮은 일, 신경 쓰이는 일, 어렵고 힘든 일일수록 서로에게 그렇게 말했다. 자매는 세상 누구도 나에게 그렇게 말하지 못하리라는 걸 알았다.

승하는 가끔 연애를 했는데, 그때마다 설하가 그 감정을 고스란히 느꼈다고 했다.

승하도 그런 경험을 하는 날이 왔다. 느닷없이 가슴이 두근거리는 걸 느꼈을 때 승하는 자기 심장이 고장 난 줄 알았다.

언니 설하 혼자 진행하는 잡지 스케줄이었고, 승하는 집에서 밀린 빨래를 하던 참이었다. 막 세탁기에서 꺼낸 빨래를 공중에 대고 탁탁 털고 있었다.

"헉!"

이게 뭐지? 갑자기 왜 가슴이 두근거리고 호흡이 가쁜 거지? 게다 뺨도 붉게 달아올랐다. 승하는 이마를 짚어보고 재빨리 거울을 들여다보았다. 볼에 떠오른 홍조가 선명했다.

마침 설하에게 전화가 걸려왔다.

"뭐? 진짜야?"

승하가 놀라 벌떡 일어났다.

"응, 진짜야. 나 사랑에 빠진 것 같아. 오늘 못 들어가니까 그런 줄 알고."

스물다섯이나 되었지만 언니 설하는 그때껏 연애 경험이 없었다. 그러니 설하의 첫사랑이었다. 마티유라는 프랑스인 모델이었다.

그날 밤, 승하는 설레고 흥분되는 감정을 따라 새벽녘까지 잠들지 못했다. 그리고 알았다. 분명 두 자매 사이에 탯줄로 이어졌던 운명의 끈이 완전히 끊어지지 않았다는 것을. 보이지 않지만 둘 사이를 여전히 잇고 있는 강력한 연결고리가 존재한다는 걸.

자매는 평생 일주일 이상 떨어진 적이 없었다. 하지만 사랑에 빠진 설하가 처음으로 승하와 떨어져 한 달 예정으로 마티유와 여행을 떠났다.

설하와 마티유는 노르망디에서 경비행기를 탔다. 비행기는 조수 변화로 생기는 광활한 만(灣)인 몽생미셸만 위를 날았다.

조수가 빠진 만은 은빛 모래사막처럼 펼쳐져 있었고, 멀리 크고 작은 섬들이 흩어져 있었다. 설하가 마지막으로 본 풍경이었다.

바다 한가운데서 엔진 고장으로 비행기가 추락했고, 바다로 가라앉은 언니는 물 밖으로 나오지 못했다.

'이제 혼자겠구나…. 미안해, 승하야.'

숨이 멎어가며 설하가 했을 마지막 말을 승하는 환청처럼 들었다. 설하가 죽었을 때 그 고통을, 그 순간에, 승하도 똑같이 느꼈다. 그 모든 순간들을 생생하게 알 수 있었다. 껵껵, 숨이 쉬어지지 않는 몸뚱이에 심장이 찢기는 고통과 두려움이 뼛속을 쪼개는 듯 파고들었다.

비혼식

설하의 죽음은 승하에게는 죽음에의 임상이었다.

어떤 전조도 없이 삶에 불운이 몰아닥칠지 모른다는 불안과 공포의 예감에 사로잡혔다. 잠을 못 잤고 온몸을 덜덜 떨었다. 혼자 남겨진 상실감으로 승하는 이전의 생을 지속해 살 수 없었다. 반쪽이 아니라 전부를 잃은 것 같았다.

그런 두려움에 맞닥뜨린 건 생전 처음이었다. 어떻게 하루를 살아야 하는지, 어떻게 밥을 먹고 숨을 쉬고, 어떻게 방문을 열고 나가야 하는지 모두 잊었다.

설하의 장례식 때 엄마는 싸늘한 말투로 물었다.

"넌 대체 뭐했어? 왜 같이 있지 않았어?"

엄마는 끝내 혼자만 살아있는 승하를 보지 못했다. 승하도 오랫동안 한국으로 돌아가지 않았다. 그렇게 가족과 서로 멀어져 연락을 끊고 살았다. 설하가 없는 세상에 혼자 남아서.

3년 쯤 뒤 어느 날, 엄마는 자매가 어릴 적 쓰던 방 옷장에 설하가 두르던 목도리를 목에 감고 스스로 목숨을 거뒀다.

승하는 더 이상 같은 모습으로 살 수 없었다.

다른 사람이 되기로 결심했다. 인도적 활동으로 노년기를 보냈던 헵번처럼, 나중에는 세상을 밝힐 수 있는 일을 하자고 손가락 걸고 설하와 했던 맹세를 지킬 때가 되었다는 걸 알았다. 타인에게 조금이라도 도움을 주는 일을 하자던.

승하는 모델을 그만두었다. 그리고 돈이나 성공, 명예 따위와는 무관한 NGO 활동가가 되었다. 그리고 비혼식을 했다.

승하의 비혼식은 한국에서 꽤 화제가 되었다. 톱모델의 사고와 은퇴 선언에 이어 비혼식까지 모두 알려졌다. 당시 프랑스에서는 비혼식이 흔했다. 때문에 프랑스에서 활동하던 승하에게는 유별날 것 없는 자기표현이었지만 한국에서는 그때까지 없던 일이었다.

사랑은 창밖의 빗물 같아요

"거참, 신기한 일이야."

승하가 베드로에게 말했다.

"뭐가?"

두 사람은 마들렌과 향긋한 커피로 브런치를 마치고 카페에서 나온 참이었다.

"둘이 잘 어울리지 않아?"

"누구? 근식 씨하고 수정 씨?"

승하는 청각장애가 있는 수정과 시각장애가 있는 근식이 호흡을 맞춰 카페를 훌륭하게 운영하고 있는 걸 보고 이미 감동받은 상태였다.

"연인인 줄은 몰랐네."

"둘을 보고 있으면 참, 아름다워."

베드로가 하늘을 올려다보면서 말했다. 마침 빗방울이 떨어지기 시작했다. 두 사람은 서둘러 골목길을 걸었다.

길 끝에서 삼 세대가 함께 있는 걸 보았다. 할머니와 딸과 손녀로 보였는데, 비가 오기 시작해서 걸음을 재촉하고 있었다. 그렇게 서두르다 보행보조기를 밀며 걷던 할머니가 삐끗, 넘어지려는 찰나였다. 딸이 순간적으로 노쇠한 엄마를 부축하려다 그만 휘청하더니 품에 안고 있던 손녀를 놓치고 말았다.

"앗!"

승하가 깜짝 놀라 소리 질렀다. 그런데 이게 웬일인가. 어느새 세 모녀에게 바짝 붙은 베드로가 엄마 품에서 떨어진 어린 손녀를 받아 안았다. 일 초? 이 초? 그야말로 순식간이었다.

대체 베드로는 어느 순간에 아기를 받을 수 있었던 거지? 이 정도 순발력이라니. 거의 초인적인 수준 아니야? 승하가 입을 쩍 벌렸다.

"멋있어."

저도 모르게 그 말을 입 밖으로 꺼내놓고 중얼거렸다. 주저앉은 할머니와 딸과 손녀를 다독거리는 베드로를 감탄 어린 눈으로 바라보았다.

"정말 고맙습니다, 신부님. 하마터면 아이가 크게 다칠 뻔했어요. 정말 감사합니다."

할머니와 딸이 베드로의 손을 붙잡고 연신 고마워했다.

촉촉하게 내리는 비 사이로 이른 무지개가 하늘에 비쳤다. 베드로가 목에 한 새하얀 로만칼라와 그렇게 잘 어울릴 수가 없었다.

결정적 장면은 더 있었다.

'멋있어'라고 속내를 뱉은 얼마 뒤에 승하는 한국에서의 시간을 마치고 NGO로 활동하기 위해 떠났다.

그 무렵에는 가자지구에서 이스라엘의 대규모 공격으로 수많은 사람들이 사망한 위험지역인 북부의 자발리아 난민캠프에서 일했다. 현장에서 활동가는 다치거나 죽는 사고가 많았다. 차량에는 'No arms on board(차량 내에 무기 없음)'라는 팻말을 붙이고 다녀야 했다. 항상 테러 위험에 노출되어 있기 때문이었다.

승하는 자발리아 난민캠프에서 시에라리온으로 활동지역을

옮겼고, 그곳 항가 병원에서 의료진을 도와 현장 업무를 했다. 절대적 인력 부족으로 누구든 손을 보태야 했다. 하루에도 삼사십 명 넘는 중증 산모와 아픈 아이들이 찾아왔지만 인력, 장비, 재정 등의 문제로 치료를 받지 못했다.

한 번은 분만 중 심장 문제를 겪은 산모가 있었는데, 인공호흡기가 있는 병원이 한 곳도 없었다. 의료진을 비롯해 전 직원들이 한 시간씩 돌아가며 3일 밤새 수동 호흡기를 직접 짜며 분투했으나 결국 사망했다.

오랫동안 NGO 활동가로 일했으나 죽음의 무게는 그때마다 각각이어서 결코 익숙해지는 법이 없었다. 모든 죽음에서 승하는 설하의 죽음과 엄마의 죽음을 떠올렸다. 스스로 우는 울음소리가 귀에 딱 붙어 떨어지질 않았다. 승하는 다시 한국으로 돌아올 수밖에 없었다.

전에는 요양병원을 찾아가 아빠의 손을 잡고 그의 눈을 한참이나 들여다보면 마음이 가라앉곤 했다. 지금은 아무도 남지 않았지만 몸과 마음이 지칠 때면 결국 한국으로 돌아오게 되었다.

거의 일 년 만에 한국에 온 날 밤이었다. 승하는 서울 한복판에서 취객에게 얻어맞았다. 묻지 마 폭행이었다.

무작정 맞았는데, 거의 속수무책이었다. 웬만한 경우 겁도 먹지 않고, 기본적인 호신술도 익힌 상태였지만 덩치 크고 술에 취한 남자의 완력을 이길 수는 없었다.

경찰이 도착했을 때는 남자는 이미 도망가고, 이마가 찢어지

고 눈두덩이 부풀어 올랐을 때였다. 갈빗대도 부러진 것처럼
욱신거렸다.

한 시간 뒤, 승하는 차가운 경찰서 의자에 앉아 무심하게 창
밖을 바라보고 있었다.

깊은 새벽, 누군가 옆에 있으면 좋겠다는 생각이 간절했다.
그때만큼 혼자라는 사실이 서럽고 외로웠던 적이 없던 것 같았
다. 결국 승하는 그 새벽에 전화했다. 베드로에게.

베드로 말고는 생각나는 사람이 없었다. 당혹스러웠고 부끄
러웠다. 고작 그런 일로 누군가를 찾다니.

베드로가 득달같이 달려왔다. 와서 엄청 흥분했다.

"가해자를 못 찾았다니, 그게 말이 됩니까? 이걸 좀 봐요. 찢
어져서 피가 줄줄 흐르잖아요. 열 바늘도 넘게 꿰매야 해요. 눈
은 또 어떻고! 아이고, 사회적으로 묻지 마 폭행이 큰 문제라는
걸 모릅니까? 어디 무서워서 걸어다니기나 하겠어요?"

베드로가 어울리지 않게 버럭버럭 소리 질렀다. 그러다 눈물
글썽한 눈으로 승하를 바라봤다. 그리고 말했다.

"가자."

"어딜?"

승하가 물었다.

"밥 먹으러."

베드로가 대답했다.

그게 다였다.

응급실에 가 상처를 봉합하고 돌아온 승하는 누워서 천장의 스프링클러를 한 시간 동안이나 꼼짝 않고 올려다보았다. 새벽이 다가오는 시각이었다. 너무 뚫어져라 쳐다보는 바람에 그 열기에 지레 스프링클러가 작동할 것만 같았다.

"아!"

마취가 풀린 봉합 자리가 아파오기 시작했다.

미간을 잔뜩 찡그린 승하는 마침내 결심한 듯 작게 혼잣말로 이렇게 말했다.

"아무래도… 결혼을 해야겠어."

프러포즈

꿰맨 자리 통증이 채 가시기도 전에 승하는 자리를 박차고 일어났다. 마침내 결심이 서고 나니 한시도 미룰 수 없는 일이 되었다. 이른 아침이었다. 승하는 먼저 마트에 들러 이것저것 장을 보았다. 그리고 베드로가 기거하는 사택으로 찾아갔다.

"아침부터 웬일로 들이닥치셨을까?"

베드로가 눈이 동그래져서는 문을 열고 물었다.

"밥 먹자."

승하는 베드로를 밀치며 안으로 들어가 싱크대로 직행했다. 그러고는 제 집이나 되는 양 장 봐온 재료들을 꺼내놓았다.

소고기를 한입 크기로 잘라 핏물을 제거하고 밑간한 다음, 팬을 꺼내 올리브 오일을 두르고 잘게 썬 베이컨을 볶아 꺼내고 밑간한 고기를 구웠다. 양파와 당근을 썰어 볶고 마늘과 토마토 페이스트를 추가해 더 볶았다. 볶은 재료에 적포도주와 육수를 붓고 월계수잎과 타임을 추가한 다음 뚜껑을 덮어 끓이기 시작했다.

"어릴 적 나는 완전한 가족 안에 속해 있었어. 사랑과 신뢰가 바탕이 된 완벽한 공동체였지. 그리고 언니가 죽은 뒤 나에게 가족이란, 돌봐야 할 것인 동시에 벗어나고 싶은 존재가 되었어. 나를 옭아매는 덩굴이라는 생각도 들었지."

식탁에 앉아 베드로는 조용히 들었다.

"기억나? 3년쯤 전인가⋯ 길 가다 행복해 보이는 가족을 보고 내게 물었지? 언제 행복하냐고. 당신이 무심코 던진 그 질문에 나는 충격 받았어. 언니의 사고 후 단 한 번도 그런 질문을 스스로에게 해본 적 없거든."

끓고 있는 스튜에서 고소하고 달큰한 냄새가 풍겨 나오기 시작했다.

승하가 베드로의 맞은편으로 가 앉았다.

"우리 둘 공통점이 뭔 줄 알아? 긴 밤이 닥쳐온 순간을 경험했다는 거. 당신은 청력을 잃으면서 꿈과 사랑을 잃었고, 나는 언니의 죽음으로 모든 걸 잃었어. 그러나 우린 절망에 빠지거나 시류에 휩쓸리지 않고 자신만의 길을 뚝심 있게 걸어왔어.

길고도 고통스러운 밤을 빠져나와 당신은 신부가 되고 나는 활동가가 되었으니까. 둘 다 두 번째 생을 살고 있는 셈이지."

승하가 베드로의 눈을 바라보며 말을 이었다.

"당신은 언제나 행복해 보여. 늘 감사하고 즐거운 마음으로 주변을 돌아보지. 신기한 일이야. 세상을 따라야 할 절대명령이 아니라 유연한 공생관계 정도로 받아들이는 느낌이랄까. 세상과 조화롭게 어우러져 사는 모습이 감동적이야."

어쩐지 베드로는 승하가 무슨 얘기를 하고 싶은지 짐작하는 눈빛이었다.

"가족이란, 있을 때는 몰랐는데 없어 보니까 인생이 너무 빈약해."

그러고는 한참이나 말이 없었다. 작은 베드로의 사택 안에는 스튜가 보글보글 끓는 소리와 구수한 냄새가 가득했다.

"그런데, 승하야."

승하가 응? 하는 표정으로 베드로를 쳐다봤다.

"저거… 언제까지 끓여? 벌써 두 시간 넘게 끓고 있는데?"

베드로가 커다란 냄비를 보면서 물었다.

"원래 그 정도 끓이는 음식이야. 뵈프 부르기뇽이라는 프랑스 가정식 스튜야."

승하가 완성된 음식을 그릇에 담아 식탁 위에 올렸다.

바게트도 곁들인 다음, 허락도 없이 냉장고를 열어 열무김치를 꺼내놓고 베드로가 전날 만들어둔 제육볶음과 콩나물국까지 꺼내 데운 즉석밥과 함께 내놓았다.

"자, 다 됐다. 밥 먹자."

두 사람은 이인용 작은 식탁에 마주 보고 앉아 밥을 먹었다.

"네가 밥 먹자고 한 게 오늘이 처음인 거 알아?"

너무 맛있다며, 내 집에 앉아서 프랑스 음식을 먹게 될 줄 몰랐다며 한바탕 너스레를 떨며 베드로가 말했다.

"알아, 당신이 내게 밥 먹자고 한 게 수백 번도 더 된다는 것도."

승하는 제육볶음과 콩나물국을 맛있게 먹으며 말했다.

"파리에서 살았을 때 시립미술관에 자주 갔거든? 공짜기도 하고, 거기에 있는 램브란트 자화상을 좋아했거든. 혼자 우뚝 서 있는 유일한 그림인데 넘치는 자신감이 느껴져서."

승하는 제육볶음의 신 아니냐며 베드로를 추켜세우곤 다시 말했다.

"얼마 전에 다시 가서 봤는데 혼자 서 있는 그림이 너무 외로워 보이더라."

베드로가 고개를 끄덕였다.

"몇 년 전에 자궁비대증으로 자궁 적출 수술을 받았어. 나는 나이가 많기도 하지만 원해도 아기를 낳을 수는 없다는 말이야. 그동안 연애는 여러 번 했어. 주로 외국에서. 지금 생각해보니까 그 어떤 연애도 사랑은 아니었어."

베드로는 여전히 말없이 고개를 끄덕이며 들었다.

"어떻게 그걸 알았는 줄 알아?"

"뭘?"

"왜냐하면… 이제야 사랑을 알게 됐거든. 내가 그간 했던 연애들은 그저 엔조이였단 걸 알아차린 거지."

꿀꺽, 베드로가 저도 모르게 침을 삼켰다.

"베드로, 당신 집의 테이블은 이인용이야. 의자도 두 개 있어. 그거면 될 것 같아. 우리… 가족이 되자."

"어. 어…?"

승하에게 베드로가 당황한 모습을 보인 건 그때가 처음이었다. 얼결에 대답한 베드로는 자기가 방금 승하의 프러포즈를 받아들였다는 사실을 깨닫지 못하고 있었다. 승하가 말을 더했다.

"결혼은 단 세 가지 선택지밖에 없더라. 하거나, 하지 않거나, 못 하거나. 언니가 죽은 뒤, 난 하지 않기로 결심했지. 비혼선언도 했을 만큼 단호했어."

베드로는 그저 듣고만 있었다.

"돌이켜보니 그건 결혼을 거부했다기보다 세상과의 연결을 거부한 거라는 생각이 들어. 비혼식을 한 뒤 바로 활동가가 되어 낯선 곳으로 떠나 돌아오지 않았으니까. 인류애라는 거창한 이유가 아니라 내게 벌을 주는 의미가 컸던 거 같아. 엄마가 나를 비난했듯, 나 스스로 언니의 죽음에 죄책감을 버리지 못했으니까. 그리고 지금 난, 그 결심을 바꿨어. 비로소 나를 용서할 수 있게 된 거 같아. 베드로, 당신 덕분에. 그러니까, 협조해. 이제 당신은 나랑 결혼해야겠어."

승하는 웃지 않고 진지한 표정으로 말했다.

베드로는 음… 하고 짧은 소리로 잠깐 생각하다 말했다.

"나 때문에 마음이 바뀌었다니 놀라운데…."

"우리 둘 다 이미 40대야. 아직 청춘이라고 생각하지만 한 번 아프면 젊은 애들보다 더 아프지. 둘 다 혼자력 만렙 찍었지만 걸어서 병원에 못 갈 정도로 아플 때 말이야. 그땐 어떡해? 가서 병원 입원 수술 보호자란에 서명할 수 있나? 지인이라고?"

승하는 혼자라서 불편한 점을 더 늘어놓았다.

서류로 확인받지 않은 관계란 등기우편물 받을 때도 불가하다. 프랑스만 해도 지정한 동반자에 대해 소득공제, 건강보험, 피부양자 등록 등이 가능하다. 그러나 한국은 서류로 인정하는 가족관계가 아니면 세금과 복지 측면에서 불이익이 많다. 사람들이 잘 모르고 있지만, 한국의 세금 중 여러 곳에 독신세가 들어가 있다.

"하나 더 있어."

승하가 베드로와 눈을 맞추며 말했다.

"뭔데?"

"나 브라자 안 하잖아. 필요할 때 당신이 내 옆에 있어 줘야겠어."

"어? 어…."

갑자기 뭔 소리야, 하는 표정으로 베드로가 얼버무렸다.

한번은 한 TV 예능 토크쇼에서 승하를 섭외했다. 녹화장에 나타나자 남자 피디가 난감한 표정을 지었다. 지시를 받은 여자 방송작가가 승하에게 브래지어를 착용해달라 했다.

승하는 승낙하지 않았다. 있는 그대로 진솔한 모습을 보여주면 된다고 해서 섭외를 수락했는데 시작도 전에 나를 거짓된 모습으로 숨기라니!

결국 피디가 직접 부탁했다. 한국의 정서에서 불편해할 수 있는 시청자들을 고려해달라고. 승하는 문득 자신이 이 사회에서는 고집불통 아이 취급을 받는다고 느꼈다. 그때 무대 밖에서 지켜보던 베드로가 승하 곁으로 다가왔다. 딴에는 방송국에 구경 온다고 신부님답게 로만칼라를 착용하고 블랙 재킷을 입은 차림이었다.

베드로가 조용히 자기 재킷을 벗어 승하에게 걸쳐주었다. 남자 재킷이지만 역시 모델 출신이라 승하는 단박에 옷을 소화해 자기만의 개성 있는 패션으로 만들었다.

"싫어. 내가 왜? 난 그냥 나인데."

그러자 베드로가 이렇게 말했다.

"이 재킷은 아무것도 아니야. 그냥 너랑 세상을 이어주는 가느다란 끈일 뿐이야."

베드로가 살포시 승하 어깨 위에 손을 얹어 다독거렸다. 그토록 가벼운 무게감이 마음을 진정시켜주었다. 베드로는 충고하거나 지적하는 대신 그렇게 감싸주고 제 것을 내주었다.

"베드로, 당신 이름의 뜻이 반석(磐石)이라며? 그러니 당신이 단단한 받침이 되어서 내가 세상에서 흔들리지 않도록 굳게 잡아줘. 원만한 관계를 맺고 있다면, 모든 인간관계 중 가장 힘을 발휘할 수 있는 게 가족이야."

아빠마저 죽고 돌아올 곳이 없는 셈이 된 승하가 원하는 것은 '돌아올 수 있는 곳'이었다. 승하가 한국에 머무는 동안 베드로의 사택에서 지내면 된다. 둘이 일 년에 보름에서 한 달 정도 함께 생활하는 거다. 승하가 한국에 돌아오는 잠깐 동안만! 그것이 이 부부의 결혼생활 방식이 될 거였다.

"당신 월급은 쥐꼬리지만 나도 쥐꼬리 정도는 버니까."

승하가 말했다.

어차피 두 사람에게 돈은 그다지 필요하지 않았다. 두 사람의 결혼은 재산을 불려가고 더 좋은 자동차와 큰 집을 장만해가는 것이 목표가 되지 않을 것이다. 평범한 결혼과는 다른 결혼이 되겠지.

"결혼이란, 페어링이야."

승하가 자기가 만든 뵈프 부르기뇽과 베드로가 만든 제육볶음과 콩나물국을 번갈아 먹으면서 갑자기 생각났다는 듯 말했다.

"프랑스식 스튜가 제육볶음이랑 콩나물국과 이렇게 잘 어우러질 줄 누가 알았냐고! 같이 먹어보기 전엔 절대 알 수 없었잖아?"

승하가 쩝쩝거리며 음식을 먹으면서 유쾌하게 말했다.

"기쁨으로 터질 것 같은 심장이나 모든 감각이 깨어나는 듯한 환각을 느낄 나이도 아니고 불처럼 솟구치는 정열이나 가슴 가득 차오르는 격정으로 온몸을 떠는 것과는 다르지만 뜨거운 것만이 사랑은 아니니까. 앞으로 우리가 서로에게 가장 많이 하게 될 말은 아마 이거일 거야. '내가 할게'라고."

갑자기 베드로가 눈물을 흘렸다. 깜짝 놀라 승하가 베드로의 손을 잡았다.

"왜 울어?"

시종 유쾌하던 승하의 음성이 흔들렸다. 베드로의 눈물은 투명한 빛깔로 따뜻한 온도로 뺨을 타고 흘렀다. 이상하게 그 눈물을 보니까 명치끝이 파르르, 떨렸다. 그러더니 갑자기 승하의 눈에서도 눈물이 터졌다. 베드로의 진심 어린 눈물이 승하의 빗장을 녹인 거였다.

둘은 같이 울었다. 크게 울었고, 많이 울었고, 후련하게… 울었다.

그 울음에 들리지 않는 베드로의 왼쪽 귀와 잃어버린 꿈과 한 사람으로서 그리고 한 남자로서 포기했던 많은 욕망이 위로받았다. 그리고 승하도 위로받았다. 설하의 사고와 엄마의 죽음과 자기가 잃어버리고 포기했던 많은 일들이 함께 마음에서 씻겨나갔다.

괜찮아… 다 괜찮아… 이제 다… 괜찮아….

합동결혼식

다섯 명의 신랑들이 나란히 서 있었다. 적절하게 조도를 낮춘 조명과 풍성한 꽃장식과 적당한 볼륨의 바흐 음악이 긴장한 채 서 있는 신랑들을 감싸주었다.

이어서 신부 입장!

아름다운 신부 다섯 명이 차례로 입장했다.

천천히 걸어 들어오는 신부들 중 마지막 신부는 다른 이들보다 키가 머리 하나가 더 커서 혼자서 조명 빛을 다 받고 있는 듯 보였다. 신부들이 차례로 줄지어 등장하자 길게 깔려 있는 붉은 카펫이 마치 런웨이처럼 보였다.

승하는 오랜만에 런웨이를 걷는 모델처럼 도드라졌다. 슬림하고 길게 떨어지는 드레스가 늘씬한 키를 강조해서 최고 디자이너의 웨딩 컬렉션인 듯 보일 정도였다. 그동안 섰던 그 어떤 무대의 런웨이보다 아름답고 찬란했다.

모델로서가 아니라, 신부로서 남편을 만나러 가는 붉은 길은 이상하게 승하의 심장을 콩닥콩닥 뛰게 만들었다. 수백 번도 더 섰던 무대지만 오늘만큼은 처음 무대에 선 날보다 더 떨리고 긴장됐다.

마침내 다섯 명의 신부들과 다섯 명의 신랑들이 나란히 하객 앞에 섰다.

열 명의 신랑, 신부가 한꺼번에 결혼하는 모습은 정말이지 화사하고 눈을 뗄 수 없을 정도로 사람들의 이목을 집중시켰다.

"너무 아름답다!"

미태가 입을 하, 벌리고 감탄사를 마구 쏟아냈다.

"아름답기는 뭘…."

미숙 씨가 옆에서 툴툴거렸다. 그 와중에 행여 곱게 차려입은 한복 자락이 구겨질세라 엉덩이 밑으로 손을 집어넣어 잘 펼쳐 앉았다.

"대표님은 이렇게 예쁘고 멋진 장면 본 적 있어요?"

미태가 두 손을 모아 꼭 쥐었다. 무언가를 바라는 사람이 기도하는 모양새처럼 가지런하고, 그 소망이 눈앞에 이뤄진 걸 보는 사람처럼 충만했다.

"다섯 쌍의 결혼이라니!"

"옛날엔 많았거든?"

영감 살았을 적 옛날에는 돈이 없어 식도 못 올리고 살던 많은 사람들을 한 번에 결혼하게 하는 장면들이 종종 있었지….
그런 말을 중얼거리면서 미숙 씨가 생각에 잠겼다.

영감이 죽고 이렇게 한꺼번에 다섯 쌍이 결혼하는 건 처음이었다. 새삼스러운 기분이 들었다. 그리고 랑랑예식장에 결혼을 신청하는 이유가 자기들뿐 아니라, 다른 네 쌍의 부부들까지 다 함께 결혼할 수 있도록 해달라는 둘의 마음이 예뻐서 속으로는 몰래 미소를 지었다.

"그러게요. 요즘은 합동결혼식이니 하는 건 볼 수가 없었는데. 게다 이렇게 다양한 구성의 결혼식이라니."

미태가 제 흥에 겨워 호응해주었다. 그도 그럴 것이, 부부들의 구성을 보면 뭐 이런 합동결혼식도 다 있나 싶을 것 같았다. 신부 베드로와 모델 출신 NGO 활동가 승하의 결혼만 해도 화제가 될 터인데, 나머지 네 쌍도 만만치 않았다.

승하가 카페에서 만났던 시각장애가 있는 양근식과 청각장애가 있는 임수정 커플 그리고 둘 다 여자인 동성 커플과 둘 다 남자인 동성 커플, 척수근위축증을 앓고 있는 신부와 뇌병변장애를 가진 신랑 커플.

결혼식을 한다는 건, 삶의 방향과 태도를 스스로 결정하는 일이다. 법으로 인정 못 받아도 결혼식이 불법은 아니다. 그리고 중증장애가 있어서 타인의 도움이 필요한 사람이라도 결혼할 권리는 있다. 그러니 결혼식은 비혼식과 마찬가지로 각자 인생에서 방향을 바꾸는 절대 선언이고, 우리는 그 선택을 존중하고 응원해야 하지 않겠냐며 승하와 베드로가 합동결혼식을 신청한 것이다.

여자 동성 커플은 한쪽은 드레스를 입고 한쪽은 세련된 수트를 입었다.

남자 동성 커플은 둘 다 수트를 입었다.

척수근위축증을 앓고 있는 신부는 보조인이 미는 전동 휠체어에 탄 채 앞으로 나아가 신랑 옆에 멈춰 섰다.

세간에 화제가 된 오늘 합동결혼식은 많은 관심 속에 치러졌다. 방송사들의 취재 요청이 와서 여러 대의 카메라가 찍고 있었고, 동성 커플들의 많은 동성 지인들과 장애인 커플들의 많은 장애인 지인들이 홀을 가득 메우고 있었다.

거기에 베드로의 지인들은 신부님이 많았다. 로만칼라를 착용한 신부님들이 머리를 빡빡 깎고 장삼을 차려입은 스님들과 이야기를 나누고 있었다.

어릴 때부터 다녔고 엄마와 언니의 위패를 모셔놓은 절의 스님들도 승하가 결혼식에 초대한 거였다. 그중에는 베드로와 함께 절에 갔을 때 만났던 노승도 있었다.

“거 봐, 둘이 결혼하잖아. 내가 처음에 딱 봤을 때 그럴 줄 알았다니까.”

노승이 베드로와 같은 성당에 소속된 여성 신부인 카타리나와 수다를 떨면서 말했다.

“저렇게 될 줄 아셨어요?”

카타리나가 노승에게 반색하며 물었다.

“그렇다니까. 저거 봐. 신부 머리 위에 벚꽃잎 모양 화관 쓴 거. 첨에 딱 저게 보이더라구.”

그러더니 노승이 갑자기 ‘어, 그래. 나? 결혼식에 와 있지. 아니야, 결혼식 왔다고 다 고기 먹나?’ 이러면서 전화를 받고는 가타부타 말도 없이 홀에서 빠져나갔다.

홀은 그야말로 각양각색의 사람들로 꽉 들어찼다. 성별과 종교와 장애 유무와 성적 지향성과 편견과 선입견을 뛰어넘은 화합과 통합의 장면이었다.

갑자기 장내가 술렁이더니 사회자가 특별 축사가 있겠다고 알렸다. 카메라도 미리 언질을 받지 못했던지 어디로 향해야 할지 모르는 눈치였다. 사람들의 이목이 한군데로 몰렸다. 거기에 이 나라의 국무총리가 모습을 드러냈다.

"와아!"

사람들이 감탄사를 터트리고 박수를 쳤다.

총리는 깔끔한 수트 차림으로 단상 위로 올라가 막 결혼한 다섯 쌍의 커플에게 짧은 축사를 건넸다.

"이김승하 님과 베드로 님께 초대장을 받은 대통령님의 고된 일과로 인해 부득이하게 제가 대신 참석하게 되었습니다."

총리는 먼저 그렇게 말한 다음, 미리 적어 온 대통령님의 메시지를 대신 읽었다.

"오늘 합동결혼식에 대해 전해 듣고 처음 든 감정은 감사함이었습니다. 선출직 공무원으로 이 자리에 있는 저로서는 나라의 통합과 화합이라는 중대한 의무가 그 무엇보다도 무겁게 느껴지거든요⋯."

사람들이 화답하듯 고개를 끄덕였다.

"그런데 한 장면으로 사회의 통합을 상징으로 보여주다니요. 비록 제 눈으로 직접 보지는 못하나 생각만으로도 결혼식장에 계실 분들의 면면을 떠올려보니 더욱 감개무량합니다. 모쪼록 다섯 쌍의 신혼부부들은 결혼이란 서로의 다름을 인정하고 서로 화합하고자 하는 노력이라는 점을 잊지 말고 행복하시길 바랍니다."

짧은 축사를 끝낸 총리는 마무리 멘트를 했다.

"대통령님께서 그리 말씀하셨습니다. 제 마음도 똑같습니다. 행복하십시오. 그것만이 여러분들이 소망하실 가장 중요한 일입니다. 그럼 저는 월급 좀 많이 받고 일하는 공무원으로서 또 얼른 일하러 가보겠습니다."

사람들의 박수갈채 속에 총리가 퇴장했다.

이어 신혼부부를 축하하는 폭죽이 터졌다.

"브라보!"

미태가 촉촉이 젖은 눈가를 닦으며 연신 감탄사를 외쳤다.

"설마 했는데 정말 오셨네요."

퇴장하는 국무총리를 보고 미태가 신이 나서 미숙 씨에게 조잘거렸다. 그러더니 문득 생각났다는 듯 미숙 씨에게 귓속말했다.

"베드로 신부님이 승하 씨 몰래 한 말이 있어요."

앞에서는 다섯 쌍의 신혼부부가 모두의 축하를 받으며 사진 찍느라 바빴다.

"뭔데?"

나 그런 거 좋아해, 비밀 같은 거, 하며 미숙 씨가 물었다.

"사실 자기가 더 조마조마했다고."

베드로는 사실 요양병원에서 승하를 처음 만난 게 아니었다. 사십 년이 넘는 동안 동시대의 생을 살아오면서 두 사람은 총 세 번을 마주쳤다. 승하가 만났다고 인지한 건 요양병원에서의 세 번째 마주침이었다.

베드로가 파일럿의 꿈을 품고 엠브리 리들 항공대학교에 합격해 미국으로 출국하기 위해 공항에 갔던 날. 베드로는 두 번째로 승하를 보았다.

거기, 공항에 승하가 있었다. 그때 승하는 혼자가 아니었다. 쌍둥이 언니 설하와 함께였다. 두 자매는 파리의 유명 에이전시에 발탁된 패션모델로 출국하기 위해 공항에 온 길이었다.

방송사의 카메라가 두 사람을 취재하고 있었고, 당연히 공항에 있는 모두의 이목이 집중될 수밖에 없었다.

남들보다 머리 하나는 더 큰 두 자매가 한국인 모델로서는 드물게, 그것도 쌍둥이 자매가 한꺼번에 프랑스 유명 패션쇼에 서게 되었으니 당연한 일이었다.

베드로는 멀리서 둘을 보았다. 그리고 속으로 진심 어린 축하를 건넸다.

"이제 정말 내게는 너무나 먼 별이 되었네. 부디 외국에 가서도 건강하고 모델로 성공하고 사랑을 듬뿍 받길. 안녕, 나의 첫사랑…."

그랬다. 베드로는 승하를 마음속에 이상형으로 품고 있었다. 사실 많은 남자들이 쌍둥이 자매 모델을 이상형으로 꼽긴 했다. 그러나 베드로의 경우는 그보다 훨씬 더 오래전부터 그랬다. 그러니까 베드로가 아주 어린 유치원생 시절부터.

둘은 같은 유치원에 다녔다. 아니다. 그때는 설하까지 셋이었다. 베드로는 유치원에서 눈에 거의 띄지 않는 아이였다. 아빠가 교통사고를 당하고, 반신불수가 되어 받은 보상금으로 막 생겨난 신도시로 이사한 참이었다. 엄마가 그곳에 옷가게를 내고 하면서 정신없는 와중이었다. 당연히 엄마, 아빠 모두 베드로에게 제대로 관심을 쏟을 수 없는 상황이었다.

베드로는 다 이해할 수는 없었지만 자기가 철없이 굴거나 부모님을 속상하게 만들면 안 된다는 걸 잘 알았다. 그래서 어디 가서든 조용했고 어른들의 말을 잘 들었다.

반면 두 쌍둥이 자매는 완전히 왈가닥이었다. 유치원에서도 자기들이 대장 노릇을 했다. 쌍둥이 자매는 어디서 샀는지 모를 긴 드레스를 입고 선글라스를 쓰고 팔에는 긴 장갑을 끼고 돌아다녔다.

다른 아이들은 그 모습이 우스꽝스러워 깔깔대고 웃었지만 베드로는 달랐다. 당당하고 자신감 넘치고 자기주장 강한 모습이 너무나 멋졌다.

"야, 너!"

승하가 베드로를 불렀다.

"나?"

베드로가 주위를 두리번거렸다. 유치원 과정이 끝나고 하원하는 시간이었는데, 다른 아이들은 모두 돌아가고 베드로와 쌍둥이 자매만 남았을 때였다. 마침 언니 설하는 화장실에 가고 둘이 있었다.

다른 아이들은 두 자매를 두고 설하인지 승하인지 맨날 헷갈렸는데, 이상하게 베드로는 둘을 정확하게 구별할 수 있었다. 그날 자기를 부른 건 분명 승하였다.

"너 잠깐 나 좀 봐."

"어…."

베드로가 작게 말하고 쭈뼛거리면서 승하 옆으로 조금 다가갔다.

"너, 내가 멋지냐?"

승하가 물었다. 손으로 선글라스를 추켜올렸다.

"어? 어…."

"얼마나 멋진데? 말해봐."

"어… 엄청."

"더 자세히 말해봐."

"우리 엄마보다 니가 더 멋져."

"진짜야?"

"응, 진짜."

"너 나 좋아해?"

"어…, 어?"

"그럼 너, 나랑 결혼해. 알겠지?"

"어? 어…. 그래."

"딴 여자애랑 결혼하면 안 돼. 자, 약속해."

그날 둘은 손가락 꼭 걸고 약속했다. 여섯 살의 운명이었다.

맞다니까! 억울한 거?

승하와 베드로는 일반적 생의 경로와 다른 삶을 사는 공통점이 있었다.

혼자이길 원했을 때 둘은 각자 의지와 목표가 단호했다. 지금까지의 세상에서 벗어나기.

과감하고 단호하게 그리고 민첩하게 각자 세상의 프레임에서 물러섰다. 스스로에게 몰두하기로 마음먹었던 것.

그랬던 두 사람이 만나 결혼을 했다. 두 사람의 결혼은 커다랗고 울림이 깊은 화합과 통합의 메시지를 많은 사람들에게 전달하는 효과가 있었다. 랑랑예식장으로 들어오는 사연을 접할 때마다 미태는 언제나 응원하는 마음이었는데, 이번에는 그 마음이 훨씬 더 컸다.

점점 여기가 예식장인지 이야기 집합소인지 헷갈릴 지경으로 매일 수많은 사람들의 사연과 인생이 이곳으로 모여들었다. 그 사연 중 대부분은 자기 자신에 관한 거였다. 그런데 이 두 사람의 테두리는 훨씬 더 넓고 깊었고, 미태는 그 점에 깊이 감동받았다.

심지어 바로 그것이 랑랑예식장이 나아갈 이정표라고 느꼈다. 이후로 미태는 두 사람을 예식장의 자문으로 앉힐 계획까지 짜고 있었다.

"저기 좀 봐요. 각기 다른 사연을 품고 있는 다섯 쌍의 부부들이 편견과 장벽을 뛰어넘어 한데 어우러지는 모습. 정말 아름답지 않아요? 이런 장면을 이제야 보게 되다니. 얼마나 억울하겠어?"

뜬금없이 그게 무슨 소리야, 하는 표정으로 미숙 씨가 미태를 흘겨보았다.

"두 사람이 이 장면 보고 싶어서 대체 몇 년을 기다린 거야? 무려 43년 만이잖아. 그 긴 세월이 얼마나 억울해?"

안 그래요? 하며, 미태가 슬며시 말끝을 흐렸다.

"예식장 일을 해보니까, 사실 이 일에 적합한 기준은 억울함이 아닐지도 모르겠다는 생각이 들어요. 우리가 처음에 억울함이라는 기준을 세운 이유가 뭐예요? 수많은 사연 중에 선별하는 기준으로 삼은 거잖아요. 그런데 그보다는 연민의 마음으로 공감이라는 감정이 소용되는 경우가 훨씬 더 많더라고요."

미태가 말하기 전부터 사실 미숙 씨도 승하와 베드로 두 사람을 보면서 그 비슷한 생각을 하고 있던 참이었다.

예식장을 재개장하자고 마음먹었을 때 미숙 씨 마음속에는 억울함과 슬픔, 분노 같은 감정이 가득했었다. 하지만 제각각의 사연을 품고 랑랑예식장에서 결혼하는 것을 보면서 자기도 모르게 그런 감정들이 옅어져 가고 있었다.

미숙 씨와 미태는 서로 더 말하지 않았다. 그것은 어쩌면 각자의 변화인지도 몰랐다. 각자가 변해가고 있다는 사실을 알아가고 있는 것이다.

곰곰이 생각하면서 두 사람은 승하와 베드로를 바라보았다. 첫 번째 어린 시절과 두 번째 각자가 선택한 각각의 생을 거쳐 이제 두 사람이 하나가 되어 세 번째 생을 그려가겠지. 그 아름다운 통합이 바로 결혼이구나, 생각하면서.

오래된 편지

승하와 베드로의 결혼식이 끝나고 사람들이 모두 돌아간 뒤, 미숙 씨는 사무실에 잠깐 들렀다. 미숙 씨 앞으로 배달된 편지가 있다는 예식장 직원의 말을 듣고서였다.

"편지? 누가?"

직원은 발신인 이름은 없고 다만 수신인이 미숙 씨라고만 알려주었다.

과연 편지였다. 민무늬 하얀 편지봉투. 두툼했다. 우체국 소인은 없었다. 직원 말로는 우체부가 아니라 무슨 사설 경호업체에서 일하는 사람 같은 분위기를 풍기는 블랙 수트의 남자가 편지를 가져왔다고 했다.

밀봉한 봉투를 뜯어 첫 줄을 읽자마자 미숙 씨는 발신인이 누구인지 단박에 알 수 있었다.

미숙 씨는 허둥대면서 직원을 찾아 편지를 배달한 남자에 대해 물었지만 별 소득은 없었다.

"미숙아…."

편지는 그렇게 시작했다.

"이 얘기를 이제야 들려주게 되어 미안하다."

편지를 들고 있는 미숙 씨 손이 떨려 왔다. 이 말투, 이 필체, 미숙아… 하고 부를 때마다 그 음성에서 느껴지던 온기…. 이 편지는… 영감이 쓴 것이다!

미숙 씨는 단박에 알아보았다.

"말도 안 돼. 어떻게 영감이 내게 편지를…."

떨리고 있는 미숙 씨의 손등 위로 눈물이 떨어졌다.

죽은 영감이, 죽고 나서 몇 년 뒤에 보내온 편지라니. 어떻게 된 영문인지도 모르거니와 어째서 이제야 편지가 미숙 씨에게 전달된 것인지도 알 수 없었다. 미숙 씨가 할 수 있는 거라고는 편지를 읽는 것밖에 없었다.

"너는 내가 왜 랑랑예식장을 세우고 무료결혼식을 올려주는 건지 늘 궁금해했지. 그 이야기를 하자면 먼 과거로 거슬러 올라가야겠구나."

편지 속에서 영감은 그렇게 긴 이야기를 시작하고 있었다.

"나는 전쟁고아였다…."

영감은 먼저 자신의 먼 과거 얘기를 하고 있었다. 무슨 이유가 있겠지, 생각하면서 미숙 씨는 서둘러 읽어내려갔다.

"많은 고아들이 제주도로 보내졌지. 제주도는 참 이상한 곳이었어. 바닷가 바위들이 모두 새까맣고 구멍이 숭숭 뚫려 있는 게 꼭 부모를 죽인 총구멍 같았거든."

편지 속 이야기인데도 미숙 씨는 자기에게 말하고 있는 영감의 눈이 촉촉하게 젖어 드는 걸 본 것만 같았다.

임종덕은 제주도에서 잘 적응하지 못했다. 고아원에서 나온 뒤로 임종덕은 질 나쁜 치들과 어울려 다녔다. 차림은 거칠었고 표정은 사나웠다. 좌절과 분노에 사로잡혀 있던 시절이었다.

종덕은 절도를 위해 시내의 시계방에 몰래 들어갔다. 어둠 속에서 한 여자를 보았다. 시계방 안쪽에 딸린 방에서 나온 여자가 물끄러미 종덕을 보았다. 놀란 듯 크게 뜬 눈으로 가난한 차림의 그를 한참 보다가 방 안으로 들어가더니 이내 쟁반을 받쳐 들고나와 내밀었다. 막 끓인 따뜻한 보리차 한 잔 그리고 인절미 떡 세 개.

여자의 눈빛은 유리알처럼 맑았다. 보리차의 뽀얀 김에 여자의 얼굴이 겹쳐 보였다. 갑자기 시계 초침 소리보다 심장 뛰는 소리가 더 크게 들렸다. 여자의 맑은 눈이 굳어 있던 그의 심장을 다시 뛰게 만든 거였다. 바람도 없는데 갑자기 마음이 흔들렸다. 멋모르고 무언가 훔치러 들어왔다가 순식간에 자기를 온통 빼앗긴 기분이었다.

종덕은 여자가 숙식을 해결하면서 허드렛일을 봐주던 그 시계방에 취직했다. 그곳에서 시계 수리 기술을 배웠고 여자에게서 사랑을 배웠다. 그러고 나자 사람이 살아간다는 일이 무엇인지 알 수 있었다.

둘은 결혼했다. 종덕은 착실했고 열심히 일했으며 진심으로 아내를 사랑했다.

"결혼은 그런 거야. 세상이 바뀌는 것이지. 서로를 버팀목 삼아 단단하게 세상에 뿌리를 내릴 수 있게 되는 것이지."

그러나 가난한 부부는 결혼식을 올리지 못했다.

"그 시계방에 낡은 모래시계가 하나 있었어. 아내가 내게 말해주더군. 신기하게도 모래를 뒤집을 때 웃으면 모래가 다 떨어지고 나서도 좋은 일이 생긴다고. 하지만 모래가 떨어지고 있는 중간에 화를 내버리면 곧 슬픈 일이 찾아온다고 말이지."

그 말에 그저 웃었지만, 아내가 죽었을 때 종덕은 그 말이 사실임을 알았다.

시계방에서 일할 때 무심코 모래시계를 거꾸로 뒤집었는데, 모래가 다 떨어지기 전에 몇 달치 봉급을 주지 않던 시계방 사장에게 화를 냈다. 결혼식이 하고 싶었지만 돈이 없었으니까.

하얀 면사포를 쓴 아내의 모습이 보고 싶어 종덕이 밀린 돈을 요구했다. 사장이 없는 돈을 어떻게 주느냐며 화를 내며 소리 질렀을 때, 경찰서에서 전화가 걸려왔다. 모래시계에서 모래가 떨어지고 있는 와중에, 임종덕이 사장에게 화를 내던 바로 그 시각에, 아내가 신호 위반 차량에 치여 쓰러졌다.

아내가 죽고 나서 종덕은 서울로 올라와 작은 시계수리점을 차렸다. 그리고 죽도록 일해 랑랑예식장을 세웠다. 결혼식조차 올리지 못하고 아내를 떠나보낸 것이 한이었던 그는 자기처럼 돈이 없어 결혼식을 하지 못한 수많은 부부들의 결혼식을 해주었다.

업보

많은 시간이 흘러, 종덕은 미숙 씨를 만났다.

미숙 씨가 고등학생 때였고, 엄마가 죽고 난 뒤 나쁜 아이들과 어울리고 방황하던 때였다. 그때 미숙 씨에겐 매일이 똑같았다.

학교에 가지 않고, 뒷골목을 따라 흘러다니며 아이들을 협박하고, 뜯어낸 푼돈으로 술과 담배를 사고, 정해진 순서처럼 으슥한 곳에서 취해가는 것.

그날도 그랬다. 자정이 넘도록 어딘가에서 술을 마시고 취해돌아가는 길이었다. 미숙 씨는 어두운 길을 방황했다. 그러다 뭔가에 걸려 넘어졌다. 얼마나 그러고 있었는지 몰랐다.

"어이, 학생. 여기서 이러면 안 되지. 집이 어디야? 친절한 아저씨가 데려다줄 테니까."

지나던 사내가 바닥에 쓰러진 미숙 씨에게 접근했다. 미숙 씨는 게슴츠레 눈을 뜨고 이렇게 말했다.

"엄마? 엄마 왔어? 아니야, 나는 엄마만 있으면 돼. 다른 건 아무것도 필요 없어…."

미숙 씨가 입속으로 중얼거리는 말을 남자는 알아듣지 못했다.

"뭐라고? 학생, 집이 어디라고?"

남자는 미숙 씨에게 더욱 가까이 접근했다. 인적 드문 고가다리 밑이었다. 으슥했고 CCTV도 없던 시절이었다. 게다가 자정이 넘은 시간이었다. 주위를 둘러본 남자가 자기 허리띠를 풀었다. 그리고 미숙 씨 바지 단추를 막 풀 때였다. 퍽.

"윽."

남자는 비명과 함께 뒤로 넘어졌다. 누군가 돌로 남자의 뒤통수를 내리친 거였다.

"뭐야?"

종덕이었다. 그의 손에는 아직 돌이 들려 있었다. 남자가 주머니에서 잭나이프를 꺼냈다. 그리고 휘둘렀다.

"곱게 보내줄 때 얼른 사라져. 그 여자애는 그냥 두고. 안 그러면 재미없을 테니까."

종덕은 아직 영감이 되기 전, 몸뚱이의 힘이 충만한 나이였다. 남자가 꺼내든 칼을 보고도 눈도 꿈쩍하지 않았다.

"너야말로 남의 일에 상관 말고 썩 꺼져."

남자가 칼로 위협했다. 종덕은 남자가 휘두르는 칼을 피하며 틈을 타 공격 기회를 놓치지 않았다. 그렇게 한참 둘은 몸싸움을 벌였다.

남자가 세게 칼을 휘둘러 균형을 잃은 찰나, 종덕이 돌멩이로 그를 가격했다. 그 결에 중심을 잃은 남자는 뒤로 넘어졌다. 그리고 뾰족하게 튀어나온 돌부리에 정확히 뒤통수를 찔렸다….

미숙은 커다랗고 무거운 망치로 뒤통수를 얻어맞은 것 같았다.

자신이 만취 상태에서 강간당할 위기였고, 우연히 지나던 영감이 저를 구하려다 사람을 죽였다는 말이지 않은가. 물론 남자가 넘어지다 돌에 뒤통수를 찔린 사고였지만 종덕은 자기가 죽인 거라고 믿었다.

"무서웠다. 내가 사람을 죽이다니…. 어떡해야 할지 몰라 피흘리며 죽은 남자와 술에 취해 쓰러져 있는 미숙이 너를 번갈아 보았다. 잠든 네 얼굴에 눈물 자국이 있더구나. 어떤 슬픔을 품고 있는지 그때는 몰랐다만 너를 구할 수 있어 다행이라고 안도했다.

나는 집으로 돌아와 몸을 씻고 단정하게 앉아 기다렸다. 하지만 아무도 찾아오지 않더구나. 이해할 수 없었다. 티브이 뉴스를 켜보았다. 지난밤 고가 다리 밑에서 조폭에 속해 있는 한 남자가 죽었다, 몸싸움의 흔적이 있는 걸로 봐서 범인은 원한관계가 있는 반대파 조폭일 가능성이 높다는 내용의 뉴스가 나오고 있었다. 만약 끝내 아무도 나를 잡으러 오지 않는다면 어쩌지? 하는 생각이 들었다. 랑랑예식장에 찾아오는 많은 사람들 생각이 났다. 내가 없어진다면 그 사람들은 어떡하나. 그리고 문득 그런 생각이 들더구나. 이것은 어쩌면 나의 업보로 남겠구나, 하는."

종덕은 평생 그 업보를 씻기 위해 죽을 만큼 열심히 일해서 번 돈으로 랑랑예식장에 온 사람들을 도왔다. 그리고 이제 그 업보를 미숙 씨에게 물려준 것이었다. 그것이 반드시 미숙 씨가 랑랑예식장을 이어 받아 맡아야 하는 까닭이었던 것이다. 임종덕의 업보가 바로 미숙 씨의 업보였으니까.

종덕은 죽기 전에 자기 몸에 암덩어리가 퍼진 것을 알았다. 편안하고 안락한 침대에 누워 죽을 수는 없다고 생각했다. 그렇게 죽어서, 사람들에게 랑랑예식장의 주인으로 어려운 이들을 도왔던 사람으로 기억되면 안 되는 거였다. 마지막 양심이 그것만은 허용하지 않았다. 그것이 임종덕이 스스로 예식장 건물 밖으로 몸을 던진 이유였다.

"이런 나여서 미안하다…."

영감이 편지에서 계속 미안하다고 했다.

"나는 옳은 일을 한 걸까? 그 일이 있은 뒤, 아무리 시간이 많이 흘러도 알 수 없었다. 다른 누구에게도 물어볼 수 없었다. 내가 랑랑예식장을 통해 알게 된 사람들, 나의 노트에 행복이라는 낱말로 가득 차게 만들어준 모든 사람들에게 이 이야기를 하면 어떻게 될까? 자기들을 도와준 사람이 사실은 살인자였다면? 미숙아… 나는 답을 찾지 못했다. 그 답을 이제 네가 나 대신 찾아주길 바란다."

밤이 깊어 갔다. 마침내 행복해진 다섯 쌍의 신혼부부와 그 아름다운 장면을 본 것만으로도 행복한 꿈을 꿀 많은 사람들이 집으로 모두 돌아가고 랑랑예식장에는 미숙 씨만 남았다.

문득 눈물이 흘렀다. 미숙 씨는 그곳에서 혼자 오래 울었다. 벽에 걸린 그림을 올려다보았다. 영감의 모습이 거기에 있었다. 살아생전 늘 미숙씨 어깨를 토닥이며 지었던 따뜻한 미소가 여전히 그림 속에서 생생하게 전달되었다.

　"나는 이제 어떡해야 하지? 영감님, 말씀 좀 해보시라고요."

　답을 모르는 어린 딸이 아빠에게 보채듯 떼쓰는 말투였다. 하지만 그림은 말없이 인자한 미소를 띤 채 미숙 씨를 내려다보고 있을 뿐이었다. 그러다, 생각났다.

　"모래시계!"

　분명 본 것 같았다. 처음 봤을 때는 어떤 의미가 있다는 생각조차 하지 못해 기억에 남지 않았다. 하지만 그걸 본 건 분명했다.

　"어디서 봤더라?"

　미숙 씨가 기억을 떠올리려 애를 썼다. 일단 모래시계를 떠올리고 나니 꼭 그걸 찾아야만 답을 얻을 수 있을 것처럼 생각이 들어서 마음이 초조해졌다.

　모래시계를 뒤집을 때 웃으면 좋은 일이 생긴다고 했지? 그러면 기분이 좋아지는 답을 생각하면서 모래시계를 뒤집는다면 모래가 다 떨어지고 나서 그 답이 정답이라는 게 확정되는 것 아닌가? 좋은 일이 생기면서 말이다.

　어쩌면 그건 아무 근거도 없는 일일지 모르지만, 그것이 유일한 솔루션인 것만 같았다. 영감이 그렇게 믿었다는 것만으로 미숙 씨 또한 단박에 그렇게 생각했다.

미숙 씨는 사무실 한쪽에 딸린 작은 방으로 들어갔다. 영감이 예식장의 대표이던 시절에 영감의 사무실에 있던 모든 것을 그곳에 옮겨놓았다. 잡다한 문서들과 낡아빠진 사무용품과 영감의 낡은 옷가지와 각종 잡동사니들이었다.

미숙 씨는 그것들을 샅샅이 뒤졌다. 하지만 모래시계는 거기 없었다. 그렇다면 모래시계는 어디 있을까. 나는 그걸 어디서 보았던 걸까. 그러다 미숙 씨가 아차! 했다. 바로 사무실을 박차고 나갔다.

위악과 위선은 가끔 서로 헷갈린다

"당신, 뭐야?"

가방에서 전기충격기를 꺼내 흔들었다. 미숙 씨가 서둘러 향한 곳은 영감이 운영하던 시계 수리점이었다. 그 안에 누군가 쭈그리고 앉아 뭘 뒤지는 모양새였다. 늙수그레한 남자가 천천히 뒤돌아 미숙 씨를 향해 섰다. 얼굴에는 싸늘한 미소가 달려 있었다. 형사 강수일.

"거품 문 미친 개? 지금 여기서 뭐하는 건데?"

"전기마녀 귀신이네? 야밤에 여긴 웬일로?"

수일이 미숙 씨에게 물었다. 자정을 넘겨 다들 잠들 시각에 개와 귀신이 죽은 자의 시계수리점에서 맞닥트린 거였다.

"지금 여기서 뭐하는 거냐니까!"

미숙 씨가 전기충격기의 전원을 켤까 말까 망설이며 물었다.

그 결정은 수일의 대답 여하에 달려 있었다.

"잠이 안 와서. 그것 좀 치우고 얘기하면 안 될까?"

미숙 씨가 전기충격기를 든 채 둘러보았다. 난장판이었다. 수일이 온통 다 뒤집어엎어 놓은 것이다.

"뭘 찾고 있는 거지?"

영감은 스스로 생을 끝낸 것이 맞으므로 수일이 찾고 있는 건 그 증거일 것이다.

"그래, 맞아. 임종덕이 살인을 저지른 증거를 찾고 있지. 현장에서는 범행도구가 발견되지 않았어. 분명 피해자 뒤통수에는 둔기로 가격한 흔적이 있었는데, 그걸 어딘가 감춰뒀을 거야. 예를 들면 핏자국이 선명한 커다란 돌 같은 거 말이야."

하. 미숙 씨는 탄식했다.

"그런 것이 있다 한들 이제 와 찾아서 뭐하게?"

"오호! 이제야 임종덕이 진범이라는 내 말을 믿는군."

수일이 의자를 끌어당겨 앉았다. 화상 자국이 깊은 뺨을 씰룩거렸다.

"대체 어떻게 알게 된 거지?"

수일이 미숙 씨를 노려보았다. 미숙 씨는 입을 꾹 다물고 아무 답도 하지 않았다.

"뭐, 좋아. 어떻게 알게 되었든 상관없지. 뭘 어쩌겠어. 공소시효도 지나고 본인도 이미 죽은 마당에."

수일이 의자를 하나 더 끌어당겨 미숙 씨더러 앉으라는 시늉을 했다.

"잠이 안 오는 밤이면 습관적으로 이곳을 찾곤 했어. 뭐랄까, 내가 틀리지 않았다는 자기증명의 욕구랄까. 일종의 오래된 숙제처럼 내 인생의 유일한 오점을 늘 지우고 싶은 마음이었지."

"오호라, 영감이 죽은 날도 잠이 안 오셨나? 그날 밤, 예식장 사무실을 뒤진 것도 당신이겠고?"

미숙 씨가 으르렁대는 투로 물었다.

수일이 묻는 말에는 대답하지 않고 다시 되물었다.

"자, 임종덕이 살인범이라는 사실을 알게 된 기분이 어때? 평생 타인을 도우며 선한 목자처럼 살았다고 믿었던 영감이 사실은 무자비하게 사람을 죽인 살해범이었으니 말이야."

미숙 씨가 수일을 노려보았다. 마치 강수일이 영감을 죽이기라도 한 것처럼.

한참을 침묵으로 뚫어져라 보고 있었다.

따지고 보면 수일도 피해자인 셈이다. 그 사건으로 지울 수 없는 상처를 안고 살아왔으니.

이제 미숙 씨는 모든 걸 알았다. 영감도, 강수일도, 미숙 씨 스스로도 모두 상처받은 사람들이란 것을.

영감이라면… 내가 수일에게 해코지하는 걸 원치 않겠지.

미숙 씨는 모든 죄를 안고 스스로 생을 마감한 영감의 뜻을 받아들여야 한다고 생각했다. 그것이 업보를 물려받은 자신의 도리일 것이었다.

"은희가 말이야, 정말 잘 컸어. 그 험한 일을 겪고도 반듯하고 착하게 자랐으니 말이야. 이제 그만 은희의 부름에 답을 해주지 그래. 벌써 20년이 넘었잖아. 당신이 숨어서 아빠 노릇한 지가."

"지금 뭐라는 거야? 은희를 어떻게 알아?"

"당신이 개처럼 돌아다닐 동안 전기마녀귀신은 뭐, 놀았겠니? 나도 나름 바빴어. 이십여 년 전, 세력 다툼하던 도끼파하고 검은늑대파가 충돌했잖아. 그때 도끼파 부부가 살해되고 천애고아가 된 은희를 몰래 후원해오고 있던 거, 내가 모를 줄 알고?"

미숙 씨가 느긋하게 말했다.

"그렇게 얼굴 씰룩거리면서 위악 떨어봐야 소용없어. 은희가 키다리 아저씨에게 보낸 편지…. 이제 대답할 때도 되었잖아. 당신도 인제 그만 스스로 만든 감옥에서 나오지 그래?"

"당신이 뭔데 나에게 이래라저래라야?"

수일이 벌떡 일어섰다. 미숙 씨 목이라도 조를 듯 눈을 부라렸다. 그러다 망설였다. 목을 조르는 게 맞나? 아니면 비밀을 지켜달라 사정을 해야 하나….

수일이 일어나면서 의자가 뒤로 밀려나다 쿵, 넘어졌다. 그 결에 책상 한쪽 구석에 쌓아두었던 물건들이 와르르, 바닥으로 쏟아졌다. 시계를 수리할 때 쓰는 도구들과 잡동사니들이었다. 강수일이 무심코 그 가운데서 무언가를 집어 들었다.

"잠깐!"

미숙 씨가 비명처럼 손바닥을 내밀어 수일을 멈추게 했다.

"스톱. 멈춰!"

당황했는지 수일도 미숙 씨를 빤히 보았다.

"그거 아직 뒤집지 마. 지금 뒤집으면 안 돼."

수일의 손에 들린 건 낡은 모래시계였다.

6장

최수영과 **정연자**
노부부의 리마인드 웨딩

누구세요?

아내 정연자는 구구단을 외울 줄 알았다.

세로로 숫자를 써서 나눗셈을 할 수 있고, 고향의 골짜기와 강 이름도 또렷하게 기억했다. 심지어 53개국의 수도 이름도 정확하게 읊었다.

수도 이름 알아맞히기 게임을 할 때면 아내는 레퍼토리가 있었다. 슬로베니아와 코트디부아르 그리고 파푸아뉴기니가 대표적이었다. 이런 나라들의 수도 이름을 묻고 나서는 우물거리는 남편 최수영을 넌지시 보다가 배를 잡고 깔깔 웃었다. 그러곤 류블랴냐, 야무수크로 그리고 포트 모어즈비 같은 어려운 발음의 수도 이름을 정확하게 읊어댔다. 의기양양한 표정을 하고서.

수도 이름 알아맞히기 놀이가 끝나면 아내는 곧잘 그림을 그렸다. 커다란 스케치북에다 크레용으로 그렸는데, 가끔 남편의 시선이 닿지 않는다 싶으면 재빨리 부엌 바닥이나 거실 벽에도 그리곤 했다.

그림은 때론 여름날 숲속의 매미 같기도 했고, 자신이 평생 팔아온 사과 같기도 했고, 어찌 보면 생을 관통해서도 잊지 못했던 누군가의 얼굴 같기도 했다.

아내가 크레용으로 거실 바닥에 색을 칠할 때마다 날갯죽지 뼈가 불쑥 솟았다가 도로 가라앉았다. 그래서 흡사 아내가 아니라 아내의 날개뼈가 그림을 그리는 착각이 들기도 했다.

아내가 등을 말고 엎드려 바닥에 그림을 그릴라치면 남편이 가만히 다가와 그 옆에 쪼그려 앉아 말했다.

"우린 참 운이 좋지?"

은발의 남편이 역시 서리 앉은 머리칼을 단정하게 묶은 아내의 등을 쓰다듬었다.

"늙어서 우리처럼 이렇게 평온하고 행복한 사람들이 어디 많겠어?"

그러면 아내는 크레용으로 바닥을 칠하다 말고 등을 일으켜 세워서는 남편을 동그란 눈으로 쳐다보며 말했다.

"누구세요?"

아내는 놀란 표정이 되어서는 작게 몸을 떨었다.

"누구신데 여기 있는 거예요?"

그러면 남편이 온화하게 미소 지으며 말했다.

"당신이 그렇게 물으면 나는 참, 기분이 좋아. 나? 나는 바로 당신 남편이지, 하고 대답할 수 있으니까. 내 평생 딱 하나 되고 싶었던 게 뭐냐고 물으면, 난 항상 당신 남편이라고 말할 거거든."

아내는 남편의 말보다 남편의 표정과 눈을 들여다보고 안심했다. 그리고 다시 그림을 그렸다. 그러다 문득 생각난 듯 부엌으로 가 달래를 쫑쫑 썰어넣은 된장찌개를 보글보글 끓였다.

"여보, 와서 점심 먹어요."

그러면 남편이 식탁으로 와 아내와 마주 보고 앉았다.

둘은 서로를 마주 보고, 웃고, 음식을 떠먹고, 다시 마주 보고, 웃었다.

남편이 설거지를 하면 아내는 옆에 와서 발장난을 하거나, 수도꼭지를 틀었다 잠갔다 다시 틀었다 잠갔다 그러면서 물었다.

"그래서, 어떻게 됐다고?"

아내는 금세 뾰로통한 얼굴이 되어서는, 설거지하는 남편 눈앞에다 사진을 들이밀었다. 젊은 남녀가 찍힌 빛바랜 질감의 흑백사진이었다. 옛날 사진관에서 낡은 벨벳 천이 씌워진 의자에 남녀가 나란히 앉아 어색하게 미소를 짓고 있었다.

어떤 이유에선지 사진은 반쯤 찢어져 있었다.

"어떻게 되긴. 둘이 다시 만나 행복하게 잘 살고 있지."

남편이 거품 묻은 손으로 아내가 잠근 수도꼭지를 다시 틀었다.

"어떻게 됐냐니까?"

아내는 매번 질문을 두 번하고, 두 번 대답하게 만들었다.

"알콩달콩 매일 서로 바라보면서 깃들어 있지."

남편이 비누 거품 묻은 손으로 아내의 콧등을 톡, 건드렸다.

남편은 제대로 대답하는 법을 알았다. 같은 질문에도 부드럽고 따뜻한 표정과 말투로, 끈질기게 사랑을 담아 대답했다.

두 사람은 매일 반복되는 옥신각신을 단 한 번도 지루해하는 법이 없었고, 일분일초가 아깝다는 듯 서로를 들여다보았다. 괜히 알콩달콩 소소하게 다툴 거리를 찾아내 종일 종알거렸다.

아내는 딴 여자와 바람피우는 남편을 보는 눈으로 사진 속 젊은 남자를 노려보았다. 매일 그 사진을 몇 번씩 보고 남편에게 따져 묻기를 반복한 것이 한… 천 번쯤 되려나.

아내는 맘에 들지 않는다는 듯 꼭 사진을 제자리 아닌 엉뚱한 곳에 놓아두었다. 사진 속 자기 모습을 알아보지 못하는 아내는 항상 고의로 그런 짓을 한다. 하지만 남편이 그 사진을 찾아내 원래 자리에 다시 가져다놓으면 그만이다.

사진 속에는 젊은 아내와 남편이 떨리고 수줍은 미소를 짓고 있었다. 둘이 젊을 때 함께 찍은 유일한 사진이었다. 하지만 아내와 남편의 마음속에는 사진보다 더 또렷하게 서로의 젊은 시절 모습이 새겨져 있었다.

설거지를 끝낸 남편이 아내에게 돌아왔다.

"우리 이제 함께 외출할까?"

다정하게 아내의 손을 잡고 말했다.

"어디 가는데?"

"병원. 우리가 다시 만났던 곳."

아내는 알츠하이머를 앓고 있었고, 오늘은 정기 검진이 있는 날이었다.

단정하게 외출복을 차려입은 남편이 온통 그림이 가득한 거실을 지나 아내에게 다가갔다. 간혹 집에 온 손님들이 왜 그림들을 지우지 않느냐고 묻기도 했다. 그러면 남편은 이렇게 대답했다.

"이 소중한 기억들을 지울 수는 없지. 바로 여기, 우리의 온생이 기록되어 있는걸. 사랑의 벽화거든."

그림 때문에 지저분하다, 집을 망치고 있다, 심지어 아내를 요양원에 입원시켜야 하는 것 아니냐는 말들은 들을 필요도 없는 충고였다.

주차장에 내려 병원으로 들어가는데 병원 건물로 꺾어지는 모서리에 작은 풀꽃이 피어 있었다.

누군가 보아주기를 기다리며 붙박여 흔들리는 후미진 곳의 꽃 한 송이. 인적 드문 그곳에서 자그마한 향기를 뿜어내는.

크고 화려하고 거대한 세상에서 참으로 보잘것없을지도 몰랐다. 그러나 누군가 막다른 길에 들어 길을 찾지 못할 때 한 송이 꽃의 작은 향기가 위로가 될 수도 있지 않을까.

아내는 그런 표정을 지으며 병원으로 가다 말고 그 자리에 쭈그리고 앉아 작은 풀꽃을 바라보았다. 남편이 아내 곁에 함께 쭈그리고 앉았다. 그리고 아내의 손을 잡고 미소 지었다.

그때였다

최수영은 부자였다. 아니, 수영의 아버지가 부자였다.

아버지는 한국전쟁 후 서울에서 택시 회사로 자수성가했다. 아버지는 택시를 운전하지 않았지만, 온종일 택시를 운전하는 기사들보다 수백 배의 돈을 벌었다.

수영은 서울 명문대에 재학 중이었다. 같은 과 김학래랑 가장 친했다. 둘은 학교 안에서나 밖에서나 항상 붙어 다녔다. 수영과 학래는 대학 입학시험 볼 때 앞뒤 자리에 나란히 앉았고, 학래가 뒤돌아 도시락을 같이 까먹은 인연이 있었다. 동반 합격하고 난 다음엔 자연스레 절친이 되었다.

학래는 몸이 약하고 마른 체형의 수영을 늘 보호하는 입장이었다. 한 번은 둘이 학교에서 나와 걷는데 떡대가 떡 벌어진 놈에게 부딪혔다. 조대섭이라고, 학교 럭비부였다. 럭비를 한 탓에 어깨 힘이 그야말로 바윗덩이였다. 부딪힌 수영이 종잇장처럼 나가떨어졌다.

그런데 문제는 하필 놈이 선배에게 빠따를 맞고 술을 어지간히 마신 상태였다는 거였다.

"너, 뭐야?"

조대섭이 시뻘건 세숫대야 같은 얼굴로 수영의 멱살을 잡아 일으켜 마구 흔들었다.

"비쩍 곯아서 아무짝에도 쓸모없는 놈이 앞도 제대로 못 보고 다니냐?"

거만한 투로 조대섭이 수영의 면전에 침을 튀겨가며 욕했다. 급기야 무쇠 솥뚜껑 같은 손으로 냅다 수영의 귀싸대기를 갈겼다.

"너는 뭔데 시비를 걸고 아무나 때리는 건데?"

학래가 나섰다.

"럭비부면 다야? 왜 길 가던 사람 붙잡고 패고 난리야! 니네 집에서 너 이러고 다니는 거 아냐? 하라는 공부며 운동은 작파하고 술이나 처먹고 다니는 거 아냐고!"

학래는 조대섭의 힘과 아마도 대단할 배경과 우악스러운 주먹질에도 굴하지 않았다. 그 결과는… 조대섭에게 오지게 맞았다는 거였다. 맞으면서도 학래는 자기가 한 말을 거두지 않았다. 조대섭은 기절하다시피 쓰러진 학래를 손가락질하며 이렇게 말했다.

"숨도 크게 쉬지 말고 다녀라, 새끼야. 넌 곧 내 손에 죽을 줄 알아. 기다려."

얼마 지나지 않아 조대섭은 백화점 사장이던 부모의 힘을 빌어 학래의 부친이 일하는 직장에서 쫓겨나게 만들었다. 이어 전셋집에서도 나가야 하는 신세가 되었다. 호구지책을 찾아 식구들이 뿔뿔이 흩어지고 얼마 지나지 않았을 때였다.

어느 날, 학래가 학교 건물 옥상에서 떨어졌다.

글씨를 거꾸로 쓰는 악취미를 가진 친구였던 김학래.

그날 아침에 학래는 수영의 책상 위에 편지 한 통을 두고 나왔다.

'구친내…녕안 다한야아살잘꼭지까몫내 다웠마고 야니아이 문때너.'

짧은 내용이었지만 거꾸로 쓴 탓에 나중에 읽는 데 한참 걸렸다. 정말 그런 것 같은 기분이었다. 수영은 그 편지를 제대로 읽을 수 없는 심정이었다.

"너 때문이 아니야. 고마웠다. 내 몫까지 꼭 잘 살아야 한다. 안녕… 내 친구."

수영이 비명 소리를 듣고 달려갔을 때, 친구는 이미 숨이 끊어진 상태로 피가 사방으로 흩어져 있었다.

수영은 그 자리에서 졸도했다.

병원에서 깨어나자마자 울음을 터트렸다. 비명과 같은 울음이었다. 너무 운 탓인지 목구멍에서 피를 토했다.

"괜찮아요, 너무 울어 그런 거예요."

놀란 부모에게 수영이 격격 울며 간신히 말했다.

"안 괜찮아, 수영아. 너… 폐병이래."

어머니가 안타깝게 말했다.

수영은 다시 기침과 피를 토했다.

수영의 휴학과 요양 생활이 동시에 결정되었다.

서울을 떠나 공기 좋은 별장으로 갔다.

강원도 동쪽의 별장은, 멀리서 바다가 밀려오고 등 뒤로 높다란 산이 바람을 막아주는 오솔길 끝에 있었다.

자르지 않은 통나무를 켜켜이 쌓아 외관은 자연의 일부처럼 어우러졌고, 아늑하고 세련된 실내는 생활에 불편함이 없었다. 서울 본집에서 식모 살던 아이를 딸려 보내 섭생도 훌륭하게 챙겼다.

완도 출신이라던 식모 아이는 전복죽이 특기였는데, 독특하게 우유를 넣어 비린내를 잡고 부드러운 크림수프 같은 맛을 낼 줄 알았다. 부자 부모 덕에 수영은 남쪽에서 주로 나는 전복을 강원도 동쪽 별장에서 자주 먹었다.

수영은 가을과 겨울을 별장 안에 처박혀 폐병 걸린 몸과 절친 잃은 마음을 추슬렀다. 통나무 박힌 바깥벽에 붉은 단풍잎이 얹혔다가 떨어지고, 새하얀 눈송이가 중력을 따라 바닥부터 쌓였다.

어쩌다 볕이 좋은 겨울날, 처마 밑에 달린 고드름은 창처럼 떨어져 눈밭에 쑥쑥 박혔다. 너무 많은 계절의 소리들이 별장의 고요 속에서 쉼 없이 서로 부르고 화답했다.

그리고 계절은 계속 돌아, 다시 봄이 왔다. 신선한 공기는 몸뚱이를 일으켰고, 고즈넉한 시간은 마음을 부축해 다시 일으켜 세웠다.

마침내, 꽃이 피었다. 아니다, 봉오리가 팍, 터지면서 하르르, 갇혀 있던 숨을 꽃잎이 토해내었다. 노랑 생강나무 꽃이랑 하얀 매화나무 꽃이랑 빨강 동백나무 꽃이랑.

수영은 겨우내 뒤집어썼던 이불을 박찼다. 숲으로 나와 긴 숨을 몰아쉬었다. 봄이 오고 긴 겨울을 견뎌낸 꽃이 피자 비로소 숨이 쉬어지는 것 같았다.

수영은 실로 오랜만에 버스를 타고 읍내에 나갔다.

안내양에게 차비를 치르고 흔들리는 뒷좌석에 앉아 흙먼지 이는 신작로를 달렸다.

시골 읍내 풍경에는 한두 층짜리 낮은 건물들이 들어차 있었다. 목재나 벽돌로 지은 여관, 이발소, 약국과 빵집, 시장이 있었다. 마을 입구에는 '새마을운동' 표지판이 세워져 있고, 초가지붕을 슬레이트나 양철 지붕으로 바꾸는 일이 심심찮게 벌어졌다.

읍내 초입에는 '부녀자 가출 방지 기간'이라 쓰인 플래카드가 붙어 있었다. 언제 적 것인지 바람에 낡고 바래 귀퉁이가 찢어졌다.

마침 오일장이었다. 소달구지에 싣고 온 쌀과 채소, 생선과 닭이 난전에서 팔리고 있었고, 한쪽에서는 막걸리와 빈대떡을 팔았다.

수영은 하릴없이 걸었다. 장날의 소란스러운 흥정 소리와 포장마차 아저씨의 호객 소리, 까까머리 아이들의 고함, 멀리서

음메에, 우는 소 울음소리가 한꺼번에 귓속으로 밀려들었다.

실컷 걷고 실컷 보았다. 마치 모든 게 처음인 양 주의를 기울여보았다. 식모 아이가 부탁한 달걀도 샀다. 짚을 엮어 만든 꾸러미에 하얀 달걀이 알알이 들어 있는 것이 요상하게 예뻐 보였다.

멀찌감치서 간혹 들려오는 파도 소리. 해가 서서히 그 속으로 빨려 들어가는 중이었다.

붉은 노을을 남기며 해는, 다음 날 다시 오마, 약속하고 있었다.

수영은 다시 버스를 탔다. 막 출발하려는 버스에 달려가 올랐을 때였다. 안내양이 버스 외벽을 탁탁 치며 '오라이'를 외치자 급하게 출발한 버스 진동으로 휘청거리다 맨 끝자리까지 밀려 앉았다. 그때였다.

정연자를 보았다

그녀는 책을 읽고 있었다. 무려 시골 읍내 버스에서. 마을 사람들이 닭이며, 생선꾸러미며, 검정 고무신이며 이고 지고 앉아 까딱까딱 졸고 있는 버스 안에서.

멀리 노을 지는 하늘을 보는 척하며 수영은 그녀를 보았다.

그녀의 정수리에서 말간 윤기가 흘렀다. 인기척을 느꼈는지 그녀가 책에서 눈을 떼고 고개를 들었다. 그때, 둘은 생애 처음으로 눈이 마주쳤다.

그것은… 기적 같았다. 머릿속에서 폭죽이 터졌다. B급 영화의 불꽃놀이처럼 뭔가가 눈앞에서 팡팡 터졌다. 떵, 하는 종소리 같은 것이 가슴속에서 들렸다.

두근, 두근, 두근… 내 인생.

그녀가 멍하니 있다 갑자기 깜짝 놀라 '내려요' 하고 소리쳤다.

"버스 문 닫는데 말하면 어떡해요!"

안내양이 닫던 문을 다시 열며 투덜거렸다.

그녀가 서둘러 내리자 수영이 딸려가듯 따라 내렸다. 내린 데가 어딘지 몰랐다.

허둥대다 그녀가 책을 떨어뜨렸다. 수영이 얼른 다가가 집어 들었다. 두 사람은 그 자리에 멈춰 서서 서로 마주 보았다.

서글서글한 눈매에 짧고 검은 단발머리. 그녀의 깊은 눈 속에는 맑고 서늘한 기운이 서려 있어 어떻게 보면 관능적으로 보이고 다르게 보면 이해받지 못한 재능이라도 숨긴 듯 외로워 보이기도 했다.

"저, 그 책…."

수줍은 듯 그녀가 얼굴을 붉히며 작게 말했다.

넋 놓고 쳐다보던 수영은 그제야 소스라친 듯 놀랐다.

"아, 미안해요. 여기요."

책을 탁탁 털고 입김을 하, 불어 소맷부리로 싹싹 닦아서 건넸다.

그녀가 티 없이 웃었다.

온몸이 간지러운 기분이었다. 세상에서 온통 좋은 냄새가 나는 거 같았다. 새콤달콤 과일로 만든 디저트 냄새 같기도 하고, 달콤쌉쌀한 초콜릿 냄새 같기도 한 것이 주위를 에워쌌다. 수영이 한껏 예민해진 코를 벌름거리자, 거기서… 사랑의 향기가 났다. 그 향기가 가슴 가득 채워졌다. 사랑이 내뿜는, 감출 수 없는….

"어린 왕자를 읽네요?"

수영이 떨리는 음성으로 연자에게 건넨 생애 첫 마디였다.

"네."

시골 처녀 정연자는 매우 수줍었다. 받아든 책 표지에 눈을 둔 채 볼따구니가 차츰 붉어졌다. 연자를, 수영이 곁눈으로 슬쩍 보았다. 봉오리를 터트리고 솟아난 꽃잎 색깔 뺨. 마치 거인의 손가락이 심장을 움켜쥔 듯 터질 것 같았다.

"그러니까… 그러니까 내 말은요…."

수영이 말을 더듬었다. 사실은 자기가 무슨 말을 하고 있는지도 몰랐다.

"자기 별을 떠난 어린 왕자가 두고 온 장미꽃을 많이 그리워했을까요?"

"네? 아…."

무슨 말을 하고 있는지 모르기는 연자도 매한가지였다. 수영의 시선을 따라 자기가 든 책에 시선을 떨구고서야 비로소 아, 했다.

"수천 수백만 개의 별들 중에서 하나밖에 없는 어떤 꽃을 사랑한다면, 그 별들을 바라보는 것만으로도 행복하다고 그랬는데…."

그 와중에 연자가 수줍게 말했다.

"그 별들을 바라보는 것만으로도 행복하다…."

그 말이 평생 자기를 버티게 해줄 한마디가 될 줄 그때는 모르고서 수영은 고개를 끄덕였다.

이상했다. 아무리 생각해도, 오랫동안 헤어져 세상과 시간을 버텨온 오랜 후에도, 둘은 서로를 떠올릴라치면 이상한 점이 바로 이거였다.

그 순간, 서로에 대해 이미 다 알고 이해하는 듯한 순하고 온화한 감정이 두 사람에게 부드럽게 밀려들었다.

오직 낯선 것은 왜 서로를 마주 보고 흙먼지 이는 길에 서 있는가, 하는 것뿐이었다. 옆으로 서서 나란히 한 방향을 보며 걸어가자 비로소 인생이 올바른 길로 접어들기 시작했다는 확신이 생겼다.

머릿속에서 터진 폭죽이 심장이 가열한 박동 소리에 더욱 부풀어 올랐다.

두 사람이 만난 순간에 두 사람의 인생이 봉오리를 터트리며 피어났다. 초록색 꽃방 속에 숨어 세심하게 빛깔을 고르고, 꽃잎을 하나둘씩 다듬으면서 천천히 준비하다가, 자신의 아름다움이 가장 빛날 때 비로소 피어나는 꽃처럼, 그렇게.

수영은 연자에게서 향기를 맡았다. 생전 처음 맡아보는 냄새였다. 다른 곳에서는 맡을 수 없는 향기였다. 향수 냄새는 아니었다. 꽃 냄새도 아니고…. 정말 무슨 냄새인지 몰랐다.

하지만 그 향기를 맡자마자 비로소 와야 할 곳에 도착했다는 안도감이 느껴졌다.

정말 그랬다.

그건 어쩌면 인생의 단 한 사람을 만나게 되면 일 초 만에 그 사람을 알아볼 수 있다고 전설처럼 전해 내려오는 생의 지침서 같은 거였는지도 모른다. 그 냄새는 유일했고 고유했으며 절대 잊혀지지 않았다.

소나기의 계절

그날 이후 수영은 자꾸만 읍내에 나갔다.

노을이 지기 직전 읍내에 나가 버스를 기다렸다. 흙먼지 풍기며 버스가 다가오면 그녀가 타고 있는 걸 확인하고 올라탔다.

갓 성년이 된 연자는 그 동네 전매청에 다니는 아가씨였다. 하루도 빠지지 않고 수영은 그녀의 퇴근길에 동행했다.

수영의 입가에는 항상 노랫가락이 흘러나왔다.

"우리 동네 담배가게에는 아가씨가 예쁘다네!"

온종일 입가에 맴돌았다. 침대에 벌러덩 누워 천장을 보면서 발을 달달 떨면서 불렀다.

밖에서 듣던 식모 아이가 검지손가락을 제 귓바퀴에 가져다

대고 빙글빙글 돌리면서 고개를 갸우뚱했다. 수영은 하루 종일 그녀 생각뿐이었다.

둘은 인적 드문 바닷가와 별장 뒤 숲속에서 주로 데이트를 했다. 아름다운 계절이었다. 봄꽃과 향기가 가득한 숲속. 수국, 밤나무, 생강나무, 재스민, 장미.

읍내 다방과 작은 극장과 빵가게. 단팥빵은 달았고, 서로의 눈길은 더 달았다.

둘은 사랑을 노래하는 낭만파 시인들처럼 사랑을 써내려갔다. 서로의 손을 잡고 한들한들, 바닷가를 걸었다. 바야흐로 낭만의 시절이었다.

초여름날, 둘은 바닷가 절벽 뒤쪽으로 다가가보았다. 수영과 연자가 사랑을 속삭이는데 먹장구름 한 장이 머리 위에 있었다. 갑자기 세상이 소란스러워지더니 삽시간에 주위가 보랏빛으로 변했다.

소나기였다. 목덜미가 선뜻선뜻했다. 굵은 빗방울이었다. 대번에 눈앞을 가로막는 빗줄기.

아, 아! 소설 속에서 소나기가 힘차게 내렸을 때, 소년과 소녀는 우리 같았겠구나.

비안개 속에 허름한 원두막을 찾은 소년과 소녀는 그곳에서 몸을 떨었겠지. 파랗게 입술이 질린 소녀는 자꾸 어깨를 떨고 소년은 겹저고리를 벗어 분홍스웨터 입은 소녀의 어깨를 싸주었겠지. 비에 젖은 눈을 들어 소녀는 소년을 바라보았고, 소년의 어깨에서 김이 올랐겠지. 그렇게 소설을 썼던 그 소설가는 우리를 보고는 어떻게 써내려 갈까….

빗속에서 수영과 연자는 서로를 마주 보았다. 소나기가 그치고 빛과 그늘이 교차해 움직이니 황량해 보이던 모래밭에도 여러 가지 형태로 생기가 피어올랐다. 여기저기 흩어진, 겨우 보일락 말락 하는 오두막집에서 몇 줄기 연기가 피어올랐다. 저무는 햇살에 비치는 저녁연기가 퍽 아름다웠던 그때, 둘은 첫 입맞춤을 했다.

손끝은 덜덜 떨렸고 입술 끝은 더욱더 떨고 있었다. 두 사람만이 여름날에도 극심한 추위를 타는 듯 서로 닮은꼴로 몸을 떨었다.

빛나고 찬란한 날갯짓이었다. 아름다운 두 사람은 서로의 눈빛에 대고 사랑을 속삭였다. 막 사랑을 시작한 어린 연인들의 심장에서는 혈관을 타고 빠른 박동이 퍼져 나와 하늘에게 추파를 던지듯 붉게 물들였다.

어린 두 연인은 어안이 벙벙한 기분으로 자부심과 충만함과 그리고 지극한 행복감을 느꼈다. 이제 두 사람이 끊을 수 없는 실로 묶여 하나가 되었다는 확신이 생의 가장 큰 뿌듯함과 두려움으로 다가왔다. 한 존재를 향한 거대한 사랑이 서로에게 온 생의 버팀목이자 유일한 약속이 될 줄 그때는 미처 몰랐다.

한여름이 되면서 둘의 사랑은 더욱 익어갔다.

싱그러운 풀냄새. 매미, 쓰르라미, 곤충. 여름 냄새. 분위기 있는 숲속 그리고 천둥 번개가 요란한 여름밤.

수영은 생각했다. 연자가 자기의 모든 말을 진심으로 들어주고 있다는 사실은 그녀의 목덜미를 보면 알 수 있었다. 내가 뭐라고 할 때마다 작게 고개를 끄덕이느라 목덜미에 미세하게 주름이 잡혔다 펴지곤 했다.

그걸 보고 나니 제 삶에서 그렇게 간절하게 기다린 건 일찍이 없었다는 사실을 비로소 깨달았다. 연자를 맞닥트리고 나서야 자기가 평생토록 찾아다니고 기다린 것이 바로 그녀라는 걸 알았다. 연자를 만나서, 아니 정연자와 최수영이 만나서 두 사람의 생의 씨앗은 기지개를 켠 다음 순하고 어린 새싹 하나를 태양을 향해 쏘옥 내민 거였다.

어느 날이었다.

읍내에서 솜사탕 하나를 사 서로 나눠 먹으며 길거리를 걷고 있었다. 솜사탕의 가벼운 질감과 달콤함에 둘은 하릴없이 까르르, 웃었다.

"정연자?"

그 목소리에 깜짝 놀란 연자가 순식간에 딸꾹질을 하며 얼어붙었다.

돌아보니 웬 늙수그레한 사내가 노려보고 있었다. 텁수룩한 수염에 낡은 군용점퍼를 걸쳐 입은 사내는 비료 포대를 둘러멨다. 수영과 연자를 번갈아 꼬나보고 솜사탕을 힐끗거리더니 이내 혀를 찼다.

"따라와."

사내가 우악스럽게 연자의 손목을 잡아끌었다.

"아부지, 아파요."

수영에게 아무 말도 못 하고 그녀는 제 아비에게 끌려갔다.

다음 날부터 연자가 보이지 않았다. 전매청에 가보았지만 병가를 냈다는 허무한 답만 돌아왔다. 수영은 몇 날 며칠을 버스 정거장에서 죽치고 기다렸다.

언젠가는 오겠지. 그럴 거야.

문득 정말로 소설 '소나기' 속의 소년이 된 것 같았다.

"설마…."

아비라는 사내가 떠올랐다. 그자의 우악스러움이 새삼스러웠다. 1970년대 초반이었다. 부녀자 가출 방지 기간이 지난 것도 불과 몇 년 전이었다. 품행이 방자하고 행실이 부도덕하다는 구실로 그녀를 가뒀을까. 머리를 빡빡 밀고 골방에 처넣고는 자물통을 걸어버렸을까. 아니면 설마… 다리몽댕이를 분질러버렸을까. 아, 아, 안 돼!

수영은 갑자기 울음을 터트렸다. 꺼이꺼이 울었다. 읍내 버스정거장에 종일 울고 앉아 있는 이상한 총각이 있다는 소문이 삽시간에 퍼졌다.

며칠이 더 지나서야 연자가 나타났다. 그녀는 눈두덩에 시퍼런 멍이 든 채 한쪽 손으로 눈 한쪽을 가리느라 안간힘을 쓰고 있었다.

"왜 이래? 뭐야? 말해봐. 니 아빠가 그런 거야?"

수영이 두서없이 물었다. 연자는 엉엉 우느라 제대로 말을 못 했다.

"아…, 니…, 그…, 게…."

모든 음절 사이에 울음이 끼어들어 말은 말로 이어지지 못하고 울음의 후렴처럼 반복되고 제자리에서 맴돌았다.

"분수를 알라고…."

그녀가 꺽꺽 울음을 삼켰다.

아비는 그렇게 말했다고 했다. 부자집이라며, 대학생이라며, 니가 가당키나 하냐며….

아비는 상처하고 애 딸린 남자와 제멋대로 정혼을 맺고 돌아와 딸에게 통보했다. 얘기 다 끝났다며 선보라고, 이게 다 니가 자초한 일이라고.

다 큰 처녀가 읍내 한복판에서 남자와 시시덕댔으니 그 마을에서 시집가긴 틀렸다며, 이 자리도 내가 그 집 오랜 단골이니 성사된 줄 알라며 아비가 으르렁거렸다. 연자가 싫다고 반항했다. 그러자 아비는 당연한 듯 딸의 귀싸대기를 올려붙였다.

아직 그녀가 선을 본 것도 아닌데 면사포 쓰고 놈의 팔짱을

낀 모습이 떠올라 수영은 그야말로 뚜껑이 열려버렸다. 말 그대로 하늘이 무너지는 기분이었다.

수영은 분노를 안고 놈을 찾아갔다.

연자가 선볼 곳은 재취 자리로, 읍내에서 가장 큰 비료가게 주인이었다. 서른이 넘은 남자는 체구가 크고 벌써 배가 나오기 시작했다. 전국새마을씨름대회 씨름선수 출신이라고 했다.

수영은 비료가게에 들어가 온종일 죽치고 있었다. 놈이 쳐다보면 비료 매대에서 무언가를 세는 시늉을 했다.

주인놈은 쉼 없이 오징어를 질겅거렸다. 오징어를 씹으면서 뭐라 씨부렁거리느라 가끔 입가로 침도 나왔다. 그러더니 다방 레지가 들어왔다. 보자기에 싼 보온병과 커피잔을 꺼내놓고 김이 나는 커피를 따르는 동안 놈은 레지의 엉덩이를 쓰다듬었다.

두어 시간 뒤에 젊은 새댁이 들어와 비료를 한 봉지 사 갔다. 놈은 새댁에게 거스름돈을 건네면서 은근슬쩍 새댁의 손목을 잡았다.

견딜 수 없었다. 저런 파렴치하고 뻔뻔하고 무식하고 온종일 냄새나는 오징어나 질겅거리면서 입가로 침을 흘리는 놈에겐 도저히 그녀를 빼앗길 수 없었다.

수영은 매대에서 나가 놈의 앞에 서서는 짝다리를 짚고 달달 떨었다.

"당신! 당신이 뭔데 아무 여자나 다 막 만지고 그러는 건데?"

수영이 기세 좋게 큰 소리로 말했다. 그러자 놈이 발끈해 일어섰다. 덩치 좋은 놈 앞에 마른 체형의 수영은 기죽지 않으려고 어깨를 과장되게 벌렸다.

"뭐? 이놈이 청산가리를 먹었나. 너 이 새끼, 나가. 안 나가?"

놈이 주먹을 쳐들어보이자 기다렸다는 듯 수영이 일격을 날렸다.

퍽. 퍽. 퍽.

마침내 비료가게 주인 남자에게 수영은 흠씬 두들겨 맞았다.

간신히 기어 비료 가게를 빠져나오면서도 마지막 일갈을 잊지 않았다.

"정신 나간 변태 새끼!"

고함을 지르고는 꽁무니가 빠져라 도망쳤다.

결혼하자

수영은 밤탱이가 된 눈을 부라리며 연자를 찾아가 말했다. 쑤시고 결리는 갈빗대를 손으로 문지르면서 숨을 몰아쉬었다.

하!

연자가 기가 막히다는 표정으로 숨을 토해냈다. 대체 어딜 갔다 왔길래 온몸에 멍이 들도록 맞고 와서는 대뜸 하는 말이 뭐? 결혼하자고? 어떻게? 너 돈 있어? 방 있어? 직업도 없잖아.

그랬는데….

그건 어디까지나 머리로 아는 거였다.

하, 하고 내뱉은 소리도 어이없어 내뱉었는데, 막상 뱉고 보니 그게 아니라 가슴 떨리는 연인이 너무 떨려서 말도 제대로 못 하는 감탄사가 되고 말았다.

연자는 심장이 쿵, 했다. 어이없다는 표정이 나와야 하는데, 자꾸만 뭔가에 붕 뜬 얼굴이 되고 말았다. 자기도 모르게 얼굴이 붉어졌다.

"우선 학교를 마쳐야겠지. 그러면 바로 취직해서 독립할 거야. 우리는 평생 둘이 함께 있을 거야. 우리는, 행복할 거야."

수영의 말에 연자도 지금부터는 아비의 밑구녕을 막는 대신 차곡차곡 돈을 모아놓으리라 마음먹었다. 수영이 단칸방이라도 얻으면 그 안에 세간살이는 마련해야 하니까.

두 사람은 사랑이라는 번개에 정통으로 맞아 뼛속까지 떨었다. 수영에겐 깨질 수 없는 약속이 필요했다.

하루 중 햇살이 가장 화창한 늦여름 어떤 날.

최수영과 정연자, 두 연인은 깊은 숲속에 서 있었다.

수영은 싸구려 광목으로 만든 양복을 입고 있었고, 연자는 새하얀 새 원피스를 입었다. 수영이 부모에게 받은 한 달 치 생활비와 연자가 그달 치 월급을 털어 넣어 읍내 양장점에 가 맞춘 거였다.

연자는 머리에 화관을 썼다. 그날 아침 가장 싱싱하고 예쁜 풀꽃을 꺾어 직접 만들었다.

붉고 하얀 패랭이꽃과 작은 야생 해바라기와 보랏빛이나 하얀빛이 도는 토끼풀 꽃으로 촘촘하게 엮어 만들고, 리본과 풀잎을 넣어 풍성하게 보이도록 했다.

단정하게 빗은 머리칼은 느슨하게 땋아서 묶고 그 끝에 꽃 한 송이를 매달아 장식했다.

그리고 서로를 보았다.

둘 다 잔뜩 겁을 먹고 빨개진 얼굴로, 떨리는 손길로 서로의 손을 마주 잡았다.

이윽고 수영이 바싹 마른 입술을 달싹거리며 속삭이듯 말했다.

"나 최수영은, 정연자를 아내로 맞아 슬플 때나 기쁠 때나 젊을 때나 늙을 때나 인생의 모든 순간을 함께 하며 오늘 잡은 이 손을 절대 놓지 않겠습니다."

연자가 떨리는 목소리로 말하는 수영을 보았다. 그리고 화답했다.

"나 정연자는, 최수영을 남편으로 맞아 슬플 때나 기쁠 때나 젊을 때나 늙을 때나 인생의 모든 순간을 함께 하며 오늘 잡은 이 손을 절대 놓지 않겠습니다."

함께 낭독한 서약은 단 한 문장으로 짧았으나, 그 문장을 읽는 두 사람의 음성에는 푸르스름하고 시린 깊은 감정이 들어 있었다. 단어 하나하나 그들의 마음에서 우러난 맹세였다.

두 사람은 서로의 손가락에 싸구려 은가락지를 끼웠다. 그리고 성혼서약서에 지장을 찍어 한 장씩 나누어 가졌다.

"자, 이제 신부에게 키스하세요."

수영이 이제 갓 자기 아내가 된 연자의 입술에 살포시 입맞춤했다. 오래된 참나무와 소나무가 둘러싼 숲속은 마치 자연이 마련한 성소 같았다.

나뭇잎 사이로 부드럽게 스며든 햇살이 이제 막 부부가 된 두 사람을 환하게 비춰주었고, 바람은 살랑, 불어와 풀잎과 야생화의 향기를 실어 나르며 공기를 달콤하게 채웠다.

"당신과 함께라면 나는 이 숲처럼 언제까지나 풍요롭고 평화로울 거야."

남편이 말하자 아내가 화답했다.

"당신이 내 곁에 있는 한, 어떤 폭풍이 와도 이 햇살 같은 마음을 지킬게요."

아내와 남편은 떨리는 손길로 서로를 끌어안았다.

연자가 감쪽같이 사라졌다

병원 검진을 위해 서울에 올라간 수영에게 부모가 학교 복학을 종용했다.

폐병도 나았고 결혼도 한 마당에 수영도 마음이 급했다. 빨리 학교를 졸업하고 취직하고 독립하려면 하루가 아까웠다.

부모는 여러 가지 일들로 수영이 서울로 복귀하는 데 절차가 많다면서 이것저것 지시사항을 말해두고는 강원도 별장으로 늦은 여름휴가를 떠났다. 부모가 별장에 간다니 불안하기는 했지만, 수영이 없는 동안엔 연자가 그쪽에 얼씬도 안 할 거라 별

탈 없겠거니 했다.

폐병은 국가적으로 관리되던 병이었다. 복학 신청을 하는 것 말고도 거쳐야 할 절차가 있었다. 보건소를 방문해 결핵 환자 등록을 갱신해야 했다. 휴양 중 완치 여부를 확인하고 재발 방지를 위한 정기 추적관리를 하기 위해서였다. 완치 판정 후에도 BCG와 같은 예방접종을 보강해야 했다. 미등록 시 벌금도 있었다.

복학을 대비해서는 학교에 찾아가 둘러보고 수강신청과 교재 구입도 서둘렀으며, 동아리도 둘러보았다. 학교 곳곳에 아직 학래의 죽음에 대한 슬픔과 분노가 스며 있었으나, 그에게는 이제 평생을 책임져야 할 아내가 생겼다.

모든 과정을 마친 수영은 복학을 얼마 남기지 않고 다시 강원도 별장을 찾았다. 아내와 한 학기 동안 떨어져 있어야 하므로 약속들과 맹세들과 다짐들을 해두어야 했다.

그런데 연자가 사라진 것이다!

그 아비도 보이지 않았다. 전매청에도 사표를 냈다고 했다. 미친놈처럼 동네를 헤집고 다니면서 그녀의 행방을 찾았다. 동네의 귀 어두운 한 노파가 이리 뛰고 저리 뛰는 수영의 바짓가랑이를 붙잡았다.

"잘 차려입은 사람들이 밤에 왔었어. 우리끼리는 별장집 사람들이라고 불러."

단숨에 수영은 별장까지 뛰었다.

"너야?"

들어가자마자 먼저 식모 아이의 팔뚝을 으스러지라 붙들고 험악한 표정으로 물었다.

식모 아이가 울 것 같은 표정으로 수영의 부모를 바라보았다.

"그 애 닦달할 것 없다."

애초부터 식모 아이를 딸려 보낸 데는 두 가지 목적이 있었다. 폐병 걸린 아들의 섭생을 챙기는 것. 그리고 아들의 일거수 일투족을 감시하라고.

부모는 아들에게 쐐기를 박았다.

"넌 짐 챙길 것 없다. 서울로 돌아갈 필요 없어. 입대해야 하니까. 복학 절차는 우리가 수습할 테니 신경 쓸 것 없다."

콰르릉, 갑자기 하늘에서 천둥과 번개가 요란했다.

곧 비가 떨어지기 시작했다. 난바다에서 태풍과 함께 몰려온 비바람이 금세 별장을 뽑아버릴 듯 흔들었다. 마치 누군가의 어마어마한 분노가 하늘에 닿아 그보다 더 위쪽을 들쑤시기라도 한 듯, 하늘이 미쳐 날뛰기 시작했다.

수영은 부들부들 떨었다.

내 부모가, 내 아내를 쫓아버렸다. 내 심장에 유일하게 들인 단 한 사람이 자취를 감춰버렸다. 부모에게 죽어버리겠다고 할까. 그 여자가 아니면 나는 죽은 목숨과 다를 바 없다는 걸 어떻게 전할까.

수영은 매달렸다.

"제발… 한 번만… 이번 딱 한 번만… 내 소원이에요. 그 여자가 제 목숨이에요."

부모가 화를 냈다.

"소원? 목숨? 그게 부모한테 할 말이야? 장차 회사를 물려받아 키워나가야 할 놈이! 한낱 시골 여자에게 홀려서?"

자라면서 무언가 제 욕심을 부려본 적 없던 아들이었다. 대체 무엇이 아들을 이렇게 되바라지게 만든 건지 부모는 이해하지 못했다. 세상살이 제대로 해 보지 않은 철부지 아들의 투정 같았다.

"회사요? 시골 여자요? 누구 마음대로요? 왜 제가 아버지 회사를 물려받아야 하는데요? 그 여자는 제 아내예요. 아버지가 뭔데, 어머니가 뭔데 누구 마음대로 제 여자를 함부로 내치는 겁니까!"

부친이 아들의 뺨을 때렸다.

수영은 울부짖었다. 짐승처럼 울었다. 부모를 노려보다 현관문을 박차고 나왔다.

식모 아이가 밖에서 떨고 있다가 수영에게 다가와 우산을 씌워주었다. 수영이 우산을 쳐냈다.

"오늘이랬어요. 떠나는 날이…."

어쩔 수 없다는 듯 식모 아이는 수영에게 귀띔해주었다.

몸뚱이가 부서지듯 전력을 다해 뛰었다. 밖에는 태풍이 세상을 할퀴고 있었다. 휘잉휘잉, 무서운 바람 소리에 손가락 굵기의 빗줄기가 송곳처럼 땅에 내려박혔다.

수영은 항구로 갔다. 비끄러매놓은 배들이 서로 부대껴 부서졌다. 파도가 울부짖는 소리로 절벽에 부딪혀 부서지고 깨졌다.

거기서, 저 멀리 배가 막 떠나고 있었다. 뱃고동 소리가 길게 파도 위에 엎어져 항구까지 밀려왔다. 진작 신발이 벗겨진 수영의 발엔 흙물이 배었다. 일 초의 망설임 없이 물속으로 뛰어들려는 걸 모르는 사람들이 붙잡아 주저앉혔다.

수영은 발버둥쳤다. 마침내 눈앞에서 영영 커다란 배가 사라졌을 때 사무치게 울었다. 시린 눈물이 빗물과 섞여 거센 바람에 흩날렸다.

"나는 어떻게 살라고, 너 없이 아무것도 아닌 나는 이제…"

연자에게 해주겠다고 숲속에서 언약했던 것들을 떠올리며 오열했다. 연자가 없는 세상에, 단 한 사람 유일한 아내가 사라져버린 세상에서 오직 떠올릴 수 있는 것은 죽음이었다.

죽는 것은 하나도 두렵지 않았다. 연자가 없는 세상을 살아야 하는 것이 오직 두려울 뿐이었다. 죽으면 그만이다. 그러면 더 이상 괴로울 것도 없을 테니까. 수영은 학래를 떠올렸다.

'친구야… 곧 만나자.'

속으로 말했다. 방법이야 수도 없이 많으니까. 친구를 따라 학교 옥상에서 추락하는 것도 괜찮겠지. 그래, 그러자.

그러다 문득 생각났다. 연자가 어딘가에 살아있을까?

만약 그렇다면, 연자가 죽지 않고 살아간다면 내가 죽는 게
맞을까?

언젠가 다시 만나야 하는데 내가 죽고 없어지면 연자가 너무
슬퍼하지 않겠는가!

수영은 태풍이 몰아치는 항구 바닥에 주저앉아 깨달음처럼
퍼뜩 한 가지 생각이 들었다.

수영은 벌떡 일어났다. 그리고 혹시나 하는 마음으로 기차역
을 향해 죽어라 뛰었다.

각자 가장 외로운 사람

수영은 군대에 끌려갔다. 제대하고 몇 해나 찾았으나 연자의
행방은 묘연했다. 몇 번의 가을이 오고 겨울이 지날 무렵, 더
이상 찾기를 그만두었다.

부모의 뜻대로 입대하면서 수영은 조건을 내걸었다. 죽은 친
구 학래의 남은 가족을 수소문해 일자리를 찾아주고 돌보아 달
라는 것이었고, 연자 이야기는 꺼내지 않았다. 소용없는 일일
줄 알았다.

제대해보니 부모가 어린아이를 키우고 있었다. 부모는 업둥
이라 했다. 그런 일이 심심찮았던 시절이었으므로 수영은 더
묻지 않았다. 다만 어린 동생으로 사랑해주었을 뿐.

아이는 부모와 오빠의 사랑을 한 몸에 받았다. 부족한 것 없
이, 구김살 없이 인생의 고달픔이나 슬픔을 모르고 자랐다.

그러다가 소아암에 걸렸다.

값비싼 치료와 일 년여의 투병 끝에 순하고 가쁜 마지막 숨을 토하고 끝내 눈을 감았다. 여린 손가락으로 오빠의 손을 쥔 채였다.

수영의 부모는 진심으로 오열했다. 자식으로 호적에 올렸다 해도 업둥이였던 아이의 죽음에 대한 부모의 크나큰 절망과 슬픔을 보고 수영은 한때 죽으려고 마음먹었던 것에 죄책감이 들었다. 그리고 부모에 대한 원망이 조금 누그러지는 걸 느낄 수 있었다.

아이의 죽음 이후에도 수영의 부모는 아이에 대한 기억과 추억으로 여생을 살아갔다. 어쩌면 부모에 대한 분노가 차츰 옅어지는 데 가장 큰 연유가 되었을 그 아이를, 수영은 생이 끝날 때까지 되새기게 되었다.

학교를 졸업한 수영은 부모의 바람대로 회사를 키우는 데 보탬이 되는 유력 집안의 딸과 결혼했다. 그리고 택시 회사를 이어받았다.

수영은 주어진 인생에서 단정하고 반듯했으며, 일탈하지 않고 제 삶에 순종했다. 성실한 남편이었고 자상한 아빠였다. 그는 구김 없고 모난 데 없이 살았다.

회사에서는 덕망 있는 대표였다. 인건비를 깎기 위해 애쓰지 않았고 어려운 직원들의 사정을 외면하지 않았다. 근무 환경

개선에 힘썼으며, 모든 택시 기사들과 임직원 덕분에 회사가 탄탄하게 성장해가고 있음을 잘 알았다. 업계에서 이직률이 가장 낮았고, 입사 지원자가 가장 많았다.

그리고… 가장 외로운 사람이었다.

그는 완전한 결별 속에서 살아갔다. 한 번도, 누구에게도 그 사실에 대해 말한 적이 없었다. 그는 정연자라는 거대하고 완전한 존재의 부재를 감당하며 살아야 했다. 이상하게 그 부재가 생에 대한 태도가 되었다. 그래서 수영은 모범답안처럼 살았다.

가끔은 사무치게 쓸쓸했다. 가정을 꾸리고 자식도 낳았건만, 탄탄하고 존경받는 회사의 대표였건만, 그는 자주 혼자라는 외로움에 시달렸다. 그럴 때면 갑자기 어떤 예고나 전조 증상도 없이 심장이 쿵, 하고 떨어져서는 온 세상이 제 색깔을 잃어버리고 잿빛 탁한 흑백이 되는 것 같았다.

그리고… 아팠다. 그녀는 내 부모에게 맞았을까…. 울었겠지. 너무 아프지 않았길.

숨이 가쁘고 정신이 아득했다.

그는 늘 그녀에게 대신 사죄하는 마음으로 살았다.

아내와의 이혼 과정은 담담했다. 아내는 남편이 외도 한번 없이 늘 곁에 있었지만 단 한 번도 자기와 함께였던 적 없다는 것을 속으로 알았다. 원망과 모르는 상대에 대한 질투와 남편에 대한 협박과 포기를 번갈아 반복하면서 나이 들어온 아내는 그저 때가 되었다는 것을 알아차렸다.

아내에게는 아내가 생각한 것 이상의 보상을 했다. 그리고 진심으로 미안한 마음을 전했다.

이혼 후 두 아이는 제 엄마를 따라 미국으로 갔다. 유순한 성격인 아이들은 자기들이 가진 것에 감사하고 처지가 어려운 이웃을 외면하지 않았다. 그런 아이들에게 그는 더없이 고마웠다.

그렇게 모두 떠나고 그는 오래 혼자 살았다.

우리는 연인

마침내 그녀를 다시 만났다.

병원에서 간암 진단을 받은 날이었다.

견우, 직녀도 일 년에 한 번 칠월 칠석에는 만난다는데, 두 사람은 70년대에 처음 만나고 영영 헤어졌다가 다 늙어 70대가 되어서야 병원에서 다시 만난 거였다.

그때는 몰랐다.

다시 만나게 될 줄도, 나이가 일흔이 넘을 줄도…. 그렇게 다 늙어서야 서로의 손을 잡고 뜨거운 눈물을 흘리게 될 줄도…. 그리하여 두 사람에게 사랑이란 언제나 외로움과 같은 말이었을 줄도.

그는 그녀를 보고 평생 그토록 하고 싶었던 말을 했다.

"보고 싶었소."

그 말이 튀어나오고 나서야 비로소 그 말이 명치에 꽉 막힌 돌덩이였음을 알았다.

그녀가 말했다.

"보고 싶었어요."

그녀의 말은 아주 오랫동안 참았다가 터져 나온 숨비소리 같았다.

꽉꽉 누르고 또 꾹꾹 눌러 그렇게 평생을 누르고 살았던 무언가 뱉어지고, 비로소 숨길이 뚫려 안온하게 내쉰 숨이었다. 여태껏 무너지지 않고 버틴 것은 기어이 그를 다시 만나 그 말을 하고 싶어서였음을 알리는….

손톱이 자라듯 매일이 밀려드는데 안 잊을 재간이 있을까.

두 사람은 단 한순간도 서로를 잊은 적이 없다는 것을 다시 만나고 나서야 알 수 있었다.

수많은 사람들이 내뱉는 연민과 탄식과 바람과 슬픔이 깔려 있는 병원 로비에서 오랜 두 연인은 서로만 보았다. 긴 세월의 이별 끝에서 재회하였으나, 휘몰아치는 격랑이나 폭풍 같은 오열이 있을 법한 자리에는 다만 서로를 바라보는 깊은 눈빛과 조용하지만 뜨거운 눈물만이 있을 뿐이었다. 평생 그토록 사무친 서로였다.

늙고 병들어서야 만난 것을 두고 하늘이든 신이든 원망할 법도 했다. 그러나 길고 슬펐던 인생을 관통해 끝자락에 다다른 자들에게는 오직 평안과 순응만이 남았다. 이제라도, 죽기 전에, 만날 수 있음에 감사하며 두 사람은 하늘과 신의 섭리를 받아들였다.

그녀가 수영에게, 오십여 년 만에 만난 남편에게 물었다.

"우리 아이는? 우리 딸은요?"

그제야 알았다. 업둥이로 들어온 어리디어린 여동생이 실은 자기 딸이었음을. 딸아이는 아빠를 오빠라 부르다 어린 숨을 거두었다는 것을.

소아암에는 유전적 요인이 극히 드물다 했으나, 부친이 간암으로 돌아간 것과 자기가 간암 진단을 받은 것과 아이가 소아암으로 사망한 사실이 그게 다 끈끈한 피의 유전이었다고 여길 수밖에 없었다. 너무 늦게 알았지만, 당신들의 손녀를 자식처럼 끔찍하게 아끼고 돌봐주셨던 부모님이었기에 더 이상 원망은 없었다.

그녀는, 정연자는, 일찍 죽어 묻힌 딸의 엄마는 조용히 눈물 흘렸다.

건조하고 차가운 병원 의자에 앉아 두 사람은 오래 얘기했다.

떨어져 살아온 지난 오십여 년을 담담하게 서로에게 들려주었다.

수영의 부모는 수영이 좋은 집안 여자를 만나 장차 큰 회사를 맡을 사람이니 연자에게 떠나라고 종용했다. 그녀는 수영의 부모가 사라지라며 준 돈으로 가락시장에서 과일을 팔았다. 그러다가 시장에서 과일도매업을 하는 무뚝뚝하고 우직한 남자를 만나 그녀도 결혼을 했다. 슬하에 딸 하나를 두었다. 과일도 매상은 안정적이었다. 가락시장에서 멀지 않은 외곽에 사층짜리 다세대 주택을 두 채 살 수 있었다. 남편은 몇 해 전에 뇌졸중으로 사망했다.

그리고, 그녀는 그날 병원에서 알츠하이머 진단을 받았다.

연자는 치매였다. 그래도 둘은 단박에 서로를 알아보았다. 늙어버린 수영을 정확하게 알아보았다. 거기서 젊은 최수영을 보았다. 모를 수가 없었다. 둘 다 혼자되어 만난 거였지만, 정확하게 서로 남편과 아내로 기억했다.

병원에서 나갈 때 두 사람은 손을 꼭 잡고 걸었다. 쉴 새 없이 이야기를 나누다 보니 인생에 공통점이 있었다.

각자의 세상에서 가끔 홀로 눈물 흘렸지만, 하루하루 열심히 주어진 자기 운명에 순응하며 반듯하게 살았다는 것.

이날을 위해 그토록 정직하게 열심히 살았구나!

돌이켜보니 그랬다.

이유를 몰랐지만 착한 사람으로 주변을 돌보면서 살아야 한다고 생각했다. 그래야만 길이 어긋나지 않으리라는 막연한 믿음과 기대가 있었다.

길에서 벗어나지 않고 천천히 걷다 보면 언젠가 마주치는 날이 오리라, 기약 없는 예감으로 주름이 패고 정수리에 서리가 앉도록 아침마다 명치에 손을 얹고 다짐했다는 것.

그처럼 언젠가 다시 만나는 날, 부끄럼 없이 서로를 온전히 바라볼 수 있을 거라고 믿었다.

원피스 미스터리

살아온 인생처럼 그녀의 치매도 순했다.

화가가 어릴 적 꿈이었던 아내는 자꾸만 집 안 곳곳에 그림을 그렸다. 자주 남편의 이름과 얼굴을 잊었고, 자기들의 유일한 젊었을 적 사진을 들여다보며 사진 속 자기의 젊은 모습을 두고 질투했지만, 그 순간이 지나면 남편을 지극히 사랑하는 아내 연자로 돌아왔다.

신기하게도 젊은 시절 그들의 추억에 관한 한, 남편보다 아내의 기억이 훨씬 더 세밀하고 촘촘했다. 처음 손끝이 스쳤던 것은 언제였는지, 처음으로 두 사람이 함께 본 영화는 무엇이었는지, 두 사람이 첫키스할 때 휘몰아치듯 뿌려대던 소나기라든가, 숲속에서 비밀결혼식을 올릴 때 마치 하객인 양 와서 지저귀던 새의 이름이라든가.

두 사람은 매일 밤 한 이불 속에서 끝도 없이 이야기를 주고받느라 밤이 짧았다. 서로가 꿈이었던 두 사람이 우여곡절을 겪고 마침내 다시 만난 거니까.

그들은 되도록 아무것도 망가트리지 않고 어떤 작은 생명도 다치게 하지 않으며 오직 서로를 위해 인생을 살아왔으니까. 어딘가에 존재한다는 믿음만으로 통과해 온 생이었으니까.

그들은 여전히 낭만의 시대에 머물러 있었다.

다시 만난 뒤 둘은 좋은 것이나 예쁜 것이나 반듯한 것들을 보면 서로에게 항상 이렇게 말했다.

"꼭 당신 같네."

두 사람은 병원에서 다시 만난 직후부터 함께 살았다.

사별 후 치매로 딸과 함께 살았던 연자지만, 수영이 연자 딸에게 양해를 구했다.

연자의 딸은 엄마의 사랑을 이해하지 못했지만 묵인하기로 했다. 어려서부터 오랫동안 궁금했던 엄마의 '원피스 미스터리'가 풀렸기 때문이었다.

엄마는 일 년에 한 번씩 장롱 깊숙한 곳에 보관해두었던 하얀 원피스를 꺼내 입곤 했다. 딸이 자라고 엄마가 나이가 들어 몸피가 넉넉해져 원피스가 작아지면 엄마는 솜씨 좋은 이를 찾아가 몸에 맞도록 수선해 다시 꺼내 입었다.

시간의 무게와 두께를 견디지 못하고 하얀 원피스의 색이 바래면 엄마는 원피스를 쌀뜨물에 삶기도 하고 달걀껍질과 함께 삶기도 하면서 부드럽게 표백해 원래의 빛깔과 모양을 온전히 간직하려고 애썼다.

8월 17일.

딱 그날 하루였다. 엄마는 하얀 원피스를 꺼내 입고 어디론가 외출했다가 해가 진 다음에야 돌아오곤 했다. 엄마 생일도, 결혼기념일도, 딸의 생일날도 아니었다. 딸이 몇 번이고 그날에 대해 물었지만 돌아온 대답은 언제나 같았다.

"반쪽이다가 내가 온전히 나였던 날. 나는 그날 비로소 나를 완성했거든."

딸은 도무지 무슨 말인지 알 수 없었다.

수영을 만나고 이야기를 듣고 그를 바라보는 엄마의 눈빛을 보고 마침내 딴 남자와 살러 갈 엄마 짐을 챙기면서 보았다. 잘 개켜진 하얀 원피스 안에 숨겨두었던 그 둘의 혼인서약서를.

'나 정연자는 최수영을 남편으로 맞아…'로 이어지는 그 촌스럽고 진부한 문장을.

원피스와 함께 딸려나온 스케치북에는 온통 남자 얼굴이 가득 그려져 있었다.

그래서 딸은 이번 생일만큼은 둘이 지내고 싶으니 양해해 달라는 수영의 부탁에 고개를 끄덕였다. 따지고 보면 그들이 부부로서 맞는 첫 번째 생일이니까.

요리는 남편이 아내를 다시 만나 새로 들인 취미였다. 주방 일에 문외한이었던 남편은 자기가 요리에 소질과 재능이 있다는 사실을 발견하고 깜짝 놀랐다.

"당신과 헤어지지 않고 젊었을 적부터 함께 살았더라면 나는 아마 요리사가 되었을지도 몰라."

"그랬으면 아주 유명해져서 요리 경연 프로그램에도 나갔을 텐데."

남편이 차려낸 밥상 앞에서 둘은 그렇게 농담을 주고받으며 웃었다.

남편의 요리 중 아내가 가장 좋아하는 것이 생우럭을 통으로 넣어 끓인 미역국이었다. 우럭의 담백하고 고소한 맛과 미역의 부드러운 식감이 어우러진 미역국은, 수영의 부모에게 쫓겨나 떠나야 했던 아내의 고향 음식이었다.

아내는 남편이 차려낸 생일상 앞에서 눈가가 촉촉해졌다.

"고마워요, 여보."

'여보'라는 낱말이 남편의 가슴을 설레게 만들었다. 평생토록 듣고 싶었던 단 하나의 약속의 말.

남편의 눈가에 습기가 배어 나왔다.

"삶을 선물로 만들어 준 당신, 정말 고마워요."

그날 밤, 남편은 어떤 예감에 깜짝 놀라 잠에서 깨었다.

곁에 아내가 없었다. 남편은 허둥대며 일어났다. 아내를 찾아다녔다. 잠시 잠깐 눈앞에 안 보이는 것만으로도 심장이 철렁 내려앉았다. 무슨 징조나 되는 듯이 어둔 방 안을 휘둘러보았다. 그들의 침실은 이 층에 있었다.

침실과 화장실, 작은 거실 어디에도 아내는 보이지 않았다.

설마….

남편은 덜컥 겁이 났다. 치매 증상이 심해져 혹여 집에서 나간 건 아닌지, 그렇다면 혹여 맨발로 어두운 거리를 헤매고 있는 건 아닌지, 그러다 길을 재촉하는 어느 자동차에 치이기라도 하면….

안 돼!

정신이 아득했다. 서둘러 아래층으로 내려왔다. 어두운 거실을 관통해 현관문으로 뛰어갔다.

흑.

막 밖으로 나가려는데 작은 소리가 어둠 속에서 들려왔다.

"여보?"

남편이 아내를 불렀다.

흑흑.

분명 흐느껴 우는 울음소리였다.

"당신이야?"

남편이 거실의 불을 밝혔다.

거기, 거실 한복판 어둠의 한중간에서 아내가 엎드려 울고 있었다.

"왜 여기서 울고 있어? 무슨 일이야?"

남편이 황급히 아내를 일으켰다. 아내는 눈물로 범벅이 된 얼굴이었다. 바닥에는 크레용들이 흩어져 있었다.

"누구신지 몰라도 그 사람 좀 찾아주세요."

아내는 점점 더 크게 울었다. 크레용 범벅이 된 손으로 자기가 그린 그림을 만졌다.

그것은, 얼굴이었다. 젊은 남자의.

"그 사람이라니. 누구 말이야?"

"얼굴이 하얗고 마른 체격에 미소 짓는 얼굴이 환한 사람이에요. 아무리 찾아도 그 사람이 보이지 않아요. 제발, 그 사람 좀 찾아주세요."

아내는 더 크게 울었다.

"그 사람 얼굴이 생각나지 않아요. 아무리 애를 써도 그려지지 않아요. 나를 그 사람에게 데려다주세요."

남편은 심장이 찔린 것처럼 아팠다.

"평생 동안 찾았는데, 찾을 수가 없어요. 제발, 단 한 번만이라도 보고 싶어요."

아내는 지나간 과거의 고통과 망각 속에서 오열했다. 울음이 서러웠다. 남편이 아내를 꼭 끌어안았다.

"여보, 나 여기 있어요. 여기… 있어. 나를 봐."

아내의 통증이 남편에게 고스란히 옮겨졌다. 평생 얼마나 오래 울었을까. 얼마나 오래 아프고 슬펐을까. 남편도 울었다. 남편의 울음도 서러웠다. 엇갈린 운명과 닿지 못한 사랑이 시간이라는 칼날에 베여 두 사람의 가슴속은 온통 피멍이었다.

"나 여기 있어. 우리는 같이 있을 거야. 죽음도 우리를 갈라놓지 못할 거야."

이러고 있을 때가 아닌데… 우리에겐 시간이 별로 없는데….

시간이 일분일초가 너무 아까워서 남편은 가슴을 주먹으로 쳤다.

얼마나 울었을까.

갑자기 아내가 고개를 반짝 들었다.

그리고 남편을 한참이나 들여다보았다. 무언가를 확인하려는
듯, 아내는 오래 기다림의 끝에서 마주하는 눈빛으로 남편을 바
라보았다.

이윽고 아내가 말했다.

"어디 갔었어… 내가 얼마나 찾았는데."

아내가 남편의 얼굴을 어루만지며 눈물 흘렸다.

"얼마나 무서웠는데… 얼마나 아팠는데… 당신이… 얼마나
그리웠는데."

아내는 빨아들일 듯 남편을 보고, 또 보았다.

세상에서 당신이 제일 예뻐

얼마 뒤, 노부부가 랑랑예식장에 결혼을 신청했다.

둘은 다시 만나 함께 살고 있기에 공식적으로 결혼식을 하길
원했다. 떨어져 살았지만 엄연히 둘은 숲속에서 처음 결혼식을
했으므로, 이번엔 리마인드 웨딩이었다.

미숙 씨가 노부부의 단정하고 고급스러운 차림을 보고 위아
래를 노골적으로 훑었다.

속으로는 '돈이 없는 것도 아닌데 여길 와서 무료결혼을 신청
한다고?' 떨떠름한 표정을 지었다. 랑랑예식장 사무실이었다.

미숙 씨의 속내를 알아차린 남편이 미소 지으며 말했다.

"아내가 여기서 결혼하기를 원해서요."

"아내분께서요?"

미태가 예의를 갖춰 물었다.

"모르시겠지만 대표님 어머니와 내 아내가 과거에 인연이 있었다네요."

"엄마? 무슨? 우리 엄마를 알아요?"

미숙 씨가 깜짝 놀라 아이처럼 자리에서 벌떡 일어났다.

테이블 건너편으로 가서는 연자의 손을 붙잡았다. 그러고 보니 노부부가 돌아가신 엄마와 비슷한 연배였다.

"아내가 혼자 아이를 낳았어요. 아빠도 없는 아이를 낳을 때, 옆방 살던 미숙 씨 어머니가 물심양면으로 도와주었어요. 아이를 빼앗긴 뒤에 다시 일어나 살 수 있도록 도와준 것도 미숙 씨 어머니였고."

엄마라면 그랬겠지. 그러고도 남았을 거다. 엄마는 그런 사람이었으니까.

미숙 씨는 눈시울이 절로 뜨거워졌다. 그 인연을 소중하게 간직해온 노부부가 고마웠다.

그들이 들려준 이야기가 또한 눈물겨웠다. 무슨 전설이나 동화같이 이토록 지극하고 질긴 사랑 이야기라니.

미태는 이미 저 혼자서 훌쩍거리고 있는 중이었다. 미숙 씨도 뒤돌아 몰래 눈물을 닦아냈다.

"결혼식 비용은 좀 많이 낼 겁니다."

간신히 미숙 씨와 미태가 눈물을 수습하고 나자 노부부가 이야기를 이어나갔다.

"네? 많이요?"

대답을 들은 미숙 씨와 미태가 한꺼번에 입을 벌리고 다물지 못했다.

뭐라 말이 안 나왔다. 해화당 주인인 미숙 씨에게도 놀라운 액수였다.

"그리고 그 사용처는 이미 정해두었습니다."

서울에서 택시회사를 운영했던 부친에게 사업체를 물려받은 수영은 회사를 전국구의 중견 운수기업으로 키웠다. 그는 지금 자기 재산의 대부분을 내놓겠다고 말하고 있었다. 어마어마한 액수였다.

"아내의 뜻에 따라 랑랑예식장으로 결정하면서 저 나름대로 알아보았습니다. 아무래도 저는 사업가 출신이니까요."

수영은 겉으로 드러나 있는 랑랑예식장의 무료결혼 프로그램뿐 아니라 외부에 알려지지 않은 낭랑회의 활동까지 잘 알고 있었다. 낭랑회가 어려운 많은 이들을 돕고 있다는 것은 조금만 수소문해도 다 알 수 있는 터였다.

"사정이 어려운 소아암 환자를 위한 병원 건립과 운영. 그것이 우리가 원하는 겁니다."

노부부의 어린 딸이 소아암으로 숨을 거둔 이야기와 그 뒤 지난한 그들의 생의 이야기를 듣고 미태가 아예 대놓고 엉엉 울었다.

이럴 때는 마땅히 랑랑예식장 대표인 미숙 씨가 정신 똑바로 차리고 적절한 대응을 하며 향후 일의 진행에 대해서도 상세히 설명하고… 뭐 그래야 하는데, 미숙 씨도 그냥, 울어버렸다.

"여보?"

아내가 남편을 바라보았다.

"응?"

남편이 아내를 바라보면서 대답했다.

"사진 속 여자가 저 여자들이야?"

아내가 갑자기 여태껏 훌쩍거리는 미숙 씨와 미태를 가리키며 마치 남편과 바람난 여자를 보는 듯 눈꼬리를 흘겼다.

저… 여자들? 순간적으로 발끈한 미숙 씨를 미태가 놀라며 눌러 앉히고 귓속말로 아내의 상태에 대해 속닥거렸다.

그러자 남편이 눈빛으로 둘에게 양해를 구한 뒤, 사랑스럽다는 표정으로 아내에게 대답했다.

"이 중에 당신이 제일 예뻐."

"정말?"

막 사랑을 시작한 연인의 표정으로 아내가 반색했다.

"사실은… 세상에서 당신이 제일 예뻐."

남편이 부드러운 손길로 아내의 머리칼을 곱게 쓰다듬었다. 그러더니 아내의 이마에 조용히 입맞춤했다.

"당신은 사랑받으려고 태어난 사람이야."

아내가 비로소 안심하고 남편의 팔에 살포시 머리를 기댔다.

'진짜 유치한데 왜 자꾸 눈물이 나는 거지.'

미숙 씨는 속으로 마음이 먹먹해지면서 새삼 다시 울컥하고 말았다.

마침내 결혼식을 올리고

버진로드에 장식한 꽃들은 딱 필요한 만큼 풍성했고 딱 적당한 만큼 아름다웠다.

과하지 않으면서 화사했고 지나치게 화려하지 않으면서 정갈했다.

신부와 신랑이 나란히 손을 잡고 입장했다. 하얗게 서리 내린 머리칼에 주름진 얼굴이었지만 누구보다 아름다운 한 쌍이었다.

신랑은 단정한 수트 차림이었다. 아내는… 낡고 하얀 원피스 차림이었다. 세월의 무게가 내려앉아 미색으로 바랜 원피스에 새로 레이스를 덧붙여 만든 정갈한 드레스였다.

이미 사연을 알고 있는 하객들이 노부부의 등장만으로 모두 눈시울을 붉혔다.

결혼식은 주례 없는 결혼식이었다. 주례사를 듣는 대신 신랑 신부는 서로에게 보내는 마음의 편지를 낭독했다.

"사람이 사람을 만나 비로소 행복하다는 것을 당신을 만나 알게 되었소. 세상에서 가장 소중한 그대를, 첫사랑이자 나의 유일한 사랑이며 마지막 사랑인 그대를 아내로 맞이합니다. 처음 만났던 날의 설렘을 잊지 못하오. 나의 운명인 당신, 언제나 다시 시작하는 평생처럼 나의 꺼낼 수 없는 소매 속에 당신을 넣어 하루를 평생과도 같이 아끼겠소."

신랑의 서약에 이어 신부가 떨리는 음성으로 받았다.

"세상에서 가장 든든하고 멋진 당신을 남편으로 맞이합니다. 그대가 곁에 있어도 그대가 그립다는 말처럼, 하늘에는 그 하늘만 있는 것이 아니듯, 내 안에는 평생토록 그대가 있었습니다. 싹이 트고 꽃이 피고 잎이 지고 눈이 내리는 그 모든 순간이 내게 당신을 가져다주었습니다. 이제 당신 곁에서 마지막 숨을 놓을 때까지 당신과 함께 숨 쉬며 깨어 있겠습니다. 모든 순간 당신을 바라보겠습니다."

여기저기서 훌쩍이는 소리가 끊이지 않았다.

그중에서도 윤나리는 눈물을 줄줄 흘리다 못해 눈가가 시뻘게져서는 혼자 밖으로 나와 엉엉 울었다.

특히 신랑의 '하루를 평생과도 같이 아끼겠다'는 말과 신부의 '당신 곁에서 마지막 숨을 놓을 때까지'라는 부분에서 오열했다. 충분히 그럴만한 까닭이 있었다.

나리는 진수가 사고로 입원했던 병원에서 노부부를 처음 만났다.

진수 바로 옆방에 수영이 간암 수술을 받고 입원 중이었다. 주변에서는 나리에게 진수와 헤어져라 종용하던 때였다.

진수는 카레이서로서의 생명이 끝나고 휠체어에서 일어날 가능성도 크지 않은 상태였다. 나리는 인생 최대의 난관에 부닥쳐 어찌할 줄 몰랐다.

그때 본 사람이 정연자였다.

연자는 치매였다. 그리고 그들은 법적인 부부도 아니었다. 그런데 연자가 밤잠을 자지 않고 수영을 간호하는 것을 보았다. 보는 이 모두가 저런 지극정성은 다시없을 거라고들 했다.

이것이 사랑이구나.

나리는 그들에게서 진짜 사랑을 보았다. 있는 힘을 다해 서로를 바라보는 눈빛의 충만함을 보았다. 그리고 스스로 부끄러웠다. 연자는 아무 말 없이 자신의 사랑을 온몸으로 보여주었다. 나리는 연자를 통해 사랑을 지킬 수 있는 용기를 얻었다. 그렇게 친해진 네 사람은 이후에도 자주 만나 친분을 유지해왔다.

한날, 병원에서 모두 만났다.

최수영과 정연자, 윤나리와 정진수 그리고 그들의 아기도 함께였다.

다섯 사람은 병원 식당에서 함께 식사를 했다. 수영이 결혼 날짜가 정해진 이야기를 했다.

"진짜요? 너무 잘됐어요. 정말 축하드려요."

사실 노부부가 랑랑예식장을 택하게 된 데는 나리와 진수 덕이 컸다. 그들의 결혼식에 참석했던 노부부가 랑랑예식장에 대해 알게 되었고, 곧 미숙 씨의 모친과 아내의 인연을 알게 된 것이다. 거기다 낭랑회까지 파악하게 되자, 그들은 이후의 일들을 미숙 씨와 낭랑회에 일임하기로 결정했다.

네 사람이 이야기하는 틈을 타 아기가 아장아장 저 혼자 걸어다니다 넘어졌다. 가장 가까이 있던 아빠 진수는 휠체어에 타고 있는 탓에 그만 딸아이의 손을 잡아주지 못했다. 넘어진 아이가 울기 시작했다.

"어이쿠, 괜찮아. 할아버지 손 잡고 일어나렴."

수영이 아이 손을 잡아 일으켰다.

"할아버지가 선물 하나 줄까?"

수영이 미리 준비해온 막대사탕을 꺼내 건네자 금세 울음을 그치고 말간 얼굴로 아이가 웃었다.

아이 손을 잡아주지 못한 진수는 표정이 어두워졌다. 사실 오늘 병원에서 다시는 휠체어에서 일어나지 못한다는 사실을 통보받았다.

그즈음 운영하는 유튜브 채널도 수익성이 많이 떨어져 있었다. 장애인이 매일 일상에서 부딪히는 난관들에 시청자들도 피로감을 느낀 탓이었다.

"너무 슬퍼 마라. 우리는 모두 자기의 최선을 다했잖니. 그걸로 됐어. 그게 인생이야."

연자가 말에 이어 수영이 나리에게 무언가를 건넸다. 종이 서류였다.

"이건 우리가 남기는 너희 선물이야."

서류를 들여다본 나리와 진수는 금세 눈에 눈물이 맺혔다.

"이걸 어째서 저희에게…."

그것은 아기에게 주는 신탁증서였다. 그 정도라면 나리와 진수는 돈 걱정 없이 마음껏 아이를 가르치고 부족함 없이 키울 수 있었다.

"저 아이가 너희의 결혼으로 탄생한 새로운 미래잖니."

노부부가 웃었다. 새로 태어난 지 얼마 안 된, 아장걸음을 걸으며 말갛게 웃는 아이. 그 어린 생명을 물끄러미 바라보았다. 아이를 보고 있자니 묘한 감정이 솟구쳐 올라왔다.

아주 먼 과거로부터 우리는 그렇게 이어져 왔구나. 결혼의 역할이 그것이었구나. 과거와 미래에의 연결… 그 다리가 바로 결혼인 것을.

내가 머물다 떠난 자리를 저 아이가 환하게 채우겠구나. 우리 모두가 각자 소중하게 지키던 생이 끝나도 또 새로운 생명들이 부드러운 물결처럼 그 자리에서 또한 흐르겠구나. 인간의 역사가 따로 있나, 바로 그런 거지….

노부부는 과거인 자기들이 현재인 나리 부부와 미래인 아이를 동시에 축복해야 할 책임이 있다고 느꼈다.

"생각해보면, 결혼에서 자유로울 수 있는 사람은 아무도 없지."

하건 하지 않건 모든 이의 인생을 관통하는 것이 결혼이라는 말이 이상하게 감동적이었다. 아이는 할아버지가 무슨 말을 하나, 빼꼼 고개를 갸웃하며 듣고 있었다.

수영이 눈물 글썽한 나리와 진수에게 말했다.

"결혼이란, 너희처럼 새로운 출발이 될 수도 있고, 또 다른 커플에겐 인생의 시너지가 될 수도 있겠지. 우리처럼 인생 끝자락에서 결혼하는 사람들도 있다만."

연자가 그 말을 듣고 웃었다.

"언젠가 모든 결혼도 끝이 나게 마련이지."

노부부가 말하는 끝이라는 낱말이 유난히 구슬프게 들렸다.

결혼이 끝난다…. 그 끝엔 뭐가 남으려나. 나리가 속으로 생각했다.

결혼의 끝

스위스의 겨울은 마치 하늘이 내려앉은 듯 부드러운 안개로 물들어 있었다.

호수의 물결이 잔잔히 일렁이는 창밖으로 멀리 물새가 날아갔다.

좋은 음식과 부드러운 음악이 실내를 가득 채웠다. 크리스마스 시즌이라 대형 트리에서 불빛이 화사하게 반짝였다. 노부부는 정갈한 식사를 하면서 작게 대화했고 자주 웃었다.

"한국 분들이신가 봐요."

누군가 말을 걸어왔다. 돌아보니 바로 옆 테이블 손님이었다.

"반가워요. 이 먼 스위스에서 같은 말을 들으니 좋네요."

중년 여자가 하이톤으로 인사를 건네왔다.

"네, 반갑습니다."

중년 여자 맞은편에 앉은 젊은 여자가 고개 숙여 인사를 해 왔다.

"따님인가 봐요. 어쩜 모녀가 함께 이 먼 스위스까지. 너무 멋지네요."

연자가 보기 좋다고 하자, 기다렸다는 듯 중년 여자가 함박 웃음을 지으며 기세 좋게 샴페인 잔과 병을 들고 이쪽 테이블로 건너왔다.

"실례가 안 된다면 두 분께 제가 샴페인 한 잔씩 권해도 될까요?"

말은 예의를 갖췄지만 몸은 이미 잔에 샴페인을 따르고 있었다.

"좋지요, 감사합니다."

샴페인 잔을 건넨 여자가 본격적으로 딸내미 자랑을 늘어놓았다.

"우리 하나가요, 아, 딸애 이름이 염하나거든요. 저는 염희숙. 제가 미혼모 출신이라 딸이 제 성을 따라서요."

희숙은 자기 기분에 취해 행여 노부부의 뜻깊을지 모를 자리를 방해하고 있다고는 생각하지 못했다. 하나가 민망한 표정으로 엄마를 말려보았으나 노부부가 너그럽고 호기심 가득한 표정으로 괜찮다고 고개를 끄덕였다.

"하나가 명문대를 다녔는데 워낙 춤에 일가견이 있어서 캐나다로 유학을 다녀왔지 뭐예요. 귀국해서는 서울에 댄스학원을 열었는데, 그게 또 대박이 나서… 호호호."

희숙이 인생 최대의 행복을 주체하지 못하는 들뜬 표정으로 말을 이었다.

"바로 제가 그 투자자예요. 하나가 투자자에게 주는 배당금 차원에서 이 여행을 준비했다고, 두둑한 목돈과 함께 여행 티켓을 주더라고요. 정말이지, 평생 고생한 보람이 이런 거구나 싶었어요."

하나의 표정에는 시간을 방해해 미안해하면서도 은근히 자부심이 묻어났다.

"축하드려요. 진심이에요. 어렵게 키운 딸이 성공해서 엄마와 함께 여행을 오다니."

노부부는 제 일인 양 함께 기뻐해 주었다. 그리고 기꺼이 값비싼 그 날의 식사비용을 모두 치렀다.

"아니, 그런 의도는 아니었는데. 두 분 정말 친절하시네요. 그런데 두 분만 오셨나 봐요?"

희숙이 우쭐해 물었다. 자기는 딸과 함께 온 기쁨을 한껏 누리고 있으니까. 그 말에 노부부가 미소를 지으며 대답했다.

"네, 저희는 둘이 왔어요. 우리는 신혼부부거든요."

헉! 희숙이 속으로 말문이 막혔다.

신혼부부…. 뭐지? 이 완패한 것 같은 기분은?

희숙은 그날 밤 딸에게 등을 돌리고 잠자리에 들었다. 면사포 한 번 써보지 못했다는 새삼스러운 회한에 깊은 한숨을 내쉬며 잠 못 들었다. 그리고 노부부가 나란히 침대에 누워 두 손을 꼭 마주 잡고 있을 상상을 했다. 아무래도 진 것 같았다.

"추워?"

아침부터 눈이 내렸다. 가을이 지나가면서 잎사귀를 모조리 처리하고 사람들의 머릿속에서 여름의 추억을 꼼꼼하게 쓸어내었다. 스위스의 겨울은 마땅히 그것이 할 일이라는 듯 조용히 찾아와 온 세상을 하얗게 지웠다.

노부부는 취리히의 구시가지 좁은 골목을 거닐며 중세 건축물과 세련된 부티크를 보았다. 멀리 교회의 종탑에서 종이 울렸다. 거리는 조금 몽환적인 느낌이 들었다.

남편이 아내의 옷깃을 여며주고 손을 잡았다.

"안 추워요."

아내가 손을 놓고 남편의 머플러를 단단히 매어주고는 다시금 손을 잡았다.

그렇게 꼭 손을 잡은 채 서로를 바라보면서 부부는 아침 산책을 마치고 병원으로 돌아갔다.

수영은 암이 재발해 다른 장기로 전이되었다. 연자는 알츠하이머의 진행에 따른 뇌 기능 저하가 전신에 영향을 미쳐 다발성 장기부전이 서서히 진행 중이었다. 그들에게는 남은 시간이

별로 없었다.

　노부부는 커다란 통창을 통해 환한 세상을 바라보았다.

　넓고 안락한 침대에 나란히 누운 모습이었다.

　햇살이 순하게 들어와 아내와 남편의 이마를 비췄다. 겨울 햇살이 환했다. 하얗게 내린 눈 세상이 반짝였다.

　"무서워요?"

　아내가 남편에게 물었다. 조용한 음성이었다. 아내의 정신은 어느 때보다 맑고 선명했다.

　"죽는 건 안 무서워. 사는 게… 당신 없이 평생 살았던 시간이 무서웠지."

　남편이 아내를 보고 미소 지었다. 그러고는 손으로 아내의 하얀 머리칼을 쓸어 넘겼다.

　"하지만 조금 쓸쓸하긴 해. 저기 하늘 위에 있는 양반이 밉기도 하고. 늘상 갖가지 민원에 시달리느라 우리까지 돌아볼 여유는 없겠지만 그래도… 그래도 우리에게 시간을 조금만 더 주었다면 얼마나 좋았을까 싶어서…."

　아내가 작게 끄덕였다.

　"당신과 함께하고 싶은 것들이 참 많았어요."

　마침내 하얀 가운을 입은 의사 베른하르트가 조용히 문을 노크하고 들어왔다. 그는 60대 중반, 백발이 희끗한 머리와 다정하지만 단호한 눈매를 가진 남자였다.

그 뒤로 여러 명이 나무 바닥이 발소리를 삼키듯, 조용한 걸음으로 들어왔다. 예정된 시간보다 조금 늦은 거였다. 노부부는 그들을 보며 희미하게 미소 지었다.

"오늘 하늘이 편안하네요."

베른하르트가 부드러운 말투로 인사를 건넸다.

"우리는 모든 준비가 다 되었습니다."

부부가 낮은 음성으로 대답했다. 그들은 다시 한번 노부부의 의사를 확인하는 절차를 거쳤다. 의사가 약을 건네줄 수 있지만, 최종 행위는 본인이 해야 했다. 부부는 고개를 끄덕여 동의했다. 이어 절차대로 진행되었다. 방 안의 사람들이 모두 노부부에게 고개 숙여 인사했다.

마침내 남편이 아내에게 마지막 말을 건넸다.

"사랑하오."

아내가 남편에게 마지막 인사를 건넸다.

"사랑해요."

두 사람의 눈꺼풀이 무거워졌다. 호흡이 느려졌다. 마지막으로 눈이 감기기 전, 두 사람은 가슴에 놓인 자기들의 결혼식 사진을 보았다. 이윽고 두 사람의 입가에 미소가 번졌다.

"천국에서 만나…."

두 사람의 목소리가 희미해졌다.

호수의 바람이 커튼을 흔들었다.

두 사람은 손을 놓지 않은 채, 동시에 깊은 잠에 들었다.

아내와 남편은 서로의 사랑 안에서 한날한시에 평안하게 눈 감았다. 이들에게 죽음은 장애물이 되지 않았다. 그 옛날 숲속에서 했던 맹세, 다른 날 태어났으나 같은 날 함께 눈감자던 약속대로. 많은 종류의 죽음 중에 가장 평안하고 축복받은 죽음이었다.

　그렇게… 결혼이 끝이 났다.

에필로그

아직 내가 준비가 안 됐어

미숙 씨에게 어떻게 말을 꺼내야 할지 몰랐다. 미태는 우물쭈물했다.

"왜? 또 무슨 일인데?"

미숙 씨가 심드렁하게 물었다.

"내가 요즘 꼬박꼬박 출근하니까 이상해? 전에는 맨날 집구석에 처박혀서 복땡이랑 놀기나 한다고 타박하더니."

"아니, 그게 아니라….."

차마 입이 안 떨어졌다. 미태가 길게 한숨을 쉬었다. 괜히 사무실을 둘러보았다.

'저쪽 테이블에 앉아 이야기를 나누고 눈물 흘렸던 때가 얼마 전인데….'

미태는 미숙 씨에게 노부부의 죽음을 어떻게 전해야 할지 몰랐다. 생각만으로도 눈물이 날 것만 같았다.

미태는 무심코 미숙 씨가 앉은 책상을 내려다보았다. 거기에 못 보던 모래시계가 있었다. 아주 오래되고 낡아 보였지만, 주석 재질의 모래시계는 섬세한 장식이 새겨져 있어 마치 지니의 램프를 변신시키면 저럴까 싶었다.

미태가 무심코 모래시계로 손을 뻗었다. 별생각 없이 그걸 뒤집으려 했다.

"안 돼!"

갑자기 비명처럼 소리를 지르더니 미숙 씨가 벌떡 일어나 모래시계를 낚아챘다.

깜짝 놀란 미태는 눈만 꿈뻑꿈뻑하면서 입을 벌리고 아무 말도 못 했다. 큰 눈으로 미숙 씨를 쳐다보았다.

"내가 아직 준비가 안 됐어. 이거 지금 뒤집으면 안 돼."

"그게 무슨 소리….."

미태가 투덜거리다 황급히 입을 다물었다. 미숙 씨의 표정을 보았기 때문이다. 저토록 진지하면서 진심인 표정을 짓는 일이 없었으니까.

"아직 내가 준비가 안 됐어!"

다짜고짜 무슨 준비를 말하는 걸까, 하다가 미태가 속으로 고개를 주억거렸다. 문득 랑랑예식장을 재개장하고 이곳에서 결혼식을 올리거나 사연을 신청했던 모든 이들이 한꺼번에 떠올랐다.

처음 이곳의 원칙은 '억울한 사연이 있는 사람들을 돕는다' 였다. 그런데 지금은 어떤가. 모든 사람들의 이야기가 미태의 가슴속에 들어오지 않는가. 인생에서 중요한 건 억울함만이 아니라는 것!

염희숙 모녀처럼 제대로 풀리지 않은 과거의 앙금이나 이김승하와 정베드로처럼 진정한 동반자를 찾는 일이나 노부부처럼 죽어서도 잊지 못할 사랑이나. 그리고 수두룩한 이야기들.

미태는 그중에서도 이명자의 사연이 떠올랐다. 12남매 중 넷째로 태어난 이명자 씨는 남편과 함께 산 지 이십여 년 만에 랑랑예식장에 사연을 보내와 무료결혼을 신청했다. 그녀는 많은 자녀들 사이에 부대끼며 자랐고 스스로 학비를 벌어가며 어렵게 공부했으며 '생명의 전화'에서 오래 일했다.

그러니까 꾸준하고 안정된 수입이 있었는데 왜 결혼식을 하지 못했을까? 드라마보다 더 심금을 울리는 사연이 숨어 있을까? 미태는 그것이 이명자 씨가 '생명의 전화'에서 일하고 있는 것과 관련 있을지 모른다고 생각했다.

하나가 더 있다.

온 국민이 다 아는 유명배우인 강승일이 사연을 보내온 것이다. 강승일은 절대악에 관한 범죄를 다룬 영화 '범죄의 핵심'이라는 영화 시리즈로 일약 국민 스타가 된 인물이었다. 강인한 인상이지만, 반대로 선한 눈매로 남녀노소 모두에게 사랑을 받은 배우였다. 그런데 몇 년 전, 갑자기 강승일이 은퇴선언을 한 것이다!

 탄탄대로로 보이던 연기 생활을 단박에 접고 은퇴라니. 이후 강승일은 숨어 살았다. 아무도 소식을 몰랐다. 그런데 갑자기 랑랑예식장에 사연을 보내고 결혼식을 신청한 것이다. 과연 그에게는 어떤 사연이 숨어 있는 걸까. 랑랑예식장에서 강승일의 결혼식을 진행한다면 식장에 그가 나타나기는 할까?

 미태가 예식장 일을 하면서 깨달은 것은 모든 사연이 결국 사랑으로 귀결된다는 거였다.

 '랑랑'이라는 이름처럼 사랑하고 또 사랑했으나 장애와 우여곡절이 있는 사람들이 온 생을 던져 그걸 이겨내고 마침내 이르는 결론으로서 결혼식이 기다리는 것이다.

 사랑이라니…. 결혼이라니….

 그것은 우리 모두 각자의 인생에서 너무도 중요한 일이다. 각각의 사람들이 다 중요하고 그들의 생 하나하나가 우주처럼 유일하고 소중하지 않은가.

 그러니까 랑랑예식장이 해야 할 일은 모든 사람들의 생을 응원하고 북돋우는 것이 아닐까.

 그것이 미태가 그동안 깨달은 거였다. 미숙 씨라고 다르지 않을 거 같았다. 다만 미숙 씨 안에서 무언가 아직 정리되지 않은 것이 있는 것 같았다. 그것이 무엇인지 미태로서는 다 알기 어려웠지만 머지않았다는 것만은 확실히 알았다.

 그런데 저 모래시계가 무슨 상관이 있는 걸까.

미태는 모래시계를 보면서 조용한 음성으로 노부부의 죽음을 알렸다. 서로의 품안에서 가장 평온하고 사랑이 가득한 죽음을 맞이했다고, 저도 모르게 흐르는 눈물과 함께 낮은 목소리로 말했다.

그러자 미숙 씨가 단박에 얼어붙었다. 마치 누군가 쏜 총에 맞기라도 한 듯. 커다란 충격으로 온 존재가 흔들리는 양, 미숙 씨는 휘적거리는 걸음으로 사무실을 나갔다. 미태가 뭐라 하는 말에 대꾸도 않은 채.

'노부부의 죽음이 미숙 씨에게 안 좋은 일의 트리거가 되면 어쩌지….'

미태는 불안했다.

집으로 돌아온 미숙 씨는 밤새 끙끙 앓았다. 진땀이 흘렀고 눈물이 줄줄 흘렀다. 왜 그런지 자기도 몰랐다. 깊은 밤 미숙 씨는 갑자기 울음을 터트렸다.

꺼이꺼이 울었다.

대체, 내가, 왜 우는 걸까, 궁금해하면서 울었다.

미숙 씨는 노부부의 죽음에 대해 생각했다.

죽을 날을 받아놓고 결혼식을 하다니. 그토록 가슴을 울리는 죽음이라니. 결혼이 끝나고 죽음을 맞이하는 인생의 끝자락이 그리 아름다울 수도 있구나, 생각하면서 저도 모르게 불쑥 말이 튀어나왔다.

"부럽네."

그 말이 입에서 나오는 동시에, 마침내, 깨달았다. 자기가 왜 밤새 울었는지를!

남겨진 사람들에게 노부부의 죽음은 아름답고 숭고하게 다가온다는 것. 그러니까 죽음이 버림이나 버려짐 같은 것이 아니라 지극한 사랑을 뜻한다는 걸.

그 생각이 북소리처럼 둥둥, 미숙 씨의 가슴을 울렸다.

엄마와 남편과 임종덕 영감은 죽어서 미숙 씨를 버렸다고 생각했다. 미숙 씨는 사랑하는 모든 이들에게 버려졌다고 여겼다. 그래서 인생을 삐딱하게 바라봤고 그들을 원망했다.

어린 나이에 자기를 혼자 남겨두고 죽어버린 엄마, 자식 하나 남기지 않고 일찍 죽어버린 남편, 그리고 아버지처럼 의지했던 임종덕 영감의 죽음까지.

그제야 깨달았다. 그들은 자기들의 생을 최선을 다해 살았고, 그리고 나를 사랑했다는 걸. 나는 그들에게 넘치도록 충분히 사랑받았다는 것을. 죽음은 그들이 나를 버리고 내게 주는 벌이 아니라는 걸. 그건 누구도 어쩔 수 없는 불가항력이라는 것을.

그걸 자연스럽게 받아들이고 나는 또 나의 삶을 살아나가야 한다는 것. 그것이 죽은 엄마가, 남편이, 임종덕 영감이 내게 바라는 것이라는 걸….

눈물이 흘렀다.

그들은 나를 버린 게 아니다.

마음속에서는 이미 알고 있었지만 외로움과 고독 때문에, 슬픈 마음 때문에, 그 생각을 거부하고 있었을 뿐. 그들이 너무 소중해서….

하지만 미숙 씨는 이제 알았다.

그들이 세상에 없어도 소중하게 여기는 마음은 변하지도 사라지지도 않는다는 사실을.

예식장 일을 하는 이유는 아직까지 영감 때문인 게 컸다. 영감이 유언으로 미숙 씨에게 시켰으니까. 하지만 차츰 미숙 씨 스스로 이 일을 좋아하게 되었다. 영감이 시켜서가 아니라 미숙 씨가 행복하기 때문에 이 일을 하고 있었던 것이다.

문득 영감과 함께 단팥빵을 나눠 먹으며 웃던 일이 생각났다. 엄마와 함께 늦은 밤 버스를 타고 돌아오던 일도 떠올랐다. 총총 떠 있는 밤하늘의 별을 올려다보면서 엄마와 나란히 버스 좌석에 앉아 있던 일. 그 밤의 푸근한 공기와 살짝 잡아보았던 뼈마디가 굵고 거칠고, 따뜻한 엄마의 손.

"슬픔이 가라앉고 나면 너는 기뻐하게 될 거야. 사람들을 도우면서 살 수 있다는 사실을. 그러니… 웃어."

깜짝 놀라 미숙 씨는 목소리가 들리는 곳으로 시선을 돌렸다. 그러나 그곳에는 창밖에서 들어오는 햇살만 있을 뿐이었다.

"영감이야?"

목소리는 영락없이 영감이었다. 무슨 귀신 들린 것처럼 미숙 씨는 분명 그 목소리를 들었다고 믿었다.

"그러니… 이제 웃어."

목소리는 또 말했다. 영감의 목소리는 그렇게 말하고 영영 햇살 속으로 사라졌다.

사람들을 도우면서 사는 일이 기쁠 거라니….

가슴속에 새롭고 새삼스럽고 뭔지 모를 기쁨이 솟아났다. 사람의 가장 선하고 좋은 부분이 빛을 내며 밖으로 나오고 있는 거였다. 뭐라 부를지는 모르지만 이에 견줄 만한 기쁨을 느껴본 적이 없는 것 같았다.

평범한 일상의 소중함을 새삼 깨달았다.

주변 사람들, 미태와 낭랑회와 삼인방, 그들이 가족이고 나리와 승하, 염희숙이 모두 친구였다. 모두가 애틋하게 여겨졌다. 그걸 깨달으니 평생 처음인 것 같은 뜨거운 눈물이 흘러내렸다. 마치 무언가를 씻어내듯, 깨끗하게 정화되듯, 그런 느낌이었다. 그들을 지키고 싶어졌다.

잊고 살았던 영감의 말이 생각났다.

"돕는다는 건 관계를 만드는 일이야. 돕는다는 건 세상에 맞설 용기야. 세상이 좀 더 환해지는 쪽으로 한 걸음 걷는 거지. 그렇게 살지 않고서는 진정한 삶의 기쁨과 행복을 맛보기 어렵거든. 사람들은 너무 각박하고 늘 시간과 돈에 쫓긴다고 생각하지. 그렇게 스스로 자신을 강박의 감옥에 가두는 거야. 그런데 희한하지, 타인을 돕는 손길만 뻗었을 뿐인데 어느새 마음속 얼음이 서서히 풀리는 걸 느끼게 되니까. 한번 행복을 맛보게 되면 알게 될 거야. 그 행복이 얼마나 값진 것이며 생을 살면서 놓칠 수 없는 거라는 걸. 가장 중요한 것은 행복이니까."

미숙 씨는 영감을 떠올렸다. 살아생전 영감이 날마다 보여준 것들, 말이나 행동으로 했던 사소한 것들도 기억해냈다. 미숙 씨를 어떻게 가르치고 격려했는지를. 그것들이 한데 합해져서 지금의 미숙 씨가 되었다.

그러니 지금 내 생은 내 것이 아니다. 영감에게 담보 잡힌 담보물에 불과하다. 영감의 뜻을 이어나가야 하는 것이 유일한 내 생의 목적이겠지.

미숙 씨는 더없이 환한 표정으로 집을 나섰다.

지금이야!

"대체 아침부터 왜 빨리 나오라고 안달인 건데요, 대표님?"

미태가 투덜거리면서 랑랑예식장 사무실로 들어섰다. 미숙 씨가 어딘지 약간 초조해 보이는 표정으로 미태를 기다리고 있었다.

"너는 불렀으면 빨리 뛰어와야지."

하!

미태가 어이없다는 듯 한숨지었다.

"대표님, 갑자기 열의에 넘치는 건 좋은데요, 지금 아침 일곱 시거든요?"

미태가 팔을 허공으로 쭉 뻗어 올리고는 손가락으로 다른 쪽 손목을 가리키며 중얼댔다.

"내가 너한테 전화한 게 여섯 시잖아. 나 여기서 너를 한 시간 기다린 거거든?"

"그러니까, 왜요?"

미태가 짐짓 화난 듯한 얼굴로 다그치듯 물었다. 그랬지만 속으로는 궁금해 죽겠는 걸 감추기 어려웠다. 분명 뭔가 있다. 밤새 뭐가 달라져도 달라졌다. 그것도 아주 완전히. 대체 뭔데 저렇게 얼굴이 환하고 빛이 나는 걸까.

"지금이야!"

"에?"

단호하게 내뱉은 미숙 씨 말에 미태가 어리둥절해서 물었다.

"지금이라니. 뭐가요?"

다시 묻자 미숙 씨가 의기양양한 표정으로 테이블 위를 가리켰다. 거기에, 그 모래시계가 있었다.

"이거요? 뭐요? 이거 뒤집으라고?"

미태가 묻자 미숙 씨가 고개를 크게 끄덕이며 눈을 빛냈다. 마치 어린아이가 보물찾기에서 가장 크고 좋은 보물을 찾아와 자랑하기 직전의 표정이랄까.

"이게 뭔데? 그걸 또 왜 나보고 뒤집으래?"

미태가 툴툴대면서도 자기도 무척이나 궁금해서 무심한 척 하면서도 얼른 모래시계를 뒤집었다. 낡고 오래된 모래시계는 뒤집자마자 모래가 천천히 아래로 떨어지기 시작했다.

'자, 이제 말해봐요, 그게 뭔지. 무엇이 대표님을 그렇게 만든 건지. 무엇 때문에 그렇게 가득하고 충만하고 확신이 생긴 얼굴인 건지.'

미태가 속으로 물었다.

"나 다음은 너야."

미숙 씨가 떨어지는 모래를 보며 웃는 표정으로 미태에게 말했다.

"뜬금없이 무슨 말이에요?"

미숙 씨는 영감의 말투를 흉내 내어 말하고 있었다.

"나 혼자만이 아니었어. 랑랑예식장은 내 것이 아니야. 내가 만들었다고 생각했지만 아니었어. 미태 너와 낭랑회 그리고 팀원들 모두의 진심과 노력이 보태진 거야. 그리고 여기서 결혼하고 사연을 보낸 많은 사람들 것이지. 그러니 이걸 내가 그만두겠다 말겠다 할 입장이 아니야. 내 개인의 것이 아니니까."

"오호, 우리 김미숙 대표님 철들었네? 때려치네 마네, 하면서 예식장 일은 거들떠도 안 보더니?"

미태의 입가에 절로 미소가 번졌다. 그걸 보고 미숙 씨가 약간 기고만장한 얼굴로 미태에게 말했다.

"나는 다만 랑랑예식장을 잘 유지해서 다음 수장에게 넘겨주는 것이 내 책임이 되겠지. 영감이 나에게 그랬던 것처럼."

갑자기 미숙 씨가 미태를 향해 다가왔다.

미태가 눈을 빠르게 움직였다. 뭐랄까. 묘하게 압박감이 느껴진달까. 일종의 덫에 걸려들고 있는 것 같은 느낌이었다.

아니나 다를까, 미숙 씨가 미태의 어깨에 탁 손을 올려두고는 그 손에 힘을 주어 미태의 어깨를 꽉 움켜잡았다.

"나 다음은 너라고."

그렇게 말하고 나자 미숙 씨는 비로소 그렇게 뿌듯하고 가슴이 벅차오를 수가 없었다.

"그게 무슨 말도 안 되는 소리예요? 대표님 다음이라니? 지금 한창 인생 팔팔하잖아. 무슨 후계 선언을 벌써 해? 마치 유언처럼? 안 돼! 싫어. 대표님 늙어서 노망나서 벽에 똥칠할 때까지 대표님이 해. 벽에 똥칠하면 그거 내가 치울 테니까 잔말 말고."

미태가 미숙 씨를 타박하면서 화를 내었다. 딱 임종덕 영감에게 대들고 화를 내던 미숙 씨 모습 그대로가 아닌가.

미숙 씨는 그런 미태를 보면서 비로소 한 문파의 진정한 수장이 된 기분이었다. 마땅히 한 문파의 수장이라면 가장 중요한 일은 잘 보존해서 후대에 이어주는 일일 테니까.

미태라면 나보다 훌륭하게 잘해낼 것이다. 랑랑예식장에 오는 사람들의 인생을 잘 이해하고 모두를 귀하게 여길 것이다.

그 한가운데 모래시계가 조용히 제 몸에서 모래를 떨구고 있었다. 마치 미숙 씨와 미태가 실랑이하는 모습을 보고 있기라도 하듯, 밖에서 들어온 순한 햇살을 제 몸에 받아 반짝이고 있었다. 이윽고 모래시계는 어느새 마지막 모래를 떨구었다.

미숙 씨는 환한 미소를 짓고 있고, 미태는 연신 중얼거리며 투덜대고 있었다.

낭랑회 신임 팀장

"바쁜데 왜 자꾸 전화를…."

강수일이 전화를 받자마자 툴툴댔다.

"나도 바빠요. 나는 뭐 노는 줄 아나? 바쁜 와중에도 그쪽 일은 차질 없이 진행되는지 챙기는 거 아닙니까. 자꾸 까먹나 본데, 내가 대표거든요?"

"유세는…."

강수일이 투덜댔다.

"유세…. 허, 참!"

미숙 씨는 어이가 없었지만 미태에게처럼 대놓고 뭐라 하기 어려웠다. 수일이 자기보다 연장자였기 때문이었다.

"그러니까 알아서 딱딱 내게 말을 해주면 내가 이렇게 전화하고 그러겠어요? 일이 한 번 그 쪽으로 넘어갔다 하면 뭐가 어떻게 돌아가는지 워낙 꿩 꿔 먹은 소식이니 내, 참!"

전화기 너머로 들리는 미숙 씨의 불만 가득한 목소리에 수일 옆에 있던 미태가 즐거운 듯 웃었다. 누가 보면 고것 참 쌤통이네, 하는 표정이라 할 만했다.

"내가 뭐 초짜요? 아마추어야? 거 다 알아서 한다니까. 애들도 아니고 재촉은….”

수일이 대거리를 했다. 말끝에 '싫으면 자르든가…' 작은 목소리로 덧붙였다.

그러자 '또 뭘 그리 재촉했다고 그러실까? 알아서 다 잘 알아서 하시지. 그래도 이번 케이스는 나한테 특별하고 또 워낙 중요하니까….' 라고 미숙 씨 말이 장황하게 흘러나왔는데 그게 어딘지 한 수 접는 듯 낮은 음성이었다.

“뭐 매번 다 중요하고 특별하면서….”

수일이 그렇게 대꾸를 하면서도 결국 이곳 상황을 간략하게 브리핑했다.

전직 형사 강수일.

영감을 죽인 놈인 줄 알았는데 알고 보니 영감을 쫓던 형사였던 수일이 지금은 낭랑회 현장대응팀의 팀장이 되었다. 원래 만수 아재와 프로골퍼 출신인 양기호 그리고 황선희가 삼인방이었는데 그중 황선희가 빠졌다.

애기무당 출신이었던 황선희는 신기가 완전히 떨어진 나머지 그 사실이 너무 슬퍼 다시금 신기를 회복하기 위해 계룡산으로 장기 기도를 떠났다. 그 빈자리에 바로 형사 강수일이 들어온 것이다.

현장대응팀은 지금 '양정근과 김수희'의 에이에스 건으로 외근 중이었다. 그들은 랑랑예식장이 재개장한 뒤, 처음으로 그곳에서 무료결혼을 한 부부였다. 미숙 씨가 랑랑예식장의 대표로서 처음 결혼식을 올려준 커플이었으니 특별하고 중요하다는 말은 틀림이 없었다.

양정근은 부모로부터 꽤 큰 양돈장을 물려받아 운영했다. 당시 촉망받는 젊은 축산인으로 선정되기도 했다. 결혼을 앞두고 있는 삼십대 초반의 청년이었다. 그런데 불알친구이자 베프인 윤석구의 빚보증을 섰다가 친구의 사업 실패로 쫄딱 망하고 농장을 빼앗겼다.

때문에 결혼식을 올리지도 못하고 가정을 이뤘고, 이후 양정근은 택배기사로 일했고 아내 김수희 또한 요양보호사로 일하면서 성실하게 살았다. 이들 부부에게는 오랫동안 자식이 없었는데 뒤늦게 늦둥이를 보았다.

이들이 아기와 함께 찍은 세 식구 사진을 보내오면서 랑랑예식장에 결혼을 신청했다. 세 살배기 아기가 화동으로 엄마, 아빠의 결혼식장에 들어서던 모습이 어찌나 귀엽던지. 미숙 씨는 이후 그들 결혼식 사진을 볼 때마다 정말 행복한 표정을 짓곤 했다.

그런데 아이가 다섯 살이 되었을 때, 고열이 났다. 동네 큰 병원에 갔는데 감기가 대유행하던 때여서 규모가 큰 병원이 환자들로 가득 차 진료는 고작 오 분도 채 되지 않았다.

원장이 감기라며 처방해준 약을 먹고도 아이는 열이 떨어지기는커녕, 다음 날 뇌수막염으로 쓰러졌다. 큰 병원으로 옮겼지만 이미 뇌손상을 입은 뒤였다. 아이는 평생 장애를 안고 살아가야 했다.

양정근과 김수희는 오진한 병원에 소송을 냈지만 변호사비만 날리고 패소했다. 김수희는 요양보호사 일을 그만두고 병원에 장기입원 중인 아이를 돌봐야 했고, 택배 일을 두 배로 늘린 양정근의 수입으로는 병원비를 감당하기 어려웠다. 그마저도 언제까지 버틸 수 있을지 몰랐다.

낭랑회에서 이 부부를 에이에스하기로 결정하고 바로 현장 대응팀을 파견한 것이다.

첫 번째로 나선 것은 양기호였다. 병원장이 자주 가는 골프 연습장이었다.

"나이스 샷!"

양기호가 손뼉을 치면서 높은 데시벨로 말했다.

병원장 박창호가 누구야? 하는 표정으로 돌아보았다.

"원장님, 잘 치시는데요? 프로 도전해보셔도 좋겠어요."

"원장님? 나를 알아요?"

"저 모르시겠어요? 원장님 병원에서 제 딸아이 진료 봤었는데."

"아, 우리 병원 다니시는군요."

"그런데 원장님, 스윙하실 때 그립이 너무 강한 느낌이 있어요. 그러면 부드럽게 뻗어가지 못하고 공이 뚝 떨어져 버리거든요."

박창호가 네가 뭔데 나를 가르치냐, 하는 표정으로 양기호를 건너다보았다.

"제가 프로골퍼 출신이라. 한국오픈에서 우승도 했었는데."

양기호가 웃는 표정으로 천연덕스럽게 거짓말을 했다. 양기호는 한 번도 우승한 적이 없었다.

"아, 이거 몰라뵀습니다."

박창호가 꾸벅 인사했다. 혼자 스윙 연습을 하던 참이었는데 잘됐다 싶었다.

"어디, 스윙 한번 보여주시겠어요? 제 딸아이 주치의시니까 제가 오늘 특별히 원포인트 레슨 해드릴게요."

"이렇게 감사할 데가."

박창호가 넙죽 받았다. 박창호가 스윙하자 바로 양기호가 트집 잡았다.

"일단 기본부터 잡죠. 손에 힘 빼고, 왼손은 장갑 끼듯이, 오른손은 왼손 엄지 위에 살짝 걸치는 느낌으로 잡아보세요. 그렇게 하면 클럽이 자연스럽게 움직여요."

양기호가 직접 손을 잡아 고쳐주었다.

"백스윙 들어갈 때, 왼쪽 어깨를 턱 아래로 가져오는 이미지로 천천히 올려보세요. 클럽이 너무 세게 올라가지 않게, 손목은 자연스럽게 꺾이도록."

박창호가 다시 스윙했다.

"좋아요, 이제 다운스윙. 몸통 회전이 먼저예요. 손이 먼저 내려오면 슬라이스가 나오는 거죠."

박창호가 다시 스윙을 하는 찰나, 슉 소리와 함께 박창호의 목덜미에 무언가 날아와 꽂혔다. 양기호가 허공에 손을 들어 오케이 사인을 했다. 멀리서 미태가 작게 고개를 끄덕이고는 '3 5 12'라고 총신에 쓰인 마취총을 분해해 케이스에 넣고는 재빨리 어둠 속으로 사라졌다.

뒤이어 어딘가에서 만수 아재가 등장해 단숨에 마취총을 맞은 박창호를 들쳐멨다. 조용하고 빠르게 그곳을 빠져나갔다. 양기호가 미리 약속된 듯 골프연습장 직원에게 한쪽 눈을 찡긋, 윙크했다. 직원은 아무것도 못 본 듯 자연스럽게 고개를 돌렸다.

바통을 이어받은 것은 강수일 팀장이었다.

박창호는 랑랑예식장의 미궁에서 깨어났다. 밝고 고급스러운 호텔 룸 분위기였으나 몸뚱이가 의자에 결박된 자세였다.

"으으으…."

박창호가 신음했다.

"정신이 드나?"

수일이 말했다. 이어 느닷없이 주먹을 들어 박창호의 아구창을 날렸다. 박창호가 비명을 질렀다.

원래는 양기호가 골프채를 늘어놓고, 만수 아재가 장기 적출에 쓰이는 도구들을 벌여놓고 공포 분위기 조성을 하는데 강수일이 팀장이 되면서 모두 사라졌다. 신임 팀장이 원한 것은 단 한 가지.

미궁에 자기와 그리고 참교육 받아야 할 당사자, 딱 둘만 남겨 두라는 거였다. 모두의 반대에도 불구하고 미숙 씨가 승인했다.

그 안에서 무슨 일이 벌어지는지 알 수 없었다. 구타… 폭력… 가혹행위… 난동… 협박… 주먹질… 발길질… 린치… 흉기…. 다른 사람들은 온갖 상상을 하며 미궁 밖에서 문에다 귀를 대고 새어 나오는 소리를 들으려고 했다. 그런데 이상하게 안에서는 이렇다 할 폭력의 징후가 느껴지지 않았다.

한참 시간이 지난 뒤(간혹 며칠이 지났을 때도 있었다), 마침내 미궁의 문이 열리고 두 사람이 다정하게 걸어 나왔다. 그리고 강수일에게 깍듯하게 인사하고 돌아갔다. 그게 끝이었다.

"어떻게 된 거예요?"

사람들이 아무리 물어도 강수일은 굳게 입을 다물었다. 다만 되게 멋있는 척하면서 어깨를 한 번 으쓱했을 뿐.

다음날, 박창호가 경찰에 자수했다. 자기가 오진했음을 그리고 진료기록을 조작해 재판에서 이긴 사실 또한 인정했다. 그게 끝이 아니었다. 박창호는 과거에 자기가 저질렀던 보험사기까지 모두 다 자수했다. 진료기록을 부풀리고 거짓으로 작성해서 막대한 보험금을 챙긴 거였다.

박창호는 양정근과 김수희에게 보상금과 함께 눈물을 흘리면서 머리 숙여 사죄했다. 그리고 순순히 죄수복을 입었다.

며칠 후, 수일과 팀원들은 곧바로 해외출장 길에 올랐다.

목적지는 캄보디아. 이번에는 전임 대표 임종덕이 남긴 리스트에 있는 케이스의 에이에스 건이었는데 대학생 아들이 여행을 갔다가 연락이 끊겼다는 거였다. 감이 왔다. 수일은 바로 캄보디아의 범죄 단지로 잠입할 준비를 마친 채 결연한 표정으로 비행기에 올랐다.

그러느라 그는 요즘 눈코 뜰 새 없이 바빴다. 일이 많아 늘 피곤해서 단잠에 곯아떨어졌다. 그리고, 은희를 정식으로 입양했다. 은희는 오래 키다리 아저씨였던 수일이 아빠가 된 날, 뜨거운 눈물을 흘리며 기뻐했다.

우리 모두가 각자 자기라는 문파의 수장

"아무튼 미태도 그렇고 고분고분한 사람이 없다니까."

미숙 씨가 수일과 통화를 끝내자마자 혼잣말로 투덜댔다. 그러면서 뒷짐 지고 몸을 조금씩 흔들면서 오늘은 건수 없나, 하는 눈빛으로 천천히 동네를 걸어 다녔다.

미숙 씨는 오늘도 바람막이 점퍼에 스니커즈를 신은 차림새였다. 당연히 손에는 전기충격기를 들고서 말이다. 그리고 목에는 호루라기를 걸고 있었다. 다들 그건 정말 오버라면서 극구 말렸지만 기어이 미숙 씨는 그걸 걸고 나섰다.

"아무것도 아닐지 몰라도 평범한 일상을 지키면서 사는 우리 모두가 각자 자기라는 문파의 수장인 거야."

미숙 씨는 만나는 사람마다 붙들고 이 말을 했다. 심지어 그 말을 궁서체로 써서 표구해 사무실 벽, 영감의 초상화 옆에 붙여놓았다.

미숙 씨는 한동안 자기가 동네 순찰에 소홀했던 탓에 동네 꼴이 엉망이 되었다고 투덜거렸다. 멀리서 누군가 허튼 짓을 하는 게 보이면 다짜고짜 호루라기부터 불어댔다.

그렇게 미숙 씨는 일상으로 돌아갔다.

랑랑예식장 대표로서 열심히 일하고 쉬는 날이면 낮에는 복땡이와 놀고 밤에는 동네 순찰하고 동네 홍반장 노릇하면서 매일 최선을 다해서 살았다.

'옳거니.'

오늘도 미숙 씨의 눈에 여러 명이 한꺼번에 걸려들었다.

골목 끝 가로등 아래, 담배 연기를 뿜어대는 청소년 무리였다. 미숙 씨는 먹잇감을 발견한 매처럼 입꼬리를 올리며 천천히 다가갔다.

"거기, 너희들!"

아이들이 동시에 고개를 돌렸다.

"젠장, 전기마녀다."

그렇다. 그 동네 전설의 전기마녀 귀신이 돌아온 것이었다!

며칠 뒤, 햇살이 좋은 어느 날에 미숙 씨가 자기 집으로 올라가는 막다른 길에 꽃을 심었다. 외딴길이었지만 그곳에 오는 이들 누구나 마음이 환해지도록 꽃을 많이 심었다.

뭐든 적당히가 없는 미숙 씨 성격답게 몇 날 며칠이고 그 일대에는 마치 꽃냄새가 나는 향수를 온통 뿌려놓은 듯 콧속을 간지럽히는 향기로 가득 찼다.

수많은 꽃이 향기를 뿜어내며 바람에 흔들리던 어느 날, 미숙 씨는 자물쇠를 굳게 닫아걸었던 자기 집의 육중한 철문을 없앴다. 활짝 열린 문 앞에서 미숙 씨는 세상을 보았다. 왠지 가슴이 먹먹해졌다.

"왜? 한참 되게 고상한 감정에 빠져 있는 참인데 전화야?"

자기가 정말 뿌듯한 일을 했다고 느끼던 차에 미태가 전화를 걸어 하마터면 욕을 할 뻔했다.

"대표님, 얼른 예식장으로 나와 보셔야겠어요."

"무슨 일인데?"

"여기 무료결혼을 신청하겠다고 누가 왔는데…."

"그런데 뭐?"

"그게… 둘 다 고등학생이래요."

"뭐? 고딩? 둘 다? 결혼을 시켜 달래?"

"그게 다가 아니라…."

"또 뭐?"

"여자애가… 그 배가… 남산만 해요."

"뭐라고?"

미태는 울상이었다. 그런데 더 기막힌 건 두 아이들이었다.

"제발요, 저희 결혼하게 해주세요, 네?"

둘이서 엉엉 울었다.

"부모님은 아시니?"

미태가 묻자 두 아이들이 서로를 마주 보더니 더욱 크게, 너무도 서럽게, 예식장이 떠나가라 울기 시작했다.

미태는 자기 앞에 놓인 인생이 만만치 않겠다는 것을 짐작하고도 남았다.

저절로 이마 위로 진땀이 흘러내렸다.

(끝)

랑랑예식장

1쇄 발행 2026년 2월 4일

지은이 김이은
펴낸이 배선아
디자인 정유정
펴낸곳 고즈넉이엔티

출판등록 2017년 3월 13일 제 2022-000078호
주   소 서울특별시 강서구 마곡중앙8로1길 81, 뉴브클라우드힐스 IT동 10층 1001호
대표전화 02-6269-8166 **팩스** 02-6166-9199
이 메 일 gozknockent@gozknock.com
홈페이지 www.gozknock.com
블 로 그 blog.naver.com/gozknock
페이스북 www.facebook.com/gozknock
인스타그램 www.instagram.com/gozknock

ⓒ 김이은, 2026
ISBN 979-11-6316-671-9 03810